A DICTIONARY OF TOLKIEN

托尔金词典

[加] 大卫·戴 著
李惟智 译

北京时代华文书局

J.R.R.托尔金

前　言

如果你从没听说过约翰·罗纳德·瑞尔·托尔金，并且对他最著名的作品《霍比特人》《魔戒》和《精灵宝钻》一无所知，那么唯一可能的解释就是，你一生都生活在银河系暗无天日的黑洞里。即使那些从未读过其作品的人，也不可避免地受到了托尔金的影响。毫不夸张地说，作为史诗奇幻小说之父，有成千上万个"剑与魔法"的模仿者追随他，并且创作了不胜枚举的书籍和电影。

1892 年 1 月 3 日，约翰·罗纳德·瑞尔·托尔金在南非的布隆方丹出生，他的父母都是英国人。他童年时成了孤儿，后来在一战的大屠杀中幸存下来，成为牛津大学著名的研究盎格鲁 - 撒克逊语的学者，之后成了奇幻小说作家。同其他作家相比，托尔金起步较晚。虽然他在出版其第一部奇幻作品《霍比特人》时只有 45 岁，但是直到 1954 年，也就是他 62 岁的时候，其第二部史诗奇幻小说《魔戒》才问世。他一生中从未出版过其他题材的小说，但从《魔戒》出版到他 1973 年去世的 19 年间，托尔金成了 20 世纪最著名和出版物最畅销的作家之一。

如今，托尔金的《霍比特人》深入人心，成为了英国文化遗产的一部分，就像爱尔兰的绿色小妖精、德国的侏儒和斯堪的纳维亚的巨魔。实际上，许多人到现在也并不知道霍比特人是由托尔金创造的，他们以为霍比特人就像仙女和精灵一样，早就存在了。但是托尔金并非光凭想象创造了霍比特人，使它来到我们的世界。奥克、恩特和炎魔也出现在我们的世界；如今精灵、矮人、恶龙和巫师都因托尔金而成为极为独特的物种。

托尔金对于创造虚拟世界和其中生存的物种具有极大热情，可以说，托尔金的奇幻小说《魔戒》毋庸置疑的文学价值是间接性发挥影响的。尽管这部小说非常重要，但对托尔金的生活和工作稍微分析，便会发现其怀着满腔热忱，雄心勃勃地专注于创造一个完整的神话体系。

托尔金曾写过其创造中洲奇幻世界的动因："很早以前，我便对我深爱的祖国感到悲伤：它没有其独特的故事（没有达到我所追求的质量），也无法在其他国家的传说中找到。希腊语、凯尔特语、罗曼语、日耳曼语、斯堪的纳维亚语和芬兰语的小本故事书都有少量留存，但英语却没有。"后来，托尔金在一封私人信件中进一步解释了他所作的努力："我想创造一系列或多或少相互关联的传说，从宏大的宇宙起源故事，到浪漫的童话故事……我只是想把它奉献给英国，献给我的祖国。"

这项工作的艰巨性令人震惊。托尔金在现实中的成功程度是非凡的。今天，公众印象中托尔金虚构的神话在极大程度上已经成了英国的神话。其作品被翻译成所有世界主要语言，他创作的许多人物和生物也存在于世界各地的流行文化中。

随着时光流逝，托尔金笔下的中洲越来越多地入侵着我们的世界：名为"甘道夫"的计算机、名为"比尔博"的书店、名为"捷影"的气垫船、名为"弗罗多"的餐馆、名为"莱戈拉斯"的射箭供应商、名为"吉姆利"的珠宝商、名为"阿拉贡"的跨国公司、名为"刚铎、洛汗、幽谷和洛斯洛林"的电脑游戏。

虽然托尔金从未预料到他的神话小说会广受欢迎并且获得巨大的商业成功，但是他当时期望自己的作品对着迷于神话和民间传说的人来说能有更专业独特的吸引力。在托尔金叙说其渴望为英国创造神话的同一封信中，他也勾勒了自己的雄心壮志，以及在其过度肆意的想象中，他希望其他人参与其世界中的方式。"我会完整地描绘一些伟大的故事，把一些故事留在计划之中，然后进行概述。每个循环都应该与宏大的整体相关联，同时运用绘画、音乐和戏剧为其他的想法和手法留出余地。"

托尔金再次实现了他的目标：许多"其他的想法和手法"也在发挥作用。他的创作鼓舞了艺术家、音乐家和剧作家，用托尔金的话来说，他们继续修饰和庆祝这一"宏大整体"——所有文学作品中最复杂、最详尽的虚构世界。

《托尔金词典》就是为了纪念托尔金的这一天才想法而著。此书的编纂和设计都致力于使其成为小巧轻便的托尔金世界指南。目的是为那些希望使用此手册的读者提供相关信息，使他们在探索异常复杂的虚构世界、神话的中土和不死之地时充满乐趣。

《托尔金词典》是一部完整的字典，收录了托尔金著作中的所有动植物。它涵盖了其中花、树等植物，所有的鸟类、野兽、昆虫和各种精灵、幽灵、鬼魂、恶魔和怪物的每一种类和亚种。它也是关于曾出现在托尔金阿尔达世界中所有人类、精灵、矮人、霍比特人、恩特、迈雅和维拉的种族、民族和部落的完整指南。

此外，《托尔金词典》还是一部经过严格筛选的传记字典和地名字典。它是托尔金史诗奇幻世界的人名字典，并且根据从 A 到 Z 的顺序，涵盖了中洲和阿门洲上所有著名的城市、国家、山脉、森林、河流、湖泊和海洋。希望此书精美的插图和详实的文字相得益彰，成为对约翰·罗纳德·瑞尔·托尔金史诗奇幻世界感兴趣的每一位读者有益且有趣的参考著作。

人物经历 编年史

1892年1月3日约翰·罗纳德·瑞尔·托尔金出生于南非布隆方丹的英国家庭。其弟弟希拉里生于1894年。

1895年母亲（梅布尔·托尔金）带着孩子们回到英国伯明翰。父亲（亚瑟·托尔金）于南非去世。

1900年罗纳德进入爱德华国王学校读书。

1904年母亲死于糖尿病，享年34岁。

1905年成为孤儿的兄弟二人搬到伯明翰的阿姨家。

1908年罗纳德在牛津大学开始第一学期的学习。

1913年罗纳德参加牛津大学文学士学位第一次考试。

1914年罗纳德与其童年时代的心上人伊迪丝·布拉特订婚。一战爆发。回到牛津大学继续学业。

1915年获得英国语言文学一等荣誉学位。在英国兰开夏步兵团服役。

1916年与伊迪丝·布拉特结婚。赴法国战争前线，作为少尉在索姆河目睹战争。因患弹震症而回到英国。

1917年在康复期间开始创作《精灵宝钻》。大儿子约翰出生。

1918年晋升为中尉，派往斯塔福德郡。一战结束。带着家人回到牛津，加入《新英语词典》的编纂工作。

1919年成为牛津大学特约讲师。

1920年任利兹大学英国语言学准教授。二儿子迈克尔出生。

1924年任利兹大学英国语言学教授。三儿子克里斯多弗出生。

1925年托尔金和E.V.戈登共同出版《高文爵士和绿衣骑士》。托尔金成为牛津大学盎格鲁-撒克逊语教授。

1926年与克莱夫·斯特普尔斯·刘易斯结识。

1929年第四个孩子普里希拉出生。

1936年托尔金完成《霍比特人》。发表讲稿《贝奥武甫：怪物和批评家》。

1937年《霍比特人》出版。托尔金开始写续集，即后来的《魔戒》。

1939年托尔金发表讲稿《论童话故事》。在整个战争年代，他断断续续地创作《魔戒》。

1945年二战结束。托尔金成为牛津大学默顿学院英国语言文学系教授。

1947年《魔戒》手稿被送至出版商。

1948年《魔戒》创作完成。

1949年出版《哈莫的农夫吉列斯》。

1954年出版《魔戒》第一卷和第二卷。

1955年出版《魔戒》第三卷。

1959年托尔金从大学退休。

1962年出版《汤姆·邦巴迪尔历险记》。

1964年出版《树与叶》。

1965年美国出版简装版《魔戒》，此小说开始受到校园学生的追捧。

1967年出版《大伍顿的铁匠》和《长路漫漫》。

1968年托尔金搬到伯恩茅斯附近的普尔市。

1971年伊迪丝·托尔金逝世，享年82岁。

1972年托尔金回到牛津。英国女王向其授予大英帝国勋章。

1973年9月2日，约翰·罗纳德·瑞尔·托尔金逝世，享年81岁。

托尔金去世后出版的著作

1976年《父亲的圣诞节信件》。

1977年《精灵宝钻》。

1980年《努门诺尔和中洲未完的传说》。

1981年《托尔金书信集》。

1982年《布理斯先生》。

1983年《怪物和批评家》和其他散文。《中洲历史：失落的传说》。

1984年《中洲历史：失落的传说Ⅱ》。

1985年《中洲历史：贝烈瑞安德的歌谣》。

1986年《中洲历史：中洲的变迁》。

1987年《中洲历史：失落的路》和其他著作。

1988年《中洲历史：魔影重临》。

1989年《中洲历史：艾森加德的背叛》。

1990年《中洲历史：魔戒圣战》。

1992年《中洲历史：索隆的败亡》。

A

阿格拉隆德（Aglarond）

是位于海尔姆深谷和号角堡之下的大洞穴，这里曾发生过一场重要魔戒之战。驭马者洛汗人在这里修建了最坚固的防御工事，在希奥顿国王的带领下，他们击败了邪恶巫师萨茹曼。此洞穴本身也渊源久远，据说是在太阳第二纪元时由努门诺尔人挖掘而来。阿格拉隆德在精灵语中指"闪闪发光的洞穴"，这座巨大闪亮的洞穴群是中洲的奇观之一。魔戒之战结束后，矮人吉姆利（魔戒的争夺者之一）和许多埃瑞博矮人一起回到了阿格拉隆德。吉姆利成为阿格拉隆德的主人，在第四纪元这里成为中洲最强大的矮人王国。在吉姆利的领导下，阿格拉隆德的矮人成为中土著名的工匠大师。

爱努（Ainur）

从一开始，就有一如居住在空虚之境，在精灵语中他的名字叫作伊露维塔。正如"爱努的大乐章"中所说，它们诞生于伊露维塔的思维，他通过不灭之火的力量赋予了爱努永恒的生命。伊露维塔将这些生物命名为"神圣者爱努"。它们是最初的种族，居住在伊露维塔为它们设计的永恒大殿之中。

爱努是强大的精灵，它们都被赋予了非凡的嗓音，从而可以在伊露维塔面前歌唱，供他消遣。当伊露维塔听遍每一首乐曲，他便叫爱努过来，让它们合唱。这便是"爱努的大乐章"的故事，在爱努的大乐章中，每个精灵根据它们的特点进行独唱和合唱，由此产生很多伟大的主题。事实证明，有些爱努较为强大；有些爱努善良，有些爱努邪恶；然而最终，尽管声音之战恐怖可怕，但音乐是伟大而美妙的。在这种和谐与冲突之中，伊露维塔创造了一种幻象，它是虚空中的一种球形的光。伊露维塔利用一个字和不灭之火创造了它；精灵和人类后来称它为阿尔达（Arda），即地球。音乐成为了阿尔达的末日，决定每一种族的命运，除了后来出现的人类，他们的结局只有伊露维塔知道。

因此，在阿尔达被创造之后，一些爱努进入了这个新创造的世界，在那里它们叫作阿尔达力量。后来人们认为它们是神。那些生性善良的爱努以它们对伊露维塔意志的了解为指导做事，而其他爱努则努力实现它们自己的目的。然而，在永恒的大厅里，它们一直是纯粹的精灵，在阿尔达世界，它们选择居住在时间和世界狭小空间的界限内，因此力量受限。此外，在阿尔达，它们形状各异，大多根据自身特点和喜爱的元素，把这些形状当做衣服（尽管它们可以隐身），在后来的纪元，它们的形式为精灵和人类所知。

《维拉本纪》记载了爱努居住在阿尔达并塑造了世界的部分历史。它讲述了阿尔玛仁、乌图姆诺和安格班的王国是如何在中洲建造的，以及维林诺王国是如何在阿门洲的不死之地建立的。它还谈到了爱努如何创造了光和计时，以及它们之间是如何发生了震撼阿尔达的可怕战争；它还记载了许多种族中最强大者的名字和外形。

在阿尔达，精灵们分为维拉和迈雅。属于维拉的爱努包括：风王曼威、星后瓦尔妲、众水之主乌欧牟、哀叹者涅娜、工匠奥力、百果赐予者雅凡娜、万树的主宰欧洛米、"永远年轻"的瓦娜、灵魂的主宰曼督斯、编织者薇瑞、渴望的主宰洛斯罗瑞恩、治疗者埃丝缇、勇者托卡斯、舞者奈莎以及后来叫作"黑暗大敌魔苟斯"的米尔寇。

许多爱努属于迈雅，但只有少数爱努在流传至人间的历史中有名字：曼威的传令官埃昂威、瓦尔妲的侍女伊尔玛瑞、大海主宰欧西、诸海之后乌妮、辛达族王后美丽安、太阳的引领者阿瑞恩、月亮的引领者提理安、法师索隆、炎魔之首勾斯魔格以及欧罗林（甘道夫）、爱温迪尔（拉达加斯特）、库茹尼尔（萨茹曼）、巫师阿拉塔尔和帕蓝多。在中洲的历史上，也有一些可能是迈雅的物种：吸血鬼凤林格威希立安特；蜘蛛乌苟立安特、狼人肇尔路因；河之女金莓；伊阿瓦因本—阿达尔（汤姆·邦巴迪尔）。

正如前面所说，只有一部分爱努来到了阿尔达。有很大一部分爱努一直住在永恒的大厅里，但根据预言，在世界的尽头，维拉和迈雅将在永恒的大厅里重新将他们的亲族联合起来，来到阿尔达的伊鲁凡达之子也将同其他爱努返回。大乐章将再次出现，并且将更加强大。它将是完美无瑕，充满智慧与悲伤的，同时也会无比美妙。

阿尔费琳（Alfirin）

中洲的灰精灵吟唱了许多悲伤的歌曲，其中有一首讲述了一种叫作阿尔费琳的植物。它的花朵像金色的铃铛，生长在莱本宁的青翠原野之上，靠近大河安都因河三角洲地区。看到海风吹拂原野中的阿尔费琳，埃尔达的心便会受到触动，"海洋渴望"也会觉醒，海洋渴望总是牵引着星辰的子民向西越过贝烈盖尔大海到达它们永生同胞生活的地方。

在精灵的心目中，阿尔费琳就像是微型的维林诺大金钟，它总是在不死之地的蒙福之人的耳畔叩响。

阿尔玛仁（Almaren）

阿尔玛仁岛位于中洲中央的大湖之上，是中土之神维拉在巨灯纪元的第一处居所。这是一个平和美丽的小岛，充满了神圣的住所和寺庙。然而，在维拉和叛乱者米尔寇进行的战争中，两盏巨灯被毁，中洲陷入黑暗，阿尔玛仁岛也由此被毁。

澳阔泷迪（Alqualonde）

泰勒瑞族精灵在埃尔达玛的城市和港口，位于不死之地海岸。泰勒瑞族是星辰纪元中离开中洲的三支精灵种族中的最后一支。它们是海洋精灵，最热爱大海也最了解大海。它们是最伟大的水手，也从海神那里学会了造船技术。因此，泰勒瑞族按照海洋之王乌欧牟的天鹅外形建造船舶，在埃尔达玛周围的海域上航行。

这也解释了它们这一主要城市澳阔泷迪在精灵语中的含义，意为"天鹅港"。澳阔泷迪是在星空之下由大理石和珍珠装饰的宏伟城市，位于不死之地海岸的天然港湾之中，这个天然港口庇护着它们庞大的天鹅舰队。它的唯一入口是一座大海冲蚀出来的天然石拱门。

阿门洲（Aman）

伟大的西部大陆是维拉和埃尔达的不死之地。阿门洲在昆雅语中意为"蒙福"，直到努门诺尔覆灭和世界发生改变之后，与中洲西部隔着贝烈盖尔大海相望。灾难之后，阿门洲永久地与其他大陆隔开，所以那些在太阳第二纪元后从中土起航的生物只能乘坐海洋精灵的魔法船才能到达不死之地。

只有这些神奇的船只才能在凡间与不朽之地之间的巨大深渊中航行。

阿门雅（Amanyar）

在维拉的双树纪元，许多精灵进行了伟大旅程，从中洲前往不死之地，也就是阿门洲。之后，在星辰纪元和太阳纪元，精灵也来到了阿门洲，所有到达不死之地的精灵，无论先来后到，都被称为阿门雅，即"阿门洲者"。

阿蒙阿马斯（Amon Amarth）

也叫欧洛朱因，在精灵语中意为"末日山"，是一座位于魔影之地魔多贫瘠平原上的火山。索隆在阿蒙阿马斯自地心喷出的火焰中，铸造了第一枚魔戒。持戒人霍比特人弗罗多·巴金斯携带至尊戒回到这座末日山，并将魔戒销毁，消灭了黑暗魔君索隆的力量。

阿蒙汉（Amon Hen）

即"观望之山"，是位于安都因河上能希斯艾尔长湖尽头的三座山峰之一，另外两座山峰分别是东岸的阿蒙肖"聆听之山"，以及位于湖心的遥不可攀的托尔布兰迪尔高峰。阿蒙汉和阿蒙肖的山峰上建造了两个神奇王座，用来瞭望刚铎的无主之地。这些石头宝座在阿蒙汉被称为"观望之椅"，在阿蒙肖被称为"聆听之椅"。在魔戒之战中，魔戒的争夺者来到阿蒙汉。弗罗多·巴金斯在这里坐在"观望之椅"上，突然间像用望远镜一样能够从各个方向看到数百英里内的景象，从而发现了它的神奇特性。

阿蒙肖（Amon Lhaw）

即"聆听之山"，是位于安都因河上能希斯艾尔长湖尽头的三座山峰之一。是刚铎马奇兰的两座瞭望塔之一，另一座是"观望之山"阿蒙汉。阿蒙肖的顶峰上是"聆听之椅"，阿蒙汉的则为"观望之椅"。据说，坐上此座，便可听到刚铎所有密谋造反的敌人。

阿蒙如兹（Amon Rudh）

在西贝烈瑞安德的"秃山"，位于布瑞希尔森林以南，西瑞安河谷与纳洛格谷之间。阿蒙如兹山的山洞是诺吉斯·尼宾——小矮人的最后家园，《精灵宝钻》中讲述，在太阳第一纪元第五世纪，诺吉斯·尼宾的数量变得非常之少，只有三个精灵幸存：古老矮人密姆和它的两个儿子。这里也是英雄图林·图伦拔的藏身之地。阿蒙如兹被称为秃山，因为它是没有任何植被的岩石，除了耐寒的"石之血"的红色花朵或血石植物。

阿蒙微洛斯（Amon Uilos）

字面意思是"永远雪白之山"。是不死之地最高山脉塔尼魁提尔的众多别称之一，曼威与瓦尔妲的宫殿伊尔玛林就建在阿尔达的奥林匹斯山上。

阿姆洛斯（Amroth）

洛丝罗瑞恩精灵王。阿姆洛斯是阿姆狄尔的儿子，从第二纪元3434年一直统治到第三纪元1981年。阿姆洛斯爱上了精灵女仆宁洛德尔，是一个跨越星际的情人，被许多歌谣吟诵。他曾经住在洛斯洛琳的凯林阿姆洛斯山上，但在1981年，他去了多阿姆洛斯，等待着他的情人，这样他们就可以航行到不死之地。但是，宁洛德尔迷路身亡，阿姆洛斯也从白船上跳海自尽。

阿纳瑞安（Anarion）

刚铎登丹人国王。阿纳瑞安他的父亲埃兰迪尔和哥哥伊熙尔杜一起逃过努门诺尔沦亡，并在第二纪元3320年建立了刚铎和阿尔诺王国。在第二纪元，他们是魔戒之主索隆的主要敌人之一。他们和精灵王吉尔-加拉德一起组成了精灵与人类的最后联盟。联盟成功地摧毁了索隆的力量，但是阿纳瑞安死于从魔多邪黑塔中扔出的石头。

安卡拉刚（Ancalagon）

安格班黑龙。安卡拉刚是最早的也是最大的有翼巨龙，被称为黑龙安卡拉刚。他是在太阳第一纪元由黑暗大敌魔苟斯在安格班深坑中培育而来。名字本身意为"奔腾的下颚"，他第一次在愤怒之战中被释放出世，当时，他巨大身躯遮挡了太阳的光芒。有一段时间，安卡拉刚和有翼恶龙军团看起来可能要战胜维拉，但在关键时刻，鹰王梭隆多和航海家埃雅仁迪尔，驾着他的神奇航船飞来参战,并杀死黑龙安卡拉刚。黑龙的重量巨大,他死后坠落之时,摧毁桑戈洛锥姆的高塔,安格班深坑在他身下爆裂。

安多尔(Andor)

意为"赠礼之地",是亚特兰蒂斯阿尔达努门诺尔精灵名之一。这是一个伟大的岛屿王国,在太阳第二纪元末期,被贝烈盖尔大海吞没。

安德拉姆(Andram)

自西向东横穿贝烈瑞安德中部的巨大断崖。它的名字意为"长墙",将贝烈瑞安德南北隔开,它自西部的纳国斯隆德起,至贝烈瑞安德东部的"墙尾"拉姆达尔结束,拉姆达尔只有两处断口。在西边,纳罗格河穿过安德拉姆形成一条极其深邃的峡谷,纳罗格河东部二十五里格,"大河"西瑞安河从中洲最大瀑布的陡峭悬崖上翻腾而过,消失在安德拉姆下方的深穴中。

安督尼依(Andunie)

努门诺尔岛国最早期的主要城市,发现于太阳第二纪元,位于贝烈盖尔大海中部,中洲和不死之地之间。安督尼依是努门诺尔最西端的海港,它的名字意为"日落"。其居民对于努门诺尔人的古老方式最为忠贞,后来在中洲建立了登丹人的刚铎王国和阿尔诺王国。

安格班(Angband)

乌图姆诺是邪恶维拉米尔寇建造的第一个地下王国,也是其主要的地下王国,但在黑暗纪元,维拉的双圣灯被毁之后,这里也被摧毁。米尔寇在贝烈瑞安德北部建造了一座巨大的兵工厂和地下堡垒,名叫"铁囚牢"安格班。在第一星辰纪元末期,乌图姆诺被毁,米尔寇身受铁链束缚。在权力战争期间,虽然安格班的主要防御功能遭到破坏,但是它的深穴和地牢并没有被完全摧毁。在星辰第四纪元,米尔寇被俘,他的仆从和恶灵,在其首领索隆的带领下,躲在了安格班的深处。所以当米尔寇进行复仇,摧毁了维拉的双圣树,偷走精灵宝钻之后,他再一次逃回安格班。召回他的恶灵重建安格班,使安格班变得比以前更加强大。在安格班上方,他建造了桑戈洛锥姆的三座高耸火山尖峰作为防御。在整个太阳第一纪元和精灵宝钻争夺战中,米尔寇在安格班统治和培育恶灵和恶龙那样的怪物。安格班受过多次攻击,直到愤怒之战和大决战才被攻占。维拉、迈雅和埃尔达诸神运用所有力量,才攻破了它的防御,粉碎了它的恶魔,把米尔寇掷入空虚之境。这场战役极为激烈,不仅安格班被毁,整个贝烈瑞安德都被西海吞没。

安格玛(Angmar)

安格玛巫术王国建立于太阳第三纪元1300年迷雾山脉北部。它的首都是

卡恩督姆，住民是奥克和埃滕荒原野蛮的山区人，安格玛的领袖为安格玛巫王，但事实上它是那兹古尔之首和黑暗魔君索隆的仆役。安格玛巫王带领安格玛与北方登丹人阿尔诺王国的战争持续了近700年。最终阿尔诺于1974年被毁，1975年刚铎军队和精灵在佛诺斯特之战中击败巫王军队，摧毁了整个安格玛王国。

阿帕诺纳（Apanonar）

当太阳第一次在阿尔达升起，阳光照耀在中洲东部的希尔多瑞恩的土地上时，一个非永生的物种诞生了。那就是人类，他们被命名为阿帕诺纳，意为"后生者"，因为他们不是第一个出现在阿尔达能说话的物种。在人类到来之前，精灵、矮人、恩特以及奥克和食人妖等邪恶种族已经在这个世界上生活了许多纪元。

阿拉贡一世（Aragorn I）

阿尔诺的登丹人首领。在第三纪元1974年登丹人的北方王国被安格玛巫王摧毁后，这个衰落王国的后代被称为登丹人首领，共有16人。第五位就是阿拉贡一世。他作为首领统治了八年，2327年在埃利阿多被狼人杀死，除此之外，关于那些黑暗时光的记录就几乎没有了。

阿拉贡二世（Aragorn II）

阿尔诺的登丹人首领。魔戒之战时，阿拉贡二世是登丹人第十六位也是最后一位首领。出生于第三纪元2931年，阿拉贡是由半精灵埃尔隆德在幽谷养大的。阿拉贡二十岁的时候，遇到了埃尔隆德的女儿埃尔汶，之后二人坠入爱河。阿拉贡二世在魔戒之战后第三纪元结束时成为刚铎和阿尔诺重联王国的埃莱萨国王，之后成为登丹人北方王国的最后一位首领。然而，埃尔隆德表示只有阿拉贡成为刚铎和阿尔诺合法国王，才肯答应他们的婚事。为此，阿拉贡四处奔波，为自由人民的权利而斗争。他有许多别称：森格尔、埃克塞理安、梭隆吉尔、精灵宝石、埃莱萨和大步佬。作为登丹人首领，阿拉贡的寿命是其他人的三倍。2956年，他遇到了巫师甘道夫，之后成为朋友和盟友。3018年，他来到不理，在那里他遇到了霍比特人持戒人弗罗多·巴金斯，在幽谷，他成为了护戒同盟的一员。甘道夫在莫瑞亚被炎魔打败后，阿拉贡成为了护戒同盟的领袖。在魔戒之战中，阿拉贡在号角堡击退萨茹曼军队的过程中发挥了重要作用。他指挥黑蛮祠的亡者，并在佩拉基尔俘获了舰队。他和新盟友加入佩兰诺平原之战，拯救了刚铎，他在魔多黑门控制了西方大军。战后，阿拉贡成为重联王国的埃莱萨国王（"精灵宝石"），并与埃尔汶结婚。在他统治下的下一个世纪，阿拉贡将其王国扩展到了中洲的大部分西方国家。他和埃尔汶生有几个女儿和一个儿子——埃尔达瑞安。阿拉贡于第四纪元120年去世，之后他的儿子成为了重联王国的国王，并统治了很长一段时间。

阿拉塔（Aratar）

维拉是阿尔达的主要力量之一，其中有八位维拉叫做"尊贵崇高者"阿拉塔。他们的力量远远超过不死之地的其他维拉。阿拉塔包括：风之主宰曼威和星辰之后瓦尔妲，他们共同生活在伊尔玛林"高空中的殿堂"塔尼魁提尔。另外两个是生活在地下宫殿的工匠奥力和灵魂的主宰曼督斯，而大地之后雅凡娜和森林主宰欧洛米生活在开阔的土地上。众水主宰乌欧牟生活在海中。最后一位阿拉塔就是哀叹者涅娜，她住在西方的豪宅中，从住所向外望去，她能看到世界之墙以外。

阿尔达（Arda）

高等精灵语中整个世界的名字，因为它是先由伊露维塔所构想，随后由维拉所塑造。它既包括中洲的凡人之地，也包括不死之地的永生领域。

阿刚那斯（Argonath）

字面上的意思是"王者之石"，又名双王之门或刚铎之门。阿刚那斯是一对巨大的雕像，刻于峡谷两侧高高的悬崖上，峡谷之水流入安都因河上涝洛斯瀑布上方的湖泊。这些巨大的雕像是刚铎最初的国王伊熙尔杜和阿纳瑞安，在第三纪元1340年雕刻于自然状态的岩石上，是刚铎王国北方边界的地标。

阿瑞恩（Arien）

守护太阳的迈雅。日光少女阿瑞恩是一位迈雅少女，曾在维林诺花园服侍过"永远年轻"的瓦娜。但是，在双圣树被摧毁之后，阿瑞恩拿走了金圣树上唯一幸存的果实，乘着一艘由工匠奥力锻造的船只，带着果实穿过了天空。阿瑞恩作为太阳的守护者，是凡人最喜爱的迈雅精灵。

阿美尼洛斯（Armenelos）

阿美尼洛斯是努门诺尔的首都，建在美尼尔塔玛的山丘上，美尼尔塔玛是整个岛国的最高峰。它有时被称为黄金之城阿美尼洛斯，努门诺尔国王的宫殿和许多瑰丽壮观的神庙都建于此。身缚铁链的索隆也正是被带到此处，之后他依靠其狡猾的邪恶力量征服并腐化国王，导致了努门诺尔的沦亡。

阿尔诺（Arnor）

于太阳第二纪元3320年由努门诺尔人埃兰迪尔建立，阿尔诺是登丹人在中洲建立的第一个王国。埃兰迪尔在阿尔诺作为登丹人的至高王进行统治，却派他的儿子们去南方建立刚铎王国，这是南方登丹人的王国。阿尔诺的第一个首都是暮暗湖岸边的安努米纳斯；到861年，佛诺斯特已成为其主要城市和首都。同年，阿尔诺被第十代国王埃雅仁都尔的三个儿子分裂成三个王国：阿塞丹、卡多蓝和鲁道尔。1300年，邪恶的安格玛巫术王国在阿尔诺的东北部建立。那兹古尔之王，也就是闻名的巫王，向阿尔诺登丹人发动了近七百年的战争。到1409年，卡多蓝和鲁道尔王国被摧毁，但阿塞丹的登丹人又与之战斗了六个世纪。最后，在1974年，阿塞丹被奥克军团和巫王的野蛮人群占领。虽然它的王位顺序在其四处分散的人民中仍然延续，但是阿尔诺王国已经不复存在了。直到魔戒之战结束，最后一位首领阿拉贡成为所有登丹人的至高王，阿尔诺才恢复了其曾经的强盛和荣耀。

埃尔汶（Arwen）

幽谷的精灵公主。埃尔汶是半精灵埃尔隆德和凯勒布莉安王后的女儿。她出生于太阳第三纪元241年，在当时被认为是最美丽的人。精灵们称她为暮星，男人们常称她为"傍晚的暮光"或"夜之少女"。近三千年来，她一直住在幽谷和洛丝罗瑞恩。2951年，她遇到并爱上了阿拉贡——登丹人王国的继承人。2980年，他们订婚，但埃尔隆德直到阿拉贡成为国王才允许他们结婚。阿拉贡在魔戒之战中建功立业，满足了埃尔隆德的条件，埃尔汶成为阿拉贡的王后。对埃尔汶来说，这是一个勇敢的选择，因为结婚之后，她选择承受所有人类生命都会终结的命运。她为阿拉贡生了几个女儿和一个儿子，他们的

图片：幽谷精灵公主埃尔汶，埃尔隆德唯一的女儿，当时最美丽的人。她与人类首领阿拉贡二世订婚，阿拉贡二世成为埃莱萨国王后，她成为了王后。

统治生活幸福美好，直到第四纪元120年阿拉贡去世。第二年，埃尔汶回到了洛丝罗瑞恩，并在她和阿拉贡的订婚之地凯林阿姆洛斯自尽。

阿西亚·阿兰尼安（Asea Aranion）

一种具有神奇治疗能力的药草从努门诺尔人的土地被带到了中洲，在高级精灵语中，这种药草因为在努门诺尔国王的手中所以叫做"国王之翼"（阿西亚·阿兰尼安）。精灵传说使用的辛达语中，常叫做"阿塞拉斯"；在人类的普通西部语中，叫做"国王之翼"。

灰烬山脉（Ash Mountains）

魔戒之主索隆的王国，被称为魔多。这是一片黑暗而邪恶的土地，被一大片山脉庇护。构成魔多北部边界的山脉叫做灰烬山脉，在精灵语中叫做埃瑞德路因。这些山脉似乎是完全不可逾越的，除非它们在那里遇到了黯影山脉——埃斐尔度阿斯——它是构成了魔多西部和南部的防御。两座山脉相接的狭窄缝隙是黑门魔栏农，进入索隆王国的主要入口。

阿塔那塔瑞（Atanatari）

在人类中，有一些来自中洲东部的人在太阳第一纪元去了西方和北部，来到了诺多族和辛达族精灵居住的贝烈瑞安德王国。诺多族将这些人命名为阿塔那塔瑞，即人类之父，但是这个名字更多是以辛达语的形式出现的，即伊甸人。

这些人从聪明的精灵那里学到了伟大的技能，这些精灵最近从光之地阿门洲来到此处，这些人自己也接受阿尔达、维拉和迈雅力量的教导，人类将他们奉为神灵，对他们非常敬畏。

因此，阿塔那塔瑞是他们种族的先人，尽管后来，有其他人来自东方，他们从那些地方的黑暗精灵那里学到了很多，但他们的知识与阿塔那塔瑞从卡拉昆迪那里学到的知识相比不值一提。因此，阿塔那塔瑞注定在后来的太阳纪元成为所有人类的老师。许多人类认为伟大和高尚的东西都来源于这些祖先。

阿塔尼（Atani）

在太阳第一纪元的所有人类中，最强大的是住在贝烈瑞安德的"精灵之友"的人类三大家族阿塔尼。即使按照埃尔达的标准，这些人类在精灵宝钻争夺战中的功绩也是伟大的。精灵宝钻征战史中讲述了很多故事：胡林如何杀死70个食人妖并忍受魔苟斯的折磨；图林如何杀死"恶龙之父"格劳龙；贝伦如何从魔苟斯的皇冠上砍下精灵宝钻；"航海家"埃雅仁迪尔如何乘坐其镶有珠宝的船在天空中航行。通过阿塔尼，人类第一次混合了精灵血而拥有了崇高的地位，在第一纪元中，阿塔尼首领娶了精灵公主：贝伦娶了露西恩，图尔娶了伊缀尔，埃雅仁迪尔娶了埃尔汶。因此，阿塔尼是人类中最高贵和最强壮的种族，他们创造了强大的王国，并将他们从精灵那里学到的许多东西传授给了他们的后代和后来的普通人类。

然而，诺多族只有一小段时间将人类三大家族叫做阿塔尼。其真正含义是"第二支子民"，指的是所有出现在中洲东部的人类。因为在星辰重燃的时候来到这个世界的精灵叫做"第一支子民"，所以在太阳升起的时候诞生的人类则叫做次生儿女 - 阿塔尼。

然而，随着时间的推移，阿塔尼这个名字完全消失了，因为诺多族精灵的昆雅语在"死亡之地"没有被广泛使用。人类三大家族在更常见的灰精灵辛达语中叫做伊甸人，在贝烈瑞安德迷失之地大部分的故事都是用这个名字讲述的。

阿塞拉斯（Athelas）

在《西界红皮书》中的许多故事中，有一部分是关于疗愈药草阿塞拉斯的灰精灵押韵诗。在过去的纪元中，押韵诗的意义只有最聪明的人才能理解，尽管在魔戒之战时，民间仍然用它来治疗身体的轻微疾病。

在那次战争的可怕日子里，阿拉松的儿子阿拉贡，努门诺尔国王真正的后裔，来到了刚铎王国。努门诺尔王国是此神奇林地药草的来源地。传说中，阿拉贡是拥有医者之手的国王之一——"王者之手是医者之手"，他将长叶药草打破，放入蒸腾的水中，来释放它真正的力量。果园的芬芳，高山积雪的清凉，以及破碎的星光倾泻到黑暗的房间里，那里躺着带着中毒的伤口和黑色的泥土的伤者，直到他们又一次被生命和青春搅动，使他们摇摇欲坠的长期恍惚在邪恶的死亡之前就消失了。

所以人类将阿塞拉斯命名为"国王之翼"，真正的努门诺尔国王对它的使用表明了最终这很快就会传到刚铎东部魔多的最大恶魔那里，它威胁着所有中洲的居民。

奥力（Aule）

叫做"工匠"的维拉，但也被称为"山脉的制造者"，因为奥力是为建造阿尔达作出贡献最多的维拉。他打造了维拉圣灯，并锻造了太阳船和月球船。奥力是工匠的主宰，也是所有矿物和宝石的创造者。矮人称呼奥力为玛哈尔，意为"创造者"，因为正是奥力用泥土和石头孕育并塑造了他们。也正是奥力教授诺多族精灵如何制造宝石和雕刻石头的。奥力的宫殿位于维林诺中心。他的配偶是百果的赐予者雅凡娜。

阿瓦隆尼（Avallone）

泰勒瑞族海洋精灵的港口和城市，位于埃尔达玛湾的托尔埃瑞西亚孤岛上。正是在星辰第三纪元期间，泰勒瑞族才第一次学会建造船只，他们最后正是从这个港口启航来到不死之地埃尔达玛海岸。在太阳第二纪元，海洋精灵经常从阿瓦隆尼灯光明亮的码头出发，带着许多礼物和祝福，航行到努门诺尔的土地，丰富了福地的人类生活。据说，目光敏锐的话，从努门诺尔的最高峰可以看到这座城市闪闪发光的灯光，以及位于其中心的巨大白塔。

阿瓦瑞（Avari）

在觉醒之际，所有的精灵都生活在中洲东部，那里靠近山脉东部、内陆海赫尔卡海岸的欧洛卡尼。但当受到维拉的召唤，所有的精灵需要在星光和不朽之地的灯光承诺之间做出选择。那些选择永恒之光并开始伟大旅程的精灵叫作埃尔达，而那些留下来的精灵叫作"不情愿的"阿瓦瑞。

阿瓦瑞的土地因为黑暗力量和邪恶种族而变得野蛮，所以阿瓦瑞精灵衰败并四处躲匿。他们变成了肉眼看不到的影子和精灵。他们总是住在靠近树林的地方，没有建造城市，也没有国王。后来，在太阳纪元，阿瓦瑞被叫做西尔凡精灵或森林精灵，其中有一些精灵前往西部，后来参与其近亲埃尔达的伟大事务，在埃尔达的带领下，他们繁盛了一段时间，后来又一次走向衰落。

阿瓦沙（Avathar）

位于"不死之地"阿门洲大陆的南部，介于佩罗瑞山脉和海洋之间。阿瓦沙意为"黯影"，因为它确实是一个黑暗、寒冷的沙漠地区。大蜘蛛乌苟立安特一直生活在这片阴暗的土地上，直到被邪恶的米尔寇召唤，并摧毁了维拉双圣树。

阿扎格哈尔（Azaghal）

贝烈戈斯特的矮人国王。在星辰纪元和太阳第一纪元，阿扎格哈尔国王在贝烈瑞安德蓝色山脉的领地因锻造最精良的钢刀和世上最好的矮人盔甲而闻名。这些武器在可怕的泪雨之战中经受了考验，因为当时只有阿扎格哈尔的矮人能经受住恶龙的烈火。正是阿扎格哈尔国王的勇气和力量才使恶龙落荒而逃。

尽管这让阿扎格哈尔付出了生命的代价，但是他把刀深深地刺进了恶龙之父格劳龙的肚子里，并使它从战场上撤退。

阿扎努比扎（Azanulbizar）

卡扎督姆大门外的曾经美丽的山口叫做阿扎努比扎。由于矮人王国在炎魔手中毁灭，王国边上的山口也连同王国（后来叫作莫瑞亚）遭受了恶魔的毁坏。它曾经美丽又神圣，是凯勒布兰特河的源头，能看到异象和预言的镜影湖也在此地。在太阳第三纪元末，这里成为了邪恶力量统治的黑暗和险恶之地，并在2799年成为矮人和奥克血腥战争的最后战场。它被人类称为黯溪谷，在护戒同盟时期是莫瑞亚和洛丝罗瑞恩的黄金森林之间的一块缓冲荒地。护戒同盟前往洛丝罗瑞恩森林中精灵的避难所时也经过了阿扎努比扎。

阿佐格（Azog）

莫瑞亚的奥克国王。阿佐格统治着莫瑞亚这个古老的矮人王国。他是一个特别庞大且令人讨厌的奥克，可能来自乌鲁克族，奥克军团的一个分支。他在第三纪元2790年残害并杀死了矮人国王瑟罗尔。阿佐格对瑟罗尔的谋害导致了矮人和奥克的血腥战争，2799年，在阿扎努比扎的最后一场战役中，奥克被彻底打败。为了给瑟罗尔报仇，铁足戴因将阿佐格的头砍掉，并将其断头钉在木桩上。

B

袋底洞（Bag End）

霍比特人认为袋底洞是整个霍比屯（如果不是整个夏尔）最好的霍比特洞之一。建于第三纪元第二十八世纪，位于袋边街的尽头，巴金斯家族三代：邦果、比尔博和弗罗多都居住于此。3018年，为了护戒同盟，弗罗多将袋底洞卖给了洛比莉亚和洛索·萨克维尔-巴金斯。自3019年9月，在魔戒之战的最后几个月，邪恶巫师萨茹曼对夏尔的短暂统治期间，这里成为他的基地。遭受萨茹曼的摧毁后，袋底洞由洛比莉亚归还给了弗罗多·巴金斯。弗罗多·巴金斯乘坐精灵船离开中洲前往不死之地后，袋底洞成为山姆怀斯·甘姆吉一家和其后代的家园。

巴拉尔（Balar）

在开始的时候，巴拉尔岛是托尔埃瑞西亚的一部分，这个浮岛曾是"大海主宰"乌欧牟的船，他用这艘船将泰勒瑞族带到不死之地。但是，该岛在贝烈瑞安德海岸附近的巴拉尔湾搁浅，叫做"巴拉尔"的部分断裂并留在那里。巴拉尔为乌欧牟的仆人"海浪主宰"欧西所青睐。巴拉尔海岸以富有珍珠而闻名。该岛成为奇尔丹和法拉斯民领地的一部分，在贝烈瑞安德战争期间，它先成为辛达族的避难所，后来成为吉尔-加拉德统治下诺多族的避难所。据说在太阳第一纪元末期愤怒之战结束之际，巴拉尔和贝烈瑞安德的其他部分沉入了海底。

巴尔寇斯人（Balchoth）

在刚铎第十二任执政宰相奇瑞安时期，一些凶猛的野蛮人居住在东部边界的罗瓦尼安。他们是巴尔寇斯人，东夷种族的分支。巴尔寇斯人在安都因河谷南部造成了巨大的恐慌，因为他们的邪恶行为，都受到了居住在幽暗密林多古尔都的黑暗魔君索隆的指示。巴尔寇斯人的残暴行为极有传奇性，人数也非常庞大。在第三纪元2510年，巴尔寇斯人的野蛮部落在安都因河上停放了一支庞大的船队，最后进入了刚铎的领地。他们掠夺了卡伦纳松行省并屠杀当地人民，之后奇瑞安率领一支刚铎大军前来迎战。但是奥克的一支黑色大军从山上出来，从后面袭击了刚铎人。在最黑暗的时刻，刚铎人的援助到来了：洛汗人派了一大批骑兵，击退了巴尔寇斯人和奥克。这就是凯勒布兰特原野之战，在这场战争中，巴尔寇斯人的力量被永远歼灭。野蛮的军队被消灭，此后，凶猛的巴尔寇斯人再也没有在历史记载中出现过。他们被击败后，很快就从中洲的土地上完全消失了。

巴林（Balin）

梭林的矮人同伴。巴林于2763年出生在埃瑞博山下的王国。然而，在2770年斯毛格恶龙赶走了这里所有的人。2790年，巴林跟随国王瑟莱茵二世参与了血腥的矮人和奥克之战，之后他在蓝色山脉的矮人群体中定居了一段时间。2841年，巴林和国王瑟莱茵二世开始了回到埃瑞博山这场注定不幸的征途。瑟莱茵二世在这一旅程中失踪，最后死亡。巴林回到蓝色山脉。整整一个世纪后，他与梭林和同伴成功地远征埃瑞博，最后杀死斯毛格恶龙，重建了山下王国。2989年，巴林离开埃瑞博山，试图在莫瑞亚重建一个矮人王国。巴林与炎魔和其奥克部落作战五年，但最后巴林和其追随者不堪重负，全部被杀害。

炎魔（Balrogs）

最可怕的迈雅精灵，被转化成恶魔，成为"黑暗大敌"米尔寇的仆人。在高级精灵语中，他们叫做维拉劳卡，但在中洲，他们被称为"强大的恶魔"炎魔。

在所有米尔寇的生物中，只有龙的力量更强大。巨大而笨重的炎魔是人形恶魔，鬃毛火苗灼烧和鼻孔喷出火焰。他们似乎在黑影云层中移动，他们的四肢能像巨蛇一样盘绕。炎魔的主要武器是火焰长鞭，虽然他们也携带权杖、斧头和火焰之剑，但是他们的敌人最害怕火焰长鞭。这一武器非常可怕，炎魔正是用火焰长鞭将连维拉都不能摧毁的邪灵"大蜘蛛"乌苟立安特从米尔寇的领地驱赶出去。

炎魔种族中最臭名昭著的便是炎魔之首和安格班的统帅勾斯魔格。在贝烈瑞安德战役中，有三位高级精灵王倒在勾斯魔格的鞭子和黑斧下。星下之战后，最出名的精灵王费艾诺在安格班门前被勾斯魔格砍倒。在爆炎之战中，他杀死诺多族的至高王芬巩。最后，勾斯魔格再次为诺多服务，带领大量炎魔和食人妖卫兵，集结奥克军团和龙族进攻和洗劫刚多林王国，并杀死精灵国王埃克塞理安。但正是在王之广场的刚多林陷落中，勾斯魔格死在了他刚刚杀死的埃克塞理安的手中。

在米尔寇的每一次崛起和每一次战斗中，炎魔都是他最重要的拥护者之一，因此，在愤怒之战的大灾难永远结束米尔寇的统治之时，也在很大程度上终结了炎魔这一邪恶种族。

据说有些从愤怒之战逃走幸存下来的炎魔，他们把自己埋藏在山脉之下幽深的地底，千百年来，再也没有这种邪恶生物的相关消息，绝大多数人相信这些恶魔已经从中土大陆上永远消失了。但是，在第三纪元期间，喜欢深度钻研的莫瑞亚矮人们机缘巧合般地释放了原本埋藏于地底的炎魔。这些炎魔刚被释放，就击败了两名矮人国王，并且召集了奥克和食人妖来协助他们，将矮人永远地从莫瑞亚驱逐了出去。正如《西界红皮书》当中所描述的那样，炎魔无法撼动的统治一直持续了两个世纪，直到在卡扎督姆石桥之战后，他们才被灰袍巫师甘道夫在齐拉克-齐吉尔的顶峰击败并被抛下山巅。

班那其（Banakil）

直到太阳第三纪元第一个千年，人类才在迷雾山脉东部的安都因河谷第一次注意到叫做"霍比特人"的半身人族班那其。他们比矮人还小并且对其他种族非常害羞，过着平静的生活，在此之前没有历史记叙他们的起源。尽管他们对于精灵和人类来说并不重要，但是《西界红皮书》讲述了他们的行为对于第三纪元居住在中洲的强者战争的决定作用。他们以"霍比特人"的名字，在讲述魔戒之战的歌曲和传说中声名远扬，因为这场战争结束了魔多黑暗魔君索隆的邪恶统治。

巴拉督尔（Barad-dur）

在太阳第二和第三纪元，魔多邪恶之地的巴拉督尔是中洲最伟大的堡垒塔。它被人类称为邪黑塔，被奥克称为路格布尔兹，它是在第二纪元的第一个千年之后由索隆利用魔戒之力建造的。巴拉督尔在第二纪元两千多年来，一直是魔戒邪恶帝国的中心，但在3434年，它被精灵和登丹人的联合部队包围。经过七年的围困，在3441年，这座塔被占领，索隆的统治被推翻。在接下来的第三纪元二十九个世纪中，巴拉督尔成为巨大的废墟，但因为它是由魔法之力建成的，只要至尊戒的力量尚在，它的地基就不会被摧毁。所以当索隆最终在第三纪元2951年回到魔多时，他能够重建并恢复邪黑塔以前的力量。它现在看来是所向无敌的。但是索隆并没有指望发现魔戒。在3019年，至尊戒在末日山的大火中被摧毁，随着至尊戒的毁灭，索隆的权力也被彻底摧毁，巴拉督尔的地基也随之破裂坍塌。

图片：炎魔——最恐怖的恶魔。炎魔是被黑暗魔君米尔寇腐化的迈雅火精灵。这些巨大恶魔的鬃毛火苗灼烧和鼻孔能喷出火焰。

神箭手巴德（Bard the Bowman）

河谷一族和屠龙者。巴德在长湖镇出生并长大，他是曾被金龙斯毛格摧毁的河谷城的流放者。他坚强有力，面色沉重，声称是河谷城著名弓箭手吉瑞安的后裔。在第三纪元2941年，城市的建造者纷纷逃命，巴德使用其弓箭技艺，正中强大的斯毛格盔甲下的致命点。后来他带领人类军队在五军之战取得了胜利。在此战争之后，巴德使用龙骑兵团的黄金储备的一部分来重建长湖镇和河谷城。成为河谷城历代王朝的第一位国王。他于2977年去世，之后，他的儿子贝恩继承了王位。

巴德一族（Bardings）

太阳第三纪元最后一个世纪，生活在幽暗密林和铁丘陵之间的强壮北方人中，有一些人被称为"巴德一族"。在此之前，这些人被称为"河谷城臣民"，他们居住在孤山脚下富饶的河谷城。但是，当恶龙斯毛格来到孤山时，河谷城被洗劫一空，人们纷纷逃离。长湖镇的长湖人给他们提供了避难所，时间长达两个世纪。那时，在这些被放逐的河谷城臣民中，出现了国王的继承人，他被称为"弓箭手巴德"。他是一个伟大的战士，一个冷酷而又坚韧的人。当孤山恶龙斯毛格再次进攻时，巴德用黑箭射穿了它的胸膛，解放了这片大地。

于是巴德成为他的人民的统治者，用从恶龙斯毛格那里获得的一部分财富，重建了河谷城，并再次围绕它建立了一个富裕的王国。因此，为了纪念这位英雄，从那时起河谷城的所有人都以他的名字命名。

古冢岗（Barrow Downs）

坐落在夏尔和老林子东部的连绵矮山丘，由于该丘陵巨冢遍布，坟冢到处可见，故名"古冢岗"。在第三纪元，许多人认为这是中洲最古老的男性墓地，它们受到了阿尔诺登丹人的崇敬。古冢岗没有树木，也没有水，只有青草覆盖着圆顶状的小山，小山四周环绕着石头，山顶上覆盖着巨石。在与安格玛巫王的战争中，卡多蓝残余的登丹人在古冢岗林立的古冢之间负隅顽抗。然而，在1636年，由于古冢尸妖这种鬼魅的存在，古冢岗变得不再安宁，安格玛巫王派出的恶魔尽其所能地在这片土地上作恶，使得古冢岗成为一个暗淡无光的骇人之地。在第三纪元的3018年，一个名叫弗罗多·巴金斯的"持戒人"来到了这片闹鬼的土地上。要不是有古灵精怪的森林精灵汤姆·邦巴迪尔的加入，霍比特人冒险家一定会被古冢岗的邪恶生物夺去生命，魔戒的追寻也会早早地结束。

古冢尸妖（Barrow-Wights）

在老林子外边的白兰地河以西是丘陵地带，这是中洲最古老的人类墓地。那里既没有树木，也没有水，只有青草覆盖着的圆顶状的小山，山顶覆盖着巨石和巨大的白骨石环。

这些小山就是在第一纪元为努门诺尔人建造的坟冢。许多世纪以来，古冢岗都是神圣而受人尊敬的，直到许多可

怕而痛苦的灵魂从安格玛巫王的魔域被释放出来，穿越中洲，绝望地躲避耀眼的阳光。那些身体已经被摧毁的恶魔们在寻找其他可以容纳他们邪恶灵魂的躯体。因此，古冢岗成了一个闹鬼、令人恐惧的地方。恶魔们变成了古冢尸妖、不死族，他们利用了那些第一纪元曾在此生活过的努门诺尔人的尸骸及华贵的甲胄。

　　古冢尸妖是黑暗力量的仆役，可以侵入别人的眼睛、心脏和思维，甚至粉碎其意志。他们是变形者，可以从一个形状转换到另一个形状，并且可以随心所欲地改造生命形式。最常见的情况是，一个古冢尸妖假扮成一个眼睛明亮而冰冷的黑暗幽灵，向粗心大意的旅行者扑来。那个身影的声音立刻变得恐怖起来，并且带有催眠效果；它那瘦骨嶙峋的手摸起来像坚冰，握起来像陷阱的铁钳。一旦受到不死族的蛊惑，受害者就没有了自己的意志。就这样，古冢尸妖把活人拉进了山上的宝藏坟墓。在绿色的半明半暗的灯光下，古冢尸妖把他的牺牲品放在石头祭坛上，用金链捆起来，此时，可以听到在古冢里回荡着一群痛苦的灵魂所唱的凄凉的合声。"那些玷污了古冢岗的不死邪灵——古冢尸妖，他

图片：古冢尸妖。不死的邪恶灵魂，在古冢岗附近游猎。它们能让早已死去的人的尸体重新活动，或者蛊惑不幸的旅者进入古冢岗丘陵地带的坟墓，随后将他们杀害。

们能够激活亡故已久的先祖的尸体，或是迷惑不幸的旅客进入那个他们将被无情杀害的坟墓。"

他给牺牲品披上死者的裹尸布和珍贵的陪葬珠宝，然后用一把祭祀用的剑结束牺牲品的生命。

在黑暗中，这些邪灵十分强大，只有用强有力的咒语才能把他们制服。他们只有暴露在阳光下才能被摧毁，而他们最痛恨和害怕的就是光线。这些古冢尸妖是迷失且受尽折磨的灵魂，他们留在中洲的最后机会就依赖于地下墓穴里所带来的黑暗。一旦一个墓穴石室被打破，光线就会倾泻到古冢尸妖上，它们就像太阳前的薄雾一样消失，永不复生。

蝙蝠（Bats）

"黑暗大敌"米尔寇在黑暗中繁殖了许多生物，吸血蝙蝠就是其中之一。没有故事告诉我们它们是由鸟还是野兽培育而来的，但人们知道它们是邪恶的奴仆。蝙蝠的欲望和习性非常适合于邪恶的目的，甚至有传言说米尔寇最强大的使者在需要的时候也会使用蝙蝠的形状。这也是"神秘阴影的女人"——吸血鬼凤林格威希以及索隆他自己在逃离"索隆之岛"——"托尔·因·皋惑斯"时所采用的化身，一只巨大的宽翼蝙蝠。《霍比特人》的故事还讲述了在太阳第三纪元五军之战中，黑风暴云般的蝙蝠带着大批奥克和狼人，在空旷的战场上与人类、精灵和矮人作战。

贝拉因（Belain）

在阿尔达的内部，从一开始就有一个守护者种族，他们在高等精灵的语言中被称为"维拉"。贝烈瑞安德的灰精灵称他们为"贝拉因",意思是"力量之神"。

贝烈盖尔（Belegaer）

把中洲和不死之地分开的广阔的西部海洋被称为"贝烈盖尔"，精灵语的意思是大海。是由"众水主宰"（海洋之王）维拉乌欧牟、"海浪"迈雅欧西及其妻子乌妮共同掌管的海域。贝烈盖尔北起赫尔卡瑞拉克西（又称"坚冰海峡"，曾连接着两块大陆），南至阿尔达的南边界，中心是努门诺尔。

贝烈戈斯特（Belegost）

于星光第二纪元建于贝烈瑞安德地区蓝色山脉之上的两个古老矮人城邦之一（另一个是诺格罗德城），贝烈戈斯特在精灵语中意为"大堡垒"。在矮人所使用的库兹都语中，也被称为"加比加索尔"或是"大堡垒"。贝烈戈斯特的矮人是最先进入贝烈瑞安德地区的人，他们也是中洲最优秀的铁匠和石匠。贝烈戈斯特的矮人最先锻造出了锁子甲。他们用自己锻造的无与伦比的钢铁武器与辛达精灵进行贸易，并且在灰精灵王辛葛的委托下，雕刻出了最美丽的王国——千石窟宫殿明霓国斯。在精灵宝钻争夺战中，贝烈戈斯特的矮人赢得了巨大的声誉。只有他们在无尽的泪雨之战中才能抵挡住龙焰，因为他们是一个习惯于高温的铁匠种族，头盔上戴着钢铁制成的防火面具，保护着他们的脸。虽然贝烈戈斯特的国王阿扎格哈尔勋爵在这场战斗中被杀，但他打伤了格劳龙，迫使恶龙之父和恶龙的所有后代逃离战场。然而，尽管贝烈戈斯特的矮人英勇而坚定，当大决战结束时，他们的王国，连同贝烈瑞安德的所有人，都被大海吞没了。那些幸存下来的少数人逃往东部，在卡扎督姆的王国里找到了避难所。

贝烈瑞安德（Beleriand）

直到它在太阳第二纪元开始下沉之前，贝烈瑞安德都位于中洲最西北的蓝色山脉以西。在"大迁徙"中，所有的埃尔达人都经过了贝烈瑞安德，但泰勒瑞族待的时间最长，他们在那里等待海洋之王乌欧牟带他们去不死之地。事实上，并不是所有的泰勒瑞族都离开了，多瑞亚斯的辛达精灵（或灰精灵）和法拉斯的精灵都留在了那里，在星光纪元，他们在那里建立了美妙的王国。同样，从东方来了另一个残存的泰勒瑞族人——莱昆迪精灵，他们定居在欧西瑞安德的河川地带和蓝色山脉以东。后来，在太阳第一纪元，从不死之地回来的诺多建立了纳国斯隆德、希姆拉德、沙盖理安、多松尼安、刚多林、米斯林、奈芙拉斯特和东贝烈瑞安德等城市要塞。除了精灵，还有两个矮人王国——诺格罗德城和贝烈戈斯特、几个流浪的人类部落，最后还有来自魔苟斯邪恶王国安格班的奥克、炎魔、恶龙和其他怪物的入侵。正是这些来自魔苟斯的可怕入侵，最终在精灵宝钻争夺战中毁灭了每一个精灵王国，并且直接引发了大决战。在这场战争中，维拉亲自来摧毁米尔寇，但这样也摧毁了贝烈瑞安德，并最终被西方的大海吞没。

贝奥恩（Beorn）

来自北方的贝奥恩族的首领，在第三纪元的最后几个世纪里，贝奥恩族生活在迷雾山脉和幽暗密林之间的安都因河谷里。他和林中居民守护着卡尔岩渡口和迷雾山脉的高隘口免受来自奥克和座狼的侵扰。贝奥恩身材高大，蓄着黑胡子，穿着一件粗毛外衣，手里拿着一把樵夫的斧头。他是一个狂暴的战士，拥有"换皮人"的能力，可以变成熊的形状。在2941年，贝奥恩庇护了索林和同伴，后来又和他们一起参加了五军之战。在那次战斗中，贝奥恩变成了熊的形状，杀死了许多奥克。

贝奥恩族（Beornings）

在太阳第三纪元，有一群孤独的北方人守卫着卡尔岩渡口和罗瓦尼安的高隘口，远离奥克和座狼的侵扰。这些人就是贝奥恩族，他们头发乌黑浓密、蓄着黑胡须、身穿粗羊毛衣服。他们扛着樵夫的斧头，外貌粗犷，肌肉发达，但品格很高尚。他们是以一个名叫"贝奥恩"的勇猛战士的名字命名的。通过某种咒语，他可以变形成为一只巨大的熊。由于害怕这个熊人，迷雾山脉的奥克和座狼都远远躲着他们。

贝奥恩从哪儿学来的变形术不得而知，但他是第一代伊甸人的远亲。《精灵宝钻》讲述了伊甸人的一些人是如何变形的。其中最伟大的是贝伦，他和贝奥恩一样，长期独自生活在森林里，不吃肉。和贝奥恩一样，野兽和鸟类聚集在贝伦身边，帮助他与奥克和座狼作战。在精灵宝钻任务过程中，人们讲述了贝伦是如何从埃尔达那里学会了变形的艺术：首先以奥克的形象出现，然后变成一只大灰狼。所以，也许贝奥恩和他的族人继承了其中的一些魔法，又或者，贝奥恩长时间和熊生活在一起，所以才学会了这种技能。不管流传的传说是什么，据说这种变形术代代相传，传给了贝奥恩的后代。在魔戒战争中，贝奥恩的儿子格里姆·贝奥恩率领着贝奥恩族，与林中居民和幽暗密林的精灵们并肩作战，把邪恶永远赶出了那个地方。由于贝奥恩族在战斗中表现出的可怕力量和狂怒，熊皮武士的传说在人类的记忆中流传了很长时间。

贝伦（Beren）

伊甸人，多松尼安的领主。贝伦是伊甸王巴拉希尔的儿子。贝伦出生于第一纪元第四世纪，是多松尼安流亡者中唯一的幸存者，也是唯一一个越过恐怖山脉，穿越巨型蜘蛛王国的人。进入多瑞亚斯后，贝伦遇见了国王辛葛的女儿露西恩公主和迈雅族的美丽安，并爱上了露西恩。辛葛禁止他们结婚，除非贝伦给他带来一颗精灵宝钻。贝伦毫不气馁，踏上了寻找精灵宝钻的征程。贝伦在狼人岛上被索隆俘获，差点被他杀死，但他被露西恩和猎狗胡安救了出来。此后，露西恩和贝伦进入安格班，露西恩在那里施了魔咒，贝伦从魔苟斯的王冠上砍下了一颗精灵宝钻。当他们逃跑的时候，安格班的狼人咬掉了贝伦的手，把他的手和手里的精灵宝钻都吞了下去。贝伦和露西恩逃到了多瑞亚斯，维拉的猎犬胡安杀死了狼人。贝伦捡回了精灵宝钻并且活了下来，把精灵宝钻交到了辛葛手中。在贝伦死后，露西恩很快就消瘦了，死于悲伤，但她说服了灵魂的主宰曼督斯，让她和贝伦都在中洲转生，作为凡人生活。这项要求被批准了，他们回到了欧西瑞安德平静地生活，直到五世纪初。贝伦只有一次冒险离开，那就是为辛葛的死报仇，夺回精灵宝钻。

比弗（Bifur）

索林孤山远征队成员。比弗参加了第三纪元2941年进行的埃瑞博任务，在这场任务中，恶龙斯毛格死了，并且他们成功重建了孤山脚下的矮人王国。比弗在五军之战中幸存下来，随后他在埃瑞博王国生活定居。

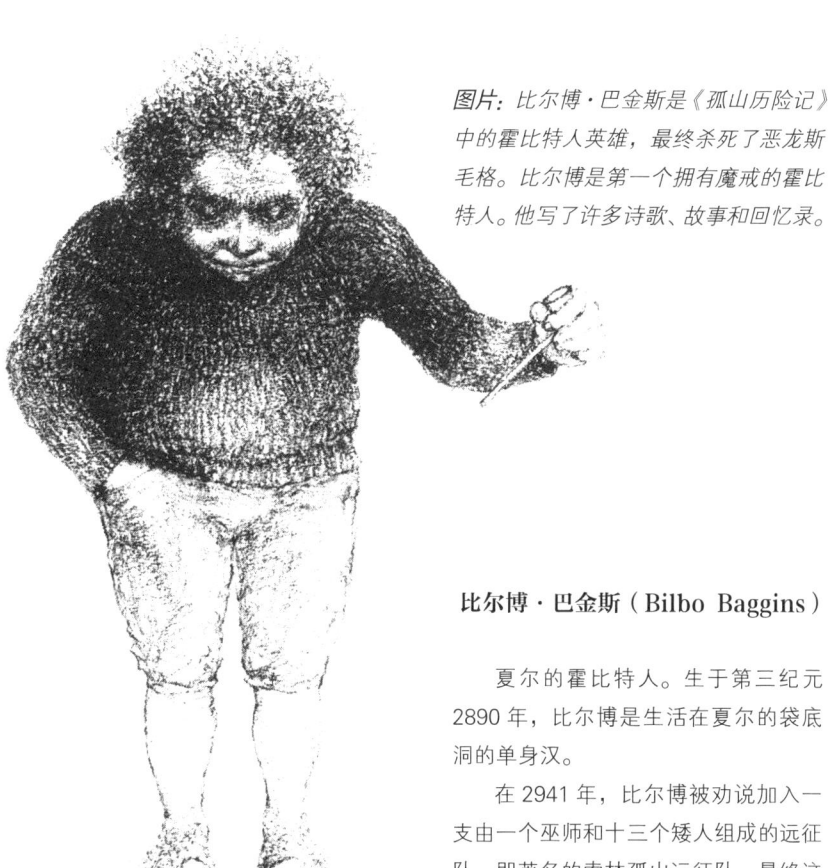

图片：比尔博·巴金斯是《孤山历险记》中的霍比特人英雄，最终杀死了恶龙斯毛格。比尔博是第一个拥有魔戒的霍比特人。他写了许多诗歌、故事和回忆录。

比尔博·巴金斯（Bilbo Baggins）

夏尔的霍比特人。生于第三纪元2890年，比尔博是生活在夏尔的袋底洞的单身汉。

在2941年，比尔博被劝说加入一支由一个巫师和十三个矮人组成的远征队，即著名的索林孤山远征队，最终这场冒险导致了斯毛格的死亡以及孤山脚下的矮人王国埃瑞博的重建。比尔博带着他在冒险中赢得的恶龙黄金的一小部分回到夏尔，过了大约60年。在这次冒险中，比尔博获得了一枚神秘的戒指，它有让佩戴者隐形的能力。但是，后来发现这枚戒指其实是属于索隆的至尊魔戒。在3001年，比尔博举办了一场盛大的生日宴会，随后在众人眼前消失了，给他的继承人及侄子弗罗多·巴金斯留下了他的财富、袋底洞和那枚至尊魔戒。比尔博后来在幽谷过着相当于僧侣的生活，他写了20年的诗歌、故事和精灵

大种人（Big Folk）

对于矮小、害羞的霍比特种族来说，其他种族（除了精灵）都是粗狂、大声喧哗并且粗心大意的。他们认为其他种族的事务会威胁到霍比特人的生活，他们似乎对人类的伟大王国没什么兴趣，所以不管这个人类是何出身，霍比特人都叫他们"大种人"。

传说，还有他的回忆录，书名是《去而复返》，还有他的三卷学术著作《精灵语》（译本）。魔戒战争结束后，131岁的比尔博和弗罗多一起向西航行，到达了不死之地。

黑努门诺尔人（Black Numenoreans）

《努门诺尔沦亡史》讲述了努门诺尔人的国家的故事，其中有关于黑努门诺尔人的部分。在太阳第二纪元，努门诺尔人国家在阿尔达岛上作为人类最强大的王国而繁荣昌盛。但在第二纪元3319年，它永远地沉到了西部海洋贝烈盖尔的海底。大多数努门诺尔人都死了，但有些人在中洲灭亡前就离开了，所以幸存了下来。

一部分从灾难中幸存下来的人被称为"黑努门诺尔人"。生活在中洲的黑努门诺尔人，在南方的海岛上建造了名叫"乌姆巴尔"的港口。黑努门诺尔人具备强大的海军实力，在许多世纪里，他们袭击和掠夺着中洲的海岸。他们是索隆的盟友，因为索隆来到他们中间，通过骄奢淫逸蛊惑了他们，给了他们许多礼物。他把力量之戒给了三个黑努门诺尔人，这三个人被称为那兹古尔。另外两个人，分别是赫鲁默和富伊努尔，被他赋予了其他权力，让他们成为南蛮子的领主。

黑努门诺尔人经常北上来到刚铎和阿尔诺的土地上，以考验他们的力量，对抗努门诺尔人的另一个高贵的残余种族，即埃兰迪利，也称精灵之友。因为作为索隆的盟友，黑努门诺尔人反对精灵的一切，最重要的是，他们憎恨这些人，认为这些人背叛了努门诺尔和他们的国王。黑努门诺尔人被证明是非常强大的敌人，一千多年来他们一直忍受着掠夺。但最后，在第三纪元的第十世纪，埃雅尼尔一世国王在刚铎崛起，将乌姆巴尔的黑努门诺尔伦人的海上势力彻底消灭，并夺取了他们的避难所。乌姆巴尔成为了刚铎的堡垒，尽管在随后的岁月里，黑努门诺尔人再次崛起，但他们最终在第三纪元1050年被刚铎的哈尔门达奇打败，从此再也没有成为乌姆巴尔的统治者。此后，这个强大种族的流浪者与南蛮子和海盗族融合在一起，其他人则住在米那斯魔古尔和魔多。正如《西界红皮书》当中所说，其中一人成为黑暗魔君的发言人之一，名叫"索隆之口"。但第三纪元的终结也是黑努门诺尔人的终结，因为索隆给他们的权力随着他的倒台而消失，第四纪元的史册也不再提到这些人。

黑骑手（Black Riders）

在精灵铁匠和迈雅索隆铸造了力量之戒之后的几个世纪里，九个骑着黑色骏马的黑骑手出现在中洲。很少有人知道黑骑手是什么人，但智者知道他们曾经是人，在魔戒的力量下变成了不死的幽灵。这些黑骑手是魔戒之主索隆的仆人中最强大的存在，在奥克族的黑语中，他们的名字是那兹古尔。

蓝色山脉（Blue Mountains）

标志着精灵世界贝烈瑞安德东部边界的巨大山脉就是蓝色山脉——埃瑞德路因山脉。这是双胞胎矮人王国贝烈戈斯特和诺格罗德的家园。然而，在太阳第一纪元结束，贝烈瑞安德的精灵和矮人王国被摧毁后，除了一小部分，其余蓝色山脉沉入大海。甚至那仍存留在陆地上的蓝色山脉，也被隆恩湾分割成了两部分。在这里，贝烈瑞安德的法拉斯民精灵造船大师奇尔丹建造了灰港，这是中洲埃尔达族的最后一座港口。在蓝色山脉以西那块仅存的一小块贝烈瑞安德土地上，有一个叫林顿的地方，是吉尔-加拉德的王国，中洲上埃尔达族最后一位诺多至高王。直到第三纪元，林顿作为精灵领地幸存下来，蓝色山脉仍然是一些矮人种族的家园和避难所。

野猪（Boars）

狩猎野猪是精灵和阿尔达人之间的一项运动。即使是森林之王维拉猎人欧洛米，也会用猎狗和骏马追赶这些林地里长着獠牙的野兽。

最著名的狩猎野猪的故事是《列王纪事》当中所述的洛汗国王死在野猪的獠牙之下的故事。洛汗人福尔卡是一位勇猛的战士和猎人，是洛汗王国的第十三名国王，但他在埃韦霍尔特追赶的野猪凶猛而巨大。因此，在白色山脉山麓下的菲瑞恩森林中进行的狩猎竞赛当中，一场激烈的战斗里福尔卡和那只巨大的野猪都杀死了对方。

波弗（Bofur）

波弗是第三纪元 2941 年矮人索林孤山远征队的成员之一。这次探险最终导致了恶龙斯毛格的死亡以及山下矮人王国埃瑞博的重建。索林死后，波弗和同伴们宣誓效忠铁足戴因，心满意足地在埃瑞博度过了余生。

波尔格（Bolg）

迷雾山脉的奥克之王。来自北方的波尔格是阿佐格的儿子，阿佐格是奥克之王，在奥克与矮人之战最后的阿扎努比扎之战中被铁足戴因杀死。和他的父亲一样，波尔格是一个特别巨大而强壮的奥克，因此可能属于一种叫做乌鲁克族的超级兽人种族。在 2941 年，波尔格率领一支由奥克和座狼组成的庞大军队参加了五军战役。就在那次战斗中，他被贝奥恩——贝奥恩族的首领杀死了。

邦伯（Bombur）

邦伯是第三纪元 2941 年矮人索林孤山远征队的队员之一。这次探险最终导致了恶龙斯毛格的死亡以及山下矮人王国埃瑞博的重建。邦伯和他的同伴比弗、波弗一样，都是莫瑞亚矮人，但并不是都灵的后裔。甚至在邦伯的全盛时期，他也一直是个矮胖的矮人，然而，在以后的生活中他变得非常肥胖臃肿，甚至不能走路，要在其他六个矮人的帮助下才能行动。在这次探险之后，邦伯在埃瑞博度过了余生。

波洛米尔（Boromir）

刚铎的登丹人领主。刚铎的执政宰相德内梭尔二世的长子。波洛米尔出生于第三纪元2978年，是俊美的刚铎宰相的继承人。在3018年，他勇敢地领导欧斯吉利亚斯的军队对抗索隆的军队。在他和他的兄弟法拉米尔做了一个预言性的梦之后，他去了幽谷的精灵王国，成为了护戒远征队的一员。他与护戒远征队一路上遭遇了诸多危险，一直走到涝洛斯瀑布附近的阿蒙汉山，他曾被夺下至尊魔戒的欲望所控制，试图杀死持戒者弗罗多·巴金斯。

虽然波洛米尔很快就忏悔了，但弗罗多还是只在山姆怀斯·甘姆吉的陪伴下继续着摧毁魔戒的任务。不久之后，波洛米尔在战斗中牺牲，他在一次奥克的袭击中英勇地保卫了霍比特人梅里阿道克·白兰地鹿和佩雷格林·图克，让他们得以撤退。波洛米尔被正式安葬在涝洛斯瀑布。

魔多的荆棘（Brambles of Mordor）

在中洲东南的魔多上矗立着戈埚洛斯山脉，魔戒之主索隆的熔炉就坐落在那里。据说在这片有毒的土地上什么也没有生长，但正如《西界红皮书》当中所描述的一样，有些生命确实敢于在这片贫瘠的土地上生长。在有遮蔽的地方，扭曲的树形和发育不良的灰色草地断断续续地生长着，尽管树叶被硫磺蒸汽和孵化的蛆虫弄得残破发皱，但在中洲，没有任何地方的荆棘长得如此巨大和凶猛。魔多的荆棘是丑陋的，有一英尺长的刺，像带刺的矿石一样锋利，像一束束盘绕的钢丝。它们确实可以称为"魔多之花"。

白兰地河（Brandywine River）

在太阳第三纪元，白兰地河是埃利阿多三大河流之一。它从暮暗丘陵和暮暗湖流出，那里曾经是沦陷的阿尔诺王国的中心，向西南流经夏尔和老林子，一直流到蓝色山脉南端的大海。在流经之处似乎只有两处渡口：夏尔南部的萨恩渡口和夏尔东部、老林子以北、东大道上的白兰地桥。在精灵语，这条河叫做巴兰都因，意为"金棕色的长河"，指的正是其颜色。白兰地河这个名字最初为霍比特语"Branda-nin"的翻译，意为"边界之河"，因为它标志着夏尔的东部边界。随着时间的推移，这个名字被改为"Bralda-him"，意为"易醉的麦酒"，因此翻译成"白兰地河"。

不理（Bree）

不理是不理地区的主要村庄（其他村庄包括库姆、阿切特和斯台多），据说它是在太阳第二纪元由来自黑蛮地的人类建立的。它位于东大道和北大道的交叉口，这条路在夏尔以东，在曾经阿尔诺王国的中心地带，是大约100个霍比特人和人类的家园。到魔戒大战时，不理的规模和重要性都大大不如阿尔诺的伟大时代。然而，考虑到阿尔诺在安格玛的巫王时代所遭受的巨大破坏，不理居然活了下来，这实在令人惊讶。能够生存下来，部分无疑是由于北方游民的保护，部分是由于它在两条主要贸易路线交叉处的天然战略地位。对于许多在这条路上旅行的人来说，不理最有名的地方是"腾跃小马旅馆"，这是当地最古老的旅馆，也是最可能了解远近消息和八卦的地方。

布瑞希尔（Brethil）

在沦陷大陆贝烈瑞安德，曾经有大片的桦树森林。在灰精灵的辛达语中，这些土地上的树木被称为"布瑞希尔"，它们的美丽深受精灵们的赞赏。

C

凯尔安德洛斯（Cair Andros）

在第三纪元第三十世纪，由刚铎第二十三任执政官图灵二世（Turin Ⅱ）修筑的凯尔安德洛斯是安都因河上的一座岛屿，守卫着进入刚铎和洛汗王国入口的白塔以北。这是一座特殊的岛屿和要塞，形状像一艘巨大的船，船头高高朝上游驶去。河流强烈地抵抗这种"船头"向上的趋势，这也正好是这座岛屿之名的注脚，意为"长沫之船"。在魔戒大战期间，凯尔安德洛斯被刚铎的人顽强地守护着，但最终在魔多的力量下陷落了。然而，在佩兰诺平原决战和索隆的军队撤退后，凯尔安德洛斯被刚铎重新夺回。

卡拉奇瑞安（Calacirya）

在高等精灵语中，字面上的意思就是"光穿过的地方"，卡拉奇瑞安也称为"光之隘口"，这是穿越不死之地佩罗瑞山脉的必经之地，在维拉的双树纪元，双圣树的福光通过卡拉奇瑞安洒下。图娜山坐落在这条隘口的中间，图娜山上所建的提力安是埃尔达玛高等精灵的主要城市。

卡拉昆迪（Calaquendi）

《精灵宝钻》讲述了那些在中洲崛起的精灵们是如何在维拉双树纪元时代来到不死之地的。这些朝圣者被称为"卡拉昆迪"或"光明精灵"。在很长的时间里，他们在双树永恒圣辉的照耀之下生活着，并且他们因双树圣辉而变得高贵起来，身体也获得了强化，在维拉和迈雅的教导之下，获得了巨大的学识。

将卡拉昆迪与中洲的精灵进行比较，就好比将钻石与煤炭进行比较。卡拉昆迪的精神像他们的剑刃一样明亮，他们的灵魂强壮而凶猛，就像他们眼中闪耀的明火。在他们面前，除了最强悍的米尔寇的侍从外，所有的人都肃然起敬。

卡拉斯加拉松（Caras Galadon）

隐藏的洛丝罗瑞恩精灵王国的主要城市是卡拉斯加拉松，又名树木之城。按字面理解，它意为"精致的树上小屋"，建在洛丝罗瑞恩中心一棵巨大的拥有银色树皮的瑁珑上。它也是洛丝罗瑞恩的统治者、中洲中第三纪元留存下来的最高级别的精灵凯勒博恩和加拉德瑞尔的皇家宫廷。魔戒战争结束后，加拉德瑞尔离开了中洲，凯勒博恩搬到了洛丝罗瑞恩东部，卡拉斯加拉松被精灵抛弃了，而保护它的咒语也消失了，洛丝罗瑞恩也不复存在。

卡哈洛斯（Carcharoth）

安格班的狼人，卡哈洛斯意为"红色的咽喉"，是有史以来最大的狼人。他是安格班之门的守护者，从未睡过觉，在太阳第一纪元期间，他被魔苟斯用鲜活的肉体养大。在追求精灵宝钻任务中，卡哈洛斯咬掉了贝伦的手，吞下了手和精灵宝钻。精灵宝钻使野兽充满了可怕的火焰，他狂奔起来，杀死了路上的每一个人。可怕的是，燃烧的宝石使他的力量比以前更强大。但最后，他遇到了他的对手：维拉猎狼犬胡安。在随后的战斗中，卡哈洛斯用毒牙杀死了胡安和贝伦，但最后他自己却被自身的火焰杀死了，他的肚子被切开并在里面找到了精灵宝钻。

凯勒博恩（Celeborn）

洛丝罗瑞恩的精灵王。凯勒博恩是多瑞亚斯的辛达王子辛葛的亲属。在第一纪元他迎娶了诺多一族的公主——加拉德瑞尔，并且两人育有一独生女——凯勒布莉安。当贝烈瑞安德沦陷，凯勒博恩与加拉德瑞尔逃往林顿地区，他们在那里一直待到了第二纪元的第八世纪，随后他们在精灵铁匠居住的王国——埃瑞吉安定居。在此之后，凯勒博恩与加拉德瑞尔在银脉河流域的金色森林建立了洛丝罗瑞恩。在魔戒大战期间，凯勒博恩在敌人的三次侵袭下力保洛丝罗瑞恩，随后领导他的精灵部队进军幽暗密林，摧毁了索隆的要塞多古尔都。在第三纪元末，加拉德瑞尔乘船前往不死之地，凯勒博恩没有跟随前往。随着加拉德瑞尔的离去，凯勒博恩和他的西尔凡精灵子民们离开了洛丝罗瑞恩，在幽暗密林南部建立了东罗瑞恩。凯勒博恩统治了东罗瑞恩一段时间，随后退位前往幽谷。不久之后，大家相信他也前往不死之地。

凯勒布兰特河（银脉河）（Celebrant）

在人类的语言中被称为"银脉"，矮人语称之为"奇比尔-纳拉"（Kibil-nâla），凯勒布兰特河是精灵语的称谓，意为"银色航线"，该河起源于白色山脉，流经阿扎努比扎、洛丝罗瑞恩的金色森林，最后汇入安都因河。在第三纪元，护戒远征队从莫瑞亚的大门出发，沿着凯勒布兰特河的航线前往洛丝罗瑞恩的金色森林。

凯勒布莉安（Celebrian）

洛丝罗瑞恩的精灵公主。凯勒布莉安是凯勒博恩与加拉德瑞尔的独生女。在第三纪元的最后一个世纪，凯勒布莉安与幽谷之主半精灵埃尔德隆结婚。他们育有三个子女：埃尔拉丹、埃洛希尔、埃尔汶。在第三纪元2509年，凯勒布莉安从幽谷动身前往洛丝罗瑞恩，她们一行受到一群邪恶奥克的袭击。虽然凯勒布莉安被她勇敢的儿子救了出来，但她的毒伤却无法愈合。她忍受了一年痛苦的折磨，但最后她航行到不死之地，在那里，维拉将治愈她。

凯勒布林博（Celebrimbor）

埃瑞吉安的精灵国王。星辰纪元出生的凯勒布林博是诺多族王子、库茹芬之子、精灵宝钻的制作者费艾诺之孙。他参加了精灵宝钻争夺战和大决战。在第二纪元750年，他建立了"珠宝冶金匠行会"，即精灵工匠行会。他从矮人那里得到了秘银和许多其他贵重金属，并锻造了当时最好的武器和珠宝。但是，就像费艾诺一样，凯勒布林博总是想创造出比他之前任何时代都更好、更伟大的东西。是他的精灵工匠铸造了力量之戒。这是他的败局，因为他不知道那个帮助锻造戒指的名为"阿塔诺"的陌生人，正是黑暗魔君索隆。当索隆铸造了至尊魔戒时，凯勒布林博立刻意识到他的悲剧性错误。1693年到1701年间，精灵和索隆阵营之间爆发了灾难性的战争，埃瑞吉安被摧毁，凯勒布林博被杀害。

凯林阿姆洛斯（Cerin Amroth）

在洛丝罗瑞恩精灵王国有一座小山，在那里，精灵王阿姆洛斯在第二纪元建造了他的宫殿。精灵歌谣讲述了阿姆洛斯因为失去自己的挚爱——精灵少女宁洛德尔而悲伤，随后从一艘精灵船中纵身跳入大海的故事。第三纪元末，他在山上的宫殿早已不见，但它被认为是一个充满了不幸爱情的美丽和悲伤的迷人之地。这里到处都覆盖着埃拉诺和妮芙瑞迪尔花，阿拉贡和埃尔汶就是在这里订婚的。在她丈夫死后，埃尔汶自己也来到了这里。

奇尔丹（Cirdan）

精灵，灰港之主。在星辰纪元，奇尔丹成了法拉斯民之主。奇尔丹意为"造船师"，并且他的子民是最先在中土大陆上造船的人。奇尔丹的港口从魔苟斯的奥克军团发起的直至474年的贝烈瑞安德战役中幸存下来，随后奇尔丹和他的子民撤离到巴拉尔岛。贝烈瑞安德沦陷后，奇尔丹成为灰港的领主。被认为是最聪明的精灵之一，他被授予纳雅·凯勒布林博所锻造的精灵三戒之一的"火之戒"。在第二个纪元末，奇尔丹加入了精灵和人类的最后联盟，这导致了索隆的垮台。大约在1000年，他把纳雅送给了巫师甘道夫。1975年，奇尔丹率领一支精灵和人类部队参加佛诺斯特之战，打败了安格玛的巫王。到了第三纪元末期，持戒人离开了奇尔丹的住处。奇尔丹本人在那里一直待到第四纪元，直到最后一批精灵离开。

奇立斯戈埚（Cirith Gorgor）

黑门和尖牙塔是横亘在被称为奇立斯戈埚的"鬼影隘口"上的巨大屏障，这是索隆邪恶的魔多王国的主要入口。这是进入魔多的最大的通道，也是索隆在第二和第三纪元最有力的防御。在这两个时代，这些巨大的防御工事最终都被推倒，山门被打开。

奇立斯乌苟（Cirith Ungol）

在形成西墙和魔多边界的黯影山脉中，有一个很少有人使用的狭窄通道，名叫奇立斯乌苟，即"蜘蛛通道"。这个秘密通道在第三世纪的2000年被那兹古尔的巫王使用，当时他的军队从魔多涌出，包围了米那斯伊希尔（月亮之塔）。2002年，米那斯伊希尔沦陷，并被重新命名为米那斯魔古尔，意为"死亡之塔"。在接下来的一千年里，这条通道被关闭，因为这就是那只名叫希洛布的巨大邪恶蜘蛛的巢穴。任何想到这里来旅行的人都被这个怪物吃掉了。索隆认为现在没有人可以通过这条通道进入他的王国，但在3019年，霍比特人弗罗多·巴金斯和山姆怀斯·甘姆吉在咕噜的陪同下，战胜了希洛布。然后，他们打败了被称为"监视者"的三头恶魔守卫雕像，并在关隘顶部的奥克尖牙塔的考验中幸存下来。这是奇立斯乌苟的最后一个障碍，霍比特人终于得以进入魔多地狱。

冷龙（Cold-Drakes）

在第一纪元时代，魔苟斯从安格班带出来的龙有许多品种。有些龙会喷火，有些龙有强壮的翅膀，但最常见的是冷龙，它们没有火焰吐息的能力，也不会飞，却有强大的尖牙和尖爪，以及一副铁甲般的鳞片。在第一纪元，所有反对它们的种族都对冷龙感到恐惧，它们对中洲造成了无法言喻的破坏。在这个纪元末期，几乎所有的龙和魔苟斯的大多数奴仆都在大决战中战死沙场。

在第三纪元，西界的历史描述了大量冷龙再次出现在北方的荒原，来到了灰色山脉。矮人们来到这些山脉是因为他们有黄金万两，在第三纪元第二十世纪，冷龙尾随而来，寻找矮人的宝藏，准备开战。尽管矮人们英勇作战，但他们还是被打败了，冷龙大肆追杀其敌人。有一个伊希奥德人的首领，名叫弗拉姆，是弗鲁姆加的儿子，他杀了那地方最大的龙——恶龙斯卡萨。在五个世纪的时间里，灰色山脉上再也没有龙的踪迹了。然而到了2570年，冷龙卷土重来。矮人领主们一个接一个地败在它们的脚下，最后一个是矮人国王戴因一世，他和他的儿子弗罗尔在他们的大厅里被一只巨大的冷龙杀死了。于是，最后一个矮人从灰色山脉逃走了，不情愿地把他们所有的金子都留给了恶龙。

海盗（Corsairs）

在第三纪元，可怕的乌姆巴尔海盗在中洲的海岸线上盘踞了好几个世纪。他们的黑帆大型快速帆船总是让中洲的人们充满恐惧，因为他们拥有许多战士，并且靠大量的奴隶划桨前进。

在第二纪元，努门诺尔人是乌姆巴尔的建立者，但随着时间的推移，他们逐渐走向邪恶，在他们的土地沉入西海

图片：海盗们在乌姆巴尔岛南部海域出没。他们强大的黑努门诺尔人国王，在索隆的邪恶力量驱使下，对刚铎发动了持续不断的战争。海盗船既有桨又有独特的黑帆。

之后，一些人留在了乌姆巴尔，并被命名为黑努门诺尔人。他们是邪恶的海上力量。然而，随着时间的推移，刚铎的国王来攻击他们，在第三纪元1050年，黑努门诺尔人的力量被永远粉碎，乌姆巴尔成为了刚铎王国的堡垒。

但是刚铎在乌姆巴尔的势力经常与袭击乌姆巴尔的南蛮子发生冲突，而且刚铎内部也有叛乱，直到最后，刚铎的叛乱者、南蛮子以及剩下的为数不多的分散的黑努门诺尔人，用许多大船与乌姆巴尔交战，才恢复了它的势力。所以从十五世纪开始直到魔戒战争期间，这些人被称为"海盗"，并且一直被阿尔诺和刚铎王国的登丹人视为心腹大患。

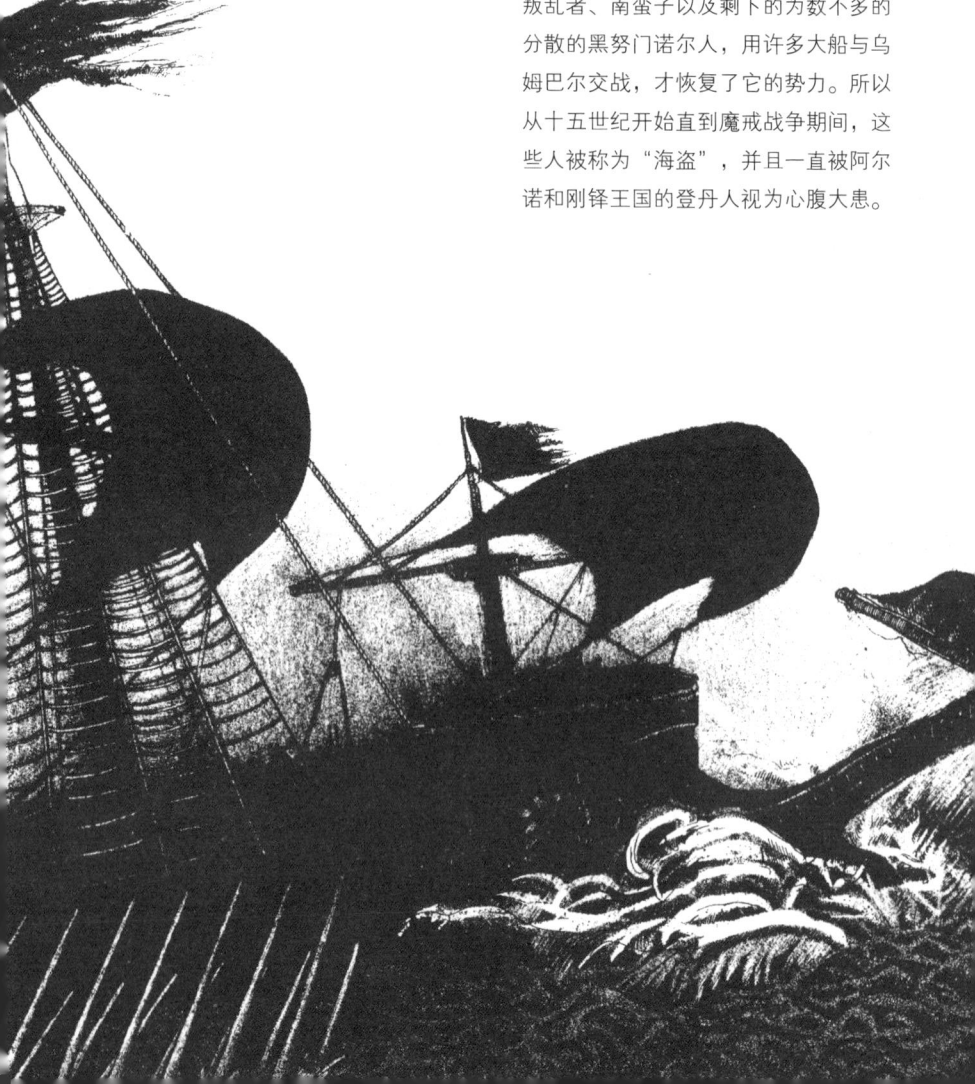

《西界红皮书》中描述了在第三纪元最后一个世纪，登丹人族长阿拉贡——阿拉松之子是打败乌姆巴尔海盗的头号力量。因为这个凶猛的战士带领刚铎的登丹人进入了乌姆巴尔的港口。在那里他杀了他们的首领，放火焚烧他们的舰队。在魔戒战争爆发的那一年，阿拉贡率领一支幽灵军队从黑蛮祠来到佩拉基尔的海盗舰队所在地。阿拉贡带着这些黑蛮祠的阵亡士兵，再次击败了海盗，这是他们最后的失败，因为阿拉贡夺走了他们所有的船只。

他的这一举动既粉碎了海盗的有生力量，又扭转了魔戒战争的局势。阿拉贡用海盗的黑色战船将登丹人盟军带进了佩兰诺平原战役。

克拉班（Crebain）

传说在第三纪元，有一种大型黑乌鸦生活在黑蛮地和范贡森林里。这些鸟在灰精灵的语言中被称为"克拉班"，它们是邪恶力量的仆人和间谍。在魔戒战争期间，它们在中洲四处寻找持有魔戒的人。

乌鸦（Crows）

乌鸦一直是中洲的主要食腐鸟，它们被冠以与黑暗势力结盟的名声。人们称它们为"不祥之兆之鸟"，因为人们认为它们监视着这片土地，并把消息带给邪恶的生灵，这些生灵密谋着伏击和屠杀。这些吃腐肉的鸟就是靠打小报告来得到好处的，因为乌鸦经常以这些邪恶的奥克大军所达之处的尸骨为食。

和中洲的鸟类一样，乌鸦也会使用一种特殊的鸟类语言进行交流，尽管矮人对这种语言很熟悉，他们认为乌鸦的语言就像邪恶的奥克种族一样不友善。

库露瑁勒达（Culumalda）

在刚铎王国，树木繁茂的北伊希利恩，有一个名为"凯尔安德洛斯"的岛，它像一艘抛锚的船，停泊在安都因河中。岛上长着最美丽的伊希利恩树。它们被称为库露瑁勒达——"橘红色的树木"，因为它们的树叶就是这样的色调。对精灵来说，它们的美丽枝叶就像对劳瑞林的模糊记忆。劳瑞林是不死之地的一棵伟大的维拉树，它的光辉超乎想象，它在精灵语中的名字叫"库露瑞恩"，意思是"金红如火"。

D

达戈拉德（战争平原）（Dagorlad）

在第二纪元和第三纪元，就在黑门以北穿过魔多山脉，在死亡沼泽以南，有一片广阔的、没有树木的平原，叫做达戈拉德，在精灵语中意思是"战争平原"。在第二纪元3434年，这里发生了一场激烈的战斗（称为达戈拉德之战），精灵和人类的最后联盟击败了索隆的军队，随后摧毁了黑门和魔多的黑塔。在第三纪元，达戈拉德是刚铎军队和入侵的东夷人之间的主要战场。特别是在1899年和1944年与被称为"战车民"的东夷人的战斗。在魔戒战争期间，索隆没有选择在那里作战，他允许西部战线的队长们接近魔多的大门，然后释放他庞大的军队，希望借此把他们赶回达戈拉德，在那里屠杀他们。

戴因一世（Dain I）

灰色山脉的矮人之王。戴因一世生于第三纪元2440年，于2585年成为灰色山脉之王。不久之后，恶龙入侵了金碧辉煌的矮人王国，戴因一世和他的儿子弗罗尔在通往自己宫殿的大门前英勇奋战时，被一只冷龙咬死。

戴因二世（Dain II）

埃瑞博的矮人国王。他叫铁足戴因，生于第三纪元2767年的铁丘陵。年轻的时候，他在2799年的阿扎努比扎之战中杀死了莫瑞亚的奥克国王阿佐格，从而成为一名伟大的战士。六年后，他成为铁丘陵之王。在2941年，戴因二世率领他的军队参加了五军之战，并成为胜利的指挥官之一。索林·橡木盾在战斗中受伤而死后，铁足戴因被指定为他合法的继承人，成为孤山之王。他一直统治着那里，直到3019年的魔戒战争，他在河谷战役中被杀。

河谷城（Dale）

在罗瓦尼安的幽暗密林以西，有许多北方人定居在此，其中之一就是埃瑞博以南的河谷城。和所有的北方人一样，河谷城的居民与第一纪元的伊甸人有亲缘关系，虽然河谷城是什么时候建立的还不清楚，但人们相信它有着非常古老的历史。然而，作为一座城市，它在第三纪元2770年之后就不复存在了。当时，可怕的长着翅膀的恶龙——金龙斯毛格将它夷为平地，夺走了它所有的宝藏。对斯毛格的复仇行动发生在2941年，当时斯毛格被河谷城国王的后裔——弓箭手巴德所杀。

在接下来的几年里，巴德重建了河谷城，成为新一代国王传承中的第一任。随着它和埃瑞博山下矮人王国的财宝的收复，河谷城再次繁荣起来。在魔戒战争期间，危险再次降临，当时东夷人袭击了河谷城，并迫使其居民与他们的盟友——孤山矮人一起寻求避难。

当索隆在魔多的邪恶帝国被击破之后，盟军的矮人和人类冲出了埃瑞博的包围，把东夷人从河谷城赶到了南部和东部的地区。战争结束后，一直到第四纪元，河谷城似乎都是一个繁荣独立的王国，与统一的登丹人王国结盟。

黑暗精灵（阿瓦瑞）（Dark Elves）

那些被列入黑暗精灵之列的其实都是从未见过维拉树的圣辉的精灵族。这些黑暗精灵（阿瓦瑞）从未完成到达不死之地的伟大征程。与那些西尔凡精灵、幽暗密林和洛丝罗瑞恩中的埃尔达精灵有所区别。南多精灵、莱昆迪（绿精灵）、法拉斯民精灵以及辛达（灰精灵）直到第一纪元结束之时仍定居在贝烈瑞安德，之后随着贝烈瑞安德的沦陷，所以精灵王国都消失了。

黑暗精灵，或者是精灵语中的"墨瑞昆迪"，与居住在埃尔达玛的高等精灵凡雅、诺多族精灵和泰勒瑞族精灵相比个头稍小。然而，在人类看来，这些黑暗精灵是神奇而聪明的生物。因为他们不生瘟疫，也不随时间的推移而衰老。他们比人类更聪明、更强壮、更美丽，他们的眼睛总是闪耀着星星的光芒。在第一纪元期间，正是这些精灵们教会了所有的人类语言和许多其他的艺术和技能，使他们能够生活在中洲，使自己凌驾于野兽的地位之上。

据说南多精灵和莱昆迪比其他任何生物都更了解森林。法拉斯民精灵是中洲最早的造船者和最优秀的水手。辛达是由一位高等精灵国王和一位迈雅女王统治的，他们在中洲建立了最美丽的王国，他们所做的高尚的事情即使用高等精灵的标准来衡量也是伟大的。

在第二纪元，贝烈瑞安德沦陷之后，中洲的高等精灵创造了新的精灵王国，许多西尔凡精灵从东方和北方来到这里。在这些新王国中，林顿、幽谷、幽暗密林和洛丝罗瑞恩的王国一直存在到第四纪元。但是，根据《西界红皮书》的描述，第四纪元高等精灵乘坐白色的精灵船只前往不死之地。尽管黑暗精灵在中洲长期存在，但他们的王国逐渐衰落，他们成为一个权力不断削弱的流浪民族。

死亡沼泽（Dead Marshes）

在魔多山脉的西北部，在涝洛斯瀑布下面的安都因河的湿地和达戈拉德战争平原之间，是一个闹鬼和荒凉的地方，叫做死亡沼泽。在第三纪元的三千年里，死亡沼泽的湿地向东扩展，吞噬了战争平原的一部分，那里埋葬着许多在第二纪元末爆发的达戈拉德战役中死去的人类和精灵。在第三纪元1944年的营地之战之后，大部分的战车民军队被赶进了死亡沼泽中。在魔戒战争期间，弗罗多·巴金斯、山姆怀斯·甘姆吉和咕噜被迫进行的护戒远征任务中就是经过了这里，在这里，他们发现可怕的幽灵鬼火——"死人的蜡烛"。在死亡沼泽和闹鬼的池塘里出现了死去已久的勇士的活跃灵魂。

黑蛮祠的亡者
（Dead Men of Dunharrow）

在阿尔达的凡人世界里，有许多精灵，由于某种诅咒或邪恶的巫术，他们死后也无法安息，只能永世在黑蛮祠徘徊。古冢尸妖和强大的戒灵就是这样的存在，还有一些不安的灵魂居住在死亡沼泽里，随着死亡沼泽的扩张，那些在邪恶之地魔多的黑门附近爆发的达戈拉德战役中牺牲的人类和精灵的坟墓遭到了破坏。

《西界红皮书》还讲述了那些在黑蛮祠迷宫中出没的黑蛮祠亡灵。他们曾经是白山人，在第二纪元曾宣誓效忠于登丹人国王，但在战争期间，他们违背了誓言，把他出卖给了黑暗魔君索隆。此后，白山人的勇士们被诅咒为不守信的人，成为四处游荡的鬼魂，无法得到安息。

在第三纪元，这些鬼魂一直出没在黑蛮祠上方的亡者之路上，所有进入亡者之路的人都因恐惧而发狂，迷失方向。但在第三纪元末，从北方旷野来了一位能命令他们的人，他就是阿拉松的儿子阿拉贡，登丹人王国的正统继承者。他召集了亡灵大军来践行他们年代久远的誓言，苍白的骑士乘着苍白的战马，但他们证明自己是最强的军队。他们骑着幽灵战马跟随阿拉贡来到佩拉基尔与乌姆巴尔的海盗在海洋

图片：大量黑蛮祠的亡者出没在亡者之路上。在魔戒战争中，阿拉贡二世召集这支军队在佩拉基尔击败了海盗舰队。

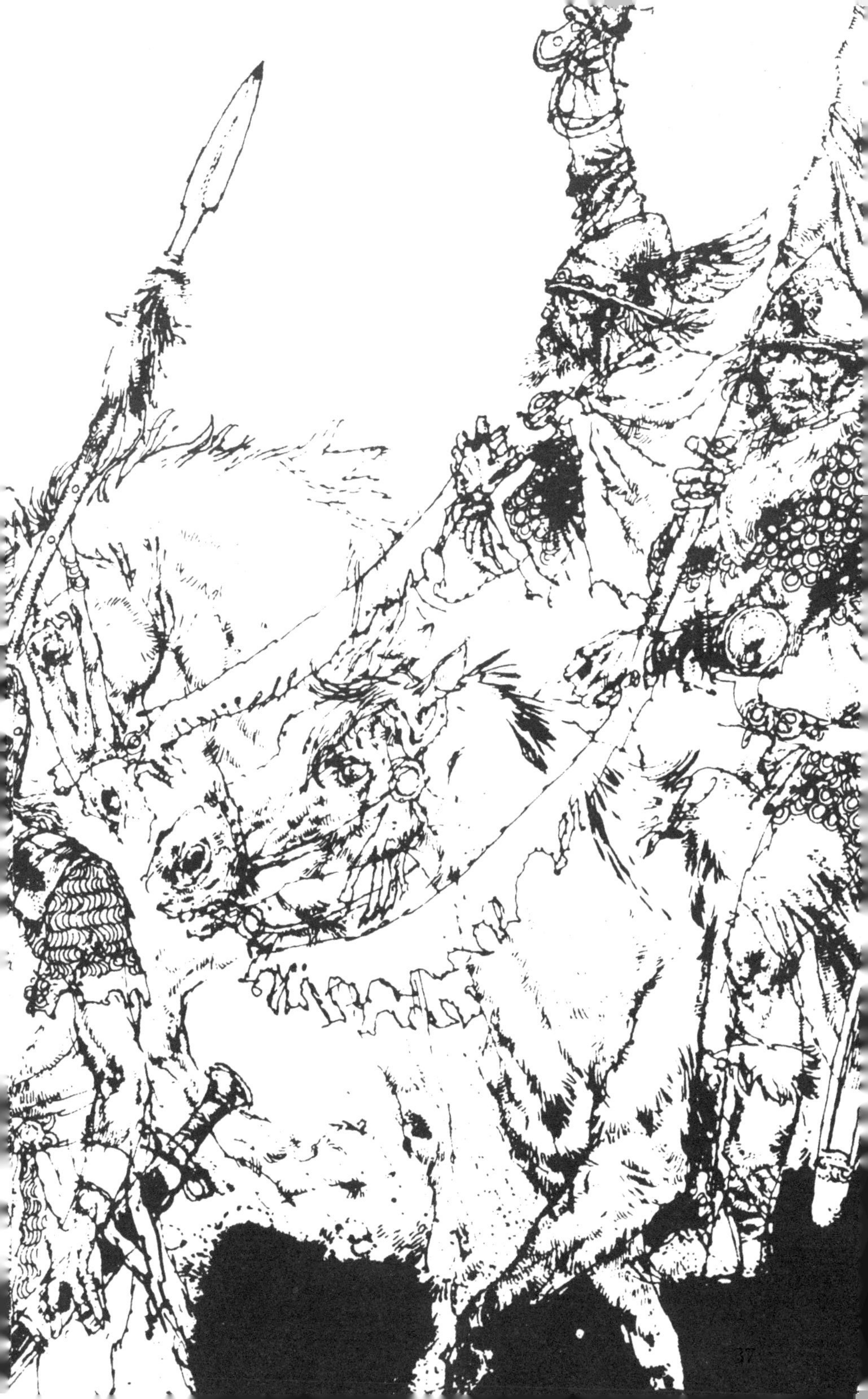

和陆地上大战了一场,他们击溃了海盗,让海盗们仓皇逃窜。

就这样,黑蛮祠的亡者帮助阿拉贡——登丹人国王的继承人——取得了胜利,并通过这种行为得到了救赎。他们的灵魂得到了解放,在活着的伟人的眼前,一支庞大的苍白的军队像晨雾一样消失了。

知识渊博的精灵（Deep Elves）

在人类歌谣中最著名的精灵是诺多,他们被称为"知识渊博的精灵",因为奥力在不死之地上传授给他们丰富的知识和工艺技巧,奥力是维拉中的工匠,也是山脉的创造者。在埃尔达玛,这些精灵非常喜欢用石头来搭建建筑物,为此他们向山脉深处开凿。他们是第一个发现明亮的中土宝石的种族,也是第一个设计出更明亮的精灵宝钻的种族。

知识渊博的精灵是人类最为熟知的精灵,因为他们抛下卡拉昆迪族精灵,在人类到达中洲之后也返回了中土大陆,并做出了伟大的贡献,无论善恶。这些精灵制造了精灵宝钻,也制造了力量之戒。中洲人类所知的最伟大的战争就是为了这些诺多无与伦比的作品而战。

德内梭尔一世（Denethor I）

刚铎的登丹人领主。德内梭尔一世于第三纪元2435年成为刚铎的第十任执政官。在德内梭尔统治期间,索隆创造了一个邪恶的超级兽人种族——乌鲁克族,并于2475年占领了伊希利恩,洗劫了欧斯吉利亚斯。德内梭尔一世的儿子波洛米尔毅然率领军队对抗索隆的乌鲁克,并夺回了欧斯吉利亚斯。不幸的是,在这场斗争中,这座城市几乎完全被摧毁了,石桥也断了。德内梭尔一世死于2477年。

德内梭尔二世（Denethor II）

刚铎的登丹人领主。德内梭尔二世是埃克塞理安二世之子,自2984年始至3019年爆发的魔戒战争,这期间他统治着刚铎。他是刚铎的第二十六位也是最后一位执政官。在2976年,他与芬杜伊拉丝——美丽的多阿姆洛斯亲王的女儿——生了两个儿子,波洛米尔和法拉米尔,但仅仅结婚12年后就去世了。尽管德内梭尔二世曾经是一位高贵而睿智的人,但在芬杜伊拉丝死后,他变得越来越孤僻而神秘。他知道索隆的最后一次对抗将在他的有生之年到来,所以他几乎不相信其他人,把阿拉贡和甘道夫都排除在顾问之外。勇敢却不明智,他常常待在白塔里看着帕蓝提尔（或"真知晶石"）。毫无疑问他获得了让刚铎为即将到来的战争做好准备的知识,但这块石头使他变得苍老,最终对他产生了腐化的影响。当他的大儿子波洛米尔在寻找魔戒的过程中死去、二儿子法拉米尔被戒灵的死亡吐息弄得昏迷不醒时,德内梭尔的钢铁意志终于被打破了。在疯狂的绝望中，他试图结束自己和法拉米尔的生命。甘道夫能够出面调解，阻止法拉米尔被活活烧死，但他无法阻止极度悲伤的德内梭尔自焚。

迪奥（Dior）

多瑞亚斯的精灵王。贝伦和露西恩之子，精灵王辛葛和美丽安的外孙。迪奥的身体里流淌着三个种族的血液：伊甸族、埃尔达和迈雅。大约在第一纪元470年，他在贝烈瑞安德的欧西瑞安德出生，并在那里长大，他迎娶了美丽的辛达公主宁洛丝，她生了三个孩子：埃路瑞德、埃路林和埃尔汶。505年，辛葛被谋杀，在贝伦和露西恩死后，诺格罗德的矮人劫掠了明霓国斯，迪奥成为多瑞亚斯的新国王。迪奥继承了瑙格拉弥尔项链，这条项链上镶着一颗精灵宝钻。正是这条项链导致了矮人的背叛。不久之后，诺多的费阿认为精灵宝钻本就归他们所有，所以他攻击了明霓国斯。在随后的战斗中，迪奥和宁洛丝双双阵亡。

多阿姆洛斯（Dol Amroth）

拥有高塔、港口的多阿姆洛斯是刚铎五大城市之一。它是贝尔法拉斯封邑最大的城市。它由多阿姆洛斯的王子统治，他们的旗帜是蓝色的，上面有一艘白色的船和一只银色的天鹅。多阿姆洛斯是由传说中的精灵王阿姆洛斯建造的，他是精灵公主宁洛德尔不幸的情人。直到第三纪元1981年阿姆洛斯去世，洛丝罗瑞恩的精灵们乘坐他们神奇的白船离开了多阿姆洛斯，前往不死之地。

多古尔都（Dol Guldur）

在第三纪元，当大绿林慢慢变成一个黑暗和闹鬼的地方，它被重新命名为"幽暗密林"，一个邪恶的堡垒建立在它的西南部。这就是多古尔都，妖术之山，一千年来，有一种叫作死灵法师的邪恶力量住在那里，拥有大量的奥克和许多邪恶的幽灵。2063年，巫师甘道夫进入了多古尔都，却发现它那神秘的、发号施令的恶魔已经消失了。然而，到了第二十五世纪，它的势力大大增强。直到2850年，甘道夫又去了多古尔都，他才知道那位死灵法师就是魔戒之主索隆。索隆统治着他隐藏的王国至2941年，直到他在魔多强大的黑塔中找到了避难所。然而，在2951年，索隆最可怕的三名那兹古尔戒灵接管了多古尔都，并将其作为对北方自由民发动恐怖行动的基地。在魔戒战争中，多古尔都的邪恶军队袭击了洛丝罗瑞恩和森林王国，但最终被这些王国的精灵消灭。多古尔都的城墙被拆毁，深坑和地牢都被打开，所有的邪恶都被清除了。

多瑞（Dori）

多瑞是第三纪元2941年矮人索林孤山远征队的成员之一。这次远征最终导致了恶龙斯毛格的死亡以及山下矮人王国的重建。远征结束后，多瑞向铁足戴因国王宣誓效忠，并在埃瑞博定居下来。

多瑞亚斯（Doriath）

在星辰第二纪元，灰精灵国王辛葛和他的王后迈雅族的美丽安在贝烈瑞安德的大森林里建立了辛达王国多瑞亚斯。四个星辰纪元时间里，多瑞亚斯的灰精灵王国和千石窟宫殿明霓国斯变得越来越繁荣，成为中洲最美丽、最强大的地方。然而，在太阳第一纪元，贝烈瑞安德成了诺多和黑暗大敌魔苟斯之间灾难性的精灵宝钻争夺战的主要战场。

为了不让灰精灵卷入这场冲突，迈雅族的美丽安王后施放了一个强大的咒语来保护多瑞亚斯森林王国，阻止任何邪恶的生物进入，多瑞亚斯成为了众所周知的隐藏王国。就这样，在太阳第一纪元的大部分时间里，多瑞亚斯的灰精灵都安然无恙，没有受到破坏，而这次破坏最终摧毁了贝烈瑞安德所有王国。然而，当精灵宝钻中的一颗落入辛葛国王之手时，辛达精灵也卷入了这场冲突。为了精灵宝钻，诺格罗德的矮人背叛了他们的盟友，杀死了辛葛。随着辛葛之死，美丽安离开了中洲，她的保护咒语消失了，多瑞亚斯被矮人入侵。多瑞亚斯的辛达精灵在辛葛的外孙迪奥国王的统治下抵抗了一段时间，但是精灵宝钻，这被诅咒的宝物最终导致他死在了诺多精灵的手中。迪奥死后，明霓国斯随后也陷落了，灰精灵离开了多瑞亚斯这个被摧毁的王国。大决战结束了太阳第一纪元，多瑞亚斯和贝烈瑞安德的所有其他土地都沉入了海底。

多温尼安人（Dorwinions）

在鲁恩内海的西岸，住着多温尼安人。在所有的北方人中，多温尼安人是"最东方"的那一批人，他们以酿制最好、最奇特的葡萄酒而闻名。通过与中洲的许多人进行贸易，多温尼安人变得富有起来，因为即使是情感最为细腻的精灵喝了他们的酒也承受不住。

恶龙（Dragons）

《精灵宝钻》讲述了在太阳第一纪元，黑暗大敌魔苟斯如何躲在安格班的深渊里，用火焰和魔法创造出他的邪恶"杰作"。魔苟斯的最为邪恶的"杰作"是一种叫作"恶龙"的巨大蠕虫。他造了三大类：会滑行的大蛇，用腿行走的，和像蝙蝠那样有翅膀飞翔的。每一类龙又分两种：一种是用尖牙和利爪战斗的冷龙，另一种是火龙，他们用火焰吐息来战斗。所有的恶龙对人类、精灵和矮人来说都是恶魔的化身，因此他们对这些种族的毁灭是灾难性的。

恶龙本身就是庞大的军队，为魔苟斯的目标而战。这些爬行动物体型庞大，力量强大，被无法穿透的铁甲鳞片保护着。牙齿和爪子就像标枪和剑杆，他们的尾巴可以压碎任何军队的盾墙。有翅膀的恶龙，以狂风般的姿态扫过他们身下的大地。他们吐出的朱红与绿色的火焰，毁灭他们所经过的一切地方。

除了这些武器，恶龙还有其他更微妙的能力。他们的视力比鹰更敏锐，任何他们看到的东西都逃不掉。他们有一种听觉，能听到最沉默的敌人最轻微的呼吸声。还有一种嗅觉，使他们能够根据最轻微的肉体的气味来给任何动物命名。

他们的智慧是出了名的，因为他们喜欢猜谜语。恶龙是古代的蛇类，同样也是智力过人的生物，却没有智慧，因为他们的智力当中有虚荣、贪食、贪婪、欺骗和愤怒的缺陷。

恶龙主要是由火和巫术元素创造的，他们避开和水接触，比起明亮的白天更喜欢漆黑的夜晚。龙血是一种黑暗而致命的毒药，他们身上的臭气是硫磺和黏液燃烧而形成的。他们的身体总是闪耀着宝石般的烈焰。他们的笑声厚重磅礴，足以地动山摇。恶龙的眼睛发出红宝石般的光芒，或者愤怒地发出红色的闪电。他们残酷的爬行动物般的低语非常刺耳，再加上蛇眼一般的锐利目光，施放出恶龙的咒语，将粗心大意的敌人束缚在一起，迫使他们希望屈服于野兽可怕的意志。

恶龙之父格劳龙是魔苟斯在安格班创造的第一条恶龙。在洞穴中沉寂和成长了一个世纪之后，格劳龙愤怒地从安格班的大门中冲出来，震惊了当时的中洲。虽然格劳龙不是后来出现的有翅膀的种族，但他是那个时代最可怕的东西，之后孕育了一大批较小的火龙和冷龙。在被希斯路姆王子芬巩赶回来之前，他烧毁并蹂躏了精灵在希斯路姆和多松尼安的土地。然而，魔苟斯对格劳龙的冲动行为很不高兴，因为他曾计划在恶龙将他暴露给一个毫无戒心的世界之前，让恶龙的力量成长到最大。对格劳龙来说，这种袭击不过是青春期的冒险——一种年轻时对力量的考验。虽然这对精灵来说很可怕，但他的力量几乎没有得到发展，他的鳞甲对武器的攻击仍然很脆弱。因此，魔苟斯又将格劳龙囚禁了两个世纪，直到他释放了乌鲁克族。这是贝烈瑞安德战役第四次战争的开始。当巨大的恶龙格劳龙全副武装地率领魔苟斯的军队与贝烈瑞安德的高等精灵作战时，这场战役被称为"骤火之战"。他庞大的身躯和炽热的火焰在敌人的军队中开辟了一条道路，他带着魔苟斯的恶魔、炎魔和无尽的奥克军团，冲破了安格班的城墙，给精灵们带来了绝望和荒凉。

在第五次战争中，也就是所谓的"泪雨之战"中，格劳龙造成了更可怕的破坏，因为他现在已经以（恶龙的神秘方式）生下了一群较小的火龙和冷龙，在战争中跟随他。因此，精灵和人类的大军在这次猛攻中倒下了，除了前来与共同敌人战斗的贝烈戈斯特矮人，没有人能抵挡住龙的火焰。

魔苟斯利用格劳龙来掌控他获得的领土，但是战斗中的力量并不是这个怪物所具备的唯一能力。他用蛇眼和催眠的龙咒使许多人臣服于他的支配之下。

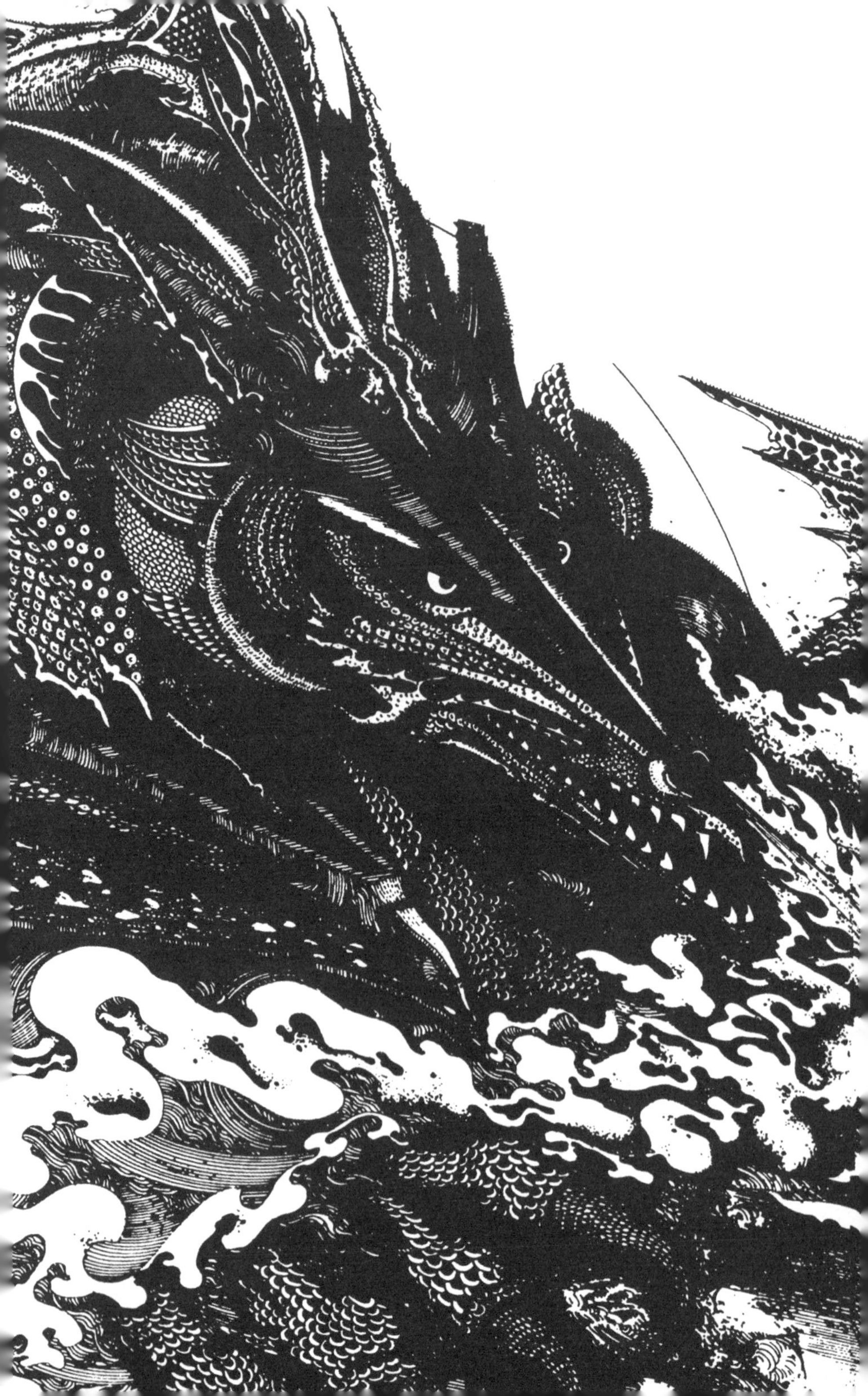

图片：恶龙——中洲最令人胆寒的怪物。有些恶龙像蛇一样滑行；有一些则用利爪爬行；剩下的长有翅膀，在天上盘旋。有一些恶龙利用尖牙利爪进行战斗，有些则能吐出最为炽热的龙息烈焰。

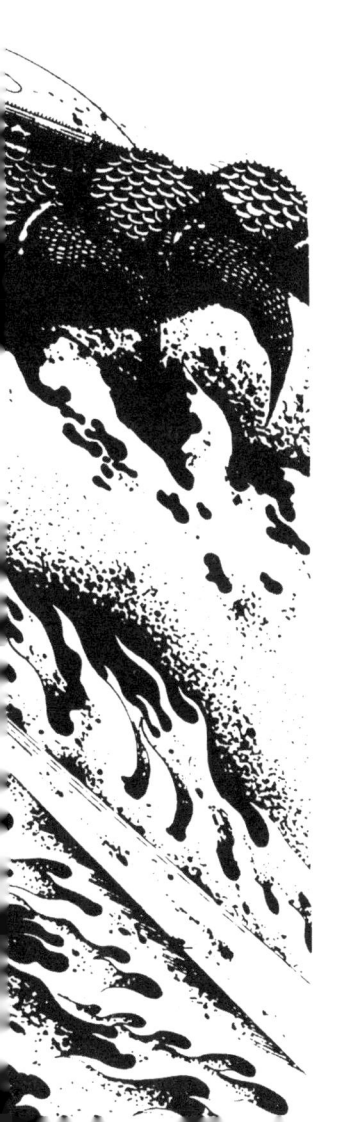

在格劳龙洗劫并摧毁纳国斯隆德多年之后，《胡林子女的故事》讲述了他是如何被凡人图林·图伦拔杀死的。因为这位胡林之子骑着火龙，暗中将黑剑刺入了格劳龙腹部，但是因为格劳龙黑血的毒性，加上恶龙临终前的一段话，图林·图伦拔也被杀死了。

虽然格劳龙被称为"恶龙之父"，但有史以来最伟大的龙是一条名叫"安卡拉刚"的黑龙。安卡拉刚是最大的喷火飞龙，他和其他同类从安格班横空出世，就像暴风骤雨般的狂风和火焰席卷着大地，作为魔苟斯王国的最后一道防线。他的名字的意思是"噬咬风暴"，他那咆哮的威严在太阳第一纪元结束之时的大决战中毁灭了西方的军队。这是世界上第一次看到有翅膀的龙，有一段时间魔苟斯的敌人正在撤退。然而，大鹰和中洲里所有的战鸟，连同那艘伟大的飞行航船"汶基洛特"和战士埃雅仁迪尔，都是从西方飞出来的。这些空中生物的战斗持续了很长一段时间，但最终埃雅仁迪尔取得了胜利，安卡拉刚被打倒了，其他的火龙不是被杀死就是逃跑了。于是，大决战结束，魔苟斯的力量在这个世界上被永远粉碎了。在这场伟大的战役中，恶龙被打败了，直到太阳第三纪元，中洲的历史才再次提到恶龙。那时他们住在北方灰色山脉那边的旷野里。据说，正是由于他们的贪婪，才使得他们拥有了矮人七王的财富。

灰色山脉中最强大的恶龙名叫"恶龙斯卡萨"，他把矮人们从他们的大厅里赶了出来，让他们感到恐惧。斯卡萨被伊奥希奥德首领弗鲁姆加的儿子弗拉姆所杀。然而，这只是暂时从潜伏在山中的恐惧中解脱出来，因为随着时间的推移，许多冷龙回到了灰色山脉。矮人们的抵抗虽然勇敢而漫长，但还是被击溃了，他们的战士一个接一个地倒下了，那些富含黄金的灰色山脉完全留给了恶龙军团。

在第三纪元的第二十八个世纪，西界年表讲述了当时最伟大的恶龙是如何从北方来到孤山的埃瑞博矮人王国的。这只名叫"金色斯毛格"的火龙体型庞大，长着蝙蝠翅膀，对矮人和人类来说是一种可怕的祸害。斯毛格喷吐着龙焰，摧毁了河谷城，并摧毁了孤山矮人王国的大门和城墙。矮人们要么逃走，要么被消灭，斯毛格夺取了那里的财富：黄金和宝石、秘银和白银、精灵宝石和珍珠，以及由翡翠、蓝宝石和钻石制成的多面水晶。

斯毛格统治埃瑞博长达两个世纪，无人能敌。然而，在2941年，一支探险远征队到了这座山：由合法的埃瑞博国王索林·橡木盾率领的12个矮人，以及霍比特人雇佣兵比尔博·巴金斯组成。他们偷偷地靠近了恶龙，感到很惊讶，因为斯毛格比他们想象的要大得多，并且由于暴怒而闪着金红色的光。他和他的所有同类一样，都有刀枪不入的龙鳞，但是他也很小心谨慎地保护着他的软肋：他躺在囤积的财富中，让坚硬的钻石和宝石掩埋在它的腹部，以这种方式保护他唯一的弱点。然而，霍比特人比尔博·巴金斯狡猾地在这头巨兽宽阔的胸膛上发现了一点，他的胸膛上没有珠宝包裹，锋利的钢铁武器可以对他造成伤害。

斯毛格被冒险家们惊醒后，怒气冲冲地走了出来，把怒火倾泻在大地上。他为报仇来到长湖镇，因为长湖人帮助了他们。然而，那里住着一个勇敢而强壮的北方人，名叫弓箭手巴德，他在龙的弱点秘密的指引下，把一支黑色的箭射进了龙的要害。那条恶龙惊恐地尖叫着，从空中坠落，吐出火焰。于是，第三纪元最强大的金龙斯毛格死了。

有传言说，恶龙在北方荒原的灰色山脉那边继续生活了好几个世纪，但是从中洲流传出来的任何故事都没有再提到过这些邪恶而又雄伟的生物。

肇格路因（Draugluin）

皋惑斯岛的狼人首领。肇格路因是狼人种族的始祖和领主，他们来自安格班，目的是恐吓精灵。在贝烈瑞安德战争期间，肇格路因和他的大部分后代居住在皋惑斯岛——狼人的聚集地。在索隆的指挥下，肇格路因一次又一次地带领他的狼人去对抗精灵军队。在精灵宝钻争夺战中，贝伦和他的同伴们被俘后，露西恩公主和维拉猎狗胡安一起，敢于挑战肇格路因。肇格路因在皋惑斯岛与胡安交战。他终于被胡安打败了，爬到索隆的脚下死去。肇格路因死后，贝伦被释放了出来，露西恩和贝伦使用肇格路因的皮肤，伪装自己进入安格班。

德鲁阿丹森林（Druadan Forest）

在魔戒战争期间，在刚铎白塔西北约30英里的地方有一片古老的森林，那里住着一个奇怪的原始部落，名叫"沃斯野人"。这片林地被称为德鲁阿丹森林。到了第三纪元，德鲁阿丹的意思是"野人"，但这是"德鲁伊甸人"的变体，是太阳第一纪元与伊甸结盟时，精灵语中沃斯野人的名字。魔戒战争期间，沃斯野人帮助刚铎的盟友对抗索隆军团，战争结束后，联合王国的国王阿拉贡将德鲁阿丹森林交给沃斯野人，命令除非他们愿意，否则任何人不得进入。

德鲁伊甸人（Druedain）

德鲁伊甸人是灰精灵用来称呼森林中原始野人——沃斯野人的。哈拉丁人使用的语言中，他们被称为德鲁戈，被洛汗人称为洛金，被奥克称为欧古尔族。

都灵鸟（Dulin）

中洲最受喜爱的鸟类叫声是夜莺的鸣叫声，灰精灵称之为都灵鸟、暗夜歌手；露西恩称它们为"黄昏少女"。因为，就像精灵们自己一样，夜莺也为星光感到高兴，在黑暗的世界里发出最美丽的歌声，传播欢乐。

顿卜利多（Dumbledors）

在有趣的霍比特人诗歌《游侠》中，有一部分讲述了一群凶猛的有翼昆虫。它们的名字叫顿卜利多，但是没有更多关于它们的起源和历史的故事。

登丹人（Dunedain）

登丹人的历史开始于太阳第二纪元，因为登丹人是第一纪元的伊甸人的残党。这些人受到了维拉的尊敬，并得到了一片位于中洲和不死之地之间的西部海域的土地。这个地方被称为努门诺尔，人类的共同语言是西语。那个时期的登丹人的历史在《阿卡拉比瑟》和《努门诺尔人的故事》中都有记载，因为努门诺尔的登丹人就是以这个名字而闻名的。这些人很强大，当他们的土地沉入海底，世界的腹部被撕裂时，他们经历了可怕的世界沦陷。在那场大屠杀中，所有的努门诺尔人都消失了，除了那些被称为黑努门诺尔人的人，他们在更早的时候去了乌姆巴尔的南部港口，还有那些被称为"埃兰迪利"的人，他们建立了阿尔诺和刚铎王国。因此，当史书中提到登丹人时，它们通常指的是埃兰迪利，即忠贞派。

中洲的历史告诉我们，在太阳第二纪元3319年，九艘船遇到了来自西海的巨浪。这是至高王埃兰迪尔的船，他和他的儿子们把幸存的忠贞派登丹人带到中洲。埃兰迪尔于是建立了阿尔诺，登丹人的北方王国，并在林顿精灵之地附近建立了安努米那斯作为它的首都；与此同时阿纳瑞安和伊熙尔杜往南去，建立了刚铎，登丹人的南方王国，并建

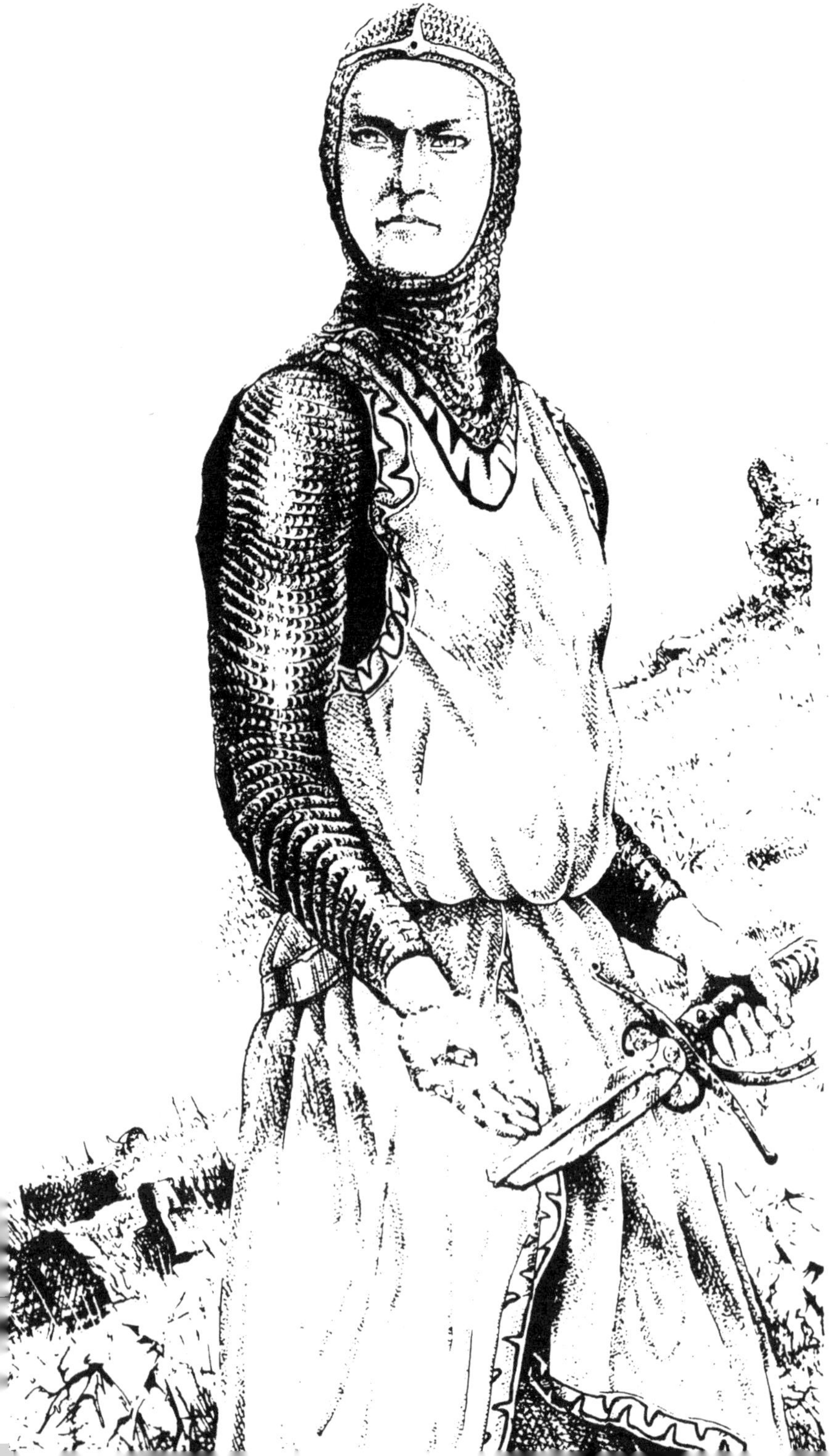

图片：登丹人。努门诺尔人以及他们的后代建立了努门诺尔，后来又建立了刚铎和阿尔诺。伊熙尔杜（插图）用利剑"安督利尔"把索隆戴着至尊魔戒的手切断了。

立了欧斯吉利亚斯作为它的首都。在阿尔诺有广阔的鲁道尔、卡多蓝和阿塞丹等封地；而在刚铎，有阿诺瑞恩、伊希利恩、莱本宁、洛斯阿尔那赫、拉梅顿、安法拉斯、托法拉斯、贝尔法拉斯和卡伦纳松等封地。

登丹人在那个时代和平地繁荣了一个世纪，同时他们加强了他们的新王国，但另一种力量也在悄然增长。出自于魔多的是索隆和他的戒灵，还有奥克和许多人类都是他的奴隶。于是战争再次爆发，但双方达成了一项协议，在后来被称为精灵与人类的最后联盟。吉尔-加拉德，中洲精灵的最后一位至尊王，领导着林顿的精灵，而埃兰迪尔则指挥着登丹人。索隆的奴仆们在他们的力量面前倒下了，索隆自己最终被迫参战。尽管埃兰迪尔、阿纳瑞安和吉尔-加拉德都被杀死了，戒灵和索隆的力量也被消灭了。伊熙尔杜从索隆手中砍下魔戒，索隆、戒灵和他所有的奴仆都消失在了黑暗中。这场战争结束了太阳第二纪元。随着索隆的消逝，和平的时代呼之欲出，但第三纪元也注定要以血腥的战争告终，因为伊熙尔杜并没有摧毁索隆的至尊魔戒，而且至尊魔戒中仍保留着一种可怕的力量。第三纪元的第二个年头，伊熙尔杜在欢乐谷遭到伏击，被奥克的弓箭杀死，戒指在安都因河中丢失。因此，正如《西界红皮书》和《列王纪事》所述，虽然中洲有一段时间是和平的，但冲突注定会回到西部地区。各方登丹人都受到了攻击：巴尔寇斯人和战车民从鲁恩不断出现；有来自南方的黑努门诺尔人和南蛮子的威胁；来自可汗德的瓦里亚格人；从迷雾山脉出现的奥克和黑蛮地人；埃滕荒原的山区人和食人妖；戒灵在魔多、安格玛、米那斯魔古尔和多古尔都又复活了。第三个时代也就这样过去了，登丹人与那些被某种力量驱使的敌人交战，这支力量最终恢复了形态，那就是居住在魔多的巴拉督尔巨塔里的魔戒之主——索隆。

在某一段时间里，登丹人变得更加强大，他们的土地一直延伸到鲁恩和哈拉德。但几个世纪以来，他们就像被潮水冲垮的海崖一样开始变得脆弱：阿尔诺王国分崩离析，1975年，最后一座城市阿尔诺沦陷。虽然王位的继承人仍然隐藏在这片土地上，但这个登丹人王国已经完全沦陷了。从那时起，在北方，登丹人的合法国王只是酋长。在南方，虽然经常被包围和威胁，但登丹人王国刚铎在很大程度上保持着完整和强大，但皇室传承被打破了，王国由执政官统治着。

到了第三个纪元，索隆的势力越来越强大，直到最后他公开宣战，决心把登丹人和精灵赶出这个世界，让中洲永远成为他的领地。这就是魔戒战争，这场战争结束了第三纪元，它的历史在一本名为《西界红皮书》的巨著中有所记载。

在那场战争中，阿拉松之子——阿拉贡在北方登丹人部落当中成功崛起。

阿拉贡是伊熙尔杜的真正继承人，也是中洲所有登丹人部落的合法国王。他的骑士是北方游民：骑兵们头戴兜帽，身穿森林绿色的披风和高筒皮靴，手持长剑和长矛。阿拉贡自己也是这样打扮的，虽然饱经风霜，但他强壮、勇敢、目光敏锐。

在那段时间里，他被称为"大步佬"，但在他漫长的生命中，在他的众多历险中，他被冠以其他的名字：年轻时，他被幽谷的精灵被称为"埃丝缇"，意为希望；而在前往南方时，则称为刚铎船长"梭隆吉尔"，在那里他摧毁了乌姆巴尔的舰队；在魔戒战争中，他在号角堡、佩拉基尔、佩兰诺平原以及魔多黑门前作战时，他名为阿拉贡。

他被证明是一个真正的人类领袖，作为伊熙尔杜的继承人，他被加冕为埃莱萨王，在魔戒战争之后，他统治着刚铎和阿尔诺。

继位之后，阿拉贡从一个粗犷的游侠变成了一个国王，凶猛而高贵，但有明亮而睿智的精灵般的眼睛。他在三面旗帜下被加冕为三个国家的王，分别是绿色、蓝色和黑貂色，分别代表着洛汗、多阿姆洛斯和刚铎。他戴着一顶白王冠，那是一顶高大的武士头盔，嵌着由珍珠和白银制成的白色海鸟翅膀。周围镶着七颗金刚钻，冠冕上有一颗精灵宝石，发出明亮的光。阿拉贡被比作古代最高贵的努门诺尔人，甚至是精灵领主。的确，他娶了精灵公主埃尔汶·乌多米尔为王后，他们英明地统治着西界，一直到第四纪元，给中洲的所有人民带来了和平。

黑蛮祠（Dunharrow）

黑蛮祠是中洲最古老、最神秘的避难所要塞之一，在魔戒战争期间曾是洛汗的一部分。在历次战争中，它都是祠边谷下人们的主要避难所之一。黑蛮祠几乎不可能被成功攻破，因为它连接的是一条通往陡峭山崖的曲折回路。每到一个更高的拐角，都比前一个更为陡峭，道路的每一个拐弯处都立有古老的人形石雕，形状像蹲着的大腹便便的人。这是一项具有里程碑意义的工程，它蜿蜒曲折地穿行在一个高高的金字塔形道路上，直到它到达顶部的一堵岩石墙，通过这堵岩石墙，一个缺口被凿开，一个斜面通向菲瑞恩费尔德。这是一片高大、宽阔、水源充足的高山草甸，战争时期成千上万的人可以在上面扎营。在这片高原上，有一条巨大的走廊，形状像一长列没有形状的黑色立石，笔直地穿过平原，通向德维莫伯格，也就是鬼影山，一条从黑蛮祠延伸出的古道穿过被称为"迪姆霍尔特森林"的地方，古道的两侧竖立着成排的古老巨石。这条古道通向一条峡谷，峡谷里有许多亡灵出没，它们阻止活着的人从这条废弃的山口走到白色山脉的另一边。黑蛮祠是在第二纪元由白山人建造的，他们是黑蛮地人的祖先，但在刚铎人到来之前，他们居住在这片土地上。虽然他们后来宣誓效忠刚铎，但这些人已经被索隆腐蚀，因此在战争期间背叛了他们的盟友。由于这一誓言的违背，这些人的灵魂从来没有被允许安息，在整个第三纪元的漫长岁月里，被称为"黑蛮祠亡灵"的幽灵军队一直出没在黑蛮祠上方的德维莫伯格，这片被称为"亡者之路"的地方。直到阿拉贡的到来，死者才得到救赎的机会，黑蛮祠上方的灵魂终于得到了安息。

黑蛮地人（Dunlendings）

在太阳第二纪元，登丹人来到中洲并建立了刚铎和阿尔诺王国之前，在白山脚下肥沃的山谷里住着一个高个子、黑头发的民族。据说，几个世纪以来，他们发展了一种不同于其他民族的文明，建造了许多伟大的石头要塞。没有任何历史记载这些白山人的命运，然而他们却消失了，只有那些黑蛮地人的后代还活跃在他们的土地上。

图片：高个子、黑头发的黑蛮地人，他们与巫师萨茹曼签订了邪恶的契约，加入了他的奥克军团。在号角堡之战中，黑蛮地人被消灭了，他们的力量也被摧毁了。

早在登丹人建立刚铎和阿尔诺王国之前，登丹人的势力就已经减弱了。人民已经分裂了。那些留在黑蛮祠的人成了刚铎人的盟友，其他人则向北游荡，平静地定居在不理的土地上。然而，大多数的黑蛮地人已经撤退到黑蛮地的丘陵和平原，成为部落游牧民族。虽然他们保持着自己的语言，仍然是凶猛的战士，但他们变成了野蛮的民族。

在第三纪元第二十六世纪，刚铎人把一个叫做卡伦纳松的封地授予了洛汗人，但黑蛮地人认为这本是他们应得的。于是这两个民族开始互相仇恨，在2758年，一个名叫伍尔夫的黑蛮地人率领他的人民大举入侵洛汗，并取得了胜利。但这付出了巨大的代价，因为第二年，洛汗人卷土重来，把黑蛮地人赶回山里，战神伍尔夫自己也被杀了。

因此，在将近三个世纪的时间里，这些黑蛮地人一直逗留在丘陵地带，把肥沃的山谷留给了洛汗人。然而他们并没有忘记他们所受的伤害，高大、复仇心极强的黑蛮地人与反叛的巫师萨茹曼签订了一个邪恶的协议，萨茹曼把大量的奥克（称为乌鲁克族）带到了艾森加德。据记载，由于某种邪恶的巫术行为，黑蛮地人与乌鲁克族繁衍生息，而被称为兽人的邪恶后代就是这种结合的结果。奥克长着像山猫一样的黑眼睛，还伴有黑蛮地人与奥克的体征，这些奥克组成了一支庞大的军队，力量惊人。

当刚铎和洛汗的力量似乎无力抵抗时，这支军队聚集在艾森加德的萨茹曼白手旗的周围，与洛汗人交战。《西界红皮书》讲述了戴着高高的头盔和黑貂盾牌的凶猛的登丹人是如何与乌鲁克族和奥克一起进入海尔姆深谷的号角堡战役的。

但是号角堡战役对黑蛮地人来说是一个巨大的灾难，他们被打败了，凶猛的乌鲁克族和奥克被消灭了。那些没有被杀死的人只能祈求和平，并保证再也不会起来反抗征服他们的洛汗人。

都灵一世（Durin Ⅰ）

卡扎督姆的矮人王。都灵一世是矮人七个祖先中最早苏醒也是最年长的一个，他们是在黑暗时代由铁匠奥力所创造的。国王都灵一世的王国是卡扎督姆，最大的矮人王国，创立于迷雾山脉之下。在贝烈瑞安德被摧毁之后，在太阳第一纪元的末期，精灵和人类的历史主要讲述了都灵家族的矮人。都灵寿命非常长，他被称为"不死者"都灵。这个名字也指的是相信他将转世七次成为他的人民的国王，而且每次他们都会取用"都灵"这个名字。

都灵二世（Durin Ⅱ）

第二纪元第八世纪期间卡扎督姆的矮人王。在这段时间里，王国的矮人们从东到西，把王国的洞穴和隧道一路凿穿直至迷雾山脉，建造了西大门，允许他们与埃瑞吉安的精灵工匠进行珍贵材料的交易。

都灵三世（Durin Ⅲ）

卡扎督姆的矮人王。最著名的事迹是他与埃瑞吉安的精灵工匠在第二纪元第十六世纪的友谊。他被凯勒布林博授予"矮人七戒"中的第一个。不久之后，索隆和精灵的战争迫使矮人关闭了他们的大门。卡扎督姆自此被称为"莫瑞亚"，意为"黑暗王国"。

都灵六世（Durin Ⅵ）

莫瑞亚（卡扎督姆）的矮人国王。都灵六世出生于第三纪元1731年，1980年，都灵六世是莫瑞亚的统治者，当时他的子民正在红角峰的地下深处挖掘一个秘银矿脉。不幸的是，他们闯进了一个密闭的空间，释放了一个可怕的恶魔，叫做炎魔。在接下来的一年里，都灵六世和他的儿子纳因一世都被恶魔杀死了，矮人们也被赶出了王国。

都灵七世（Durin Ⅶ）

卡扎督姆的最后一位矮人国王。他被认为是国王都灵的第七次也是最后一次化身，他的到来标志着都灵家族中矮人国王传承来到了最后一位。

杜瓦林（Dwalin）

杜瓦林是第三纪元2941年矮人索林孤山远征队的成员之一。杜瓦林是芬丁的儿子，巴林的兄弟。他到孤山探险，孤山远征之旅重建了孤山脚下的矮人王国埃瑞博，他在那里一直待到生命的尽头。这是杜瓦林第二次经历这样的冒险，因为一个世纪前，他曾是流亡在外的矮人国王瑟莱茵二世的同伴。瑟莱茵二世踏上了前往埃瑞博的灾难性之旅，这场冒险最终导致国王瑟莱茵二世被俘并死亡。

矮人（Dwarves）

在中洲的群山下的一个大厅里，维拉的工匠奥力塑造了黑暗时代矮人的七个祖先，当时米尔寇和他在乌图姆诺和安格班的邪恶奴仆统治着整个中洲。因此奥力创造的矮人结实强壮，不惧寒冷和烈焰，比随后的种族更为坚韧。奥力知晓米尔寇的邪恶，所以他让矮人们变得固执、不屈不挠，在艰苦卓绝的劳作中坚持不懈。他们在战斗中是勇敢的，他们的骄傲和意志是不可动摇的。

矮人们是深耕的矿工、石匠、金属工匠和最神奇的石雕师。他们很好地继承了奥力那塑造山脉形状的高超技艺。因为矮人们很结实，长胡子，但不高，只有四到五英尺高。由于他们的劳动时间很长，每个人都被赋予了大约两个半世纪的生命，但又因为他们都是凡人，他们也可能在战斗中被杀死。奥力让矮人学到了他的手艺，并给了他们一种自己的语言，叫做库兹都语。在这种语言中，奥力被称为"玛哈尔"和"矮人的卡扎德"，但这是一种神秘的语言，除了几个字之外，所有人都不知道是什么意思。矮人小心翼翼地守护着它。矮人们总是感谢奥力，并承认是他赋予了他们形状。然而，他们其实是被伊露维塔的力量赋予了真正的生命。

据说，一旦奥力造出了矮人们，他就会秘密地把他们藏起来，不让另一个维拉看到，并且认为自己和他们也都藏起来了，不让伊露维塔看到。然而，伊露维塔知道奥力的所作所为，认为奥力的行为是没有恶意的，因此他认可了矮人的存在。然而他不允许这个种族出现在他所选择的孩子们——精灵面前。因此，尽管矮人们都锻造好了，奥力还是把他们抱起来，埋在石头下面。在黑暗中，七个矮人的祖先长眠了好多年，直到星辰之光重现，觉醒的时刻才真正到来。

因此，在星辰第一纪元，东方的奎维耶能的精灵们醒来了。在接下来的岁月里，七个矮人的祖先也都逐渐苏醒，关押他们的石头被砸开了，他们站了起来，对眼前的世界充满了敬畏。

据说这七位矮人祖先分别在中洲的不同山脚下建造了巨大的王国，但这些早期精灵的历史只讲述了其中的三个。分别是在蓝色山脉中被称为"贝烈戈斯特"和"诺格罗德"的矮人王国，以及在迷雾山脉中被称为"卡扎督姆"的矮人王国。卡扎督姆的历史是最长的，因为这是第一个醒来的矮人祖先的王国，那个矮人叫做都灵一世，也称"不死者"都灵。

对贝烈瑞安德的精灵们来说，在星

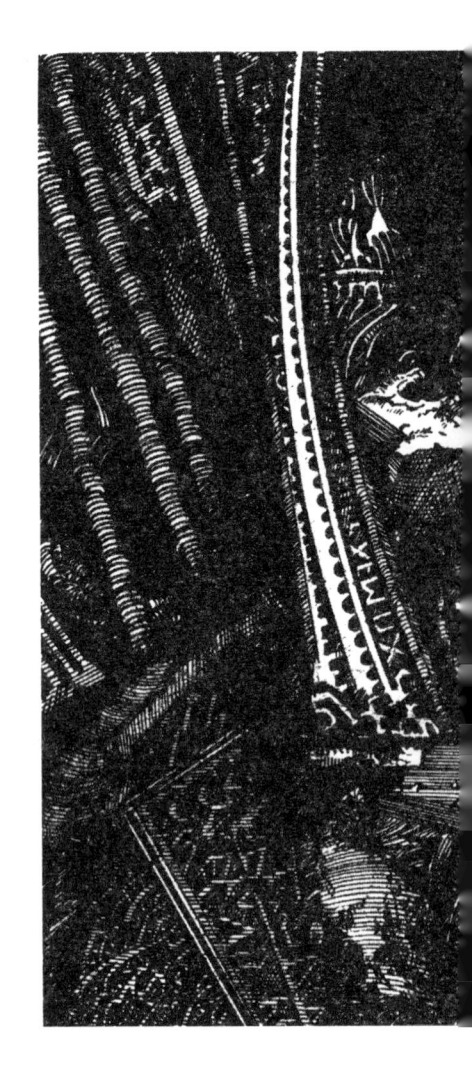

图片： 矮人是中洲最出色的石匠和工匠。矮人是一个强大的、固执的、长有长胡子种族，四到五英尺高，多在矿山和铸造间工作。

辰纪元，贝烈戈斯特和诺格罗德矮人的存在确实是一个幸事。因为他们带着武器和钢铁工具来到灰精灵的王国，并展示了高超的雕刻工艺。虽然灰精灵以前并不认识这些人，认为他们不可爱，称他们为瑙格人，但他们很快就明白矮人们很好地掌握了奥力的技艺，所以他们也称他们为"冈刚希尔人"，圣石匠。精灵和矮人之间有很多贸易，通过这种贸易，两国人民都获得了繁荣。

矮人们虽然长得笨拙，没有优美的体态，但他们却带来了许多美丽的事物。他们的王宫里有宏伟的大厅，大厅里挂满了鲜艳的旗帜、盔甲、珠宝、武

器和精美的挂毯。星光照在巨大的光柱上，在波光粼粼的池塘和银光闪闪的喷泉上嬉戏。在呼应的穹顶中，借着水晶灯的光，可以看到明亮的宝石和珍贵的矿石脉。在打磨得很像玻璃一样乌黑发亮的墙壁上，可以看到梦幻般的大理石形体，蜿蜒的楼梯或蜿蜒的大道可能通向高大、美丽的塔楼或五彩缤纷的石头庭院。隧道通向庭院和石窟，石窟里有雪花石膏柱，随着时间的推移和矮人不断用凿子轻敲，石窟上出现了凹槽。

在星辰纪元，蓝色山脉的矮人们制造出了世界上从未见过的最精良的钢铁。在贝烈戈斯特（也被称为"加比加索尔"和大堡垒），著名的锁子甲最先被锻造了出来，而在诺格罗德（被称为"图门扎哈尔"和中空住地）居住着有史以来最伟大的矮人工匠铁尔哈。在这个时候，这些矮人锻造了辛达族的武器，为辛葛国王的灰精灵建造了他们的千石窟宫殿——明霓国斯，被誉为中洲最美丽的宫殿。

精灵宝钻争夺战发生在太阳第一纪元，在那个时代，大多数矮人都与精灵并肩作战，对抗魔苟斯的奴仆。在那个时代所有的矮人中，最出名的是贝烈戈斯特领主阿扎格哈尔国王。在泪雨之战

图片：矮人在战斗中被激怒时凶猛而倔强，他们是武器和盔甲的锻造大师。格罗因之子——英雄吉姆利（右图）挥舞着他们最喜欢的武器——战斧。

中，只有矮人能够抵挡住龙焰，因为他们是一个习惯了高温的工匠种族，他们戴着钢铁面具，保护自己的脸不受火焰的伤害。因此，贝烈戈斯特的矮人们就可以阻止龙族的进攻，尽管被杀了，阿扎格哈尔国王还是把剑刺进了恶龙之父格劳龙的腹部，于是格劳龙和他的子嗣们逃离了战场。

并不是那个时代矮人的所有行为都值得称赞。据说，诺格罗德的矮人渴望得到精灵宝钻，因此他们谋杀了辛葛国王，并洗劫了明霓国斯。接着，矮人们在盖理安河渡口被莱昆迪精灵抓住了，精灵宝钻也从他们手中被夺走了，那些逃过伏击的诺格罗德矮人遭到了恩特族的袭击，被彻底消灭了。从太阳第一纪元的末期开始，精灵和矮人的历史主要讲述了居住在卡扎督姆的都灵血脉的历史。当贝烈瑞安德因大决战的到来而迎来毁灭时，诺格罗德和贝烈戈斯特的房屋都被摧毁了。这些王国的矮人在第二纪元进入迷雾山脉，使中洲矮人最伟大的宫殿——卡扎督姆变得更为宏伟。宽敞的大厅里挤满了富裕的人民，他们的工匠创造了无与伦比的工艺品，他们的矿工深入深山腹地。在第二纪元，许多林顿的诺多进入了卡扎督姆西门附近的埃瑞吉安，建立王国，这样他们就可以和矮人交换在那里发现的大量的贵重金属——秘银。这些精灵就是后来被称为"精灵铁匠"的珠宝冶金匠行会的创立者。通过这些精灵的智慧和索隆的欺骗，力量之戒在这里被铸造出来。虽然矮人得到了矮人七戒，但他们直到第二纪元末期才被卷入可怕的战争。在卡扎督姆，矮人们关上了他们王国的大门，不去理会世界上的麻烦。没有人能强行进入他们的王国，但在那之后，人们认为这是一个封闭黑暗的王国，所以卡扎督姆被改名为"莫瑞亚"。

就这样，都灵家族的矮人活到了太阳第三纪元，尽管那时他们已经度过了最辉煌的岁月，矮人的数量也开始减少。即便如此，莫瑞亚在长达八个世纪的时间里依然兴盛，直到第三纪元第二十世纪，那里的矮人仍然富有并且骄傲。但是在1980年，当都灵六世成为国王的时候，挖洞的矮人挖得太深了，释放了一个巨大的恶魔。这是魔苟斯的奴仆——炎魔，它在愤怒中杀死了国王都灵和他的儿子纳因一世，把莫瑞亚的矮人永远赶了出去。

在此期间，矮人们无家可归，四处流浪，但在1999年，纳因一世的儿子瑟莱茵一世在埃瑞博的山下建立了矮人王国。在之后的一段时间里，瑟莱茵和莫瑞亚的一些矮人重新获得了繁荣，因为埃瑞博，即孤山，蕴藏着丰富的矿石和石头，但是瑟莱茵一世的儿子，梭林一世离开了那个地方，在2210年前往灰色山脉，在那里据说居住着大量被分散的莫瑞亚的矮人。在这里，梭林一世被接受为国王，凭借他的力量之戒，他的人民重新富裕起来。在梭林一世之后，他的儿子格罗因继位，接着是欧因和纳因二世，灰色山脉因矮人的黄金而闻名。在纳因二世之子戴因一世的统治时期，从北方的荒原上出现了许多冷龙。由于贪图矮人的财富，这些恶龙为战争做好了准备，他们杀死了矮人，把他们赶出了灰色山脉。

在2590年，戴因一世的继承人——瑟罗尔，带着灰色山脉的幸存者回到了埃瑞博山下的王国，而就在那一年，他的哥哥格罗尔带着剩下的人去了铁丘陵。这些矮人、河谷城的人类和长湖镇人，以及幽暗密林精灵之间有大量的贸易往来，所以这些人又一度繁荣昌盛。然而，在都灵血脉里，和平从来都是短暂的，因为在2770年，在瑟罗尔的漫长统治期间，第三纪元最伟大的龙——长着翅膀的火龙——被称为"金龙斯毛格"的恶龙来到了埃瑞博。没有人能在这条恶龙面前站立得住。他大肆杀戮，洗劫了河谷城，把矮人们赶出了孤山。"孤山之王"斯毛格在那里待了两个世纪。

矮人们又一次被赶出了家园。一些人撤退到铁丘陵寻求庇护，但其他幸存者跟随国王瑟罗尔和他的儿子瑟莱茵二世，以及孙子梭林二世，成群结队地四处游荡。

在这段时间里，瑟罗尔被莫瑞亚的奥克杀死，他的身体被肢解，他那被砍下的头颅被交还给了他的人民。矮人们已经遭受了各种各样邪恶手段的痛苦，他们觉得自己再也无法忍受这样的侮辱。所有矮人聚集在一起，他们决定发动一场伟大的战争。

这是矮人和奥克族之间可怕而血腥的战争。它肆虐了七年之久，矮人军队走遍了整个西界，找到了每一个奥克地洞，杀死了每一个奥克族群，最后在2799年到达了莫瑞亚的东大门。这里曾经发生过阿扎努比扎之战，它甚至在精灵的历史上都很有名。在那次战斗中，北方的奥克几乎全部被矮人消灭了。然而矮人们对他们的胜利并不感到高兴，因为他们一半的战士都在那场战争中牺牲了。这样的损失是永远无法弥补的，对于一个已经萎缩的民族。站在从战争中获得的战利品和一点点领土上，怅然若失，因为虽然奥克被杀死了，但炎魔仍然控制着莫瑞亚，而恶龙则占领了埃瑞博山下的王国和灰色山脉的矮人王国。

矮人们满怀悲伤地回到了他们的王国。格罗尔的孙子铁足戴因回到了铁丘陵地区，而瑟莱茵二世和他的儿子梭林二世（即梭林·橡木盾）则前往西部的蓝色山脉，在那里建立了一个相对穷酸的矮人王国。然而，瑟莱茵二世统治的时间并不长，因为他在旅途中在幽暗密林附近被索隆俘虏，并在多古尔都被囚禁。矮人们的最后一枚戒指从他身边被夺走，他被折磨致死。

然而，索林·橡木盾仍然留在蓝色山脉，因为他不知道父亲的命运。许多流浪的矮人来到了蓝色山脉，他的宫殿也越来越大，但他很不开心，想回到孤山下的王国，那里曾经是他祖父的王国。带着这样的想法，索林·橡木盾在2941年找到巫师甘道夫，他们立刻开始了一项伟大的冒险计划，这是霍比特人比尔博·巴金斯在《西界红皮书》中讲述的。这个霍比特人和十二个矮人陪着索林完成了夺回王国的任务。这十二个人是：菲力、奇力、多瑞、欧瑞、诺瑞、科林、格罗因、巴林、杜瓦林、比弗、波弗和邦伯。在霍比特人的故事里，索林·橡木盾取得了他所想要的东西。最终，金色恶龙斯毛格被杀，梭林二世获得了他应得的王国，尽管他对它的统治很短暂。在接下来的五军之战，奥克、狼人和蝙蝠与矮人、精灵、人类和大鹰交战。尽管奥克军团被毁，但是梭林二世勇敢的战士生命也结束了。

然而这并不是都灵血脉的结束。因为铁足戴因抵达了五军之战的战场，带着他那自铁丘陵而来的五百勇士，并且他是梭林二世的正统继承人，他和索林一样，也是戴因一世的重孙。所以铁足戴因成为了戴因二世，并且他统治有方，直到魔戒战争的最后那段时间，戴因二世守卫着布兰德国王的遗体不断战斗，直至在埃瑞博的大门前战死。然而，这个矮人王国经受住了索隆仆从们的攻击，而戴因二世的继承人梭林三世，也被称为索林·石盔，长期繁荣地统治着这里，直到太阳第四纪元。

山下的矮人王国并不是第四纪元最后且唯一的都灵子民的家园。另一个高贵的矮人，是戴因一世的兄弟波林的后裔，在第四纪元初期，也就是魔戒战争之后，建立了矮人王国。这个小矮人是格罗因的儿子吉姆利，他在战争中赢得了巨大的声誉，他是护戒远征队的成员之一。他在所有的任务中都表现得很出色，在号角堡战役、佩兰诺平原战场和黑门前，他那斧头的呼啸声使他的敌人感到恐怖。在战争结束的时候，吉姆利将孤山脚下矮人王国里的大部分矮人带入了海尔姆深谷处的奇妙洞穴里，他被称为"阿格拉隆德之王"。

一个多世纪以来，"精灵之友"古姆利一直统治着阿格拉隆德，但在阿拉贡二世去世后，他交出了统治权，并进入了他好朋友莱戈拉斯的王国伊希利恩。据说，在这里，吉姆利登上了一艘精灵之船，和他的同伴一起航行在西部的大海上，到达了不死之地。

这是中洲关于矮人的最后一部历史。不知道他们的王国是否在第四世纪和人类统治时期幸存下来。我们知道他们的数量在进一步减少，但是不知道它们是仍然生活在世界的秘密洞穴里，还是现在已经去了不死之地奥力的宫殿里。

安格玛巫王（Dwimmerlaik）

中洲经历了多年的血腥战争和冲突。许多人死于刀剑、火灾和瘟疫。但也有这样的人，死后因邪术或背弃誓言，仍留在凡间，惶惶不安。其中《西界红皮书》提到了古冢尸妖、黑蛮祠的亡者、死亡沼泽幻象以及在黑语中被称为"那兹古尔"的可怕幽灵。

在洛汗的骑士时代，洛汗土地上所有这些萦绕不去的灵魂都被命名为"安格玛巫王"。这就是这些洛汗骑兵的迷信，甚至洛丝罗瑞恩的精灵和范贡的恩特族也被称为安格玛巫王，被认为是类似的恶魔。

E

一亚（Ea）

当造物者伊露维塔从虚空中出现，用"一亚"这个词和不灭之火的力量为他高贵的主人建造永恒圣殿之后，他创造了一亚，即"真实的世界"，精灵和人类后来将其命名为"阿尔达"，即地球。一亚是所有阿尔达世界造物的总称：大陆、大海、天堂的穹窿，以及被创造世界中的所有空间和时间。

大鹰（Eagles）

在阿尔达所有有翅膀的生物中，最高贵的是大鹰，因为它们是由两个强大的维拉所生："风之主宰"曼威和"大地之后"雅凡娜。大鹰是最古老和最聪明的种族之一：它们是在星星重新点燃和精灵醒来之前被创造出来的。在随后的年代里，这种鸟一直是人类的使者和仆人。在塔尼魁提尔这座大山上，大鹰们会休息，用弯曲的爪子紧紧抓住高高的峭壁。它们飞过整个蔚蓝的世界，因为它们是人类的眼睛，会像雷电一样落在敌人身上。在太阳第一纪元，这个种族的一个强大的品种生活在贝烈瑞安德。他们被称为"环山之鹰"，住在克瑞赛格林山顶的高鹰巢里。这些大鹰因其在精灵宝钻争夺战中的功绩而闻名。它们的领袖是梭隆多，它是所有大鹰中最大、最威严的。梭隆多的翼展将近55米，这只大鹰的速度超过了最快的暴风。梭隆多强壮无畏，它永远与地球上的邪恶生物战斗。

正是梭隆多从桑戈洛锥姆的顶峰上救出了诺多族领主迈兹洛斯。他还从安格班带回芬国盼国王破碎的尸体，并用它的长爪子在魔苟斯的脸上留下了伤疤。在精灵宝钻任务中，贝伦和露西恩都被梭隆多从安格班救了出来。虽然刚多林最终因叛变而倒台，但鹰族守护着诺多王国长达几个世纪之久。

图片：第三纪元所有的大鹰中，最伟大的是迷雾山脉的风王格怀希尔。它和它的兄弟蓝德洛瓦以及迅捷之神美尼尔多一起在魔戒战争中与黑暗领主战斗。

梭隆多和它的种族在大决战中赢得了最大的荣耀。《精灵宝钻》讲述了鹰族是如何在与安格班最可怕的恶魔——长着翅膀的火龙的大战中取得胜利的。

在太阳第三纪元，"风王"格怀希尔统治着中洲的鹰群。虽然它还没有第一纪元的大鹰那么大，但以第三纪元的标准来衡量，它是那个时代最伟大的大鹰。格怀希尔统领着迷雾山脉的大鹰，它们凶猛，黑暗势力都惧怕它们。摧毁魔戒任务和魔戒战争的漫长故事讲述了格怀希尔和它的兄弟蓝德洛瓦以及一只名叫"迅捷之神美尼尔多"的大鹰如何经常与鹰族一起在战场上冲锋陷阵。迷雾山脉的大鹰做了许多伟大的事情。它们帮助实现了埃瑞博的恶龙斯毛格的死亡，后来，在五军之战中击败了奥克。它们还救出了巫师甘道夫和霍比特人的护戒人，并在魔多黑门前参加了魔戒战争的最后一场战斗。

埃雅仁迪尔（Earendil）

半精灵屠龙者。水手埃雅仁迪尔是伊甸领主图尔和刚多林的精灵伊缀尔的儿子。埃雅仁迪尔于第一纪元504年出生在刚多林，但在阿维尼恩的精灵港长大。他成为了阿维尼恩的领主，并娶了精灵之女埃尔汶为妻。埃尔汶是迪奥国王的精灵女儿，也是精灵宝钻的继承人。他们有两个儿子：埃尔隆德和埃尔洛斯。埃雅仁迪尔，名字的意思是"爱慕大海的人"，奇尔丹建造了一艘奇迹般的船叫"汶基洛特"，就是埃雅仁迪尔的航船。当他在海上航行时，阿维尼恩遭到袭击，埃尔汶被迫逃跑。她看没有办法逃跑，就把自己和精灵宝钻一起沉入大海。海洋之神乌欧牟把她变成一只海鸟，让她飞到埃雅仁迪尔身边，拯救了她。这对夫妇用精灵宝钻的光芒和力量找到了通往不死之地的路，请求维拉的帮助。作为回应，在大决战中，维拉和迈雅军队，以及埃尔达玛的精灵们，从不死之地前往大决战的战场。魔苟斯于大决战中被驱逐，水手埃雅仁迪尔也参加了这场战斗。埃雅仁迪尔把精灵宝钻绑在额头上，用他那艘具有飞行能力的魔法飞船杀死了黑龙安卡拉刚，那条世界上已知的最伟大的龙。在第一纪元结束后，埃雅仁迪尔带领幸存的伊甸人来到了新的努门诺尔王国。从那以后，埃雅仁迪尔注定要驾驶着汶基洛特在苍穹徘徊，而他额头上的精灵宝钻永远在空中闪耀，被称为"暮星""西方的焰火"。

东方精灵（East Elves）

在星辰重新点亮的时候，所有的精灵都生活在中洲的东部。但随着时间的推移，森林之王、维拉一族猎人欧洛米，来到精灵们身边，带来了离开那片土地的召唤。

许多精灵听从了欧洛米的召唤，前往西部，在那里他们被称为"西部精灵"和"埃尔达精灵"。那些留下来的精灵被命名为"东方精灵"或"阿瓦瑞"，他们内心对前往不死之地的伟大征程有所顾忌。

东夷人（Easterlings）

在太阳第一纪元，所有的人都最先在中洲的东方大陆上出现。有些人往西去了，但那些留在东方的人却生活在黑暗大敌米尔寇的阴影下，走上了邪恶的道路。这些人被称为"东夷人"，他们的土地被称为"洛汗"。

过了一段时间，这些人中的一些人离开了东方，去了精灵居住的贝烈瑞安德。这些东方人个子不高，但四肢粗壮，皮肤黝黑，眼睛和头发都是黑色的。他们大多不值得信赖，在战争中把精灵出卖给了他们的盟友魔苟斯。这些人的名字很少在历史上流传，但"黝黑"乌方和他的儿子乌法斯特、乌瓦斯和乌多，因为犯下了最严重的叛国行为而闻名。因为在泪雨之战中，乌方和他的子民在战斗中背叛了他们的精灵盟友，从后面杀死了他们，这一举动扭转了战局，精灵们被击溃了。然而，并不是所有的东夷人都是不忠的，有一个名叫玻尔的东夷人，他的儿子玻拉德、玻拉赫和玻桑德，在那个时代，代表精灵英勇地战斗

到死。

然而，从那以后，东夷人一直与魔苟斯或他强大的奴仆索隆保持着同盟关系，并且总是与伊甸人的高贵后裔作战。在太阳纪元，东夷人成为许多王国和种族的同盟。在第三纪元，许多东夷人离开了洛汗。其中有勇猛的巴尔寇斯人，也有坐战车的"战车民"。此外，在哈拉德以南更远的地方，住着许多很久以前从中洲东部来的好战者。

在索隆的命令下，东夷人派战士参加了魔戒战争。在佩兰诺平原战场上，由数不清的东夷人组成了装甲部队，他们蓄着矮人般的胡须，手持巨大的双手斧，展开了激烈的战斗，最后战死沙场。当黑门被攻破，索隆的魔多王国被摧毁时，其他人也遭遇了他们的末日。

魔戒之战永远地打破了黑暗势力对东夷人的控制。因此，当阿拉贡二世在刚铎加冕，并在第四世纪来到洛汗时，东夷人要求和平。阿拉贡二世同意了，在那个条约之后的很长一段时间里，在西界，在哈拉德和洛汗的土地上都有了和平。

图片: 东夷人是来自中洲东部的野蛮人，他们向西部的伊甸王国和登丹人王国开战。这些野蛮的部落成员是黑暗君主的奴仆和士兵。

回声山脉（Echoing Mountains）

当诺多国王费艾诺的军队回到中洲去寻找精灵宝钻的时候，他们首先在一个叫做"拉莫斯"的北方荒原上登陆，这片荒原与贝烈瑞安德的其他地方被回音缭绕的回声山脉隔开。幸运的是，山脉在专吉斯特狭湾被海水劈开了，诺多就这样来到了贝烈瑞安德的希斯路姆。之所以被称为"回声山脉"，是因为它们惊人的音质，使得拉莫斯荒原上的任何声音都被放大，并在原上的山间回荡。

伊甸人（Edain）

在第一纪元，那个时代的故事讲述了许多伟大的事迹。公认的最伟大的人类是伊甸人，他们是第一批从东方来到贝烈瑞安德的人，大多数都强壮勇敢。高等精灵在那里建立了许多王国。

这些人在三位族长的领导下率先进入贝烈瑞安德：老贝奥族长、哈拉德族长、马锐赫族长。这三大部族就是伊甸三大家族。因为精灵被称为"伊露维塔的长子"，所以贝烈瑞安德的诺多将这些人称为"阿塔尼"，意思是"次生儿女"，并且教授了他们无与伦比的知识。所有人认为伟大和高尚的东西，都是诺多教授给人类的。在相当短的时间内，贝烈瑞安德居民的共同语言变成了辛达语，即灰精灵的语言，很少使用昆雅语。这就是为什么阿塔尼在贝烈瑞安德的所有书面传说中最常被称为"伊甸人"，因为这就是辛达语形式的"次生儿女"。

在这三大家族中，老贝奥之家（后来被命名为胡林之家）是第一个见到诺多的。在所有的男人中，他们最像诺多，诺多非常爱他们。他们的头发是黑色的，明亮的眼睛是灰色的。他们思维敏捷，学得很快，精力充沛。第二个家族被命名为哈拉丁和哈烈思一族，他们是住在森林里的人，在三大家族中他们数量最少，地位最低。第三个家族是哈多家族。哈多的居民都是金发碧眼的，是伊甸人中人数最多的家族。

伊甸人中涌现出许多英雄。"金发"哈多·罗林多，被任命为与精灵王对等的多尔罗明之主。坚定的胡林是一个强大的战士，他在战斗中杀死了70个食人妖。《胡林子女的故事》一书中描述到，图林·图伦拔身穿着他的民族的传世宝物——矮人铸的龙盔，佩着黑剑古尔桑。利用这些武器装备，凭借力量和隐匿自己的气息，图林杀死了恶龙之父格劳龙。

在世界范围内的所有人类事迹中，影响最大的是贝伦·埃尔哈米恩的平生所为，他娶了精灵公主露西恩·缇努维尔为妻，她是世界上最美丽的女人。因为贝伦是英雄，他用安格锐斯特从魔苟斯的铁王冠上挖下了精灵宝钻。

在精灵的历史上，只有另外两个伊甸人和精灵结合。图尔与刚多林领主图尔巩的女儿伊缀尔结婚。正因为如此，据说图尔是唯一被带到不死之地并被允许在那里居住的人类。

图尔和伊缀尔的儿子——航海家埃雅仁迪尔与辛达精灵公主埃尔汶结婚。

埃雅仁迪尔驾驶飞天航船汶基洛特，身携精灵宝钻化为了星空中最亮的蓝星。在大决战当中，埃雅仁迪尔在他的航船汶基洛特上击杀了喷火翼龙——黑龙安卡拉刚。

在第二纪元，伊甸人的残部在埃雅仁迪尔的明辉的指引下离开了中洲，因为伊甸人的苦难得到了维拉的奖赏。他们身心强健，寿命长久，被带到了努门诺尔的土地上。努门诺尔位于中洲和不死之地之间的西海上。这时，他们被重新命名为"西部的伊甸人"，整个太阳第二纪元，他们都在那里生活，被认为是中洲有史以来最聪明、最伟大的人类。

精灵（辛达语）（Edhil）

在精灵族的方言中，出现了各种各样他们用来称呼自己种族的名字。其中有一个"Edhil"的词语，辛达精灵用它来称呼所有精灵。

埃多拉斯（Edoras）

在太阳第三纪元的最后五个世纪里，洛汗骑兵的首都是埃多拉斯。它是在第二十六世纪由洛汗的前两位国王，埃奥尔和布雷戈在白色山脉脚下建造的。"埃多拉斯"一词在洛汗语中的意思为"法庭"，这是皇城，包含国王的寝宫美杜赛尔德。国王们站在埃多拉斯高地上，俯瞰着构成洛汗王国的骏马奔驰的平原。

埃格拉斯（Eglath）

在星辰纪元精灵们西迁之旅的故事中，有一个关于西迁之旅中第三个家族——泰勒瑞族的故事，故事讲述了他们是如何失去了他们的国王埃尔威·辛葛。在贝烈瑞安德的南埃尔莫斯森林里，国王中了魔法咒语。虽然他们寻找了很多年，但泰勒瑞族始终没有找到消失的埃尔威，最后他们还是选了埃尔威的哥哥为国王，再次朝西走向不死之地。但许多人都不愿离开南埃尔莫斯，而是为了心中对埃尔威·辛葛的忠爱留了下来，尽管又过了许多年。这些精灵叫作埃格拉斯，他们永远与他们的族亲分离，他们的名字在精灵语中的意思是"被遗忘者"。最后，他们的忠诚得到了回报，因为他们的国王回来了。他现在被称为埃路·辛葛或灰袍君王，他发生了很大的变化。一道巨大的光照耀着他，他带来了他的魔力之源，他的王后——迈雅族的美丽安。随着国王的归来和新王后的祝福，埃格拉斯迎来了伟大的命运。从那以后，他们被命名为辛达族、灰精灵，在星辰纪元，他们被认为是中洲最强大的民族。

埃凯亚海（Ekkaia）

从他们开始到太阳第二纪元结束后，随着世界的变化和努门诺尔的沉没，人们认为阿尔达大陆已经被埃凯亚海环绕着。埃凯亚海是一个巨大的、不断翻腾涌动的海洋，流淌在最远的阿尔达的边界，从黑夜之墙向西直至不死之地，通过北部结冰的大陆，到达最遥远的东方大陆以及东方大陆西边矗立着的清晨之门，然后向南通过未知的南方地区，直到它在西方又回到开始的地方。在世界的变迁和阿尔达不死之地被移除之后，埃凯亚海被重新塑造，它的水域与其他海洋交织在了一起。

埃拉诺（Elanor）

在太阳第三纪元，在洛丝罗瑞恩的土地上长出了一朵美丽的冬日之花。这朵花叫埃拉诺，在辛达语中的意思是"太阳-星星"，它的花朵呈星形，金黄色。中洲的历史将埃拉诺与《阿拉贡和埃尔汶的故事》联系在一起。金色之星埃拉诺和白色之星妮芙瑞迪尔在凯林阿姆洛斯上生长得最茂密。登丹人的人类领主阿拉贡和半精灵埃尔隆德的女儿埃尔汶·乌多米尔就是在那里约定终身的。阿拉贡和埃尔汶在魔戒战争后结为连理。虽然她的生活很幸福，但阿拉贡死后不久，埃尔汶也死了，她选择了凯林阿姆洛斯作为她最后安息的地方。

埃尔达利（Eldalie）

精灵们在中洲被称为"奎维耶能"的东方大陆度过了一段时间后，得到了一次很好的选择机会。要么他们必须继续留在东方，只知道星光，要么他们必须长途跋涉，来到极西之地的永恒大陆。在星辰第一纪元，选择了从中洲到不死之地的伟大旅程的精灵们被称为埃尔达利，即埃尔达人。他们有三个族群：凡雅族、诺多族和泰勒瑞族，他们的故事和传说流传甚广。

埃尔达玛（Eldamar）

不死之地上埃尔达人或高等精灵的居住土地被称为埃尔达玛，意为"精灵家园"。在这里，凡雅族、诺多族和泰勒瑞族三族中最伟大的精灵与强大的维拉生活在一起。埃尔达玛是维林诺以东、贝烈盖尔以西的不死之地的一部分。它建立于维拉的双树第二纪元，当第一个埃尔达人到达不死之地后。它被高耸的佩罗瑞山脉围绕着，包括山脉以西的广阔肥沃的土地，被双圣树的永恒圣辉照耀着的卡拉251瑞安，即光之隘口。山脉以西的沿海地区只有星光点亮的埃尔达玛湾和大岛屿托尔埃瑞西亚。这里有许多城市和定居点，但提力安建在光之隘口中间的图娜山上，是凡雅族和诺多族的第一个城市，也是最大的城市。还有光明之地的诺多的佛密诺斯要塞、东海岸的海上精灵泰勒瑞族的城市天鹅港澳阔泷迪、托尔埃瑞西亚上的阿瓦隆尼。埃尔达玛的土地和城市是无与伦比的富饶和美丽。他们的城市是用宝石和贵重金属建造的。粮食富足、果实丰饶，它的人民幸福，足智多谋，聪明伶俐。据说，甚至埃尔达玛的海岸上也布满了钻石、蛋白石和白色水晶。在努门诺尔灾难之后，在太阳第二纪元末期，世界发生了变化，埃尔达玛和其他不死之地一起，被移出了世界的版图，脱离了人类的理解范围。

埃尔达（Eldar）

根据人们口耳相传的故事以及可能读到的书籍记载，埃尔达族的历史在很大程度上就是精灵族的历史。在星辰第一纪元，当维拉的猎人欧洛米在中洲的东部发现精灵时，他惊奇地看着他们，并将他们命名为"埃尔达"，即"星辰的子民"。在这个时候，所有精灵都被命名为埃尔达，但后来这个名字只被那些接受了维拉的召唤前往西部，并踏上了通往不死之地的伟大旅程的精灵们所使用。那些留下的精灵被命名为阿瓦瑞，意为"不情愿者"，他们留下来或是因为爱着中洲，或者因为他们不相信世上有永恒的圣光。

因此，埃尔达人是被选中的民族，他们被分成了三个族群：凡雅族、诺多族和泰勒瑞族。然而，这段旅程漫长而危险，许多埃尔达人没有到达不死之地，他们被命名为"乌曼雅"，与那些到达不死之地的"阿曼雅"相对。其中有南多精灵、辛达族、法拉斯民和莱星迪。但有更多精灵完成了大迁徙，在维拉的双树纪元来到了不死之地。他们占据了名为"埃尔达玛"的土地，在他们到来之前就分配给了他们，又在那里建造美丽的城市，成为了伟大的民族。

即使在他们对抗黑暗大敌魔苟斯的绝望战争所带来的纷争和黑暗中，《精灵宝钻征战史》讲述了他们伟大的事迹，就如同在黑暗年代里闪耀着希望火光，在很长一段时间里，埃尔达王国在中洲和不死之地都维持着繁荣昌盛。这些故事大多在精灵的传说、泰勒瑞族零星的历史以及玛格洛尔演唱的诺多兰提里有所记载。

埃兰迪尔（Elendil）

阿尔诺与刚铎的登丹人国王。埃兰迪尔是安督尼埃的努门诺尔王子。第二纪元3319年，努门诺尔灭亡后，埃兰迪尔和他的儿子伊熙尔杜、阿纳瑞安驾着九艘船来到中洲，建立了中洲的登丹人王国。他的儿子们住在南方的刚铎王国。在第二纪元3429年，索隆攻击了登丹人王国。第二年，精灵和人类组成了最后联盟。吉尔·加拉德，中洲精灵的最后一位至尊王，与埃兰迪尔的登丹人联手。在3434年的达戈拉德战役中，索隆的军队被击败，但魔戒领主逃到了魔多。在随后的七年围困中，阿纳瑞安被杀。虽然埃兰迪尔和吉尔-加拉德最终在黑塔前的决斗中推翻了索隆，但他们也在战斗中被杀。剩下的故事则是伊熙尔杜拿起他父亲那把断了的剑——纳熙尔，从索隆的手上砍下了魔戒。

埃兰迪利（Elendili）

《努门诺尔沦亡史》讲述了当努门诺尔人愚蠢地在不死之地上与阿尔达力量开战时，他们的国家被摧毁了。然而，在沉没之前，有九艘船驶离了那片注定要毁灭的土地。这些是埃兰迪利的航船，即忠贞派、精灵之友的船，他们摒弃了努门诺尔人的道路，驶向中洲。在那里，"长身"埃兰迪尔和他的两个儿子在北方的阿尔诺和南方的刚铎建立了登丹人王国。

埃尔拉丹与埃洛希尔
（Elladan and Elrohir）

幽谷的精灵王子。埃尔拉丹与埃洛希尔是幽谷领主埃尔隆德与洛丝罗瑞恩的精灵公主凯勒布莉安所生的双胞胎。生于第三纪元139年，仅比他们美丽的妹妹埃尔汶年长一个世纪。他们生命中绝大部分时光都生活在幽谷与洛丝罗瑞恩，但是在2509年，他们的母亲被奥克袭击了。虽然兄弟俩及时把她救了出来，但是她中了无人能解的毒，不得已前往不死之地疗养。在后来的岁月里，这对兄弟与登丹人流浪者结成联盟，在世界各地猎杀奥克。在魔戒战争期间，这对双胞胎跟随北方游民前往洛汗与阿拉贡会合。在战争的所有主要战役中，他们都与阿拉贡并肩作战，直到魔多黑门前的最后一场战斗。兄弟俩似乎在埃尔隆德和其他精灵贵族离开后很久还留在幽谷，没有任何故事能说明他们是选择留在人类中间，还是选择乘坐精灵之船前往不死之地。

埃尔隆德与埃尔洛斯
（Elrond and Elros）

贝烈瑞安德的半精灵王子。埃尔隆德与埃尔洛斯是埃雅仁迪尔和埃尔汶的双胞胎儿子，他们于太阳第一纪元542年出生在贝烈瑞安德海岸阿维尼恩。大决战之后，作为凡人英雄和精灵公主的儿子，维拉允许兄弟俩选择自己的命运。埃尔洛斯选择成为人类，不过他被赋予了长达五个世纪的生命。

在第二纪元的开始，埃尔洛斯带领幸存的伊甸人来到努门诺尔，成为他们的第一个国王。埃尔洛斯取"塔尔·明雅图尔"之名，于第二纪元32—442年统治努门诺尔。他建造了阿美尼洛斯的皇宫和城堡。埃尔隆德选择成为一位不朽的精灵王子，并在第二纪元期居住在林顿。1695年，在索隆和精灵的战争中，他被至尊王吉尔·加拉德派遣去保卫埃瑞吉安。然而，在1697年的时候，埃瑞吉安被攻破，埃尔德隆领导幸存者来到迷雾山脉的丘陵地带，他创立了幽谷，在精灵语中意为"劈开的深谷"。在第二纪元末精灵与人类的最后联盟中，埃尔隆德是吉尔-加拉德的传令官。在吉尔·加拉德死前，他送给埃尔隆德一枚戒指，这是"维雅"，也是精灵三戒中最强大的一枚。

在第三纪元100年，埃尔隆德娶了加拉德瑞尔的女儿凯勒布莉安为妻，并生了三个孩子：埃尔拉丹、埃洛希尔和埃尔汶。在第三纪元，被称为半精灵领主的埃尔隆德尽其所能帮助登丹人，而阿尔诺的继承人也常常在他的保护下在幽谷长大。其中一个继承人是阿拉贡二世,他是埃尔隆德的养子。2980年,阿拉贡在洛丝罗瑞恩遇见了埃尔汶。

他们一见钟情,但埃尔隆德禁止他们结婚,直到阿拉贡成为阿尔诺和刚铎的至尊王。在埃尔隆德的指引下,护戒远征队于3018年在幽谷成立,并开始了摧毁魔戒的任务。在魔戒被摧毁后,阿拉贡继承了王位,娶了埃尔汶为妻,第三纪元随着埃尔隆德横渡大海,驶向不死之地而结束。

精灵工匠(Elven-Smiths)

在太阳第三纪元和第四纪元,人类和矮人的传说广泛地讲述了精灵工匠的故事,那是一个曾经生活在迷雾山脉以西的埃瑞吉安,最后却又消失的种族。这些是诺多精灵,叫他们"珠宝工匠"更为恰当些。正是他们铸造了巨大的力量之戒,在中洲的大地上,这些力量之戒在长达两个纪元的时间里引发了数不清的恐怖之事。

精灵(Elves)

就在"天空之后"瓦尔妲重新点燃中洲上明亮的星星之际,伊露维塔的孩子们在奎维耶能旁边的小湖边觉醒了,因此奎维耶能也被称为"苏醒之水"。这些人就是昆迪,他们被称为精灵,当他们出现的时候,他们看到的第一件东西就是被重新点亮的星辰的光辉。所以在所有的事物中,精灵们最喜欢星光,崇拜瓦尔妲,他们知道瓦尔妲是"星辰工后",即埃尔贝瑞丝,地位高于所有的维拉。而且,在精灵觉醒的那一刻,当新的星光照进他们的眼中时,他们将它保留了下来,从那以后,他们的眼睛里就会闪烁着被重新点亮的星辰的星光。

因此,中洲上出生的那个被称为伊露维塔的独一之神创造了有史以来最美丽、最聪明的种族。伊露维塔宣称精灵将拥有并创造出比世界上任何生物都要美丽的东西,他们将拥有最大的幸福和最深的悲伤。他们将是不朽的和不老的,所以他们可以活得像世界一样长。他们永远不知道什么是疾病,什么是瘟疫,但他们的身体却像地上的泥土一样,可以被毁灭。他们可能在战争中被火焰烧死,被钢铁杀死,被谋杀,甚至死于巨大的悲痛。

他们的体型将和人类一样大,虽然人类还有待被创造,但精灵们的精神和四肢会更加强壮,不会随着年龄的增长而变得虚弱,而只会变得更加聪明和美丽。

虽然精灵在身材和力量上都远不如神一样的维拉,但精灵天生就比"次生儿女"人类更为强健有力。据说精灵们行走时身上散发着如月光一般的明亮光芒。他们的头发像纺成的金线、银线或抛光的墨玉,他们的头发、眼睛、丝绸衣服和宝石般的手上仿佛闪耀着星光。精灵的脸上总是伴随着明亮的光芒,他们的声音是多样、美丽而又微妙的,就像水一样。在他们所有的艺术中,他们最擅长演讲、唱歌和诗歌。精灵是地球上第一个会说话的种族,而且在他们之前地球上没有任何生物会唱歌。他们理所当然地称自己为昆迪,意为"会发声说话的",因为他们向中洲的所有种族教授口语艺术。

在星辰第一纪元,乌图姆诺陷落,黑暗大敌米尔寇被打败后,维拉把精灵们召集到西方的不死之地。那是在太阳和月亮升起之前,只有星光照亮着中洲,维拉希望保护精灵们免受黑暗和米尔寇留下的、潜伏的邪恶生物的侵扰。

因此,在西部海洋之外不死之地上,维拉准备了一个叫做"埃尔达玛"的地

图片：精灵比人类更为强壮、高贵、聪明，也更为美丽，他们不会随着时间流逝而衰老或是患上疾病。若非在战争中阵亡，他们就不会死去，反而会变得更为睿智与理性。

方,意思是"精灵家园"。在那里,有预言说,精灵们迟早会用银色的圆顶、金色的街道和水晶楼梯来建造城市。

正因如此,精灵们开始分裂了,因为并不是所有的精灵都希望离开中洲,进入永恒之光照耀的不死之地。在维拉的号召下,很多精灵去了西方名为"埃尔达"的地方,这些精灵被称为"星辰的子民",但其他人因为对星光的眷恋,留在了中土大陆,这些精灵被称为"阿瓦瑞",意为"不情愿者"。虽然他们精通自然之道,而且像他们的族亲一样是不朽的,但他们是较低等的民族。他们大多留在米尔寇势力最强大的东部地区,因此人数逐渐减少。

埃尔达的精灵也被称为"经历伟大旅程的精灵",因为他们多年来一直向西穿越中洲还未形成道路的土地,走向大海。这些精灵族中有三个家族,由三名精灵王统治。首先是凡雅精灵,他们是首领是英格威;其次是诺多,他们的首领是芬威;最后是泰勒瑞族精灵,他们的首领是欧尔威·辛葛。凡雅精灵和诺多到达西方的大海贝烈盖尔的时间远早于泰勒瑞族精灵,并且大海领主乌欧牟,将他们安置在一座像巨大航船的岛屿上。随后他把这两族的精灵从海中带到不死之地的埃尔达玛,那是维拉为他们所准备的家园。

泰勒瑞族精灵的命运与他们的族亲不同,他们分裂成了不同的种族。因为泰勒瑞族精灵是所有同类中数量最多的,所以他们在大迁徙中前进的步伐最慢。许多精灵半途而废,其中包括南多精灵、莱昆迪精灵、辛达精灵和法拉斯民精灵。至尊王欧尔威本人也迷失了,他仍留在中洲。然而,大多数的泰勒瑞族精灵还是向西前进,把埃尔威的弟弟欧尔威推选为国王,最终他们到达了大海。他们在那里等候乌欧牟,最后乌欧牟也把他们带到埃尔达玛。

在埃尔达玛,凡雅精灵和诺多在图娜山上建造了一座名为提力安的伟大城市,而在海边,泰勒瑞族精灵建造了天鹅港,在他们的语言中叫做"澳阔泷迪"。这些埃尔达玛精灵的城市是世界上最美丽的城市。

在中洲,辛达精灵(也称为灰精灵),在迈雅族的美丽安的教导和光芒下,变得比世界上所有其他精灵更强大。一个被施了魔法的王国在多瑞亚斯的森林中建立,拥有强大的力量,这是那些没有见过维拉双圣树圣辉的埃尔达精灵所创立的最强大的王国。在蓝色山脉的矮人的帮助下,辛达精灵建造了名为"千石窟宫殿"的明霓国斯,因为它是一座山脚下的城市。但它就像一个挂着金色灯笼的森林。透过它的长廊,可以听到鸟儿的歌唱和银色喷泉中水晶般的潺潺流水。

这是属于埃尔达精灵的伟大时代,在中洲和不死之地上都是如此。就在这段时间内,诺多王子费艾诺铸造了三颗精灵宝钻,就像钻石一样,闪耀着生命的火焰,也闪耀着维拉双圣树的光芒。

这时,米尔寇散布的谎言产生了效果,冲突和战争出现了。米尔寇带着巨大的蜘蛛乌苟立安特来了，摧毁了圣树，不死之地永远失去了圣辉。米尔寇在漫长的黑夜之后，偷了精灵宝钻，与乌苟立安特一起跨越坚冰海峡逃离到了中洲，创立了安格班这个充满邪恶的深坑，也是他庞大的军械库。

费艾诺发誓要报仇，率领诺多追赶米尔寇来到了中洲。因为他们占领了澳阔泷迪泰勒瑞族精灵的天鹅船，杀死了他们的精灵兄弟，成了被诅咒的民族。这是精灵之间的第一次互相残杀。费艾诺领导的诺多借助泰勒瑞族的船只穿过了大海贝烈盖尔；由芬国盼率领的诺多，勇敢地徒步穿越了坚冰海峡。

正如《精灵宝钻征战史》中所描述的，精灵宝钻争夺战就这样开始了。诺多追赶米尔寇，给他起名叫魔苟斯，意为"世界上的黑暗大敌"。

战争无疑是痛苦和可怕的，在那些生活在中洲的埃尔达精灵当中，很少有精灵能在这场斗争中幸存下来。最后，不死之地的维拉和许多精灵来到这里，在大决战中，永远粉碎了敌人魔苟斯。但是在那场战争中，贝烈瑞安германunsch 被摧毁了，大海的巨浪将它淹没。那个地方的伟大王国永远消失了，明霓国斯、纳国斯隆德和刚多林等精灵城市也永远消失了。只有一小部分，如欧西瑞安德和林顿在洪水中幸存下来。在那里，中洲的最后一个埃尔达王国仍然于太阳第二纪元头几年当中存在着。在大决战中幸存下来的大部分埃尔达人都回到了西部，由泰勒瑞族的白船载着他们到达埃尔达玛海湾的托尔埃瑞西亚。他们在那里建造了阿瓦隆尼。与此同时，那些帮助埃尔达精灵对抗魔苟斯的人类去了一个叫努门诺尔的小岛。

然而，有一段时间，一些埃尔达精灵仍然留在人类的土地上。其中之一就是吉尔－加拉德，他是中洲所有埃尔达精灵至尊王中的最后一位。他的统治持续到太阳第二纪元结束，他的林顿王国一直持续到第四纪元。一些诺多和辛达精灵的领主加入了西尔凡精灵，建立了自己的王国：瑟兰杜伊把大绿林变成了他的林地王国；凯勒博恩和加拉德瑞尔统治着金色森林洛丝罗瑞恩。在那个时代，埃尔达精灵最伟大的居住地是埃瑞吉安，人们把它命名为霍林，意为"冬青树之地"，许多诺多的贵族都去了那里。他们被称为"珠宝工匠"，但在后来的日子里他们被称为"精灵工匠"。魔苟斯最伟大的仆人——迈雅索隆，乔装打扮混了进来。住在霍林的凯勒布林博是中洲最伟大的精灵工匠，也是制造精灵宝钻的费艾诺的孙子。在他的命令下，用他的技能制造了力量之戒，正是因为有了它们和索隆铸造的至尊魔戒，索隆和精灵之间的战争以及许多其他的战争逐渐拉开了序幕。

在与索隆的战争中，每场邪恶的战役都非常可怕。凯勒布林博死去了，他的土地也被毁了，吉尔－加拉德从林顿派埃尔隆德和许多战士去帮助埃瑞吉安精灵。那些从埃瑞吉安的毁灭中幸存下来的精灵们逃到了伊姆拉缀斯（在第三纪元则名为"幽谷"），隐藏他们的恐惧，他们把半精灵埃尔隆德当成了他们的领主。但是，尽管精灵们还没有强大到足以摧毁持有至尊魔戒的黑暗君主，他们的盟友努门诺尔人在西方已经变得强大起来。努门诺尔人乘船来到林顿，把索隆从西部的土地上赶了出来。又过了一段时间，他们又来了，抓住了黑暗君主，用铁链把他带到了他们的土地上。

索隆一直留在那里，直到努门诺尔的所有土地都被贝烈盖尔的海水吞没，直到维林诺的不死之地和埃尔达玛土地被从世界范围内中清除，世界发生了剧变。人类的土地被封闭起来，不死之地被分割了，除了白色的精灵飞船外任何人、物都无法到达。

但在太阳第二纪元，仍然需要对付"魔戒之主"索隆。因为他逃出了努门诺尔的控制，回到了他的魔多王国。于是精灵和人类结成了最后联盟。他们打碎了魔多和他的塔楼巴拉督尔，抢走了他的至尊魔戒。他和他的奴仆们都死了，消失在黑暗中，但是吉尔-加拉德，中洲精灵的最后一位至尊王，也被杀死了，就像几乎所有伟大的努门诺尔领主一样。

仍然有一些埃尔达精灵在看守着人类正在慢慢占领的土地。在第三纪元，中洲的埃尔达精灵仿佛只是他们以前存在的一个影子。林顿留下来了，但大部分时间都处在远离中洲纷争的地方，而灰港之主奇尔丹则是精灵中地位最高的。精灵们所关心的似乎都是他们自己的事情，除了一件事：魔戒之主，他再次来到魔多，并派遣他的仆人那兹古尔去统治这片土地。然后精灵和努门诺尔人的后裔又一次参加了这场被称为"魔戒之战"的战争。那场战争中，至尊魔戒被毁了。魔多又倒下了，索隆和他的仆人也消失了，他对世界上所有邪恶的控制也被打破了。第四纪元，在人类统治的时代，最后的埃尔达精灵驾驶着灰港奇尔丹制造的最后一艘白船，沿着笔直的道路航行。就这样，这些星辰的子民永远地离开了人类世界，到了人类无法到达的地方，仅存在于古老的传说中，也许还会出现在孩子们的梦里。

埃尔威·辛葛（Elwe Singollo）

泰勒瑞族精灵之王。埃尔威是精灵族的三位国王之一，他们带领着自己的子民踏上了通往不死之地的伟大迁徙。然而，在贝烈瑞安德，他放弃了这段旅程，建立了灰精灵王国。他被称为辛葛国王，他的故事就是用这个名字讲述的。

埃尔汶（Elwing）

多瑞亚斯的精灵公主。"白羽"埃尔汶是迪奥国王和多瑞亚斯王后宁洛丝的美丽女儿。在第一纪元509年，她是家族中唯一在诺多摧毁明霓国斯过程中幸存下来的成员。她带着家族遗产——精灵宝钻，在阿维尼恩港找到了避难所。在那里，她遇到并嫁给了航海家埃雅仁迪尔，生下了双胞胎儿子：埃尔隆德与埃尔洛斯。但当诺多知道精灵宝钻的所在之地后，他们又发起了进攻。埃尔汶找不到任何逃跑的办法，就带着精灵宝钻一起纵身跳入海里。就在那一刻，海洋之王——维拉乌欧牟介入，将埃尔汶变成了一只白色的海鸟。她嘴里叼着精灵宝钻，飞过大海去找埃雅伦迪尔。他们设法穿过阴暗的海洋到达不死之地，以便埃雅仁迪尔请求维拉介入贝烈瑞安德的战争。大决战结束后，埃雅仁迪尔把精灵宝钻绑在额头上，由维拉将他安置在天空中。他驾船划过天空，化为人所熟知的晨星。从那以后，埃尔汶就住在埃尔达玛北部海岸的一座塔里，每天晚上当埃雅仁迪尔的船接近西部地平线的时候，埃尔汶就像一只白色的鸟一样从她的塔上飞下来和她的丈夫团聚。

迷咒群岛（Enchanted Isles）

在维拉米尔寇和巨型蜘蛛乌苟立安特摧毁了维拉双圣树之后，曼威和其他的维拉在不死之地上建造了许多防御工事，害怕这些邪恶的生物和他们的军团会卷土重来。

其中最有效的是沿着不死之地东海岸的巨大岛链。这些是迷咒群岛，它们周围的水域被称为黯影海域。这些岛屿被一种强大的魔力所笼罩：迷宫般的水道使水手们无法计算。如果水手们自己登上这些岛屿，他们马上就会进入一种深沉而永恒的睡眠状态。

恩格瓦（人类）（Engwar）

当人类第一次来到这个世界上的时候，精灵们非常惊奇。与精灵相比，人类是一个脆弱的种族，无法承受严酷的环境、抵不过生老病死。所以东方的精灵阿瓦瑞将一些技能教授给了很多人类，让他们可以在没有贫困和恐惧的情况下生活下去。然而，精灵们仍然发现这些人很快就消失了，因为他们是凡人；精灵们几乎无法了解一个人类的价值，因为在精灵了解之前人类就会被岁月侵蚀而死去。对精灵们来说，最可怕和神秘的是身体的疾病，它像麦田里的火焰一样横扫人类。当这些瘟疫降临到人类身上的时候，他们就灭亡了，而没有一个精灵能够理解这种邪恶的事物。因此，精灵们给人类取的一个名字是带着极大的怜悯之情的：恩格瓦，在精灵的语言中，它的意思是"病弱的"。

恩特（Ents）

在魔戒战争中，奇特的森林巨人恩特来到了与奥克和艾森加德人的战斗中。他们一半是人，一半是树，有十四英尺高，最古老的恩特已经在中洲生活了九个世纪。

恩特的领主是范贡，在当地的语言中，他被称为"树须"。他高大而古老，因为他属于世界上出生的最高、最强壮的种族。和橡树或山毛榉树一样，他那粗壮的树干上也长着粗糙的树皮。树须奇特的、几乎没有脖子的脑袋和他的树

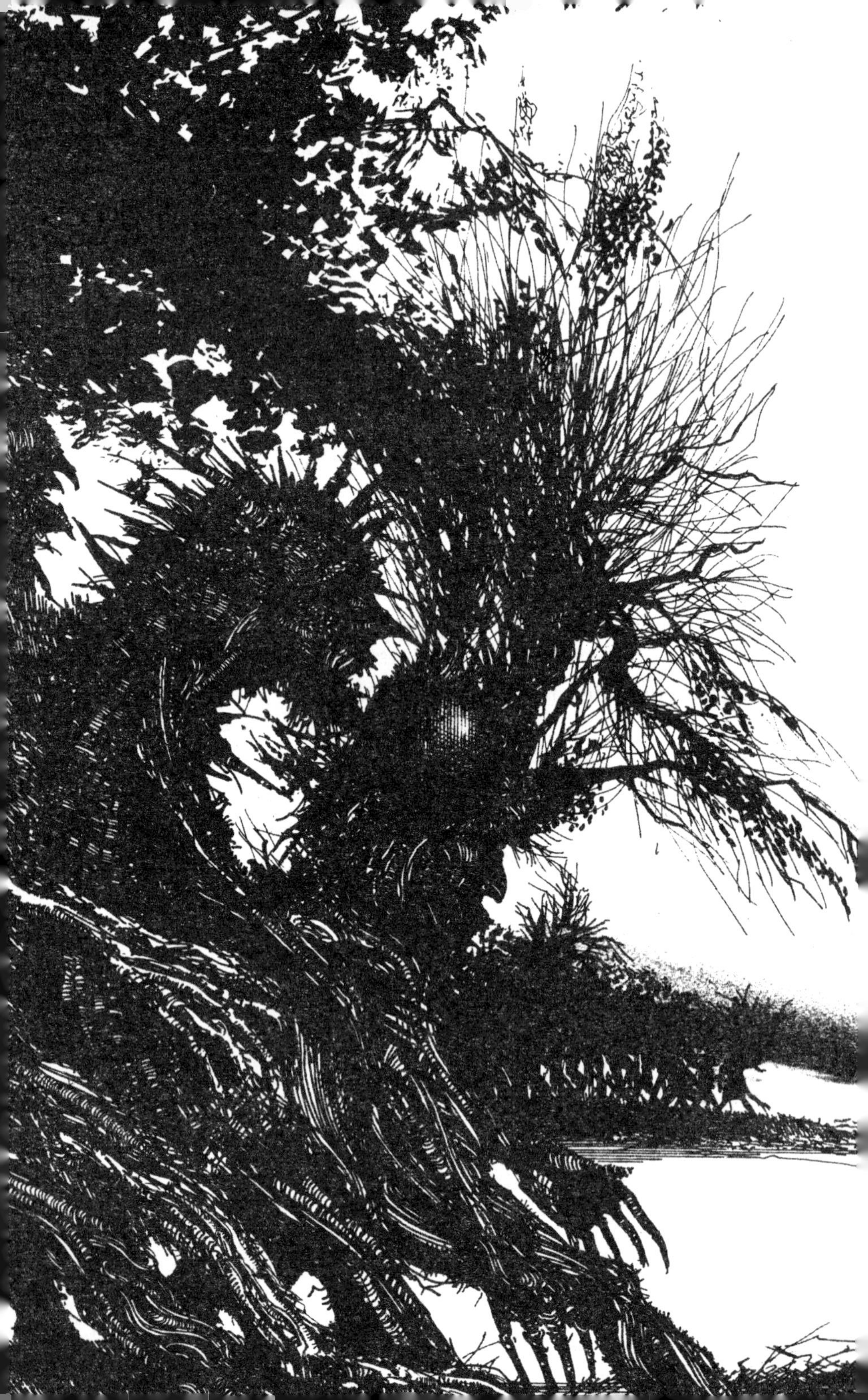

干一样又高又粗。他那双棕色的眼睛又大又明亮，似乎闪着绿光。他那乱蓬蓬的灰胡子像一根由树枝和苔藓组成的茅草。他是用树木的纤维做成的，然而他却用笔直的腿快速地移动着，脚像活根一样，像一只长腿的涉水鸟一样摇摆着、伸展着。

据精灵的历史记载，当"天空之后"瓦尔妲重新点燃星辰，精灵们醒来时，阿尔达的森林里的恩特也醒来了。他们来自"大地之后"雅凡娜的思想，是"百树的牧人"。事实证明他们确实是牧人与守护者，因为如果他们被激怒了，愤怒带来的后果是可怕的，他们可以用自己的双手粉碎石头和钢铁。他们被人敬畏是理所当然的，但他们也有温柔和智慧。他们爱树和所有的欧尔瓦，保护他们远离邪恶。

在他们觉醒的时候，他们的祖先还不会说话，但是精灵教会了他们艺术，他们非常热爱艺术。他们喜欢学习多种语言，甚至是人类的简短语言。他们最喜欢的是他们自己发明的语言，只有恩特一族能掌握。他们想要说话时，会在舌尖堆砌音节，酝酿得又深又满，从口中发出的声音像缓慢的滚雷，又像被遗忘的海岸上永不停息的汹涌波涛。在漫长的时间里，他们在从容不迫的沉思中形成了自己的思想，并把它们编成语言体系，像四季更迭一样，不受干扰地行进着。

尽管恩特有时会举行盛大的聚会，称为"恩特大会"，但在很大程度上，他们是独居的民族，住在大森林里彼此隔绝的地域。通常都是些山洞，四周环绕着美丽的树木，还有足量的泉水。在这些地方，他们吃的不是固体食物，而是盛在大石缸里的透明液体。这就是恩特饮料，这些神奇的液体散发着金色和绿色的光芒，恩特一般在恩特之家里休息，常常站在清凉如水晶的瀑布下。

因此，恩特度过了他们智慧的、几乎是不朽的一生，世界上的许多种族在他们周围兴盛和衰落，却没有影响他们的伟大。只有当肮脏的奥克带着钢铁武器来的时候，恩特才会被激怒。矮人们也不受恩特待见，因为他们是扛着斧头的伐木者。据说在太阳第一纪元，诺格罗德的矮人战士们洗劫了灰精灵居住的明霓国斯城堡，被恩特抓住并彻底摧毁。

在星光闪耀的年代里，恩特有男有女，但在太阳纪元里，恩特婆——恩特的妻子们却迷恋上了开阔的土地，在那里她们可以照料较小的欧尔瓦——果树、灌木、鲜花、青草和谷物等一切；而恩特则喜欢森林中的树木。因此，恩特婆就去了那片开阔的褐色土地，那里的人们崇拜她们，向她们学习管理土地

图片：恩特是森林的守护者和树木的牧人。他们是强壮的巨人，一半是人，一半是树。在魔戒战争中，一支由恩特组成的军队向艾森加德进军，并拆毁了它的城墙。

上的果实和庄稼的技艺。

然而，在太阳第二纪元结束之前，恩特婆精心照料的花园被摧毁了，恩特婆也随着花园一起消失了。恩特族长树须的妻子菲姆布瑞希尔也在那拨恩特婆的队伍当中，她被称为"嫩枝娘"。没有故事讲述她们的命运。也许恩特婆去了南方或东方；但是，无论她们在什么地方，森林里的恩特都无从得知，恩特在森林里游荡了很多年，一直寻找着她们。

因此，尽管恩特不会像人类那样死去，但随着年龄的增长，他们仍然变成了一个不断缩小的种族。他们的数量从来没有变多过，有些恩特是被钢铁制品砍到或是被火烧死的，在他们的妻子离开后也没有新的婚姻。此外，埃利阿多的大片森林，许多恩特曾经在那里游荡，在第三纪元已被砍倒或烧毁，所以只有与夏尔接壤的老林子，和伟大的恩特森林树须留存了下来。

在魔戒战争中，树须是三个最古老的恩特之一，他们在精灵苏醒之际就出现了。除了树须，还有芬格拉斯，意为"树叶王"，和弗拉德利夫，意为"树皮王"，后面两个恩特已经隐退，甚至不再参与其他恩特的事务。芬格拉斯以一种独特的方式退回到他存在的本质中，变成了"树一样的人"。他能够移动，但很少有人能从树上看出他来。弗拉德利夫独自与奥克作战，奥克夺取了他的桦树林，杀死了他的许多恩特族人，并用斧头砍伤了他。他最终逃到高高的山坡上独自生活。

虽然只有年长者的树须还保持着四肢的灵活，并且保持活跃，但还有许多年轻的恩特。整个恩特森林的恩特都充满了不满，因为住在附近艾森加德的萨茹曼的仆人不断骚扰恩特。于是他们参加了魔戒战争，这就是恩特大进军。一列又一列的恩特向艾森加德的要塞进军。跟他们一起来的还有胡恩，他们是恩特所指挥的树精灵，他们的力量几乎和恩特一样强大。甚至艾森加德的城墙也被恩特的愤怒摧毁了，萨茹曼的力量也被粉碎了。胡恩像行军的森林一样参加了号角堡战役，萨茹曼军团被消灭了。魔戒战争结束后，恩特森林的恩特又过着平静的生活，但他们的势力却在继续衰退，人们认为他们在第四纪元之后便不复存在了。

恩特森林（Entwood）

安都因河流域迷雾山脉南端的那片古老的大森林被称为恩特森林，因为那里居住着一群古老而强大的生物——恩特，即树木的牧人与森林守护者。在魔戒战争时期，这片森林也常被称为范贡森林，以范贡（或"树须"）的名字命名，范贡是中洲现存最古老的恩特，也是森林的主人。

伊奥梅尔（Eomer）

北方人，洛汗王子。伊奥梅尔于第三纪元2991年出生，是洛汗国王希奥顿的侄子，和他的几乎所有族人一样，他又高又壮，一头金发。在魔戒战争之前，伊奥梅尔是洛汗王国的一名骠骑兵，但由于他与甘道夫的友谊以及他对国王顾问"佞舌"格里玛的邪恶影响的担忧，他失宠了。在魔戒战争中，他在号角堡战役、佩兰诺平原战役和魔多黑门战役中表现出色。当希奥顿国王在佩兰诺平原上受了致命伤，他指定伊奥梅尔为他的继承人。他担任洛汗第十八任国王，统治着洛汗直到第四纪元 63 年。在 3020 年，他迎娶了多阿姆洛斯的洛希瑞尔公主。洛希瑞尔不久就生下了他的儿子和继承人埃尔夫威奈。

埃昂威（Eonwe）

曼威的迈雅传令官。埃昂威是迈雅族中最强大的，也是"维拉之手"曼威的传令官。在战斗中，埃昂威的力量甚至可以与维拉相匹敌。他的号角宣告了维拉、迈雅和埃尔达精灵的到来，他参加了毁灭安格班的大决战，永远结束了魔苟斯的统治。大战结束后，埃昂威对精灵们进行了审判，并赋予了伊甸人巨大的智慧和知识。

埃奥尔（Eorl）

北方人，洛汗国王。埃奥尔年轻时就继承了父亲利奥德的王位，成为了伊奥希奥德的领主。因为这个原因，他被称为"年少的埃奥尔"。埃奥尔因驯服传奇马匹美亚拉斯——洛汗的"白马中的王子"——的始祖费拉罗夫而出名。

在 2510 年，埃奥尔的骑兵在凯勒布兰特原野之战中将刚铎人从失败中拯救出来。为了表示感谢，刚铎的宰相将卡伦纳松赐给了他的盟友，卡伦纳松改名为洛汗，意思是"跑马地"。埃奥尔从 2410 年到 2545 年统治着洛汗，他在与东夷人作战时被杀，时年 60 岁。

埃奥尔一族（Eorlings）

在白色山脉以北的美丽而起伏的草原上，生活着一个叫"洛汗人"的民族，在太阳第三纪元，他们被称为"驭马人"。他们经常称自己为埃奥尔一族，以纪念"年少的埃奥尔"、他们的第一代国王。正是他首先驯服了美亚拉斯，也就是"白马中的王子"，带领他的人民战胜了东夷人。洛汗五百年的统治者都是这位伟大的国王的后裔。

伊奥希奥德人（Eotheod）

在那些住在迷雾山脉以东的北方人中间，出现了一个强大而又俊美的种族，他们在太阳第三纪元第二十世纪进入了西部世界的历史。他们被一个名叫弗鲁姆加的酋长领进了安都因河的位于卡尔岩和金莺尾河之间的山谷。这些人被称为伊奥希奥德人，他们是伟大的骑兵和战士。弗鲁姆加的儿子名叫弗拉姆，他杀了那条住在灰色山脉中的恶龙斯卡萨。弗鲁姆加的血脉当中，有利奥德和他的儿子"年少的埃奥尔"，即最早驯服美亚拉斯骏马费拉罗夫的人。埃奥尔率领伊奥希奥德的骑兵参加了凯勒布兰特原野之战，粉碎了巴尔寇斯人和那些破坏了刚铎军队护盾墙的奥克。为了嘉奖他们拯救刚铎的壮举，统治刚铎的宰相奇瑞安把南部的卡伦纳松作为礼物送给了伊奥希奥德人，这些伊奥希奥德人自愿来到南方，后来被称为洛汗人，即"驭马人"。埃奥尔成为洛汗王朝的第一个国王，他的王国统治着这片富饶而绵延的草原达五百年之久。

伊奥温（Eowyn）

北方人类女性，洛汗的执盾女士。在魔戒战争时期，伊奥温是洛汗国王希奥顿的美丽金发侄女，也是伊奥梅尔王子的妹妹。在魔戒战争期间，伊奥温爱上了阿拉贡。伊奥温对他的假死感到绝望，对她不能为自己的人民而战感到沮丧，于是她把自己伪装成一个名叫德恩海尔姆的战士，在佩兰诺平原战场上与洛汗人并肩作战。在那里，她站在受了致命伤的希奥顿国王身边，与巫王——魔戒之主的奴仆戒灵作战，赢得了所有勇士中最伟大的名声。在预言的保护下，戒灵以为不会被人类杀死，伊奥温说她只是一个执盾女士，她用她的剑杀死了那长着翅膀的野兽。然后，在霍比特人梅里阿道克·白兰地鹿的帮助下，她亲手杀死了巫王。然而，在这场斗争中，伊奥温被戒灵的死亡吐息所侵蚀，陷入了死亡般的沉睡。最终，阿拉贡用一种叫做"阿塞拉斯"的神奇草药把她从昏迷中救了出来。

魔戒战争之后，伊奥温从巫王的邪恶咒语和对阿拉贡的迷恋中恢复过来。然后，她嫁给了刚铎的宰相、伊希利恩王子法拉米尔。

埃瑞博（Erebor）

在太阳第三纪元，"孤山"埃瑞博在灰色山脉以南，幽暗密林和铁丘陵之间的罗瓦尼安荒野上被发现。1999年，矮人国王瑟莱茵一世在此定居，并以"山下王国"而闻名。

七个多世纪以来，埃瑞博的矮人王国变得富有而强大，但在2770年，长着翅膀、喷着火焰的巨龙——金龙斯毛格摧毁了这个王国，并把矮人赶了出去。斯毛格在埃瑞博住了将近200年，在一个藏有巨大宝藏的大洞穴里睡觉。2941年，霍比特人比尔博·巴金斯和索林及其孤山远征队的同伴们惊扰了巨龙，但当斯毛格带着复仇的愤怒横空出世时，他被弓箭手巴德杀死了。矮人们回到了埃瑞博，国王戴因二世重建了山下王国的财富和名望。在魔戒战争期间，索隆的军队进攻并包围了埃瑞博。然而，一旦魔戒被摧毁，黑暗的力量就消失了，矮人和他们的盟友河谷城居民赶走了包围他们的奥克和东夷人的军队。在第四纪元，埃瑞博保留了它的财富和独立，但在埃莱萨王的统治下，埃瑞博与重新统一的阿尔诺和刚铎王国结成了紧密的联盟。

埃瑞吉安（Eregion）

位于迷雾山脉的西边，在矮人王国卡扎督姆的森林里，在太阳第二纪元，这里正是埃瑞吉安的所在。埃瑞吉安被人类称为"霍林"，埃瑞吉安是精灵语，意为"冬青树之地"。第二纪元750年，与索隆一起铸造了权力之环的精灵工匠"珠宝工匠"首次定居于此。它的主要城市是欧斯特-因-埃第尔，但是这个城市和王国在第二纪元1697年爆发的索隆和精灵的战争中被完全摧毁。到了第三纪元末期，也就是护戒同盟通过的时候，几乎没有人知道这片空旷森林王国的历史。

埃利阿多（Eriador）

在蓝色山脉和迷雾山脉之间的广阔土地被称为埃利阿多。在太阳第一纪元，埃利阿多居住的人类受到了黑暗大敌魔苟斯的邪恶影响。在第二纪元，索隆的力量很大程度上控制了局面，许多埃利阿多的黑发男子，也就是黑蛮地人的祖先，与黑暗魔君结盟。直到登丹人王朝的到来和3320年北方王国的建立，索隆的影响力才逐渐减弱。在第三纪元上半叶，这片土地是北方王国阿尔诺的领土。但到了魔戒战争时期，瘟疫、洪水以及与安格玛巫王之间的战争已经摧毁了这片曾经富饶而人口众多的土地。只剩下几个定居点：霍比特人居住地夏尔、人类居住地不理和精灵居住地幽谷。

伊露希尼（Eruhini）

《爱努的大乐章》中描述道：在世界秩序创立之时，是一如，即伊露维塔创造了精灵和人类。所以这些种族在精灵语中被称为"伊露希尼"，在西部语中意为"伊露维塔的儿女"。

伊露森（Erusen）

精灵和人类种族是由一如创造的，他们被赋予了不死之火的生命。精灵因此称这些种族为一如的孩子，并将他们命名为"伊露森"，即"一如的孩子"。

长湖镇（Esgaroth）

在第三个纪元，有一个人类居住的城市，坐落在幽暗密林的东北和埃瑞博的南边。这就是在长湖定居的人类之城长湖镇。这座城市建在木桩之上，巨大的木桩深入湖底，长湖镇通过一座木桥与陆地相连。因为长湖镇位于矮人王国埃瑞博的南部，与西尔凡精灵隔河相接，长湖人成了富有的商人。它由一位从人民中选出的统治者统治着。2770年，金龙斯毛格占领了孤山，他们与埃瑞博矮人的贸易就此终止。长湖镇幸存了下来，但是它邻近的城市河谷城却遭受了毁灭。2941年，金龙斯毛格大发雷霆，袭击了长湖镇。虽然恶龙被杀死了，长湖镇却被烧毁了。然而，并不是所有的东西都丢失了，因为有了恶龙藏匿的巨大财富，城市得以重建，繁荣得以恢复。

埃丝缇（Este）

维拉称她为"治疗师"。在维林诺的罗瑞恩花园中，坐落在罗瑞尔林湖中间的埃丝缇岛是"梦境主宰"伊欧牟的妻子"治疗师"埃丝缇的家，她的名字寓意是"休息"。埃丝缇是维拉的七位王后之一，她被称为"温柔的一位"。她的长袍是灰色的，睡眠是她给世界的礼物。

永志花（阿尔费琳）（Evermind）

在洛汗王国的埃多拉斯附近，洛汗王国的国王们的墓前，长着许多美丽的白花，普通人用西部语称之为"永志花"。这些花，在洛汗语中叫做"辛贝穆奈"，就像四季盛开的闪闪发光的雪晶，在这些国王的坟墓上总是闪烁着星光。对洛汗人和普通人来说，这些绿色花坛上的白花总是提醒着他们洛汗王国的国王强大的力量。

F

凡雅族精灵（Fair Elves）

在所有精灵种族中，最受宠爱和爱戴的是凡雅族，因为他们是最聪明的精灵，他们总是坐在曼威的脚下，曼威是阿尔达所有势力的最高领主。他们被称为"凡雅族精灵"，在维拉双圣树的明亮圣辉下居住的时间最长，在所有精灵中，他们的眼睛在这种圣辉下闪耀着最明亮的光芒。此外，他们是金发精灵种族，他们的头发和皮肤是埃尔达精灵中最美丽的。他们的国王名叫英格威，他一直是世界上所有精灵的至高王。

美丽种族（精灵）（Fair Folk）

从一开始，在创造阿尔达和有记载的历史之前，伊露维塔就计划将精灵种族带到这个世界上。在他宏伟的计划中，这些精灵将是第一批降世的，是所有种族中最美丽的种族。从此以后，除了他们邪恶的敌人，所有人都称精灵为"美丽的种族"。

法拉斯（Falas）

在贝烈瑞安德的灰精灵王国中，有一个位于贝烈瑞安德西部的海岸王国，叫做法拉斯。这里是法拉斯民的家园，他们是热爱海洋的精灵，被奇尔丹领主（后来被称为造船师奇尔丹）统治，因为他的子民是中洲第一个掌握造船艺术的人。法拉斯的主要港口（法拉斯在精灵语中意为"海岸"）布砾松巴尔和埃格拉瑞斯特，尽管他们一直在奋力抵抗，但是这些城市在精灵宝钻争夺战期间被魔苟斯的敌人摧毁了。虽然法拉斯被敌人占领，但法拉斯民并没有灭亡，因为奇尔丹率领他的百姓坐船，前往巴拉尔海岛。后来，当贝烈瑞安德的所有土地都沉入大海时，奇尔丹的子民又一次航行到路恩湾，在林顿的土地上建立了一个被称为"灰港"的新港口，从而幸存下来。

法拉斯民（Falathrim）

法拉斯民是居住于法拉斯的精灵，生活在贝烈瑞安德海岸的土地上，在星光闪耀和太阳第一纪元，由奇尔丹领主统治。他们是泰勒瑞族精灵的分支，但是当海洋领主乌欧牟找到这支泰勒瑞族精灵的分支时，奇尔丹和他的族人拒绝了最后一次前往不死之地的机会，于是他们与自己的家族分道扬镳。法拉斯民在海边生活了很长一段时间，他们是中洲最聪明的海民。他们是第一批在人类的土地上建造船只的族类。奇尔丹的船只很有魔力，即使在世界发生变化之后，当中洲和不死之地永远分离时，他们也能长途跋涉进入不死之地。只有法拉斯民的精灵飞船才能完成这段孤独的旅程。

泰勒瑞族号驶往不死之地后，有一段时间，法拉斯民独自居住在贝烈瑞安德海岸，他们在那里建造了两个巨大的港口，分别叫做布砾松巴尔和埃格拉瑞斯特。但在之后的和平时期，他们发现乌曼雅族群的另一部分在法拉斯河以东的多瑞亚斯森林中变得强大起来。这些精灵的国王是走失的埃路威·辛葛，和他在一起的还有他的王后迈雅族的美丽安。就在这个时候，奇尔丹和法拉斯民认识了这些灰精灵同伴，不久他们又和这些人结成了联盟，因为他们说着灰精灵的语言，把他们所有的事务都放在心上。在太阳纪元爆发战争的那些年，法拉利人为他们争战，攻击北方兴起的仇敌魔苟斯。

在太阳第一纪元，法拉斯民被奥克包围了一段时间，后来魔苟斯将他们的港口攻陷并占领了，但是他们乘船前往巴拉尔海岛，魔苟斯的爪牙无法越过大海，因为他对大海领主乌欧牟怀有极大

图片：贝烈瑞安德海岸地区的法拉斯民——*大海精灵，由造船师奇尔丹统领着。第三纪元他们在居住的灰港，建造了充满魔力的精灵船只，只有他们造的船可以驶向不死之地。*

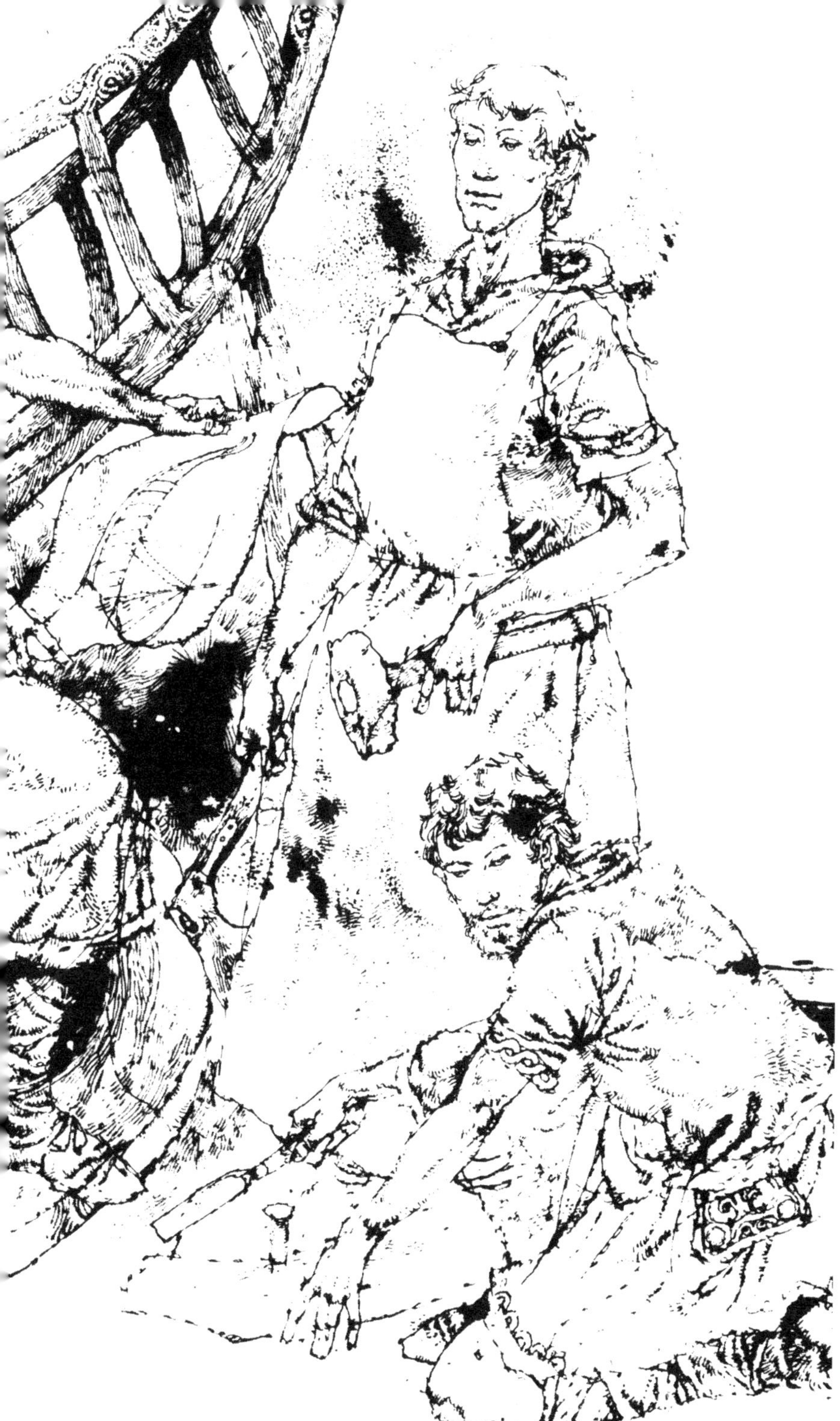

的恐惧。在那里,法拉斯民一直很安全,直到大决战爆发,贝烈瑞安德和安格班被摧毁沉入海底。法拉斯民的船只再次起航,向南到达林顿的路恩湾,那里是贝烈瑞安德的精灵王国的遗珠,在那场伟大的战争中幸存了下来。奇尔丹在这里建造了中洲精灵的最后一个港口。这就是所谓的灰港,最后一艘精灵之船永远正是从这个地方驶离了人间。

白肤人（Fallohides）

据说霍比特人有三个分支：白肤人、斯图尔族和毛脚族。

白肤人是生活在森林里的一个民族,他们在歌唱和诗歌艺术方面的天赋是最顶尖的。按照霍比特人的标准,他们身材高大,金发碧眼,皮肤白皙。他们的人数比其他任何一个霍比特人都要少,但他们更有冒险精神,更倾向于做出大胆的举动。正因为如此,白肤人经常成为霍比特人的领袖,并以寻求精灵的陪伴和建议而闻名。白肤人兄弟马尔科和布兰科于第三纪元1601年建立了夏尔。图克家族、白兰地鹿家族和巴金斯家族都是著名的英雄家族,他们为魔戒战争做出了突出而伟大的贡献,他们都与白肤人渊源颇深。

法尔玛瑞（Falmari）

在所有的精灵中,第三个分支,泰勒瑞族精灵,在西部大海贝烈盖尔的海岸上生活的时间最长。这些人对大海事务的理解是最深的,因此他们被命名为"法尔玛瑞"和"海洋精灵"。他们对大海领主乌欧牟和他的臣属们——海浪之神欧西和平静之神乌妮的行为的了解不断增加。在法尔玛瑞驾驶船只前往埃尔达玛湾的孤岛托尔埃瑞西亚的日子里,藕丝来到了他们中间,由于他的教导,他们成为了第一批懂得造船技术的人。泰勒瑞族的舰队由此建成,法尔玛瑞借由这些船只进入埃尔达玛,他们在此建造了澳阔泷迪,即"天鹅港",他们住在珍珠里。法尔玛瑞借由他们的船只,通过埃尔达玛湾的石拱门,在海上进进出出。

所有种族后来的造船和航海相关的知识都是从法尔玛瑞处学来的,但关于大海的知识,他们只学到了皮毛,其他民族既不具备语言技能,也不像法尔玛瑞那样,能通过声音和耳朵,敏锐地了解海洋。

范贡（Fangorn）

来自范贡森林。在魔戒战争时期,范贡是中洲最古老的恩特。在人类的西部语中,他的名字为"树须",并且在与他相关的故事传说中也用的"树须"这个名字。

范贡森林（Fangorn Forest）

范贡森林是中洲最古老的森林之一,在魔戒战争时期,范贡森林位于迷雾山脉的东南端。尽管这片森林很大,但它曾经向北延伸、覆盖了埃利阿多全境和失落大陆贝烈瑞安德的绝大部分地区。洛汗人把它叫作"恩特森林",因为它是那些被称为"恩特"的巨大森林守护者的最后避难所。这是一片诡异的、可怕的古老森林,充满了许多奇怪的、常常脾气暴躁的妖精。这片森林是以它的主要守护者范贡命名的,范贡是中洲现存最古老的恩特。范贡的意思是"树须",护戒同盟的故事里,人们就是通过"树须"这个名字认识他的。

由于邪恶巫师萨茹曼的奴仆以及奥克肆意破坏森林,恩特震怒,树须带领着由恩特与树木精灵胡恩组成的军队从范贡森林出发,他们拥有无坚不摧的力量,赤手空拳就把萨茹曼的艾森加德要塞的城墙给扒了下来。

法拉米尔(Faramir)

刚铎的登丹人领主。法拉米尔出生于第三纪元 2983 年,是德内梭尔二世的次子,迪德内梭尔二世是刚铎的最后一位宰相。作为伊希利恩突击队的统帅,在刚铎被围攻之前,法拉米尔率领部队从欧斯吉利亚斯撤退到米那斯提力斯。在他的兄弟波洛米尔被杀后,法拉米尔也被巫王打倒了。德内梭尔发疯了,甘道夫勉强阻止他把昏迷的法拉米尔火化。只有阿拉贡治愈的双手才能把法拉米尔从巫王的"黑息"带来的死亡般的沉睡中唤醒。康复后,他爱上了伊奥温——洛汗的执盾少女。战争结束后,这对情人结婚了,法拉米尔成为刚铎的宰相和伊希利恩的王子直到去世,享年 82 岁。

法斯提托卡龙(Fastitocalon)

在霍比特人充满幻想的传说中,有一个巨大的海龟的故事,人们认为它是海上的一个岛屿。当人们在这头野兽的背上搭了个窝时,一切似乎都很顺利,直到他们生起了火,这头野兽惊恐地潜入海底,淹没了营地。

霍比特人将这种动物命名为"法斯提托卡龙",但是,像"猛犸(毛象)"这样的故事是否基于事实,无法从人类的历史中找到答案。因为虽然中洲的生物很多,但在其他种族的传说中却没有提到这种大海兽。

很可能,这个故事实际上是关于努门诺尔人衰败的一个寓言,正如在《阿卡拉비斯》中所讲的那样。在太阳第二纪元这些最有天赋的人类力量在世界范围内达到了顶峰,而他们也被如火的激情和雄心所淹没,正如那座伟大的岛屿法斯提托卡龙,从广袤的大海上沉没,大部分努门诺尔人死于这次大地沦陷之中。

费艾诺(Feanor)

埃尔达玛的精灵王子。精灵宝钻的创造者,费艾诺是诺多至高王芬威和王后弥瑞尔的儿子。他出生时叫库茹芬威,后来又叫费阿诺,意思是"火之灵"。他在埃尔达玛娶了奈丹妮尔为妻,生了七个儿子。费艾诺是第一个创造精灵宝钻的天才，那些充满星光的魔法水晶。他还制作了帕蓝提尔，即"真知晶石"。但是费艾诺最伟大的成就是铸造了三颗精灵宝钻：这三颗宝石充满了维拉双圣树的生机。它们是世界上最美丽的宝石，但也成了费艾诺和他的族人的祸根。因为在米尔寇摧毁了光明圣树之后，他谋杀了费艾诺的父亲，带走了精灵宝钻，逃到了中洲。费艾诺带领诺多来到中洲追捕米尔寇，他把梅尔科改名为魔苟斯，意思是"黑暗大敌"。当费艾诺的诺多进入贝烈瑞安德，他们与魔苟斯的部队爆发了持续十天的星下之战，费艾诺的精灵部队屠杀了魔苟斯庞大的兽人军队。然而，费阿诺不顾一切地赶在他的军队前面追赶奥克。费艾诺和他的侍卫分开后，被炎魔包围着，最终被他们的领主——安格班的最高统帅勾斯魔格杀死了。

费拉罗夫（Felarof）

美亚拉斯的始祖，洛汗的国马。在第三纪元的第 26 世纪。伊奥希奥德人首领利奥德在驯服一匹名叫曼斯贝恩的野马时去世了。这项任务留给了利奥德的儿子——年幼的埃奥尔去驯服它，但是最终发现没有必要，因为这匹马为了补偿他的父亲的死而屈服了。埃奥尔把他改名为费拉罗夫，意思是"骏马之父"，因为他是美亚拉斯的始祖，美亚拉斯是一个神奇的银灰色种族。伊奥希奥德之后被称为洛汗人，意为"驭马人"，洛汗的旗帜是白马费拉罗夫在绿色的疆域上奔驰。费拉罗夫和他的后代不会说话，但能听懂人类的语言，不用鞍和缰绳也能骑得安稳。费拉罗夫与埃奥尔一起在许多冲突中取得了胜利，但在 2545 年，两人都在与东夷人的战斗中被杀。他们被一起被葬在第一座皇室坟冢以示敬意。

菲力（Fili）

索林孤山远征队成员。菲力参加了第三纪元 2941 年进行的孤山任务，在这场任务中，恶龙斯毛格死了，并且他们成功重建了埃瑞博山脚下的矮人王国。菲力生于 2859 年，是索林·橡木盾的妹妹狄丝的儿子，菲力和他的兄弟奇力对他们的叔叔非常忠诚，在五军之战中，他们都在保卫垂死的索林时被杀。

菲纳芬（Finarfin）

埃尔达玛的精灵国王。菲纳芬是诺多至高王芬威的第三个儿子。菲纳芬和他的弟弟芬国盼在芬威与第二任妻子茵迪丝结婚后出生。费艾诺是他们同父异母的哥哥。菲纳芬与天鹅港的泰勒瑞族精灵公主埃雅玟结婚了，这对夫妇有五个孩子：芬罗德、欧洛德瑞斯、安格罗德、艾格诺尔和加拉德瑞尔。在精灵宝钻被偷、他的父亲被魔苟斯杀死之后，菲纳芬加入了他的兄弟们的复仇队伍，发誓要复仇。然而，当费艾诺突袭天鹅港，为了用他们的船航行到中洲而杀死了许多泰勒瑞族精灵时，菲纳芬拒绝继续前进。他回到提力安，成为留在埃尔达玛的诺多至尊王。在太阳第一纪元结束时，菲纳芬在大决战中带领诺多与维拉人一起来到中洲参战。后来，菲纳芬回到了埃尔达玛，继续以明智的决策和合适的方式统治着他的子民。

芬杜伊拉丝（Finduilas）

多阿姆洛斯的登丹人公主。芬杜伊拉丝是统治刚铎的德内梭尔二世的妻子。芬杜伊拉丝生于第三纪元 2950 年，是多阿姆洛斯亲王阿德拉希尔王子的女儿，是波洛米尔和法拉米尔美丽而忠诚的母亲。然而，在 12 年的婚姻生活中，她发现她越来越远离她那郁郁寡欢的丈夫。芬杜伊拉丝似乎也想念她儿时在海边的家。她日渐消瘦，最终于 2988 年去世。毫无疑问，多阿姆洛斯的芬杜伊拉丝是以太阳第一纪元的精灵公主芬杜伊拉丝命名的。早期的芬杜伊拉丝首先爱上了纳国斯隆德的精灵领主格温多，然后是伊甸英雄图林。在格温多死后，纳国斯隆德被摧毁，在第一纪元 496 年，芬杜伊拉丝被奥克俘虏并带走。就在她似乎已经获救的时候，哈拉丁人在泰格林渡口伏击了奥克部队，奥克在俘虏被救援前将她杀死。

芬国盼（Fingolfin）

贝烈瑞安德的精灵国王。芬国盼是埃尔达玛的诺多至高王芬威的次子。他的兄弟是费艾诺和菲纳芬。芬国盼育有三子：芬巩、图尔巩和阿瑞蒂尔。尽管起初不愿意这么做，他还是加入了费艾诺的队伍，前往中洲寻找魔苟斯。然而，当费艾诺掠走天鹅港的精灵船只，芬国盼被迫带领他的子民向北穿过赫尔卡瑞拉克西，中洲的"坚冰海峡"。芬国盼踏上中洲时，正值新月升起之时，魔苟斯的部队在他们面前节节败退。费艾诺死后，芬国盼成为中洲诺多的至高王。芬国盼在希斯路姆建立了自己的王国，他把魔苟斯的军队关在安格班，直到第一纪元公元 455 年爆发了毁灭性的骤火之战。芬国盼看到周围到处都是毁灭的景象，心中充满了愤怒和绝望，他骑马来到安格班城门口，向魔苟斯挑战。在随后的决斗中，芬国盼用他的剑凛吉尔重创魔苟斯，留下七处巨大的伤口，但魔苟斯还是把他杀死了。他的尸体被老鹰梭隆多救了出来，埋在群山之中。

芬巩（Fingon）

贝烈瑞安德精灵国王。芬巩出生在埃尔达玛，是芬国盼的儿子，是诺多族中追赶魔苟斯到中洲的一员。在那里，他占领了贝烈瑞安德的多尔罗明，并在精灵宝钻争夺战中表现英勇。在雄鹰梭隆多的帮助下，芬巩救了费艾诺的儿子迈兹洛斯，使他摆脱了安格班山上的枷锁。他也是第一个打败并赶走恶龙格劳龙的精灵。在他父亲于第一纪元 455 年去世后，芬巩成为诺多的至高王。然而，他的统治只持续了 18 年，因为他在 473 年的一场浩劫般的泪雨之战中被炎魔杀死。他的哥哥图尔巩接替了他的王位,最后则是由他的儿子吉尔-加拉德接替成为至高王。

芬罗德·费拉刚(Finrod Felagund)

纳国斯隆德的精灵国王。芬罗德出生在埃尔达玛的星辰纪元时代,是诺多王子菲纳芬的儿子,也是凡雅精灵公主阿玛瑞依的丈夫。虽然一开始不情愿,芬罗德也是来到中洲追杀魔苟斯的诺多成员之一。在贝烈瑞安德,芬罗德首先在托尔西瑞安上建造了一座精灵塔,但后来在纳洛格河上发现了一个奇妙的隐藏洞穴网,并建造了纳国斯隆德。从此以后,他被称为芬罗德·费拉刚,意为"洞穴之王"。芬罗德是中洲最大的诺多王国的统治者,也是他的种族中第一个与人类交朋友的精灵。在第一纪元455年的一场可怕的骤火之战中,伊甸人巴拉希尔将芬罗德从死亡中拯救了出来。因此,当巴拉希尔的儿子贝伦在466年到纳国斯隆德寻求有关精灵宝钻任务的帮助时,芬罗德觉得有义务帮助他。为了打败索隆和占领托尔西瑞安上建造的精灵之塔的狼人军队,精灵国王与索隆展开了一场巫师的决斗,他们在歌声中注入力量并以此对抗。不幸的是,他被打败并被俘了。芬罗德被关在黑塔的地牢里,最终虏在试图保卫贝伦的时候被狼人杀死。

芬威(Finwe)

埃尔达玛的精灵国王。芬威是诺多的第一位至高王。他被维拉选中,带领他的人民走出中洲,进入不死之地。在埃尔达玛,芬威在提力安成为至高王。芬威结过两次婚。他的第一位王后是弥瑞尔,她生下了精灵宝钻的制造者费艾诺。他的第二个王后是茵迪丝,他生下芬国盼和菲纳芬。在黑暗笼罩着维林诺的时候,芬威在保卫精灵宝钻的时候被米尔寇杀死。

火龙(Fire-Drakes)

在黑暗大敌魔苟斯掌权的年代里,他所培养的所有生物中,最可怕的是被称为恶龙的邪恶爬行动物。这些生物有许多种,最致命的是那些从他们肮脏的腹部喷出熊熊烈焰的恶龙。这些恶龙被称为火龙,在火龙之中有最强壮的龙。恶龙之父格劳龙是第一条火龙,他有很多后代。在太阳第一纪元,这些恶龙对精灵、人类和矮人王国犯下了不可饶恕的可怕邪恶行径。

在那个纪元最后的日子里,当格劳龙的大多数子嗣在大决战中被杀死时,这条长翅膀的火龙从安格班横空出世。据说这是世界上最可怕的恶龙之一,黑龙安卡拉刚就是这一品种的火龙,安卡拉刚意为"噬咬风暴",据说是有史以来最强大的龙。

在后来的年代里,中洲的历史都在讲述最后一个强大的长有翅膀的浑身金红的火龙,它几乎和安卡拉刚一样可怕。这就是占据埃瑞博的恶龙,它把都灵的矮人赶出了山下王国。他被称为"金龙斯毛格",第三纪元2941年,他被河谷城弓箭手巴德射出的致命黑箭杀死。

费瑞玛(人类)(Firimar)

在太阳第一纪元,中洲的精灵们发现一个新的种族在遥远的东方的希尔多瑞恩大地上出现了。这就是人类种族,精灵们将他们命名为费瑞玛,也就是"凡人"。对不朽的精灵们来说,这是一个脆弱的种族,没有多少智慧,因为人类最多也只能在死亡夺走他们之前短暂地学会一点点知识。

首生儿女(First Born)

根据《爱努的大乐章》的相关记载,在世界被创立之前的无尽时间的殿堂里,众爱努在伊露维塔面前吟唱,并且所吟唱的事物都井然有序。在音乐中出现了一个由伊露维塔独自创作的主题乐章。这就是在阿尔达觉醒的第一个种族,一个不朽的种族,与天齐寿。这个种族就是精灵,他们在东方醒来时,只有星光照耀在中土大地上,为了表示敬意,他们被称为"首生儿女"。在太阳升起,预示着次生儿女的到来之前,精灵们度过了许多世纪。这些后来的种族被称为人类,和当时的精灵一样,生活在东方的土地上。

魔多的苍蝇(Flies of Mordor)

据说在黑暗的魔多王国里,只有奥克、食人妖和人类,他们是黑魔王索隆的奴仆。魔多唯一的野兽是成群的吸血苍蝇。它们都是些灰色、棕色和黑色的,他们吵闹、讨厌且十分饥渴,身上都有记号,就像那块土地上的奥克一样,背上有一个红眼睛的形状。这证明黑魔王的力量已经扩散到他国土上最小的邪恶生物上了。

佛戈伊尔(Forgoil)

在太阳第三纪元,居住在迷雾山脉以东的北方人中有洛汗人。这是一群金发碧眼的人,以西部世界最凶猛的骑兵闻名遐迩。他们的野蛮的邻居,也就是黑蛮地人,对他们深恶痛绝,他们轻蔑地称他们为"佛戈伊尔",在他们的语言中,意思是"稻草头"。

佛米诺斯(Formenos)

在诺多王子费艾诺打造出无与伦比的精灵宝钻之后,他在不死之地的维林诺北部建造了一个堡垒,同时也是藏宝地。这座固若金汤的堡垒建立在山丘的防御工事之上,取名为"佛米诺斯",在高等精灵语中意为"北方的堡垒"。佛米诺斯在费艾诺被提力安驱逐期间作为他和家族的住所。维林双圣树被摧毁后,魔苟斯来到佛米诺斯的门前,杀死了费艾诺的父亲——诺多的至高王芬

图片：魔多的苍蝇，索隆邪恶王国的吸血苍蝇。他们被标记了，一如这片土地上的奥克，背上一个红色的眼睛。黑暗君主就是通过这种方式给他的每一个仆人打上烙印。

威，然后闯入金库偷走了精灵宝钻。

佛诺斯特（北方要塞）（Fornost）

从第三纪元四、五世纪开始，佛诺斯特一直是一个强大而繁荣的城市，是登丹人王国阿尔诺的第一城，直到与安格玛巫王的战争开始对它产生影响。最终在1974年，巫王的军队占领并摧毁了佛诺斯特和它的宫廷。虽然佛诺斯特在第二年的佛诺斯特战役中被夺回，但这座被摧毁的城市却被遗弃了，居民也被分散了。在人类的语言中，它被称为"诺不理"，尽管它在被摧毁后，"死人堤"这个名称更为人所知。

在魔戒战争期间，人们只知道它是不理以北的一片废墟，坐落在一条南北走向的大道上。在不理繁荣的岁月里，这条大道曾是阿尔诺首都与刚铎首都米那斯提力斯之间的一条大路。

佛洛赫尔（Forochel）

在登丹人王国阿尔诺的北部，这片冰雪覆盖的寒冷土地被称为佛洛赫尔。它的居民是佛洛赫尔的洛斯索斯人或被称为"雪人"的人类，他们是一个部落居民，没有建造城市，也没有国王。据说他们是北方荒原的佛洛威治人的后裔，但他们变成了流浪的民族，用雪盖房子，捕猎北方的野兽。除了标明佛洛赫尔角和冰湾的中洲的图表和地图外，人们对这片土地及其居民知之甚少。

佛洛德（北荒地）（Forodwaith）

《列王纪事》讲述了米尔寇的要塞安格班陷落后，一场严寒降临到北部沙漠地区的佛洛赫尔。此后很长一段时间，有一个叫佛洛德人的人类住在那片土地上。人们对这些人所知甚少，只知道他们忍受着北方的严寒，而洛斯索斯人就是他们的后裔。洛斯索斯人在太阳第三纪元的时候被西方的人类称为"佛洛赫尔的雪人"。

弗罗多·巴金斯（Frodo Baggins）

夏尔的霍比特人、持戒人。弗罗多生于第三纪元2968年，是卓果·巴金斯和普莉缪拉·白兰地鹿的儿子。童年时成为孤儿的他被他的远方亲戚，袋底洞的比尔博·巴金斯收养。作为一个霍比特人，弗罗多是一个极具冒险精神的人，他学识渊博，不仅是一个歌曲作

家，还是一个研究精灵传说和语言的学者。3001年，比尔博神秘地离开夏尔时，弗罗多继承了袋底洞和至尊魔戒。3018年，巫师甘道夫再次出现，带着弗罗多去完成摧毁魔戒的任务，他们来到了幽谷，那里是护戒同盟成立的地方。弗罗多在旅途中经历了许多冒险和危险，但他成功地将魔戒送到了末日山的火焰中。因此，弗罗多结束了魔戒战争。战争结束后，他回到了袋底洞，但他在探险过程中所受的毒伤和精神创伤开始显现出来。在3021年，弗罗多踏上了作为持戒人的最后一段旅程，登上了一艘精灵之船，驶向不死之地。

图片：弗罗多·巴金斯：所有霍比特人中最著名和最英勇的。正是通过弗罗多·巴金斯的冒险，摧毁魔戒的任务才得以完成，才使得邪恶势力在魔戒战争中被击败。

G

加拉兹民（Galadhrim）

在太阳第二纪元，森林最先被称为"劳瑞林多瑞南"，意为"黄金歌咏之谷"，后来被称为"洛丝罗瑞恩"，意为"鲜花盛开的罗瑞恩"。甚至一些精灵称之为梦乡，它位于迷雾山脉以东，银脉河旁，银脉河最终汇入流入大海的安都因河。那是一片金色的树林，中洲最高的树就生长在那里。它们被称为"瑁珑"，是人类土地上最美丽的树。它们的树皮为银灰色，花朵是金色的，叶子是金绿色的。

森林里隐藏着加拉兹民的精灵王国，这些居住在树上的精灵在高耸的瑁珑的树枝上搭建了空中露台，叫做"塔蓝"，又叫"弗来特"。

加拉兹民并没有建造高大的石塔。事实上，对大多数人来说，加拉兹民是悄无声息地生活在他们的森林王国里，他们穿着灰精灵的斗篷，就像变色龙的外衣。他们使用绳索和用木头制造的阶梯，不需要桥梁和道路。黄金森林深处，他们有一个伟大的城市，它被命名为卡拉斯加拉松，意为"树木之城"。那里生长着中洲最高大的瑁珑。国王和王后住在一座绿色的小山顶上的那棵最高的瑁珑上的一个宫殿里。城墙、城门、周围都有塔楼般高大的树木遮掩着。在森林的中心有一座神奇的小山，名叫凯林阿姆洛斯，那里曾经建有着一位精灵国王的房子。并且这个地方散发着光芒和力量，就像双树纪元的不死之地的圣辉一般。

加拉兹民大多是西尔凡精灵，但他们的领主是辛达精灵和诺多。他们的国王是凯勒博恩，"灰袍"辛葛的族亲，他是中洲最伟大的辛达精灵领主。他们的王后是芬罗德的妹妹，也是诺多至高王菲纳芬的女儿，菲纳芬在维拉双圣树被摧毁的时候仍然留在埃尔达玛。到太阳第三纪元的时候，她已经是人间所有精灵中最高贵的那一位了。虽然她在昆雅语的名字叫"阿尔塔瑞尔"，在中洲，她叫加拉德瑞尔，意为"光芒四射的少女"。

在这样的统治者的统治下，加拉兹民的力量是非常强大的，因为他们的国王和王后曾经在辛达精灵第一位国王辛葛与王后迈雅族的美丽安建立的王国里生活过，对他们的力量了解很多。他们的王后在维拉的双树纪元生活在不死之地，参观过维拉伊尔牟罗瑞恩的花园，那是阿尔达最美丽的花园。这些神奇的地方的一部分得以保留，随着这些贵族来到了金色森林洛丝罗瑞恩。那里有一道金色的光，虽然只是罗瑞恩花园的余烬，但对中洲的人们来说，金色树林是灿烂而珍贵的。

这个地方被一种力量保护着,不受邪恶力量的侵害,这种力量就像曾经保护过辛达精灵王国多瑞亚斯的美丽安环带。因为加拉德瑞尔持有三枚精灵戒指中的第二枚——能雅,又称金刚石之戒或水之戒,她的力量抵挡住了时间的摧残,让她意识到索隆的行动,让索隆的眼睛看不见她的人民。她控制着加拉德瑞尔的水镜,这是一个银盆,她可以用它来盛满泉水,她的戒指的力量可以把未来事件的影像投射到黑暗而平静的水面上。

加拉兹民的王国是在和平时期建立的,即太阳第二纪元3000年,世界发

图片:加拉德瑞尔:洛丝罗瑞恩的加拉兹民的精灵女王,在第三纪元成为中洲地位最高的精灵贵族。她通过控制加拉德瑞尔的水镜而拥有预言的能力。

生剧变之前，索隆被努门诺尔国王俘虏的那段时期。它首先由辛达国王阿姆狄尔统治，然后是他的儿子阿姆洛斯，之后便是凯勒博恩和加拉德瑞尔统治了。自从魔多第一次陷落以来，它就一直是一块独立的土地，在第三纪元，洛丝罗瑞恩的金色森林受到精灵三戒之一的能雅的保护和支持。随着魔戒的毁灭，它的力量逐渐减弱，王后来到了不死之地。洛丝罗瑞恩的光芒也渐渐暗淡下来，时间重新找到了它。加拉兹民又变为游荡的民族，和他们东边的西尔凡精灵一同慢慢地减少。

加拉德瑞尔（Galadriel）

洛丝罗瑞恩的精灵王后。加拉德瑞尔是诺多公主，在星辰纪元出生在埃尔达玛。加拉德瑞尔和她的兄弟们加入了诺多向中洲追击魔苟斯，夺回精灵宝钻的行列。她又高又漂亮，长着泰勒瑞族精灵母亲埃雅纹的金色头发，在埃尔达玛被称为"阿尔塔瑞尔"。翻译过来就是加拉德瑞尔，在辛达语中的意思是"光芒四射的少女"。在太阳第一纪元的贝烈瑞安德，加拉德瑞尔和她的哥哥芬罗德住在纳国斯隆德，之后她进入了辛达精灵王国多瑞亚斯，在那里她得到了女王美丽安的友谊，嫁给了灰精灵王子凯勒博恩。从第二纪元开始，这对夫妇和他们唯一的孩子就住在林顿，然后在第8世纪，他们搬到了埃瑞吉安——精灵工匠的王国。后来加拉德瑞尔和凯勒博恩越过迷雾山脉，来到洛斯罗瑞恩的金色森林里，统治他们自己的王国。加拉德瑞尔持有精灵三戒之一，利用她的力量在洛斯洛林周围编织了一个魔法和保护之环。在魔戒战争时期，加拉德瑞尔为魔戒军团提供庇护和魔法礼物。在战争期间，加拉德瑞尔击退了三次入侵企图，并利用她的力量推倒了多古尔都的城墙，清理了幽暗密林。然后，当第三个纪元结束时，她向西航行到不死之地。

嘉兰那斯（Galenas）

在努门诺尔的土地上生长着一种阔叶草本植物嘉兰那斯，这种植物因其花朵的香味而受到人们的珍视。在这片土地被西方海洋吞没之前，努门诺尔的水手们把它带到中洲，在那里，努门诺尔人的后裔在定居地繁ην生息。

然而，直到霍比特人在他们自己的土地上发现了嘉兰那斯，这种植物的特殊特性才被揭示出来。霍比特人拿起嘉兰那斯的阔叶，把它们晒干并切碎。然后他们把火放在长茎的管子里。这就是烟草，后来中洲以霍比特人的习惯将它命名为烟斗草。霍比特人、人类和矮人经常吸食烟斗草，他们从中得到了很多安慰。

伽洛斯草（Gallows-weed）

在中洲的沼泽地带，潜伏着一种叫喵吻的邪恶幽灵，还有一种叫小嘴乌鸦的鸟，那里也生长着伽洛斯草。霍比特

图片：甘道夫：在魔戒战争中激励中洲的自由人民反抗邪恶势力的巫师。甘道夫是第三纪元被送到中洲的五个伊斯塔尔巫师中最伟大的一个。

人的传说当中有这个能够吊在树上的杂草的名字，但是没有介绍它们的相关特点，几乎没有人能进入这些不幸和闹鬼的沼泽之后还能返回。

甘道夫（Gandalf）

伊斯塔尔，中洲的巫师。在不死之地上，甘道夫是一个迈雅精灵，名叫欧罗林，住在梦境大师罗瑞恩的花园里，经常拜访富有同情心的涅娜。大约在太阳第三纪元的 1000 年，他被选为被派往中洲的伊斯塔尔巫师之一。他在西部语系中被称为"灰袍甘道夫"；精灵称他为"米斯兰迪尔"或是"灰袍漫游者"；矮人称他为"沙库恩"；南蛮子称他为"因卡努斯"。他的外表是一个留着胡子的老人，穿着一件大斗篷，戴着一尖顶的高帽子，拄着一根长长的手杖。当他到达灰港时，奇尔丹给了他精灵三戒之一，火之戒纳雅。两千多年来，甘道夫一直在与中洲崛起的邪恶势力作斗争。2941年，甘道夫发起了孤山远征任务，最终杀死了恶龙斯毛格。在这次远征任务中，甘道夫获得了"敌击剑"——格拉姆德林，比尔博·巴金斯获得了魔戒。甘道夫发现了魔戒的力量，也知道了如何摧毁它。3018年，甘道夫来到夏尔，找到弗罗多·巴金斯，发起摧毁魔戒的任务。在幽谷，他成为了护戒远征队的一员，带领他们经历了许多危险。然后，在卡扎督姆的石桥上，甘道夫与莫瑞亚的炎魔发生了致命的冲突。然而，巫师的灵魂以白袍甘道夫的身份复活了，他是一个光芒四射的存在，任何武器都无法伤害他。在魔戒战争期间，骑着捷影马的白袍巫师甘道夫无处不在：他鼓舞了洛汗的希奥顿国王，打败了艾森加德的萨茹曼，并在米那斯提力斯的城门前阻止了巫王。他在魔多黑门前与西方邪恶军队的首领们战斗，而持戒者弗罗多·巴金斯摧毁了魔戒。战争结束后，甘道夫见证了刚铎和阿尔诺的重归一统，然后在3021年，他开始了魔戒守护者的最后一次远航，前往不死之地。

皋惑斯（Gaurhoth）

在太阳第一纪元的贝烈瑞安德战争时期，许多狼形的恶魔来到了迈雅索隆的身边。精灵们叫他们皋惑斯，或者"狼人的宿主"。索隆从这些生物中组建了一支强大的狼人军队与精灵作战，杀死了他们中许多最强大的精灵。索隆用狼人的力量在西瑞安河上占领了一座精灵塔，并在一段时间内一直控制着它，因此这个地方的名字叫：托尔·因·皋惑斯，意为"狼人之岛"。

盖理安河（Gelion River）

贝烈瑞安德两条长河之一，相较于另一条西瑞安河，盖理安河虽然广度或深度不够，但是它的长度是西瑞安河的两倍。它汇集了贝烈瑞安德东部土地的所有水流，特别是沙盖理安和欧西瑞安德的林地。在它的众多支流中，有阿都兰特河、都伊尔温河、布璃梭尔河、莱戈林河、萨洛斯河、阿斯卡河，以及小盖理安河。它和它的几乎所有支流的源头都来自东边的蓝色山脉。

悍－不里－悍（Ghan-buri-Ghan）

德鲁伊甸人的首领。在魔戒战争期间，悍－不里－悍是居住在德鲁阿丹森林的被称为"沃斯野人"的白皮肤侏儒种族的首领，他帮助洛汗人和登丹人突破了刚铎的围攻。悍－不里－悍带领洛汗人穿过森林的秘密小径，这样他们就可以在佩兰诺平原战场上出其不意地发动进攻。同样在随后的战斗中，悍－不里－悍的人民屠杀了许多试图逃往林地的奥克。战争结束后，悍－不里－悍和他的人民获得了他们的林地的合法所有权。

巨人（Giants）

许多巨大的生物，包括自然界的善与恶，都生活在中洲。星辰第一纪元期间有"树木的牧人"恩特，他们身高十四尺、力大无穷、大智若愚。后来，邪恶万分的巨人出现了，那些名叫食人妖和奥洛格族的巨人服务于黑暗力量，使世界上的野生土地对旅行者来说十分危险。此外，在霍比特人的传说中，有规模庞大的巨人与奥克联盟，守卫着罗瓦尼安高地通道。

吉尔-加拉德（Gil-galad）

林顿精灵国王。吉尔-加拉德出生于太阳第一纪元贝烈瑞安德的希斯路姆，至高王芬巩的儿子。在473年父亲死后，被迫逃到巴拉尔岛上避难，吉尔-加拉德名字的意思是"璀璨之星"在511年他的叔叔图尔巩死去，刚多林陷落之后，成为了至高王。贝烈瑞安德沉没之后，吉尔-加拉德统治着林顿幸存的诺多。在第二个纪元，吉尔-加拉德派遣他的部队参加索隆和精灵的战争，后来加入了登丹人与精灵的最后联盟。在3434年，吉尔-加拉德带着他可怕的长矛艾格洛斯，率领联盟进入达戈拉德战役，索隆的军队被击溃，联盟围攻魔多达七年之久。索隆被迫从他的塔里走出来，并且最后被推翻了，但在最后的决斗中，登丹人国王和吉尔-加拉德都被杀了。

吉姆利（Gimli）

埃瑞博矮人。吉姆利于第三纪元出生在蓝色山脉，2879年，在巨龙斯毛格死后，他于2941年搬到了埃瑞博。吉姆利的父亲格罗因是索林和他的孤山远征队伙伴们中的一个矮人。3018年，吉姆利和他的父亲去了幽谷，在那里他被选为护戒远征队一员。吉姆利是少数几个与精灵友好相处的矮人之一。事实上，在他进入洛丝罗瑞恩之后，他就开始怀念精灵女王加拉德瑞尔，并一直带着她的一绺头发。他最亲密的朋友是辛达精灵莱戈拉斯。

吉姆利在号角堡战役、佩兰诺平原战役和魔多黑门战役中英勇作战。战争结束后，吉姆利成为了海尔姆深谷地下闪闪发光的洞穴之王。他一直身为洞穴之王，直到第四纪元120年，阿拉贡去世。在朋友莱戈拉斯的陪伴下，他驾着精灵之船进入了不死之地。

金莺尾沼地（Gladden Fields）

金莺尾河发源于莫瑞亚和洛丝罗瑞恩北部的迷雾山脉，向东奔流，直到安都因河。正是在这里的安都因河谷，支流淹没了一片沼泽地，被称为金莺尾沼地。在第三纪元的第二年，这里上演了中洲历史上的一件大事，因为这里是金莺尾沼地之战的遗址，当时登丹人国王伊熙尔杜被杀，至尊魔戒也掉在河里遗失了。至尊魔戒一直藏在这里，直到2463年才被两个名叫狄戈和史麦戈的霍比特人发现。史麦戈杀死了最先找到魔戒的狄戈，并最终堕落为邪恶的咕噜。

格拉姆惑（Glamhoth）

当邪恶的奥克种族在星光纪元第一次进入贝烈瑞安德的灰精灵领土，辛达精灵并不知道他们是怎样的存在。虽然没有人怀疑他们是一个卑鄙邪恶的种族，但在那时候他们还没有名字。所以灰精灵称之为"格拉姆惑"，意为"喧嚣的部落"，因为在战斗中他们的呼喊声和铁靴以及全副武装带来的噪音和邪恶感。

格劳龙（Glaurung）

安格班的恶龙。"金龙"格劳龙是第一条也是最伟大的火龙。他被称为恶龙之父，在太阳第一纪元260年，他从安格班的地坑里横空出世，但被精灵赶了回去。在安格班，他又成长了两个多世纪，然后在一场可怕的骤火之战中被释放，这场战斗打破了精灵对安格班的围攻。接着是泪雨之战，在这场战斗中，格劳龙带领着一群较弱的火龙加入了战斗。只有贝烈戈斯特的矮人才能对付他们。尽管付出了生命的代价，矮人国王阿扎哈尔还是击伤了格劳龙，迫使他退出了战场。在496年，格劳龙在图姆哈拉德摧毁了纳国斯隆德的军队，占领了宫殿。他疯狂敛财，放在他占据的宫殿上。在守卫这些宝藏的时候，他用催眠的龙咒摧毁了图林·图伦拔、涅诺尔·妮涅尔和芬杜伊拉丝的心智。然而，在501年，英雄图林·图伦拔悄无声息地将剑刺入格劳龙的腹部，杀死了这头野兽。

格罗因（Gloin）

索林矮人远征队的同伴。格罗因是格若因的儿子，生于第三纪元2783年。他参加了阿扎努比扎战役，是国王瑟莱茵二世和他的儿子索林·橡木盾的同伴。索林和同伴们一起前往埃瑞博，最终杀死了恶龙斯毛格，重建了山下的矮人王国。在那里，索林成为了一个富有而举足轻重的领主。3018年，他带着儿子去了幽谷。他的儿子吉姆利被选为护戒远征队成员，格罗因回到了埃瑞博。在魔戒战争中，他为保卫埃瑞博而战。他死于第四纪元15年。

格罗芬德尔（Glorfindel）

幽谷的精灵领主。在魔戒战争期间，格罗芬德尔在幽谷的军衔仅次于半精灵埃尔隆德。第三纪元3018年，他在去幽谷的路上遇到了持戒人弗罗多，于是他骑上他的白马阿斯法洛斯，勇敢地站在响水河畔的浅滩上与戒灵战斗。他的出身并不为人所知，但众所周知的是，格罗芬德尔率领精灵战士参加了佛诺斯特战役，这场战役在第三纪元1975年导致了安格玛巫王王国的毁灭。毫无疑问，在第四纪元，他和幽谷的其他精灵一起来到了不死之地。可能是以传说中刚多林的格罗芬德尔命名的。他是至高王图尔巩的部队指挥官，在泪雨之战中指挥战斗。他在第一纪元511年刚多林沉没后名声大振。格罗芬德尔遭到了魔苟斯军队的伏击，他与一只强大的炎魔进行了战斗，二者都从悬崖上摔了下来，随即死去。

哥布林（奥克）（Goblins）

那些现在被人类称为"哥布林"的生物是黑暗中的居民，它们的出现是为了邪恶的目的。在早期，它们被称为奥克。这些妖精的血液发黑、眼睛发红并且天性可憎，虽然他们现在沦落到只做些小恶事的地步，但他们曾经是一个一心要实施可怕暴政的种族。

金莓（Goldberry）

老林子的"河之女"。金莓是柳条河河婆的女儿，也是汤姆·邦巴迪尔的妻子。她是一个金发碧眼的美丽的自然精灵，可能是迈雅。无论她的出身如何，像汤姆·邦巴迪尔一样，她关心的是自然世界中的森林和溪流。在寻找魔戒的过程中，霍比特人受到了汤姆·邦巴迪尔和金莓的庇护。与光芒四射的精灵女王相比，金莓在头发和腰带上都佩戴着鲜花。她穿着金银两色的衣服，脚上穿着闪闪发光的鱼甲。据说她唱歌的声音就像鸟儿在啼叫。

咕噜（Gollum）

食尸鬼、前霍比特人。咕噜曾经是斯图尔族的霍比特人，名为史麦戈。史麦戈出生在离安都因山谷不远的金鸢尾沼地。在第三纪元2463年，史麦戈的堂兄狄戈在钓鱼时发现了至尊魔戒，史麦戈立即为此杀了他。魔戒的力量延长了斯米格普的寿命，但却把他的外貌扭曲得再也无从辨认。从那以后，他就被叫做"咕噜"，因为他说话时发出的刺耳的"咕噜咕噜"的喉音。他变成了一个远离光明，以肮脏的谋杀和吃生肉为生的食尸鬼。他在深洞里的黑池里找到了些许慰藉。他的皮肤上的毛发都脱落了，变得又黑又湿，并且骨瘦如柴。他的头瘦得皮包骨，眼睛像鱼眼一样凸出。他的牙齿长得像奥克一样长，而他那霍比特族人的脚变得平整，还带着蹼。将近五个世纪以来，咕噜一直生活在迷雾山脉之下的洞穴里。

之后在2941年，霍比特人比尔博·巴金斯不经意间来到了他的洞穴，从此他的命运也就此改变，比尔博·巴金斯从咕噜那里拿走了魔戒。3019年，咕噜终于找到了新的持戒人弗罗多·巴金斯，但尽管他竭尽全力，咕噜还是没能战胜他。有一段时间，弗罗多几乎能驯服咕噜，但咕噜最后还是背信弃义了。就这样到了最后一刻，当魔戒的力量侵蚀了末日山上善良的弗罗多的心智时，

咕噜在末日裂罅的边缘攻击了弗罗多。咕噜使出浑身的邪恶力量,咬掉了弗罗多的手指,赢得了魔戒。但就在他获胜的那一刻,他失去平衡向后跌落,和他的宝贝魔戒一起掉进了末日山的地底深处。

戈洛兹民（Golodhrim）

在太阳第一纪元,诺多离开不死之地进入贝烈瑞安德。在那他们受到了来自灰精灵的欢迎,在灰精灵使用的辛达语中,称诺多为"戈洛兹民"。

刚多林（Gondolin）

当埃尔达玛的诺多于太阳第一纪元52年回到中洲,进入贝烈瑞安德时,图尔巩王子发现了一个要塞和一个秘密的山谷,在那里他可以建造一座精灵之城,免受魔苟斯邪恶势力的侵扰。这座城市就是刚多林,一个隐藏的王国,坐落在灰精灵领地多瑞亚斯森林北部环抱山脉的图姆拉登谷中。在群山环绕的天然屏障内,刚多林也受到了大鹰的保护,这些大鹰摧毁或赶走了魔苟斯的所有间

图片：咕噜原本是一个名叫史麦戈的霍比特人,后来他杀了他的堂兄,偷走了魔戒,变成了一个可怕的食尸鬼。他的皮肤又黑又湿,眼睛凸出,牙齿尖锐,脚上有蹼。

谍和仆人。就这样，诺多为秘密建造这座白城花了50多年，刚多林意为阿蒙格瓦瑞斯之上的"隐匿之石"。在高等精灵的语言体系里，刚多林被称为"昂多林迪"，意为"岩石之歌"，刚多林参照了埃尔达玛的第一个城市提力安而建，因此是中洲最美丽的城市。五个世纪以来，刚多林繁荣昌盛，而贝烈瑞安德的精灵王国却一个接一个地被摧毁。然后，在511年刚多林被出卖，它的秘密通道被揭露给魔苟斯。黑暗大敌派遣了大量的奥克、食人妖、巨龙和炎魔进入这个隐藏的王国。城墙之下展开了可怕的斗争，但最终刚多林被攻占，人民惨遭屠杀。这是贝烈瑞安德最后一个精灵王国，刚多林的塔楼被拆毁，残破的墙壁和地基也被恶龙的火焰烧焦了。

刚铎（Gondor）

刚铎是中洲登丹人的南方王国，由努门诺尔人埃兰迪尔于第二纪元3320年建立。埃兰迪尔是北方阿尔诺王国的至高王，而他的两个儿子，伊熙尔杜和阿纳瑞安，则共同统治着刚铎。然而，在3441年埃兰迪尔去世了，伊熙尔杜和他的继承人成为阿尔诺王国的王，与此同时刚铎的国王的继承人阿纳瑞安家族统治着刚铎直到第三纪元2050年，随后国王血脉便消失了。在这之后的九个多世纪里，刚铎一直由宰相统治着。刚铎的主要城市是米那斯阿诺尔、米那斯伊希尔、欧斯吉利亚斯，以及佩拉基尔港口和多阿姆洛斯。到第三纪元的第一个千年时间里，刚铎的疆域包括阿诺瑞恩、伊希利恩、莱本宁、安法拉斯、贝尔法拉斯、卡伦纳松、埃奈德地区、南刚铎，以及远东地区的罗斯尼安，直到鲁恩内海。刚铎（和阿尔诺）从一开始就是魔多的魔戒之主索隆和他众多盟友的对手。正因为如此，刚铎多次遭到来自东部地区的东夷人军队和来自哈拉德的南方军队的入侵。在最初的两千年里，刚铎政权遭受的最严重打击是在1432年发生的内战和1636年的大瘟疫。紧随其后的是1851年和1954年的血腥的战车民的入侵。刚铎变得虚弱不堪，索隆的仆人——那兹古尔戒灵，在2002年占领了刚铎中心地带的米那斯伊希尔城。一千多年来，它一直被黑暗势力控制，并被重新命名为米那斯魔古尔。在魔戒战争时期，尽管经历了几个世纪的冲突，刚铎仍然是中洲自由民族反抗索隆统治的最后希望。战争结束时，魔多被摧毁，重新统一的刚铎王国的王权被阿拉贡恢复，阿拉贡是伊熙尔杜的正统继承人。作为国王，他一直统治到第四纪元，恢复了刚铎昔日的辉煌。

刚铎人类（Gondor Men）

在中洲建立王国的登丹人中，最著名的是南方王国刚铎的刚铎人类。伊熙尔杜和阿纳瑞安在逃离努门诺尔的毁灭后，与他们的父亲埃兰迪尔一起，于第二纪元3320年建造了刚铎白塔。

刚铎的故事漫长而辉煌。《列王纪

事》讲述了刚铎国王在他们权力鼎盛时期，是如何在鲁恩内海以西，在凯勒布兰特河和哈尔能河间统治着中洲的所有土地的。甚至在刚铎王国衰落的时候，它的统治者还控制着阿诺瑞恩、伊希利恩、莱本宁、洛斯阿尔那赫、拉梅顿、安法拉斯、贝尔法拉斯、托尔法拉斯、卡伦纳松的所有领地。

在刚铎境内有五座一流的城市，其中两座是伟大的港口：安都因河三角洲上的佩拉吉尔港口，以及北法拉斯湾沿岸封地的城堡多阿姆洛斯。在刚铎的中心有三个大城市。他们站在西部白色山脉和东部魔多山脉之间的广阔平原上。东部城市"月亮塔"米那斯伊希尔；西方城市"太阳塔"米那斯阿诺尔；其中最大的城市欧斯吉利亚斯，意为"星辰堡垒"。欧斯吉利亚斯是刚铎的首都，建在安都因河两岸，这座城市的两部分由宽阔的白色石桥连接起来。

刚铎王国在第三纪元经常受到攻击，遭受了很多麻烦。1432年长期内战开始；1636年爆发了大瘟疫；1851~1954年间，战车民入侵；2002年，米那斯伊希尔落入了那兹古尔和奥克手中，此后，它一直是一个邪恶的地方，并被重新命名为米那斯魔古尔。在2475年，巨大的奥克，乌鲁克族，从魔多出发，以庞大的军团征服了虚弱的欧斯吉利亚斯，放火烧毁了欧斯吉利亚斯大部分地区，并摧毁了安都因河上的石桥。

就这样，在魔戒战争之前，刚铎的国土已经被大大削弱了。

在其中心的三个大城市中，只有米那斯阿诺尔保持完整。"太阳塔"在魔多、魔古尔、洛汗和哈拉德的黑暗笼罩下屹立了好几个世纪。似乎刚铎的最后一座城市是唯一抵挡住邪恶阴谋的力量，因为北方的登丹人王国已经陷落，精灵们似乎对中洲的事务毫不关心。然而，在这个残酷的时刻，当希望所剩无几，索隆的力量没有任何限制时，刚铎的士兵赢得了他们无上的荣誉。

因为在刚铎王国里，有许多骑士，他们就像古代的勇士一样。在米那斯阿诺尔，他们仍然戴着银质的高冠头盔，银蓟马上还插着海鸟宽大的白色翅膀。他们的长袍和锁甲是黑色的；盔甲和武器是银色的；他们的貂皮大衣上挂着刚铎的徽章：七颗明星下一棵开满鲜花的白树和一顶银王冠。在魔戒战争时期，虽然这些骑士的数量少于人们的期望，但他们英勇无畏，而且在需要的时候，他们的盟友会从意想不到的地方赶来支援。

根据《西界红皮书》，在魔戒战争期间，刚铎的统治者是宰相德内梭尔二世，因为国王的血脉已经消失很久了。虽然德内梭尔二世是个强壮而有能力的人，但他愚蠢地试图用魔法武器与索隆作战。因此，他派他的大儿子波洛米尔去寻找至尊魔戒，虽然波洛米尔是九名护戒同盟的成员之一，但他没有完成使命，最后死了。德内梭尔二世之后便失去了希望，所以当他的第二个儿子法拉米尔被戒灵重创之时，德内梭尔被索隆迷惑，对刚铎王国感到绝望，结束了自己的生命。然而，法拉米尔恢复了健康，当北方的登丹人酋长阿拉贡来到刚铎时，法拉米尔认出他是所有登丹人的正统国王。所以，在最危险的时刻，国王回归了，和他并肩作战，在佩兰诺平原战役，魔古尔、哈拉德和洛汗的部队被粉碎了，在魔多的黑色大门之前，索隆中了计，魔戒成功被摧毁，而他的力量也永远消失了。

刚希尔人（矮人）（Gonnhirrim）

矮人是令人惊叹的石匠和采石工。他们在深山中不停地劳作，发掘出了大量的金属宝藏，既有精美绝伦的，也有平淡无奇的，还有美丽绝伦的珠宝。他们的贝烈戈斯特王国、诺格罗德王国和卡扎督姆王国都是在中洲的星光时代建立起来的，它们都很有名，但矮人在精灵中最为其所知的是矮人对灰精灵隐秘王国的贡献，这个王国被命名为明霓国斯，即"千石窟宫殿"。矮人工匠在那里雕刻了一座宫殿，就像一个森林洞穴，熠熠生辉，有许多喷泉、小溪和水晶灯。为此，灰精灵们将他们命名为"刚希尔人"，意为"岩石大师"。

戈巴格（Gorbag）

米那斯魔古尔的乌鲁克族。在魔戒战争期间，戈巴格是一个魔古尔奥克连队的队长，他卷入了与另一个奥克连队争夺弗罗多·巴金斯的秘银甲的冲突当中。乌鲁克族的沙格拉特率领的奥克取得了胜利，戈巴格被杀。

小嘴乌鸦（Gorcrows）

古代霍比特人的民间传说提到了沼泽地，那里游荡着被称为"喵吻"的邪恶幽灵。在这些闹鬼的沼泽里，还有一种邪恶的黑色鸟类，即小嘴乌鸦。乌鸦是食腐鸟，通常在喵吻附近生活，它们会把喵吻留下的残骸吃掉。

戈埚洛斯（Gorgoroth）

贝烈瑞安德北部和西瑞安河谷之上，以及灰精灵王国多瑞亚斯所处的山脉和悬崖，被称为戈埚洛斯或"恐怖山脉"。这些悬崖——自西向东，连绵不绝，上至北边的"松树之地"多松尼安高地。之所以得名戈埚洛斯，是因为乌苟立安特和她那一群可怕的巨型蜘蛛在这些山脚下的山谷里安了家。据贝烈瑞安德的历史记载，伊甸人的英雄贝伦是唯一一个试图穿越戈埚洛斯并幸存下来的人。贝烈瑞安德沉入大海很久之后，当魔戒之主索隆建立了他邪恶的魔多王国时，他把巴拉督尔周围的这片区域称为"黑塔"，戈埚洛斯高原末日山的火山灰在这座塔上如雨般倾泻而下。这是一个荒凉的大高原，布满了许多奥克洞穴，在灰霾的天空下，只有最黑最毒的荆棘生长着。正是在这片可怕的土地上，持戒人弗罗多·巴金斯疲惫地走向末日山，在那里，他独自一人就摧毁了魔戒。

埚尔衮（奥克）(Gorgun)

精灵的故事讲述了邪恶的奥克种族之一哥布林如何进入中洲的森林。被称为"沃斯野人"的原始人类居住在白色山脉德鲁阿丹森林里，他们把这些生物称为"埚尔衮"。

勾斯魔格（Gothmog）

安格班的炎魔。魔苟斯最强大的副官，炎魔之王勾斯魔格，他的祖先是一个迈雅的火之精灵。他和其他的炎魔们一起，与魔苟斯一起反抗维拉，向他们和精灵开战。在他主人的命令下，他在安格班城门前杀死了费艾诺国王。在贝烈瑞安德战争中，勾斯魔格用他的火焰长鞭和黑色战斧进行了可怕的破坏。在泪雨之战中，他杀死了芬巩，俘虏了胡林。第一纪元511年，他成功地领导黑暗势力对抗了刚多林。勾斯魔格率领着炎魔军团、奥克军团和恶龙军团，在食人妖的护卫下，打败了最后一个诺多王国的守军。在攻陷这座城市的过程中，勾斯魔格被诺多，刚多林的伟大之门的守卫人埃克塞理安杀死。

绿精灵（Green-elves）

在欧西瑞安德，那片贝烈瑞安德沦陷的土地上，曾经居住着绿精灵，他们生活的时代是星光最后一个纪元和太阳第一纪元。这些精灵穿着森林一样翠绿的衣服，这样他们在森林里的敌人就看不见他们了。在高等精灵的语言中，他们被称为"莱昆迪"。他们并不是一个伟大或强大的民族，但由于他们对这片土地的了解，帮助他们在最强大的埃尔达精灵败于米尔寇和他的奴仆手中之时幸存了下来。

大绿林（Greenwood the Great）

罗瓦尼安和安都因河流域最大的森林被称为"大绿林"。精灵国王瑟兰杜伊的林地王国在森林的东北部，但在第三纪元1050年，另一股力量进入了大绿林的最南端，建造了一座名为"多古尔都"的城堡。建造者就是"魔戒之主"索隆和那兹古尔。他们悄悄地来到这里，迅速地腐蚀了这片曾经美丽的森林，那里充满了邪恶的巫术能量、奥克、座狼和巨大的蜘蛛。索隆的影响大到无以复加，以至于两千年来，大绿林一直被称为"幽暗密林"，因为邪恶的阴影笼罩着这个地方。幸运的是，在魔戒战争结束时，多古尔都的邪恶被北方森林王国的精灵军队和南方洛丝罗瑞恩的另一支军队消灭了。之后，这个地方被重新命名为"埃林拉斯嘉兰"，意为绿叶森林。

灰精灵（Grey-elves）

乌曼雅指的是那些在大迁徙过程中中途放弃，从来没见过的圣树圣辉的精灵，其中最强大的是辛达精灵或称为"灰精灵"。这些精灵的统治者曾经见过圣辉，并且他们受到了美丽安施放的咒语的保护，美丽安曾是那些圣树创造者的侍女。灰精灵的国王为埃尔威·辛葛，在灰精灵语中又称为"埃路·辛葛"，意为"灰袍君王"。辛葛是精灵儿女中个子最高的，他的头发是银色的。他的王后是迈雅族的美丽安。在太阳出现以前，他们二人在多瑞亚斯的树林里建立了一个王国，在那里建造了一座大城市，名叫明霓国斯。只要美丽安还是女王，辛葛还活着，辛达精灵就是一个繁荣快乐的民族。但是当辛葛被卷入精灵宝钻争夺战，失去了生命，他的王后也离开了，保护他们的魔咒被打破了，他们的子民也因此流离失所。

灰港（Grey Havens）

中洲精灵的最后一个避难所是被称为灰港的城镇和港口，是奇尔丹领主和法拉斯民的领地。灰港在精灵语中叫做米斯泷德，在太阳第二纪元之初，在舒恩湾的上游和舒恩河的河口定居并建立起来。在过去的两个纪元中，它一直是中洲精灵们的主要港口。在中洲的冲突中幸存下来的所有伟大而善良的种族，都乘坐着奇尔丹魔法白船，从这个港口出发，驶向不死之地。在第四纪元，许多在魔戒战争期间成为英雄的人也乘船西去了，直到最后奇尔丹本人也离开了，中洲的最后的埃尔达玛精灵，乘坐着灰港最后一艘精灵船，前往世界版图之外的世界——不死之地。

灰色山脉（Grey Mountains）

就在幽暗密林的北面，有一条东西走向的山脉，标志着罗瓦尼安的北部边界。大河安都因最北端的源头——灰色山脉，在精灵语中叫做埃瑞德米斯林。自第三纪元 2000 年开始，这里一直是都灵族矮人的避难所和家园。在这里，他们变得非常富有，因为他们发现了大量的黄金，并在长达五个世纪的时间里保持着繁荣。在第二十六世纪，在灰色山脉中蕴藏着巨大财富的消息传到了冷酷无情的恶龙那里。尽管矮人们奋力顽抗，但他们还是被打败了，那些富含黄金的灰色山脉完全被冷龙占领了。

格里什纳赫（Grishnakh）

魔多的奥克。在魔戒战争期间，格里什纳赫是攻击护戒远征队并杀死波洛米尔的奥克队长。格里什纳赫和他的队伍随后俘虏了梅里阿道克·白兰地鹿和佩里格林·图克，他相信他们能带着他找到至尊魔戒。尽管格里什纳赫邪恶阴险，但他希望自己拥有魔戒，因此从守卫着他们的艾森加德的奥克手中夺走了被俘虏的霍比特人。对霍比特人来说，这是因祸得福。那天晚上，奥克营地被洛汗的骑兵消灭了，他们杀死了格里什纳赫，让霍比特人逃跑了。

"风王"格怀希尔
（Gwaihir the Windlord）

迷雾山脉的大鹰。在太阳第三纪元结束时，格怀希尔是他那个时代身形最大、力量最强的鹰。他是鸟类之王，也是巫师和精灵们的特别好友，尤其是在甘道夫治好了他的毒伤之后。

在2941年的埃瑞博远征任务中，格怀希尔和他的大鹰们从奥克军队的袭击中救出了索林和他的同伴们。在埃瑞博山前的五军之战中，格怀希尔和他的大鹰分队在扭转战局的过程中发挥了至关重要的作用。在魔戒战争中，格怀希尔将甘道夫从艾森加德中解救出来，并在与强大的莫瑞亚的炎魔战斗之后，把他从齐拉克-齐吉尔上带了下来。

在魔戒战争的最后一场战役中，在魔多的黑门前，在魔戒被摧毁的时候，格怀希尔和他的兄弟蓝德洛瓦率领着北方的所有大鹰对抗戒灵。接着，格怀希尔和他的兄弟蓝德洛瓦飞到末日山的山坡上，在那里他们救出了弗罗多·巴金斯和山姆怀斯·甘姆吉。

珠宝工匠（Gwaith-i-Mirdain）

在太阳第二纪元750年，许多诺多人离开了林顿，去了埃利阿多。他们的领袖是凯勒布林博，是人间最伟大的精灵工匠；他是费艾诺的孙子，费艾诺制造了伟大的精灵宝钻。在辛达语中，凯勒布林博的人民被称为"珠宝工匠"，即"珠宝冶金匠行会"。

当这种神奇的金属，也就是所谓的"秘银"在迷雾山脉中被发现时，凯勒布林博和他的子民就被拥有它的欲望所征服。于是他们去了埃瑞吉安，那里被人类命名为霍林，他们住在迷雾山脉脚下的欧斯特-因-埃第尔城，靠近矮人最强大的城市卡扎督姆的西大门。矮人们和珠宝冶金匠行会之间达成了一个协议，双方种族都选择搁置争议，共同发展，事实上，他们成功地将这种和平维持了一千年。多年来，卡扎督姆矮人和埃瑞吉安精灵之间的贸易给这两个种族带来了繁荣。

然而，在1200年，出现了一个叫阿塔诺的人，没有人认识他，但是他知识渊博，他慷慨地尽他所能帮助珠宝冶金匠行会，将他亲手做的礼物赠送出去。到1500年，他们已经完全信任他，并计划在他的帮助下制造许多神奇的器物。因此，力量之戒被珠宝冶金匠行会制造了出来。整整一个世纪以来，凯勒布林博和他的人民都在为这项伟大的事业而奋斗。然而，阿塔诺实际上是黑魔王索隆乔装打扮的样子，在那段时间里，瞒着矮人们和珠宝冶金匠行会，他秘密地制造了一枚戒指，一枚可以支配其他所有人的至尊魔戒。黑暗魔君希望用这一枚戒指统治世界。

然而，索隆一把戒指戴在手上，精灵们就认出他是黑暗魔君，于是他摘下戒指，藏起来不让他们看到。索隆和精灵的战争接踵而至，埃瑞吉安被摧毁，凯勒布林博和他的大部分子民一起被杀害。在第二纪元1697年，仅存的几个珠宝冶金匠行会幸存者得到了半精灵埃尔隆德的帮助。在吉尔-加拉德的指挥下，埃尔隆德率领一队战士从林顿出发，带着外族人来到一个避难的地方——鲁道尔的一个又深又窄的山谷，他们把这个山谷命名为伊姆拉缀斯，而人们却把它叫做幽谷。此后，这个珠宝冶金匠行会的避难所是迷雾山脉和蓝色山脉之间最后一个幸存的精灵王国。

图片：珠宝工匠（Gwaith-i-Mirdain）埃瑞吉安的精灵工匠，他们铸造了力量之戒。他们是一个明智且繁荣的民族，直到索隆和精灵之间爆发的灾难性的战争摧毁了埃瑞吉安，埃瑞吉安的子民也流离失所。

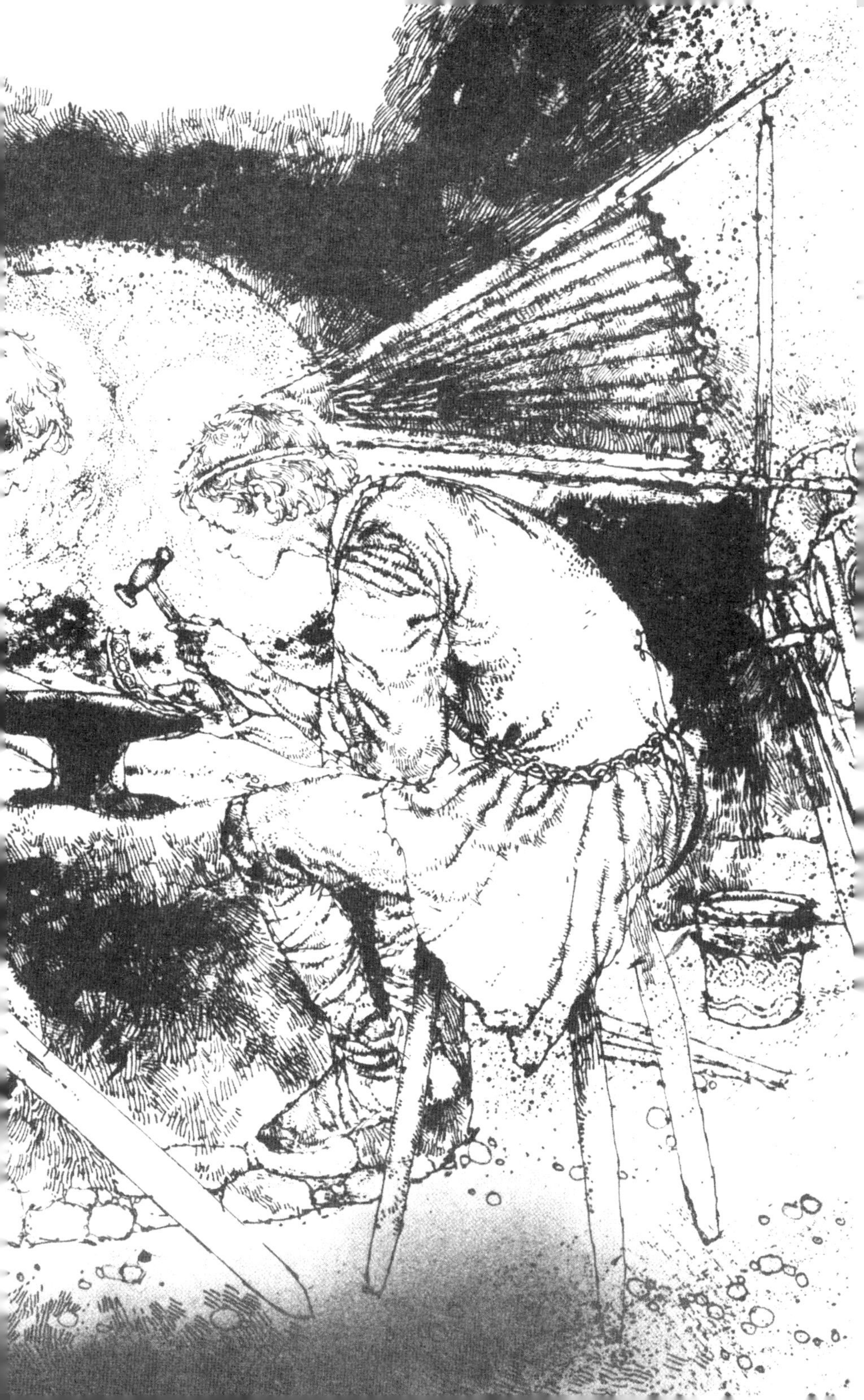

H

哈拉丁人（Haladin）

在太阳第一纪元，三支人类部队首先来到了精灵王国——贝烈瑞安德，并与诺多结盟。发起者是精灵之友伊甸人的三大家族；第二个部族名叫"哈烈丝家族"，即后来的哈拉丁人。哈拉丁人是一个热爱森林的民族，他们的人数较少，而且比其他家族要小。他们的第一个首领是哈尔达德，他和他的许多族人都被奥克杀死了。他女儿哈烈丝随后领导哈拉丁人前往布瑞希尔森林，他们在那里变得更加聪慧。在那里，他们像欧西瑞安德明智的绿精灵一样，与米尔寇的奴仆们作战。但是，随着贝烈瑞安德战争的浪潮转向所有的伊甸人，尽管有像图林·图伦拔这样的伟大英雄来与他们战斗，哈拉丁人也遭受了巨大损失，在邪恶的奥克军团的猛攻下人数逐渐减少。

半奥克（Half-Orcs）

在太阳第三纪元的艾森加德，来到白袍巫师萨茹曼麾下的黑蛮地人之中，有一部分族人在萨茹曼的魔法下，血液与半奥克和乌鲁克族的血液混合在一起，形成了新种族——半奥克。这些半奥克身材高大的人，目光锐利，无恶不作。许多都是萨茹曼最强壮的奴仆。他们大多死于号角堡战役，要么死在堡垒前，要么死在胡恩森林里。然而，有些人活到了号角堡战役之后，跟随萨茹曼一同流亡，甚至到了霍比特人的领地夏尔，在那里，他们为这个堕落的巫师服务，直到他咽下最后一口气。

半身人（Halflings）

霍比特人是中洲最小的民族之一，没有历史记载他们是如何或何时来到这个世界上的，但人们认为，这可能是在太阳第一纪元，因为他们是人类的近亲。然而，在人类崛起的时代，有许多战争和伟大的事迹，在其中强大的种族和力量争夺着霸权。在争夺统治权的斗争中，很少有人注意到这样一个身材矮小的民族，他们的身高只有人类的一半，通常被称为"半身人"。

哈拉德（Harad）

刚铎和魔多王国以南是哈拉德的蛮夷之地。在索隆的多次战争中，棕色皮肤的近南蛮子和黑色皮肤的远南蛮子经常为了魔戒之主索隆与登丹人作战。哈拉德在精灵语中是"南方"的意思，也被称为"太阳升起的地方""萨瑟兰"

和"哈拉德威斯"。它的人民被称为"南蛮子"。这片土地广袤而炎热，大片的沙漠和森林一直延伸到中洲南部的未知地带。它被划分成无数的勇士王国，多数人是步兵，有些人是骑兵，还有一些人骑在大象的巨大祖先——长着獠牙的猛犸（毛象）背上。哈拉德最大的港口之一是乌姆巴尔港，那里居住着那些出海的南蛮子，他们被称为"乌姆巴尔海盗"。

南蛮子（Haradrim）

根据《魔戒战争》时期所记载的历史中，有很多关于南方棕色皮肤的人的故事，他们被称为南蛮子，也讲述他们在战争中奋勇向前的事迹。一些南蛮子骑着马，另一些人则步行，而那些被称为"乌姆巴尔海盗"的南蛮子则乘坐着被他们称为"德罗蒙兹"的黑船舰队呼啸而来。但最著名的是那些乘坐着战争巨塔的南蛮子，他们骑在巨大的猛犸上。这给哈拉德军队造成了可怕的破坏，因为战马不敢靠近猛犸。南蛮子则从他们的塔楼上射箭、投石、投枪。猛犸则会用獠牙、树干和沉重的脚步攻破敌人的盾牌，推翻强大的骑兵和步兵军队。

在佩兰诺平原战场上，南蛮子是魔古尔巫王手下人数最多的军队。他们凶猛无比，聚集在一面画着黑蛇的红色旗帜下。这些战士身穿朱红色的外袍，耳朵上戴着金环，衣领上戴着金项圈，盾牌又大又圆，有黄的，有黑的，都镶着铁穗子。他们都长着黑色的眼睛和长长的黑发，编着金色的辫子，有些人的脸上还涂着深红色的血。他们的头盔和铠甲是用铜做的。他们装备是各式各样的弓、红头长矛和长枪和弯刀。据说他们像奥克一样残忍，在战斗中毫不留情。

虽然到魔多来的南蛮子大部分是棕色皮肤的，但南蛮子的土地广阔，有一部分军队来自远哈拉德，在"太阳升起的地方"里的南蛮子部落都是黑皮肤人。这些都是强大的战士，他们的力量和体型都可以和食人妖相比。

所有这些人，虽然变得十分强壮，但他们的力量之源都是黑暗魔君索隆的归来。在第二纪元和第三纪元，他们的王中之王一直都是索隆，而效忠魔多和黑暗魔君的使者——戒灵——是他们的行为标杆。

在第二纪元，索隆来到南蛮子中间，给了他们许多充满力量的礼物。他们向他献祭敬拜。随着时间的推移，南蛮子的力量越来越强大，他们向北进军，对抗刚铎国王。在他们中间还有其他黑魔王索隆的使者，包括一些反对阿尔达势力的黑努门诺尔人。

在第二纪元，两位黑努门诺尔人成为了南蛮子的伟大领主，他们分别是赫茹墨和富伊努尔。

《列王之书》记载了位于北方的南蛮子的力量是如何在第二纪元被消灭的。因为他们借由魔多索隆提供的力量无恶不作，精灵与人类组成了最后联盟，在魔多的黑门之前与南蛮子展开了大战，黑门被攻破，南蛮子、东夷人和奥克军队被摧毁了，魔多也随之陷落。

最终，经过七年围城，索隆和他的戒灵最终被打败了，他们遁入了暗影之中。

这并非南蛮子的终结，因为至尊魔戒并没有被摧毁。

索隆和戒灵最终在第三纪元重返中洲，他们又把南蛮子召集起来，全副武装，承诺战后他们巨大的财富，让他们制造邪恶威胁。为此，南蛮子又一次聚集到魔多。

据《列王之书》记载，在第三纪元1015年，刚铎的人类航行至乌姆巴尔，摧毁了那里黑努门诺尔人的势力，南蛮子因此崛起，与刚铎交战。在战斗中，他们杀死了刚铎的第三位"船王"奇尔扬迪尔，但南蛮子没能夺取刚铎对港口的控制。刚铎的下一任国王在1050年摧毁了他们的军队，而南蛮子在将近四百年的时间里没有能力再来对抗刚铎人，当时刚铎本身也发生了叛乱。一支庞大的反叛者——名叫海军篡夺者卡斯塔米尔的儿子们到乌姆巴尔，与南蛮子结盟对抗刚铎人。所以在第三纪元的所有世纪里，与被称为"乌姆巴尔海盗"的叛军和一些黑努门诺尔良人一起，南蛮子不断袭击并骚扰着刚铎王国的边境和海岸。

1944年的刚铎历史再次提到了哈拉德的陆军。当时，南蛮子和可汗德的瓦里亚格人与东部的东夷人签订了一项协议，组成了一支称为"战车民"的军队。他们结盟的目的是同时从东方和南方向刚铎发动双管齐下的进攻。就这样，刚铎的军队被分开了，"战车民"成功地击溃了东刚铎的军队，杀死了国王，但他们并没有战胜南方刚铎军队中英勇的埃雅尼尔二世将军。在波罗斯渡口之战中，埃雅尼尔二世横扫了南蛮子和瓦里亚格人的军队，然后转向东边的行军，在营地之战中击倒了毫无准备的战车民。

在魔戒战争宣布开战的那一年，许多哈拉德的军团来到了魔多：从近哈拉德赶来的棕色皮肤、脸上涂着深红色血液的士兵骑着马；骑着巨大的猛犸战塔与步兵组成联队；还有来自远哈拉德的可怕的黑人部落。跟他们一起来的还有乌姆巴尔海盗、来自可汗德的瓦里亚格人的千军万马以及东夷人：蓄着胡须的斧兵、步兵和骑兵。最后还有大量的奥克、乌鲁克族、奥洛格族和食人妖。那时中洲没有比他们更强大的军队了。但正如《西部世界红皮书》中所述，他们被超越了常规武器的力量所毁灭，尽管他们在战斗中英勇无畏，但在佩兰诺平原战场和魔多黑门钱的战斗中，他们被摧毁了。索隆和他所有的仆人永远被打倒了。但据说有一位既强壮又仁慈的新国王来到了刚铎，他与南蛮子达成了和平协议，这种和平一直持续到太阳第四纪元。

哈拉德威斯（Haradwaith）

中洲刚铎王国以南的所有土地，在西部历史的相关记载中，都被称为"哈拉德"，意思是"南方"。它的人民有时被称为"哈拉德威斯"，有时被称为"南蛮子"，最常见的是"哈拉德林"。

毛脚族（Harfoot）

霍比特人种族中数量最多、最具代表性的是那些被命名为"毛脚族"的部族。他们是半身人中个头最小的，他们的皮肤和头发都是栗色的。毛脚族是霍比特人中第一个离开安都因山谷，越过迷雾山脉进入埃利阿多的部族。这次迁徙发生在第三纪元1050年。他们对矮人最为友好，因为他们喜欢山坡和高地，对他们来说，住在洞里是一种乐趣。

图片：南蛮子：中洲南部棕色皮肤和黑色皮肤的种族，黑暗魔君索隆和他奴仆的盟友。在第三纪元，他们不断地与人类刚铎王国作斗争。

赫尔卡（Helcar）

位于中土大陆东北部的内海被称为"赫尔卡内海"。在阿尔达最古老的日子里，它曾经是维拉巨灯强大的北方支柱，而维拉巨灯是一盏照亮世界的灯。在巨灯熄灭、星光重新点亮的时候，在赫尔卡内海东部海岸上的一个海湾——奎维耶能的湖畔里，精灵种族苏醒了。赫尔卡内海的水不断地被大量的水晶泉、小溪和河流所滋养和补充着。

赫尔卡拉克西（Helcaraxe）

直到太阳第二纪元末发生世界大剧变之前，在北方不死之地和中洲之间有一个狭窄冰峡。它被称为赫尔卡拉克西——坚冰海峡。米尔寇和大蜘蛛乌苟立安特在摧毁维拉双圣树、偷走了精灵宝钻之后，就是从这里逃到中土世界的。

圣盔·锤手海尔姆（Helm Hammerhand）

北方人，洛汗国王。圣盔·锤手海尔姆出生于第三纪元2691年。他于2741年成为洛汗的第九任国王。海尔姆统治了17年，直到洛汗遭受黑蛮地人毁灭性的入侵。在2758年洛汗人在艾森河渡口战败后，海尔姆和他的军队撤退到号角堡要塞，在那里他度过了漫长冬季，被敌人围困。他经常在夜间冒着雪外出，赤手空拳悄无声息地屠杀他的敌人，以此来恐吓围攻他们的黑蛮地人。在一次突袭中，海尔姆冻死了。海尔姆深谷、海尔姆护墙和海尔姆关口都是以圣盔·锤手海尔姆命名的。

海尔姆深谷（Helm's Deep）

在洛汗西部连绵起伏的白色山脉中有一个巨大的防御峡谷，名叫海尔姆深谷，是以洛汗国王圣盔·锤手命名的。海尔姆深谷和黑蛮祠是洛汉子民在战争时期的两个主要避难地。海尔姆深谷指的是整个防御要塞系统，包括峡谷、横跨峡谷隘口而建的海尔姆护墙、号角堡垒、被称为"阿格拉隆德"的避难所洞穴、发源于峡谷的深谷溪。尽管人们普遍相信阿格拉隆德是在第二纪元由努门诺尔人挖掘的，但是实际上海尔姆深谷的防御工事大部分是由刚铎人建造的。在2758年，圣盔·锤手领导下的洛汗人保卫了它，抵抗着黑蛮地人的进攻，在魔戒战争中，希奥顿国王在这里与萨茹曼的军队展开了号角堡战役。

海尔姆一族（Helmingas）

在太阳第三纪元的第二十八世纪，洛汗迎来了一位身材高大的国王。他是第九代国王，他的人民叫他圣盔·锤手。

尽管他的统治在漫长冬季与黑蛮地人的入侵中以悲剧告终，但他的传奇事迹却能让敌人闻风丧胆。他如同一个力大无穷的食人妖，在夜间雪地上徒手猎杀黑蛮地人。即使在他死后，黑蛮地人仍然害怕他的灵魂,他们声称他的灵魂尾随了他们很多年。

洛汗人经常在战争中呼唤这位令敌人畏惧的国王的灵魂,为了纪念他,他们把他坚守的峡谷命名为"海尔姆深谷",并把自己命名为"海尔姆一族"。

高等精灵(High-Elves)

在所有的精灵中,最强大的是高等精灵,他们是埃尔达精灵,在维拉的双树纪元,他们第一次到达了阿门洲的海岸,那片不死之地。这些精灵被称为高等精灵,他们来到了一个叫埃尔达玛的地方,从维拉和迈雅那里获得了巨大的智慧和许多技能。尽管圣树已经被摧毁,但是绝大多数精灵仍然住在那里。不死之地已从世界版图中移除,现在人类的任何手段都无法到达。

希尔多(人类)(Hildor)

当太阳阿瑞恩第一次升起,照耀着这个世界时,远在中洲的东方就出现了人类。他们是世界上的后来者,因为在他们之前已经出现了许多其他种族。因此精灵们将他们命名为"希尔多",意思是"追随者"。

山区人(Hillmen)

在埃利阿多的埃滕荒原,住着邪恶的山区人,他们在太阳第三纪元效忠于安格玛巫王。这些野蛮的山区人凶猛且数量众多,他们与奥克军团结盟。据说,在14世纪和15世纪,他们征服了北方登丹人王国之一的鲁道尔王国。1974年,经过6个世纪断断续续的战争,这个联盟最终推翻了北方登丹人王国最后一个令人感到骄傲的阿塞丹。

但这也是山区人自取灭亡的时候。当山区人和巫王艰难攻下佛诺斯特·埃莱因——登丹人的最后堡垒时,他们受到了南方王国刚铎国王埃雅努尔、林顿的奇尔丹、幽谷的格罗芬德尔率领的大军的攻击。在这场佛诺斯特战役中,山区人的力量被摧毁,奥克被消灭,安格玛王国也被摧毁。山区人成了被追杀的民族,四处分散,被人遗忘。

霍比屯(Hobbiton)

在夏尔的霍比特人的土地上,最有名的村庄是西区界的霍比屯。这是一个简朴的霍比特人村庄,基于并且围绕霍比屯山丘而建,在一条名叫"小河"的小溪边有一个磨坊和粮仓。这个村庄之所以出名,是因为在那座山上有巴沙特路和霍比特人袋底洞。这是中洲最著名的霍比特人——比尔博·巴金斯和弗罗多·巴金斯的家,他们在魔戒战争中扮演了至关重要的角色。

霍比特人(Hobbits)

当太阳阿瑞恩明亮如火的光芒照射在这个世界上时,就产生了人类,据说在同一时代,在东方也出现了被称为"霍比特人"的半身人。这是一个穴居民族,据说与人类有亲缘关系,但他们比矮人矮小,寿命大约有一百年。

在第三纪元 1050 年以前,人们对霍比特人一无所知。据说,霍比特人与北方人一起生活在安都因山脉北部的山谷里,在迷雾山脉和大绿林之间。在那个世纪,一股邪恶的力量进入并侵蚀了大绿林,它很快被重新命名为"幽暗密林"。也许正是这件事迫使霍比特人离开了山谷。在接下来的几个世纪里,霍比特人向西迁移,越过迷雾山脉,来到了埃利阿多,在那里他们发现了精灵和人类生活在一片开阔肥沃的土地上。

所有的霍比特人,包括男性和女性,都有一些共同的特点。它们的高度都在 2~4 英尺;他们的手指很长,吃得很饱,表情愉悦,头上长着棕色的卷发,脚上没穿鞋子,但是特别大。作为一个谦逊、保守的人,他们通过自己是否符合霍比

特人宁静的乡村生活来评判同龄人。过分的或是冒险的行为会被劝阻，并被认为太过鲁莽。霍比特人的得体行为仅限于穿着鲜艳的衣服、每天吃六顿丰盛的饭等，诸如此类。他们唯一的怪癖就是抽烟斗草并让其成为艺术，他们声称这是他们对世界文化的贡献。

据说霍比特人有三种血统。这三个人分别叫毛脚族、白肤人和斯图尔族。毛脚族是霍比特人种族中数量最多的，也是体型最小的。他们有如坚果般棕色的皮肤和头发。他们喜欢山地，也喜欢矮人的陪伴。毛脚族是第一批越过迷雾山脉进入埃利阿多的霍比特人。将近一个世纪后，在太阳第三纪元1150年，白肤人跟随他们的同类毛脚族翻山越岭。他们从幽谷以北的隘口进入埃利阿多。白肤人是霍比特人血统中数量最少的部族。他们更高，更瘦，但与他们的族亲相比。他们被认为比他们的更有冒险精神。他们的皮肤和头发更白皙，更喜欢森林和精灵的陪伴。他们更喜欢打猎而不是犁地，在所有霍比特人当中，白肤人表现出了最伟大的领导才能。

斯图尔族是最后一批进入埃利阿多的霍比特人。他们是他们种族中最男性化的，比其他种族的人更魁梧，令他们的族亲惊讶的是，有些人居然还能长胡子。他们是安都因山谷中最南端的霍比特人，他们选择住在平坦的河滩上，又一次以一种非常不像霍比特人的方式学了划船、钓鱼和游泳。他们是唯一穿鞋子的霍比特人，据说，在下雨泥泞的天气里，他们甚至会穿着靴子。据说，斯图尔族直到第三纪元1300年才开始向西迁徙，当时许多人都经过了红角门隘口，然而，在大约12个世纪之后，在金鸢尾沼地这样的地区仍然存在着斯图

图片：霍比特人：一种矮小的穴居人，生活在洞穴中，寿命约为一个世纪。2到4英尺高，体形富态，性格开朗，他们的头和脚都长着棕色的毛发。

尔族的小型定居点。

大多数进入埃利阿多的霍比特人居住在不理镇附近的人类土地。1601年，不理的大多数霍比特人再次向西进军，来到白兰地河对岸肥沃的土地上。他们在那里建立了夏尔，这片土地后来被确认是霍比特人的家园。自此开始方算作霍比特人记事的开端。

霍比特人天生爱好和平，幸运的是他们发现了一块土地，这块土地既富饶又和平。因此，除了1636年横扫埃利阿多所有人民的大瘟疫之外，直到2747年，夏尔才发生了一次武装冲突。这是一个小型的奥克突袭，霍比特人相当宏伟地命名为"绿野之战"。更为严重的是2758年漫长冬季和随后的两年饥荒。然而，与中洲的其他民族相比，他们和平地生活了很长一段时间。当其他种族发现他们时，认为他们是没有价值的，作为回应，霍比特人也没有对巨大财富或权力抱有欲望。他们的局限证明了他们的力量，因为，当更强大的种族降临在他们周围时，霍比特人仍然生活在夏尔，静静地照料着他们的庄稼。在整个夏尔的土地上，他们的小市镇和住宅区都扩大了：霍比屯、特克伯勒、迈克戴尔文、奥茨巴顿、弗罗格莫顿、等等十几个地区，霍比特人按照他们的方式繁荣起来了。

关于著名的霍比特人，在太阳第三纪元三十世纪之前，几乎没有什么可说的，因为在那之前，整个霍比特种族几乎完全不为世人所知。当然，霍比特人自己对名人也有自己的理解。在夏尔的传说中，第一个被命名的霍比特人是白肤人兄弟，马尔科和布兰科，他们带领霍比特人越过不理的石桥进入夏尔。这块土地已经被阿尔诺的登丹人割让，而霍比特人则以名义上的效忠作为回报。1979年，阿尔诺的最后一位国王从北方消失，夏尔长官的办公室成立了。第一任长官是泽地的霍比特人布卡，所有的长官都是他的后裔。

霍比特人中有一个巨人叫班多布拉斯·图克，他身高四英尺五英寸，跨着一匹马，在绿野之战中勇敢地带领他的人民对抗奥克。据称，他用棍棒击杀了敌方首领高尔夫茜。由于他的身材和行为，他被称为"吼牛"。另一个霍比特人因他在夏尔这片小土地上的行为而闻名，他的名字叫艾森格里姆二世·图克，夏尔的第22任长官，迈克戴尔文的大斯密奥的建筑师，班多布拉斯·图克的祖父。

然而，在典型的霍比特人当中，在魔戒战争之前，最受尊敬的英雄或许是长谷的托博德·吹号，他是个谦逊的农民，27世纪第一次种植了加兰纳斯，也叫烟斗草。霍比特人的烟民们高兴地在他的记忆中，给他起了一个"老托比"这个更亲切的名字。

然而，在第三纪元30年代，霍比特人拥有了真正意义上的名声。因为一个偶然的机会，一股伟大而邪恶的力量落入了霍比特人的手中，所有霍比特人的命运都与之交织在一起。

第一个闻名于世的霍比特人是霍比屯的比尔博·巴金斯，巫师甘道夫和矮人国王索林·橡木盾诱使他在埃瑞博远征任务中担任飞贼。这是《西界红皮书》第一部分讲述的冒险故事。这本回忆录被比尔博本人称为《去而复返》，书中食人妖、奥克、座狼、大蜘蛛和恶龙都被杀死了。在那次冒险中，比尔博·巴金斯取得了许多成就，这是中洲那些更强壮、更聪明的种族都没有做到的事情。

故事的一部分讲述了比尔博·巴金斯是如何获得至尊魔戒的，尽管这在当时似乎并不重要，但它却威胁到了所有中洲的居民。因为夏尔的霍比特的乡绅比尔博·巴金斯在不知不觉中拥有了那枚魔戒。

随着时间的推移，至尊魔戒的所在被索隆发现，并且传给了比尔博的继承人弗罗多·巴金斯。然后比尔博去了幽谷的精灵庇护所，在那里他尽情地安享晚年。因为除了在《去而复返》一书中所写的回忆录外，他还创作了大量的原创诗歌和一部重要的学术著作，即三卷本的《精灵语翻译》。

当魔戒之主索隆准备向全世界开战时，弗罗多·巴金斯已经成为了魔戒的持有者。3018年，巫师甘道夫来到弗罗多身边，把他带到幽谷，发起摧毁魔戒的任务。如果任务成功，至尊魔戒将被摧毁，世界将从索隆的暗影下被拯救出来。

于是，在幽谷成立了护戒同盟，其中八个人被选为持戒人弗罗多·巴金斯的同伴，以完成他的使命。其中三名成员也是霍比特人，他们的名气几乎和持戒者本人一样大。弗罗多的男仆山姆怀斯·甘姆吉就是其中之一。作为一个单纯而忠诚的灵魂，山姆怀斯不止一次地拯救了他的主人和任务本身，并一度成为了一个持戒人。

夏尔长官的继承人佩里格林·图克和雄鹿地的继承人梅里阿道克·白兰地鹿是护戒远征队的另外两个霍比特人。在探索的过程中，皮平和梅里（他们通常被这样称呼）都成为了刚铎的骑士。梅里还被任命为洛汗国王希奥顿的侍从，令所有人惊讶的是，在佩兰诺平原战场上，他与护盾少女伊奥温一起杀死了魔古尔的巫王。皮平，作为刚铎的守卫，与西方的首领们战斗，在黑门前的最后一场战斗中，他杀死了一个强大的食人妖。

梅里和皮平是他们种族历史上所有霍比特人当中个子最高的，因为他们在旅途中喝了恩特的食物——恩特饮料。所以他们比他们的人民高出许多，按照男子的标准，他们有四英尺半高。此外，梅里是一个霍比特人学者，参与批注编纂了《夏尔草药学》《年代记法》和《夏尔旧词与名称》。

弗罗多·巴金斯，成功完成了摧毁魔戒的任务，同时也是战争的主要历史学家，因为他编写了大部分的《西界红皮书》。他将这段历史命名为"指环王的堕落与王者归来"。然而，尽管这个谦逊而勇敢的霍比特人是他的种族中最高贵的人，但最终摧毁魔戒的不是弗罗多，而是另一个霍比特人，他的方式既没有经过考虑，也不是故意的。

这就是史麦戈·咕噜，唯一一个屈服于邪恶、作恶多端的霍比特人。在他所有的种族中，史麦戈·咕噜的故事是最为奇特的。因为，正如《魔戒》的历史所述，他曾经是一个斯图尔族的霍比特人，在第三纪元的 25 世纪，他住在金鸢尾沼地附近。在那里，史麦戈和他的堂兄狄戈首先发现了丢失的至尊魔戒，但史麦戈杀了狄戈，把那魔戒据为己有。魔戒的力量延长了他的生命，但同时也扭曲了他，使他面目全非。他的形体变得可怕：他靠吃肮脏的腐肉和魔戒的黑暗力量为生，他躲避光明，过着黑暗的生活。他住在黑暗的池塘边和深深的洞穴里。他的皮肤毛发都掉光了，变得又黑又湿，他的身体骨瘦如柴。他的头像一个骷髅，但他的眼睛却长得很大，像生长在海底深海鱼的眼睛一样鼓起来，但脸色苍白，视力很差。他的牙齿长得很长，就像奥克的尖牙一样，霍比特人特有的大脚变得又平又蹼。他的手臂变长，手掌变大，充满了邪恶的力量。

《西界红皮书》记载，咕噜（因为他发出的刺耳的喉音而得名）在迷雾山脉下的洞穴里居住了近五个世纪，直到 2941 年。然后，毫无疑问，霍比特人比尔博·巴金斯被自己无法理解的命运

图片：维拉猎人欧洛米的坐骑呐哈尔的后裔在中洲的历史中扮演了重要角色。最为著名的是埃尔达玛的精灵马和罗瓦尼安神奇的美亚拉斯。

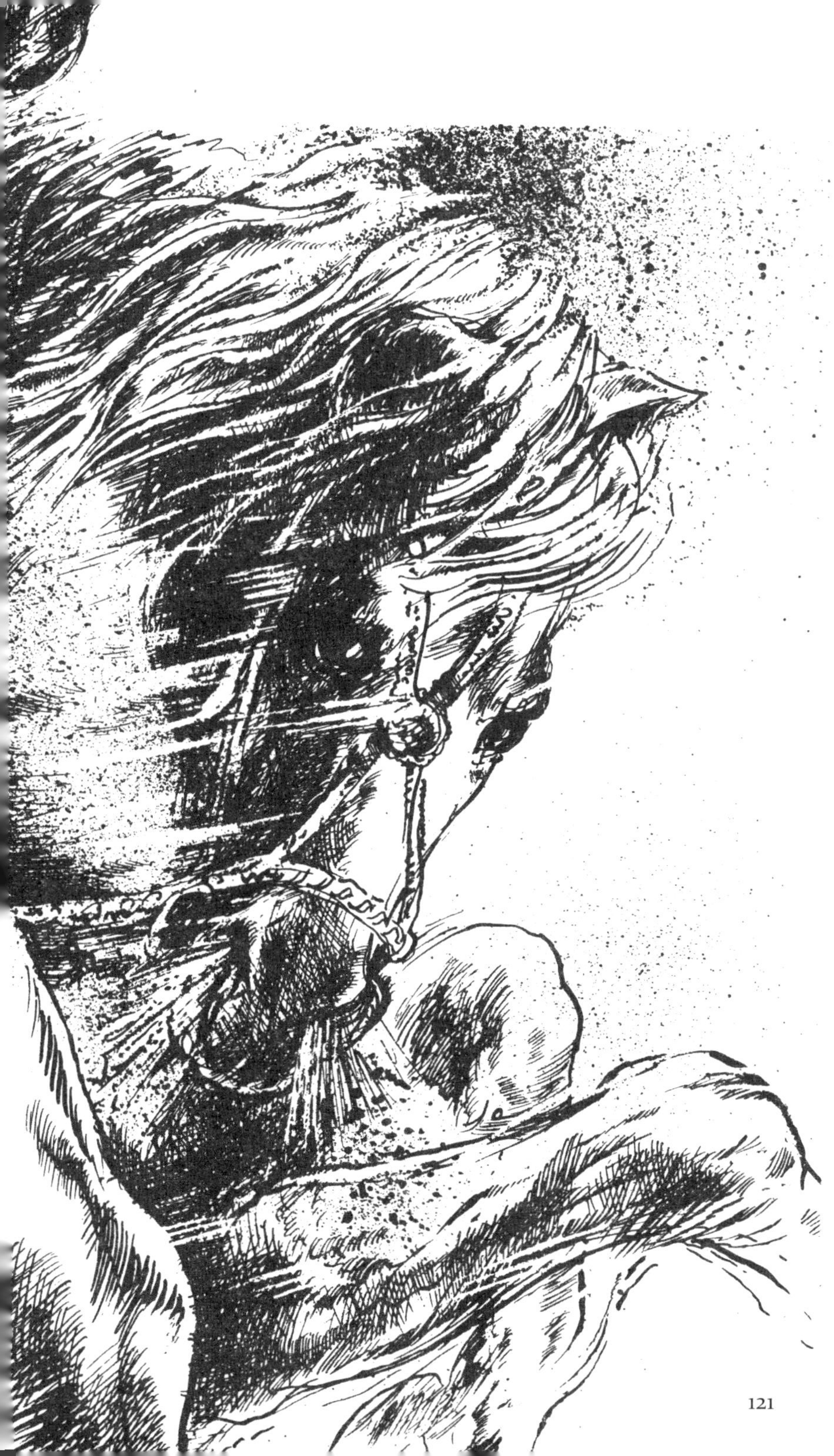

指引着,来到咕噜的洞穴,拿走了魔戒。比尔博把戒指传给了弗罗多·巴金斯,在戒指从他的手中消失的八十年里,咕噜从未停止过寻找它。最后,他自己也碰到了那个持戒人。有一段时间,弗罗多·巴金斯似乎能驯服咕噜,但咕噜的灵魂完全被邪恶征服了,他仍然是背信弃义的霍比特人。就这样,在作出决定的那一刻,当魔戒的力量在末日山上战胜善良的弗罗多·巴金斯时,咕噜扑了过来,在末日山口的边缘与他战斗。咕噜凭借他邪恶的力量赢得了魔戒,但他带着珍贵的战利品倒了下去,掉进了地底炽热的深处,至尊魔戒被摧毁了。世界就这样从永恒的黑暗的恐怖中被拯救出来,尽管霍比特人现在很少了,但在第四纪元的许多世纪里,他们生活在荣誉与和平之中,因为他们的人民在那场强大的战争中的所作所为为他们赢得了声誉。

大奥克(Hobgoblins)

现在人们给邪恶生物起的名字"哥布林"原来指的是中洲的奥克。奥克有很多种,其中最强大的是乌鲁克族:正常人类大小的生物,具有强大的力量和耐力;与大奥克这种邪恶生物相比个头更小,却更强壮,不怕光。大奥克通常是哥布林部落的残忍首领,他们在一支更大的军队中组成精锐的战斗部队。他们有时被称为大哥布林,尽管他们在古代的所作所为比现在邪恶得多。

霍尔比特兰(Holbytlan)

《西界红皮书》讲述了霍比特人的历史。其中一部分解释了"霍比特人"这个名字是如何从"霍尔比特兰"这个名字衍生而来的,霍尔比特兰在洛汗语中是"洞穴居民"的意思。

号角堡(Hornburg)

号角堡这座巨大的堡垒是刚铎人在第三纪元的第一个千年时间里,在白色山脉海尔姆深谷的号角岩上建造的。号角堡是海尔姆斯深谷庞大防御系统的核心,包括深谷防御墙和洞穴避难所阿格拉隆德,即"闪闪发光的洞穴"。在2758年,洛汗国王圣盔·锤手和他的人民保卫了号角堡,抵御了黑蛮地人的进攻。然而,这里发生过最大的冲突是号角堡之战,这是魔戒之战中决定性的战役之一。在这里,巫师萨茹曼的白手军团开始对抗号角堡的洛汗守军。黑蛮地人、奥克、半兽人、乌鲁克族组成了大军,尽管他们成功攻破了深谷防御墙工事,砸碎了要塞大门,洛汗人的骑兵奋力守卫着要塞高墙,把萨茹曼的大军赶到了深谷宽谷战场上,在那里,敌人被洛汗人的第二支军队所围困,这支军队有一批巨大胡恩树加持,也是在这个地方战斗结束了,萨茹曼的军队被摧毁了。

马(Horses)

阿尔达的历史中没有记载马是如何

被制造出来的，但是人们知道，维拉猎人欧洛米的坐骑呐哈尔是第一个进入这个世界的马。虽然所有的马都以呐哈尔为原型，但他是最强壮、最美丽的马。它的蹄子是金色的，它的毛白天是白色的，晚上是银色的。呐哈尔不知疲倦地在地球上飞行，就像最敏捷的鹰在空中飞行一样轻松。

人类和精灵根据他们的需要繁殖马匹，但据说更高贵的品种是呐哈尔的后裔，这些是埃尔达玛的精灵马，以及栖息于罗瓦尼安的名叫美亚拉斯的马。这些高贵的品种大部分是白色或银灰色的。他们寿命长，行动敏捷，能听懂精灵和人类的语言。

人类历史上最著名的高精灵马是诺多人带到中洲的，其中最著名的是洛哈洛尔，最为勇敢的诺多国王芬国盼的一匹战马，他在与敌人魔苟斯的那场注定要失败的决斗中骑着这匹战马。

在太阳的第三纪元，中洲最高贵的马是罗瓦尼安的野马，它们的名字叫美亚拉斯。在那个纪元的二十六世纪，洛汗骑士的第一位国王埃奥尔驯服了美亚拉斯，在许多世纪里，只有洛汗的国王和他的儿子们才能骑这些马。

在中洲的不同地方，还有其他品种的马，在那里，人类、精灵和其他一些种族——既有善良的，也有邪恶的——把它们投入了服务当中。许多从鲁恩和哈拉德而来的人骑着马或坐着马车来打仗。戒灵的马确实很可怕，但更可怕的是那些被带到魔多索隆领地的马。魔多的奥克经常在夜里来到洛汗人的马身边，把它们带到主人索隆那里。索隆扭曲了它们高贵的外形，目的是作恶。这样一匹战马就是巴拉督尔副官的坐骑，他就是被称为索隆之口的黑努门诺尔人。黑化后的战马又大又黑，但它扭曲的头好像一个大骷髅，鼻孔和眼睛里冒出红色的火焰。

胡安（Huan）

维拉的猎狼犬。猎人欧洛米的猎犬，胡安被送给了诺多王子凯勒巩。胡安和他的新主人一起去了贝烈瑞安德。由于他对精灵公主露西恩的爱，他不幸地陷入了对精灵宝钻争夺战当中。胡安一个接一个地杀死了托尔西瑞安的狼人，包括他们的先祖，强大的肇格路因，甚至成功地以狼的形态打败了索隆。最后，他打败了史上最大、最强壮的狼人卡哈洛斯，这只狼是由魔苟斯一手养大的。在随后的战斗中，胡安获胜，但他也被卡哈洛斯的毒牙咬中，受了致命伤。

悍马角（Hummerhorns）

据霍比特人的一首押韵诗记载，一种名为"悍马角"的有翼昆虫曾与一名骑士战斗过。这些凶猛的昆虫为何是巨大的，还是骑士属于某个矮小的种族，抑或这个故事是霍比特人幽默的产物，现在还不得而知。

胡奥恩（Huorns）

在阿尔达最古老的欧尔瓦当中，有一群从巨大的森林中被解放出来的自由自在的恩特，这些恩特是雅凡娜在巨灯时代所洒下的种子生长而来的。

它们平静地生长了许多年，但在中洲星光纪元的开端，树木中出现了伟大的精灵，它们被称为恩特，是树木的牧人。这些保护者的出现，是因为在那个时候，许多其他种族来到了这个世界上，雅凡娜担心森林会被摧毁。因此，在星光和阳光的照耀下，恩特一直在森林里行走。据说，随着时间的推移，有些恩特变得比以前更像树了，而有些古树则变得更像恩特，四肢更灵活了。像恩特一样，他们学会了说话的艺术。在太阳第三纪元开始的时候，除了树和恩特之外，还有一个种族叫胡奥恩。大多数情况下，胡奥恩就像深林中的一棵黑乎乎的树，盘根错节，纹丝不动，但却十分警惕。当他们被激怒时，他们迅速行动，就像被阴影笼罩着一样，以致命的、无情的力量扑向敌人。

魔戒战争讲述了胡奥恩如何与恩特一起，像一片巨大的森林，向艾森加德进军，以及在恩特范贡的指挥下，他们如何在号角堡战役中消灭了整个奥克军团。

然而，这些都是野生的森林精灵，一心要摧毁所有威胁森林的人。对所有用两条腿走路的人来说，它们都是危险的，除非这些旅行者受到恩特的保护，而这些胡奥恩的愤怒是令人不寒而栗的。

胡奥恩的族内成员古老而又郁郁寡欢，有些则铁石心肠、腐朽堕落。曾经，有一名有知觉的森林精灵居住在老林子的柳条河岸上。他就是那个柳恩特，有人叫他"柳树老头"。这片老林子是中洲最古老的森林的残存部分，柳树老头希望阻止任何进一步的入侵。他的歌声把整个老林子都迷住了，他把所有的旅行者都领到他的面前。

胡林（Hurin）

多松尼安的伊甸领主。胡林出生于第一纪元的第四世纪中叶，是伊甸领主加尔多的儿子。他娶了第一家族的墨玟为妻，生了三个孩子：图林、拉莱丝和妮涅尔。他个子不高，但体格强壮。462年，胡林的父亲在攻陷巴拉德艾塞尔精灵塔时被杀。在473年的泪雨之战中，胡林的兄弟胡奥连同所有的伊甸人卫队都被杀了，除了胡林，他在被俘虏之前杀死了七十个食人妖，并被带到了安格班。他忍受着可怕的折磨和欺骗，被囚禁在桑戈洛锥姆山坡上的一块岩石上长达28年。在他的儿子图林去世一年后，胡林无意间帮助魔苟斯找到了刚多林的位置。他过着受诅咒的生活，直到妻子死的那天才找到她。然后他去了纳国斯隆德的辛葛，在那里他杀死了小矮人密姆，因为密姆背叛了他的儿子。在那里，503年，迈雅族的美丽安在胡林离开人世之前，清除了魔苟斯在他身上所施加的令人痛苦的诅咒。

I、J、K

伊尔玛瑞（Ilmare）

瓦尔妲的侍女。伊尔玛瑞是最伟大的迈雅少女精灵，最受精灵们的喜爱。作为"星辰之后"瓦尔妲的侍女，她是星星的守护神灵。

伊尔玛林（Ilmarin）

伊尔玛林位于不死之地最高的山峰塔尼魁提尔山顶，意为"高空中的殿堂"，是维拉国王和王后——"风之主宰"曼威与"星辰之后"瓦尔妲的宫殿。在这里，那些被称为大鹰的侍从和使者奉曼威命令来来往往。在伊尔玛林巨大的圆顶大厅里，在奥林匹斯山的壮丽景色中，曼威和瓦尔妲坐在光彩照人的宝座上，从那里他们可以俯瞰阿尔达的每一寸土地。

伊姆拉希尔（Imrahil）

登丹人王国多阿姆洛斯的王子。魔戒战争期间，伊姆拉希尔王子是佩兰诺平原战场的勇士，暂时接管了刚铎白塔的统治。作为西部的一名队长，他在魔多的黑门前战斗。他的女儿洛希瑞尔公主嫁给了洛汗的国王伊奥梅尔。

英格威（Ingwe）

埃尔达玛的精灵国王。英格威是凡雅精灵的至高王，是第一个踏上不死之地的氏族。他们是第一批在埃尔达玛定居的精灵，尽管后来诺多和泰勒瑞族精灵也加入了他们的行列。在所有的精灵中，凡雅人最受曼威的喜爱，因此英格尔最终带领他的族人来到维林诺，他们在塔尼魁提尔的圣山脚下定居下来。

铁丘陵（Iron Hills）

在恶龙入侵迫使矮人们离开了富含黄金的灰色山脉之后，在第三纪元的2590年，由格罗尔率领的一部分人向东来到了罗瓦尼安，定居在了铁丘陵。铁丘陵的矮人参加了矮人和奥克的战争，事实上，在2799年阿扎努比扎战役的最后一场战役中，他们在莫瑞亚的城门处，在最后一刻给予敌人关键一击，粉碎了奥克军团。然后，在2941年，金龙斯毛格死后，一支由"铁足"戴因率领的矮人部队从铁丘陵赶来，帮助索林·橡木盾成功地保卫了埃瑞博山脚下的王国。在这场五军之战中，索林牺牲了。他的亲戚"铁足"戴因成为埃瑞博的国王，他的许多子民来到山下重新统治王国。

铁山脉（Iron Mountains）

在巨灯纪元，米尔寇进入中洲的北部，建造了一片覆盖着冰雪的高山。这些山就是铁山脉，在精灵语中叫作"埃瑞德恩格林"。铁山脉是米尔寇王国乌图姆诺堡垒的第一个防御工事，乌图姆诺堡垒建于东部。它还保护着他的安格班武器库，这是在黑暗时代建造的，在西方可以找到。这里发现了许多米尔寇最伟大的仆人：炎魔、吸血鬼、大蜘蛛、狼人和恶龙。米尔寇并不满足于最初设想的铁山的高度，他把桑戈洛锥姆火山作为安格班的主要防御工事。然而，这一切都是徒劳的，因为在太阳第一纪元的末期，在大决战中，桑戈洛锥姆、安格班和铁山脉都被摧毁了。铁山脉和其中所有的恶魔都被消灭了，最后沉入了大海。

艾森加德（Isengard）

艾森加德要塞位于迷雾山脉的南端，靠近艾森河的源头，在洛汗和艾森河渡口之间，居高临下。正是通过这一要塞，南北主路才在迷雾山脉和白色山脉之间打通。这座堡垒是刚铎在三纪元初建造的。这座堡垒的主要防御工事是一堵巨大的天然石墙，周围是一片平地。这道环形墙就是城堡的名字艾森加德，意思是"铁之环场"，上面有巨大的大门和额外的防御工事。然而，要塞的中心矗立着艾森加德之塔，由四根坚固的黑色石柱组成。这座塔有五百多英尺高，由于塔尖十分尖锐，所以被称为"欧尔桑克塔石塔"。艾森加德和欧尔桑克塔石塔藏着七颗帕蓝提尔宝石之一。到了第三个纪元，刚铎的势力逐渐衰落，艾森加德也被抛弃。在2700年左右，黑蛮地人占领了它，但在2759年被洛汗人赶了出去。在那个时候，巫师萨茹曼被刚铎的宰相授予了欧尔桑克塔石塔的钥匙和占领艾森加德的许可。在2963年，他开始加强它，并扩充由黑蛮地人、奥克、狼人和乌鲁克族组成的军队。在魔戒战争期间，萨茹曼在艾森加德建立起的强大军队在号角堡战役中被彻底摧毁，剩下的少数人也被消灭了，当时范贡森林的恩特袭击了艾森加德，他们徒手拆毁了艾森加德的城墙。由于无法完全摧毁艾森加德塔，恩特人在艾森河上筑起堤坝，河水吞没了艾森加德塔和所有的艾森加德工事，直到萨茹曼投降。魔戒战争结束后，恩特拆除了艾森加德的所有防御工事，种下了守望木，后来把这个地方叫做欧尔桑克塔树木庭院。

伊熙尔杜（Isildur）

登丹人，刚铎国王。在第二纪元3319年，努门诺尔人的王子伊熙尔杜、他的兄弟阿纳瑞安、他的父亲埃兰迪尔和他们的追随者，逃离了努门诺尔人灭亡的命运。在中洲，伊熙尔杜和阿纳瑞安在南方建立了佩拉基尔、米那斯伊希尔、米那斯阿诺尔和欧斯吉利亚斯，共同统治着刚铎。伊熙尔杜作为伊希利恩王，住在米那斯伊希尔，直到3429年索隆攻城。他逃到他父亲的北方阿尔诺王国，留下他的兄弟去保卫刚铎的其余部分。他在 3434 年返回，与精灵和人类组成的最后联盟在达戈拉德战役中摧毁了索隆的军队。然而，他的父亲和兄弟都在冲突中丧生。3441 年，伊熙尔杜终于战胜索隆，从索隆的手上砍下了至尊戒指。在这场胜利之后，伊熙尔杜屈服于至尊魔戒的力量，拒绝摧毁它。两年后，伊熙尔杜在金鸢尾沼地遭到了一群奥克的伏击。当他游过这条河的时候，他试图利用至尊魔戒的隐形能力把自己藏起来。然而，至尊魔戒从他的手指滑落到水中，奥克杀死了他。

伊斯塔尔（巫师）（Istari）

在太阳第三纪元过去了一千年之后，一艘精灵之船从西海中驶出，驶向灰港。船上有五个老人，留着长长的白胡子，披着各种颜色的斗篷，每个人都戴着一顶尖顶的高帽子，脚上穿着一双黑色的旅行靴，手里拿着一根长长的手杖。这些人就是伊斯塔尔，人们称他们

图片：伊斯塔尔，中洲的五个巫师。最伟大的两位是善良的巫师甘道夫和邪恶的巫师萨茹曼（如图）。萨茹曼在艾森加德建立了一个由奥克和人类组成的邪恶联盟。

为"巫师",他们的帽子和手杖是他们身份的标志。他们代表着一种秩序,彼此之间存在一种兄弟情谊,从不死之地到中洲;因为他们意识到,在人类的土地上,一种巨大的邪恶正在滋长。

虽然伊斯塔尔是秘密地、谦虚地来到这里的,但在他们到达中洲之前的最初,他们是力量十分强大的灵魂。他们是迈雅,是比世界本身更古老的灵魂,是永恒大厅里伊露维塔头的最初造物。然而,在中洲衰落的第三纪元,他们被禁止以迈雅的身份出现在中土大陆上。他们被限制以人类的形式出现,并且能力也被限制了。

尽管据说有五个伊斯塔尔来到了中洲,但其中两个在人类来到的西部地区的历史上却没有任何作用,因为据说其他的人都去了中洲的远东地区。这两个人就是"蓝袍巫师"伊斯林路因,虽然大家都知道他们在不死之地上被称为阿拉塔尔和帕蓝多,是由伟大的骑士维拉欧洛米挑选的,但对他们的生活和事迹却一无所知。

灰袍巫师甘道夫是伊斯塔尔里最著名、最受赞誉的人物,精灵们称他为"米斯兰迪尔";矮人称之为"沙库恩";南蛮子则称他为"因卡努斯"。作为一个迈雅,在不死之地上,他被称为"欧罗林",被认为是他的人民中最聪明的。那时他住在罗瑞恩花园里,罗瑞恩是"想象与梦境的主宰",他也经常到"哀叹者"涅娜的家里去。在维拉罗瑞恩花园里,在罗瑞恩的指导下,欧洛林多年来智慧不断增长。此外,涅娜在她的房子里,向外望着城墙,给他的智慧加上了悲天悯人的情怀和超越希望的坚忍不屈。

在所有的伊斯塔尔里,甘道夫被认为是最伟大的,因为凭借他的智慧,中洲的自由民族战胜了希望奴役他们的黑暗魔君索隆。甘道夫在灰港之主奇尔丹赠与他的精灵三戒之一的"火之戒"能雅的帮助下,甘道夫能让人类变得勇敢坚韧。在甘道夫的鼓动下,恶龙斯毛格被杀死了,五军之战、号角堡战役和佩兰诺平原战役都取得了胜利。只靠甘道夫一个人的力量,莫瑞亚的炎魔就被消灭了。然而,他最伟大的成就是发现了那枚至尊魔戒,并指引持戒者前往毁灭它的地方。就这样,魔戒被毁掉了,索隆和他所有的奴仆以及他所有的王国都被彻底毁灭了。甘道夫在中洲的使命就是在这一刻完成的,所以第三纪元随着甘道夫的离去前往不死之地而结束。

另一个伊斯塔尔是"褐袍"拉达加斯特,他住在安都因谷地的罗斯戈贝尔。他在圣白议会中扮演了一个角色,这个组织是为了反抗索隆而成立的,但他最关心的似乎是中洲的凯尔瓦(动物)和欧尔瓦(植物),而在当时的编年史上几乎没有提到他。在草药和兽类方面,他比任何人都聪明,因为他的精灵语名字叫"爱温迪尔"(意为"爱鸟者"),他是忠于大地女王雅凡娜的精灵。据说他会说许多种鸟类的语言。就连幽暗密林的贝奥尼族和林中居民,以及范贡森林强大的恩特守护者,也对"褐袍"拉达加斯特的智慧肃然起敬,因为在森林中，他是无人能及的。

伊斯塔尔的最后一个是"白袍"萨茹曼，精灵们称他为"库茹尼尔"，意为"身负巧艺之人"。当伊斯塔尔成立的时候，萨茹曼被认为是该组织中最伟大的迈雅。几个世纪以来，萨茹曼游荡在中洲，急切地想消灭黑暗魔王索隆，但过了一段时间，他变得骄傲起来，渴望拥有自己的权力。2759年，萨茹曼来到艾森加德，刚铎的统治者贝伦把欧尔桑克塔塔的钥匙给了他，因为人们认为伊斯塔尔会帮助刚铎人和洛汗人对抗奥克、东夷人和黑蛮地人。然而，萨茹曼在那里组建了一支强大的邪恶军队，召集了奥克军团和乌鲁克族、奥克和黑蛮地人。在艾森加德，他实施着暴政，他黑色的军队旗帜上有一只幽灵般的白色的手。他变得傲慢且愚蠢，落入索隆的圈套，索隆掌握的魔法远比他强大。因此，前来消灭黑暗魔君的最伟大的伊斯塔尔成了他的一个代理人。然而，萨茹曼的力量却被恩特的愤怒、洛汗人和胡恩一族的英勇以及甘道夫的智慧所毁灭。艾森加德被恩特摧毁，他的军队被洛汗人和胡恩消灭，他的手杖被折断，他的魔法被甘道夫夺走。萨茹曼变得如此堕落，以至于在他失败之后，他开始在夏尔这个小小的领地里寻求小小的报复，那里居住着霍比特人，他那个头最小的敌人。在这里，萨茹曼为了获得统治权，被霍比特人打败，被自己的仆人"佞舌"格里玛杀死。萨茹曼死后，他的身体萎缩，失去了形体。它很快就变成了裹在破旧斗篷里的尸骸，萨茹曼的

尸体周围凝聚起一股灰雾，像火冒的烟一样缓缓上升到高空。据说，有那么一会儿，萨茹曼的迈雅灵魂以灰色形体的方式停留在他的遗体上，但一阵风吹来，它便消失了。

凯尔瓦（Kelvar）

在精灵和人类来到这个世界之前，所有的东西都被叫做凯尔瓦或者欧尔瓦。凯尔瓦是移动的动物和生物的总称，欧尔瓦是生长并扎根于大地的生物的总称。凯尔瓦被赋予了敏捷的脚步和敏锐的思维，他们可以用这些来躲避毁灭，而欧尔瓦则被赋予了强大的守护灵魂。

可哈穆尔（Khamul）

那兹古尔，戒灵。可哈穆尔是一位东部的国王，在索隆的影响下，他在太阳第二纪元一并得到了人类九戒之一。有时被他称为"黑东夷人"或"东方魔影"，可哈穆尔是仅次于巫王级别的那兹古尔。他为索隆而战，直到魔戒之主在第二纪元末被推翻。在第三纪元，可哈穆尔似乎从1100年起就是幽暗密林的索隆副官。当然，在2951年后，可哈穆尔成为了多尔哥尔的领主。在摧毁魔戒的任务中，可哈穆尔就是那个进入霍比屯，然后追赶弗罗多·巴金斯，差点在雄鹿镇渡口抓住他的黑暗骑士。通过魔戒战争，戒灵给索隆的敌人带来了深深的绝望。在佩兰诺平原战役中，巫王被消灭后，可哈穆尔成为了戒灵的新

队长。可哈穆尔是八名幸存的戒灵之一，他们骑着有翼兽在黑门前投入战斗。然而，他们所有的邪恶力量都化为乌有，因为一旦魔戒在末日山的岩浆中被摧毁，索隆的整个帝国就消失了。"黑东夷人""东方魔影"以及其他的戒灵部队被永远地送进了黑暗中。

可汗德（Khand）

在魔多的东南方有一片蛮荒之地，名叫可汗德，在第三纪元时，它与指环王索隆结盟。尽管对这片土地所知甚少，但人们都知道这里的居民是凶猛的战士，他们被称为瓦里亚格人，他们与东夷人和南蛮子长期受索隆的邪念的影响，经常奉索隆之命来到刚铎土地上作战。1944年，来自可汗德的瓦里亚格人和南蛮子联合起来发动战争，但在波罗斯河渡口战役中被刚铎军队击败。一千多年后，在魔戒战争期间，瓦里亚格人再次出现，首先是在魔古尔巫王的命令下来到佩兰诺平原，然后在索隆的命令下来到黑门。这两场战争都以可汗德人的失败而告终，在第四纪元，他们被迫向埃莱萨国王求和，并与邻国和平相处。

卡扎德人（矮人）（Khazad）

在山区的心脏地带，铁匠奥力创造了一个自称"卡扎德人"的种族。这些人，被人类和精灵称为"矮人"，强壮而骄傲，但他们也是一个发育不良、一点儿不可爱的种族。然而，矮人是世界上最具天赋的石匠和石雕师，他们的宏伟大厅和矗立于山下的雕刻品被认为是中洲最伟大的奇迹之一。他们最著名的居所是卡扎督姆王国，在太阳第三纪元被称为莫瑞亚。

卡扎督姆（Khazad-dum）

最古老最著名的矮人王国名为"卡扎督姆"，意为"卡扎德人的城邦"，矮人七祖之一，"不死者"都灵一世的故乡。都灵在迷雾山脉东侧美丽的阿扎努比扎山谷上方发现了天然洞穴，于是开始了卡扎督姆的开凿工事。卡扎督姆的矮人们经历了五个星辰纪元和三个太阳纪元的繁荣，他们在迷雾山脉的西侧挖出了一个洞穴网络。在贝烈瑞安德被摧毁之后，许多矮人从诺格罗德和贝烈戈斯特的废墟中逃到了卡扎督姆，那里的人口不断增长，当一种叫做秘银的稀有而神奇的金属在矿里被发现时，那里的财富也随之增加。在太阳第二纪元，这些矮人与埃瑞吉安的精灵工匠有着长久的友谊，他们铸造了魔戒。但在索隆被诅咒的第二世纪统治时期，矮人们关闭了通往世界的大门，从而避免了索隆与精灵的战争以及精灵与人类的最后联盟所带来的战争灾难。在这个时候，卡扎督姆第被重新命名为"莫瑞亚"，意为"黑暗深渊"，然而矮人仍然在迷雾山脉下开采和锻造，直到第三纪元的1980年。那一年，矮人们在卡拉兹拉斯山下挖得太深了，一个被埋在地下的炎魔被释放出来，出现在卡扎督姆的大厅里。炎魔的力量和愤怒是十分可怕，矮人不是被杀，就是被赶出他们的王国。当护戒同盟在第三世纪末期进入莫瑞亚时，那是一个黑暗的深渊，矮人们早已抛弃了它。它的财富已经被奥克部落掠夺一空，在它贫瘠的走廊上，仍然有炎魔、许多奥克和食人妖在游荡。然而，在莫瑞亚马扎布尔大厅里，都灵石桥与无尽阶梯上，经过一系列打斗之后，巫师甘道夫终于打败了炎魔，结束了其在莫瑞亚的统治，将其从位于齐拉克-齐吉尔山顶的都灵塔塔顶丢了下去。

奇力（Kili）

奇力是第三纪元2941年矮人索林孤山远征队的成员之一。这次探险最终导致了恶龙斯毛格的死亡以及山下矮人王国埃瑞博的重建。奇力是索林的妹妹狄丝的儿子，对他叔叔非常忠诚。奇力和他的兄弟菲力都是在保卫索林·橡木盾的五军之战中阵亡的。

阿拉武的野牛（Kine of Araw）

生活在森林和田野里的动物中，有许多是维拉骑士欧洛米带到中洲来的。这些动物中的一个品种被刚铎人称为阿拉武的野牛（阿拉武是欧洛米的辛达语名字）。这些牛是传说中生活在鲁恩内海附近的野生白牛。他们的长角非常珍贵。在刚铎，一个这样的牛角被第一个执政宰相"猎人"沃隆迪尔制成了一个银色的坐骑狩猎号角，这是传家宝，叫做"宰相号角"，在魔戒战争中被摧毁了。

国王之翼（Kingsfoil）

在沦陷的努门诺尔人的土地上，有一种草药被带到中洲，在很长一段时间里，它被用作一种简单的民间疗法，治疗轻微的头部和身体疼痛。在灰精灵的语言中，它被命名为"阿塞拉斯"，但人们称它为"国王之翼"，因为他们的传说讲述了它在努门诺尔国王手中具有神奇的治疗作用。

奇林克（Kirinki）

在努门诺尔的土地上，住着一只鹪鹩大小的小鸟，身上覆盖着鲜红的羽毛，天生就有一副美妙的嗓子。这种鸟叫"奇林克"。

海妖（Kraken）

根据最古老的传说，米尔寇，那个最邪恶的力量，在他中洲的乌图姆诺王国孕育了许多可怕的生物，在瓦尔妲重新点亮星光之前的黑暗时代，这些生物都没有名字。在接下来的年代里，这些在陆地上和黑暗的水域中活动的生物对那些和平生活的人来说是一种祸害。

某些米尔寇创造的邪恶生物，甚至在太阳第三纪元依然存活，这些生物在充满混沌能量的地底深处、深海里自远古时代开始就处于休眠状态。《西界红

皮书》中说，在矮人的莫瑞亚王国，当一只浑身烈焰的炎魔被释放时，另一只就会从大山下面的黑暗水域中出现。这是一只巨大的海妖，有许多触须，巨大的海妖身上有一层黏糊糊的光泽。它泛着绿光，从它那肮脏的躯体里散发出一股墨色的臭气。它像一群蛇一样躺在山下的黑暗水域里。水从莫瑞亚西门流出，流到西栏农溪的清澈处。在那里，它在河床上筑起一道长城，为自己造了一个黑色的水池，丑陋而寂静。海妖是西门的守卫者，没有人毫发无损地通过。因此，在《马扎布尔之书》中，它被称为"水中监视者"。在摧毁魔戒的任务过程中，护戒同盟唤醒了这个邪恶的存在，他们设法逃到了莫瑞亚。

库德都坎（霍比特人）(Kud-Dukan)

在中洲的每一块土地上，被人类称为"霍比特人"的半身人，根据不同民族的语言有着不同的名字。洛汗人称霍比特人为"库德都坎"，意为"洞穴居民"，根据这个词根，人们认为，在太阳第三纪元后半期，夏尔的霍比特人和不理的人类都普遍使用了"库都克"这个讨厌的词。

L

莱昆迪（Laiquendi）

精灵的三个部族于中洲东部苏醒，并且前往西方，寻找永恒的圣辉，但是在其中有许多人，出于对中洲的爱或恐惧旅程的危险程度，放弃了对圣辉的追求，因此他们从来没有到过不死之地。南多精灵，作为泰勒瑞族精灵的分支，就是其中之一。

德内梭尔，南多精灵王兰威的儿子，在太阳纪元之前聚集了许多南多精灵，带领他们从埃利阿多的旷野前往贝烈瑞安德，在那里，他们受到了来自灰精灵的欢迎，并且灰精灵给予他们保护和许多钢铁以及黄金作为礼物。还在那里赐给他们一块地——位于贝烈瑞安德南部的"七河之地"欧西瑞安德。在那里，南多精灵被重新命名为"莱昆迪"，即绿精灵，因为他们的衣服是绿色的，可以保护他们不被敌人发现，也因为他们对所有绿色和正在生长的东西的热爱和认知。他们仅次于树木的牧人——恩特，作为森林欧尔瓦以及凯尔瓦的保护者，莱昆迪从不猎杀林地的动物。

有一段时间，他们又成了幸福的民族，因为在那些日子里，没有邪恶的生物敢进入贝烈瑞安德。莱昆迪像夜莺一样在树林里歌唱，他们照料着森林，仿佛这是一个巨大的花园。他们唱歌婉转动听，且日复一日，因为当他们来到这片欧西瑞安德这片土地时，诺多重新将它命名为"林顿"，在昆雅语中意为"音乐之地"。至此这片土地都被称为林顿，即使在大决战之后，贝烈瑞安德沉入大海，这一小部分土地幸存下来之后也是如此。

米尔寇被释放之后，他带着无尽的邪恶卷土重来，来到中洲，根据《精灵宝钻征战史》的相关描述。米尔寇军队的奥克、食人妖和狼人出现了，发动了贝烈瑞安德的第一场大战。尽管灰精灵和莱昆迪战胜了在欧西瑞安德的阿蒙埃瑞布的邪恶军队，莱昆迪领主德内梭尔还是被杀了。他的百姓甚是忧伤，不肯再立新王。他们发誓再也不与敌人公开交战，而是躲在森林里，在那里他们可以用飞镖和箭矢伏击敌人。

从那以后，莱昆迪践行着这个誓言，成为了一个部落民族，他们的敌人受到了骚扰，却又无法击败他们，因为他们没有建立任何敌人可以发现并摧毁的城市。这些人就像树上的风，只闻其声，未见其人。随着时间的推移，在第四次和第五次贝烈瑞安德战役的灾难性破坏之后，许多诺多和伊甸人进入莱昆迪精灵的领地，躲避他们的敌人，从他们那里学到了很多林地的传说。

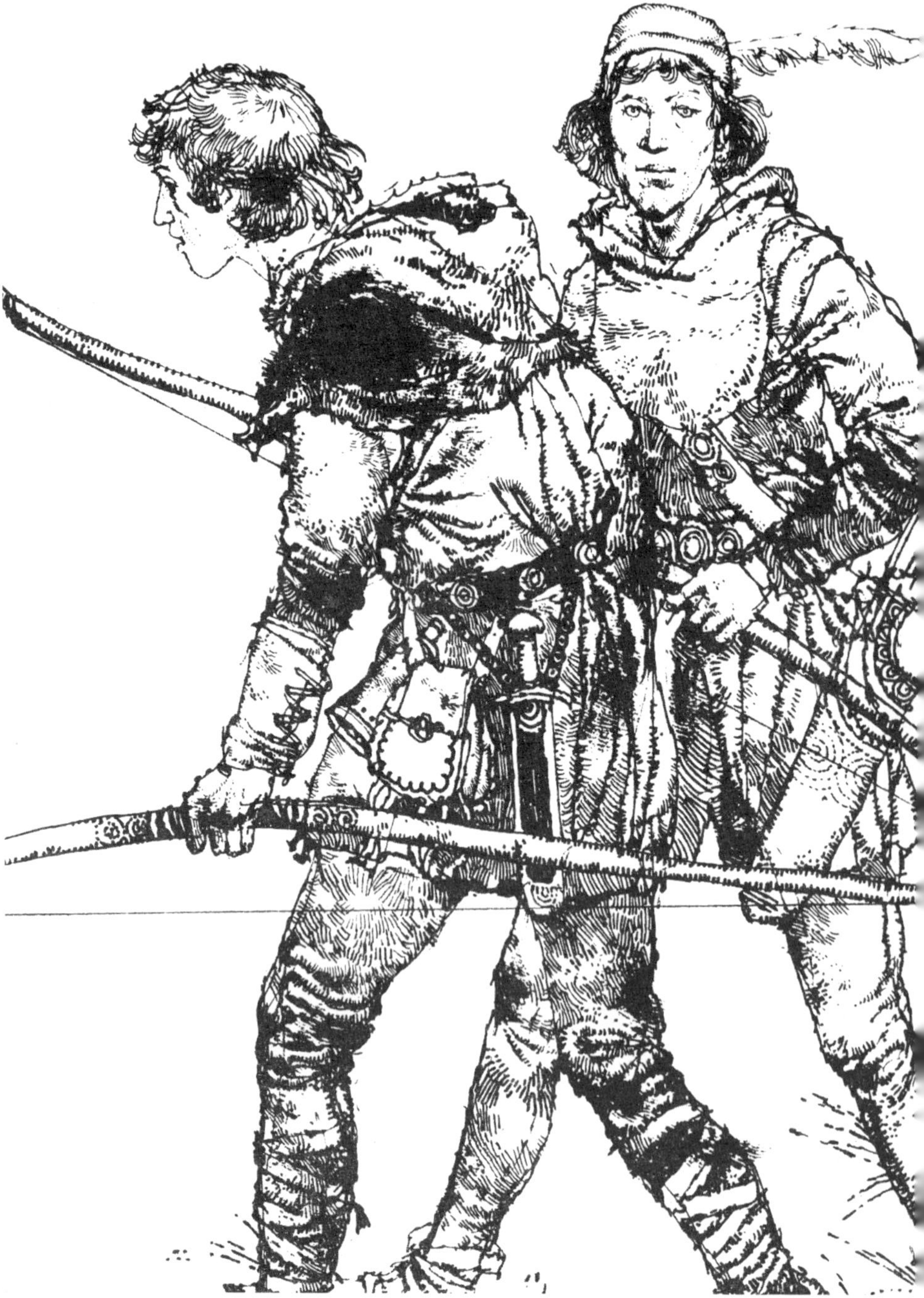

图片：莱昆迪：欧西瑞安德（被称为"音乐之地"林顿）的绿精灵，总是身着绿服，莱昆迪是森林中所有生物的守护者，在林地方面的知识比其他精灵更为渊博。

莱瑞洛雪（Lairelosse）

在努门诺尔沦陷的土地上，在西部林地安督斯塔，有一块地方布满了许多芳香四溢的常青树，被称为"尼西姆阿勒达"。在那里生长的许多树木中，有一种芳香的常青树，叫作"莱瑞洛雪"，意思是"夏日的雪白"，是埃尔达精灵从埃瑞西亚岛带到努门诺尔来的。

长湖人（Lake Men）

在幽暗密林和铁山脉之间有一个名为"长湖"的湖泊和长湖镇城（长湖镇）。在太阳第三纪元，长湖人就是在这里生活的。这都是些北方人，从前在长湖上和奔流河上作过商人。他们通过与幽暗密林里的森林王国的精灵和埃瑞博的矮人们进行贸易而变得富有。

长湖镇建在通往湖底的塔上，小镇和湖岸之间有一座木桥。然而，这对长着翅膀的火龙斯毛格来说，这种防护根本不值一提，斯毛格于2770年来到了埃瑞博。2941年，斯毛格袭击了长湖镇，尽管河谷城的"弓箭手巴德"的杀死了巨龙，但这座城市还是被毁了。然而，长湖人却被从饥荒中被拯救了，因为他们用斯毛格霸占的财宝中的一部分重建了城镇。

掌管长湖人的人被称为"长湖镇的镇长"，是通过选举产生的。在斯毛格被杀的那段时间里，镇长是个懦弱而腐败的人，但后来又有了一位新的镇长，群众公认的诚实而明智，于是长湖人又重新繁荣起来。

蓝德洛瓦（Landroval）

迷雾山脉的大鹰。蓝德洛瓦尔是"风王"迷雾山脉鹰王格怀希尔的兄弟。蓝德洛瓦和他的兄弟是第三纪元最大的大鹰，他们经常帮助自由民族对抗索隆的邪恶女仆。蓝德洛瓦和格怀希尔一起飞行，经历了许多冒险，值得大书特书的是五军之战和魔多黑门之战。在毁灭了至尊魔戒之后，蓝德洛瓦和格怀希尔把弗罗多·巴金斯和山姆怀斯·甘姆吉从末日山斜坡上炽热的熔岩流中救了出来。

劳琳魁（Laurinque）

在努门诺尔西南部的哈尔洛斯塔，曾经有一棵名叫"劳琳魁"的金花树盛开。它的花朵很长一串挂在树枝上，因其美丽而深受喜爱，它的木材也被强大的努门诺尔海王们所重视，因为它为他们的船只提供了优质的木材。

树叶王（Leaflock）

范贡森林的恩特。"树叶王"是西部语中对在魔戒战争期间，仍然活跃于中土大陆的三名最为古老的恩特之一的称呼。树叶王在精灵语中的称呼为"芬格拉斯"。在第三纪元末，他陷入了休眠，几乎没怎么走动，真的像棵树一样。

莱戈拉斯（Legolas）

森林王国的精灵王子。莱戈拉斯（他的名字的意思是"绿叶"）是幽暗密林北部森林王国的国王瑟兰杜伊的儿子。在太阳第三纪元 3019 年，莱戈拉斯成为了护戒同盟的一员。他那敏锐的精灵之眼、在森林里的技巧，以及致命的弓，都证明了他在他们的许多冒险中对护戒同盟有极大的价值。波洛米尔死后，护戒同盟兵分两路，莱戈拉斯继续与矮人吉姆利和阿拉贡在号角堡战役中战斗。

三个人骑马穿过亡者之路，到佩拉基尔去搭乘海盗船，然后继续驶向佩兰诺平原战场。战争结束后，莱戈拉斯在伊希利恩建立了森林精灵的聚居地。在

莱戈拉斯：辛达精灵，加入了护戒同盟，在魔戒战争中与朋友矮人吉姆利一同奋勇作战。他在伊希利恩建立了一处精灵居所，但是随后他便乘船前往不死之地了。

第四纪元 120 年，阿拉贡去世后，莱戈拉斯和他的矮人朋友吉姆利一起乘船前往不死之地。

光明精灵（Light Elves）

精灵大迁徙的故事讲述了凡雅、诺多和泰勒瑞族部族里的大多数精灵是如何在维拉的双树纪元到达不死之地的海岸。他们住在埃尔达玛，师从阿尔达的维拉和他们的子民迈雅。精灵们变得聪明而高贵，学会了许多技能：制造珠宝和贵重金属，建造宏伟的城市，以及最好的音乐和语言艺术。这些人被称为光明精灵，因为他们的身体和精神都闪耀着光芒，而且，在生活在这个世界上的所有民族中，他们被认为是最美丽的。

林达（Lindar）

据《爱努大乐章》中记载，世界上所有的事物都来自爱努所吟唱的音乐的宏大主题。精灵是所有生物中最美丽的，他们的歌声几乎可以与美妙的音乐相媲美。在精灵中，最为生动的歌手是泰勒瑞族精灵，他们不知疲倦地聆听着河水拍打河岸和海岸的声音，她们的声音也因此变得流畅、细腻而有力。因为他们擅长唱歌，所以他们有时被称为"林达"，意为"歌者"。

林顿（Lindon）

在大决战之后，安格班王国覆灭，贝烈瑞安德沉入了西海，只剩下一小部分土地残存了下来。这便是欧西瑞安德的一部分，地处蓝色山脉西边，叫做林顿。它的名字意为"音乐之地"，因为以歌唱而闻名的莱昆迪精灵从很早以前就把这些林地当成了自己的家。到了第二纪元，林顿已经是一个狭窄的沿海地区，位于埃利阿多西部蓝色山脉的西部。林顿和蓝色山脉都被舒恩湾的大裂口一分为二。北部是佛林顿，港口佛泷德便坐落于此；南部是哈林顿，有哈泷港。然而，最重要的城市和港口是米斯泷德，也称"灰港"，位于半月形海湾内。作为唯一幸存下来的贝烈瑞安德的土地，这座城市对精灵来说尤为重要。从第二纪元开始，吉尔-加拉德，中洲诺多的最后一位至尊王，统治了林顿；而奇尔丹，法拉斯民的领袖，则成为灰港的主人。在第二纪元 1697 年精灵工匠被消灭，索隆和精灵战争爆发后，努门诺尔人派了一支舰队到林顿，帮助吉尔-加拉德将索隆从埃利阿多赶走。然而，在第二纪元末期，吉尔-加拉德不得不再次策马离开林顿，率领精灵与人类最后联盟的军队，与索隆在魔多交战。虽然魔多的军队被消灭了，吉尔-加拉德还是被杀了。林顿不再推举下一个至尊王，林顿精灵以奇尔丹统治的灰港为家。在第三纪元，林顿的精灵人口锐减，越来越多的精灵乘坐魔法白船前往不死之地的埃尔达玛。然而，奇尔丹不时地向登丹人提供力所能及的帮助，在佛诺斯特之战中，林顿的精灵们扭转了战局，最终推翻了安格玛巫王的统治。

林顿在魔戒战争中幸存下来，随着高等精灵们一个接一个地离开灰港，他和中洲的所有精灵王国在第四纪元逐渐衰落。最后，奇尔丹亲自召集最后一批人，登上最后一艘船，向西航行，越过大海，到达不死之地。

利斯苏因（Lissuin）

许多中洲最美丽的花朵都是埃尔达玛的高等精灵们从不死之地的海岸带来的礼物。

芬芳沁人心脾的利斯苏因便是其中之一，努门诺尔人的历史讲述了托尔埃瑞西亚岛的精灵们是如何把利斯苏因和金色小花埃拉诺带进人类的土地上。这两种花一种因为它的香味，一朵因为它的颜色而被编成花环，结婚宴会上被当作花冠戴在头上。

小种人（霍比特人）（Little Folk）

霍比特人被认为是太阳第三纪元里中洲上最小的民族。他们的身高在两到四英尺之间，虽然行动敏捷，但他们的力气远远不及矮人。人类和精灵都经常称他们为"小种人"。

罗美林迪（夜莺）（Lomelindi）

在精灵们听来，阿尔达会唱歌的鸟类中最为生动的是罗美林迪，精灵们把它们叫做"蒂诺维尔"，人类把它们叫做"夜莺"。这些美丽生灵的名字被编织在许多故事中，最美丽的精灵之女——美丽安、露西恩和埃尔汶——的声音被比作夜莺的歌声。

罗瑞尔林（Lorellin）

在众神之国的维林诺，有一座花园，其主人是"梦境主宰"维拉伊尔牟，在那个巨大的花园里，是一个叫罗瑞林的湖。罗瑞林被这美丽的花园所环绕，还有坐落在波光粼粼的湖水中间，水雾缭绕、树木繁茂的埃丝缇岛，被认为是阿尔达岛上最美丽的湖泊。

罗瑞恩（Lorien）

在太阳的第二和第三纪元，在迷雾山脉以东的金色森林里的精灵王国经常被称为罗瑞恩，但它的真名是洛丝罗瑞恩，它的历史就是用这个名字来讲述的。真正的罗瑞恩是一个古老得多的地方，位于不死之地。罗瑞恩意为"梦境"，是一个巨大而美丽的花园，在维林诺南部，维拉、迈雅和埃尔达精灵都前来此地，让身心获得些许休息。伊尔牟，他常自称"罗瑞恩"，是"梦境的主宰"，是这座花园的主人。这是一处宁静祥和的地方，到处是银树和鲜花。水晶喷泉的泉水神奇地使所有来访的维拉和埃尔达精灵恢复了活力。在这花园里最美丽的是湖泊罗瑞林，它波光粼粼、树木环绕、水雾缭绕，是他和他的妻子维拉"医者"埃丝缇的家园，埃丝缇能让那些遭受苦难的人暂时卸下重担。罗瑞恩的哥哥是曼督斯，灵魂的主宰，他的妹妹是哀叹者涅娜。

洛斯索斯人（Lossoth）

在西境北部的佛洛赫尔地区住着一个叫洛斯索斯人的民族，他们生活在太阳第三纪元。他们是一个与世隔绝、爱好和平的民族，对中洲所有好战的人都很警惕。在人类的共同语言中，他们被称为"佛洛赫尔的雪人"，据说他们是来自北荒地的佛洛威治。

洛斯索斯人都是些没有什么世俗知识的穷人，但他们在自己寒冷的土地上却很有智慧。他们用雪建造自己的家园，他们驾着雪橇和骨制的冰鞋，穿越冰原，狩猎皮毛浓密的动物，用它们毛皮来制作衣服。据说洛斯索斯人可以通过风的气味来预测天气。

洛丝罗瑞恩（Lothlorien）

在中洲太阳第三纪元，最美丽的精灵王国就在莫瑞亚城门外迷雾山脉以东的金色森林里。它被称为"洛丝罗瑞恩"，意为"鲜花盛开的梦境"，也被称为罗瑞恩，意为"梦境"劳瑞林多瑞南，"黄金歌咏之谷"。

在这片树木繁茂的土地上，生长着金叶银皮的瑂珑。是中洲的最高和最美的树，在瑂珑的枝干上，洛丝罗瑞恩的精灵，也被称为"加拉兹民"或"大树子民"，建造了家园，称为"塔蓝"或"弗莱特"。在很大程度上，加拉兹民几乎是无法被看见的，因为他们穿着灰精灵披风，在高大的树枝间走动，身上具有变色龙般的魔力。洛丝罗瑞恩由诺多女王加拉德瑞尔和辛达国王凯勒博恩统治，古代埃尔达王国的部分辉煌可以在这个王国里略窥一二。洛丝罗瑞恩有一座伟大的城市宫殿，名叫卡拉斯加拉松，"树之城"。这是一个皇家大厅，建在一座高山上，山上有树林里最高的瑂珑。这座山有围墙，有大门，周围还有许多大树。洛丝罗瑞恩以已经沦陷的贝烈瑞安德中灰精灵王国多瑞亚斯为参考，同样受到强大魔法的保护。加拉德瑞尔是中洲现存的最高等级的埃尔达精灵，凭借她的金刚石与水之戒能雅，她在洛丝罗瑞恩周围施放了一种保护咒，这样敌人就不能进入洛斯洛林，索隆就看不见它了。在第三纪元的几乎所有岁月里，洛丝罗瑞恩都远离了中洲其他民族的斗争，但在这个时代的最后几年里，护戒同盟进入了王国。他们逃离索隆的奴仆的追杀，找到了休息和庇护所，加拉德瑞尔女王赐予他们神奇的礼物，恢复了他们的力量和意志。

在魔戒战争期间，洛丝罗瑞恩三次被幽暗密林多古尔都的索隆和他的奴仆袭击。这些都被部队被赶走了，在魔多陷落之后，洛丝罗瑞恩的精灵摧毁了多古尔都，并将幽暗密林改名为"绿叶之林"。在第四纪元早期，加拉德瑞尔离开中洲前往不死之地，凯勒博恩带领大量的加拉兹民来到绿叶林，建立了东罗瑞恩。黄金森林的洛丝罗瑞恩被逐渐抛弃，它周围的魔法光晕也逐渐黯淡。

露西恩(Luthien)

多瑞亚斯精灵公主。露西恩是辛达灰精灵国王辛葛和迈雅族的美丽安的女儿。她出生在星光纪元,被认为是所有种族中最美丽的少女。第一纪元465年,她遇到了人类英雄,伊甸人贝伦,两人坠入爱河。辛葛国王不同意,并给贝伦安排了一项不可能完成的任务:精灵宝钻任务。尽管路途艰险,露西恩也一并参加了这一任务。在维拉猎犬胡安的帮助下,她战胜了狼人岛上的索隆,将贝伦从地牢中解救了出来。然后她继续与贝伦一起到达安格班,她施法的法术允许贝伦从魔苟斯的铁皇冠上挖下精灵宝钻。虽然最终完成了任务,但贝伦却为此付出了生命。露西恩心里充满了悔恨,脸色苍白,一命呜呼。然而,当她站在灵魂的主宰曼督斯面前时,她唱了一首悲伤的歌,心怀怜悯的曼多斯给了这对夫妇第二次生命。露西恩最终与贝伦结合,不久便生下了他们唯一的孩子迪奥。这对恋人在欧西瑞安德又平静地生活了四十年,直到他们得到了第二次,也是最后一次的死亡。

M

迈雅（Maiar）

当世界初创，"圣者"爱努，从无尽时间大厅出现，进入这个新世界。在无尽时间大厅里，爱努没有形态，也没有形状，但在世界范围内，他们有许多不同的形式。这些人都是阿尔达的力量化身，其中最强大的是维拉，共有15人。力量稍弱的爱努名为"迈雅"，他们是维拉的侍从。虽然在不死之地上有很多迈雅，但在人类的历史上却很少被提及，因为他们关心的很少是人类的土地和人类的事情，而是不死之地的维拉。

最强大的迈雅是"风之王"埃昂威，曼威的使者。埃昂威在战场上所表现出的力量甚至能与维拉匹敌。他吹出的号角声使一切仇敌闻风丧胆，因为维拉之主会随着这声音而来。正是他教会了伊甸人伟大的智慧和知识。伊尔玛瑞从夜空中投下她的光之矛，她是迈雅侍女的首领。她也是掌管天空的"星辰之后"瓦尔妲的侍女。

阿瑞恩，火精灵，曾是维林诺瓦娜花园中的迈雅，最受人类崇拜。正是她驾驶着太阳之船，因为，正如《日月之歌》所描述的，太阳是维拉金色圣树劳瑞林的最后果实，它被放置在一个由奥力塑造的巨大容器中，然后被曼威神圣化，然后被阿瑞恩带到了天空中。

白天阿瑞恩驾驶太阳之船，夜晚则是提理安驾驶月亮之船。提理安曾经是欧洛米麾下的一个迈雅猎手，但现在他扛着装有月亮的容器，月亮是维林诺银色圣树泰尔佩瑞安所结出的最后一枚果实。

所有在海上航行的人都知道，"大海之主"维拉乌欧牟的侍从是迈雅欧西和乌妮。欧西是西部海域贝烈盖尔的海浪之主，虽然据说欧西非常热爱海洋精灵，他是第一个将造船技术带到世界上的人，但是所有的水手都害怕他。因为他在喜乐和愤怒中，都能掀起一番大浪。然而，所有的水手都非常喜欢宁静女神乌妮。她是欧西的妻子，只有她才能抑制他的暴怒和野性。被围困的水手们向她祈祷，希望她能把长发披在水面上，平息骚乱。欧西爱海洋精灵，一如乌妮爱着努门诺尔人，直到努门诺尔沦陷，世界发生剧变之前，她总是走在这些海上居民的船只前面，保驾护航。

在迈雅所有的故事中，也许最奇特的是美丽安的故事，她在维林诺为瓦娜和埃斯缇服务，但在星光纪元来到了中洲。在贝烈瑞安德的森林里，她遇见了埃尔达领主埃尔威·辛古尔，并嫁给了他。这是精灵和迈雅唯一一次的结合，在漫长的星辰纪元与太阳纪元共四个纪元的时间里，美丽安是灰精灵的女王，也是埃尔威的妻子，埃尔威被称为"辛葛"和"灰袍君王"。在那个时候，因为美丽安的光明和美丽，他们的王国是中洲最美丽的王国。然而，不幸的是，辛葛在太阳第一纪元末被杀。美丽安沉浸在悲伤之中，王国的光芒渐渐黯淡。王后站起身，再次回到维林诺，永远离开了人间。

许多其他善良而坚强的灵魂来到中洲居住。这些可能是像美丽安那样的迈雅，但是这些东西无法从历史中获知。在中洲的传说中，这些迈雅的头领是伊阿瓦因·本·阿达尔。这是灰精灵给他取的名字，意思是"最为年长且无父"。矮人叫他佛恩，人类叫他欧拉尔德，霍比特人叫他汤姆·邦巴迪尔。他是一个非常古怪而快乐的人。他是个矮胖的男人，蓝眼睛，红脸，棕色的胡子。他穿着一件蓝色的外套，戴着一顶破旧的蓝色父亲高帽，脚上穿着一双黄色的大靴子。他总是唱着歌或说着押韵的话，似乎是一个荒谬而古怪的人，然而他却是他所居住的埃利阿多老林子的绝对主人，世界上没有任何邪恶势力强大到能在他的王国里靠近他。

其他的精灵，可能是维拉乌欧牟的侍从，也住在老林子里。其中一个是柳条河上的河婆，另一个是她的女儿金莓，她是邦巴迪尔的妻子。金莓长着金色的头发，像精灵女王一样美丽。她翠绿的长袍上点缀着银光，穿着如同饰有鱼鳞一样的鞋子。她的头发和腰带上插着许多花，她的歌声像在歌唱的鸟儿。

在太阳第三纪元的第一个千年结束时，据说有五个迈雅来到了中洲。他们并非盛大登场，而是以老人的形态出现。每个人都留着白胡子，披着一件旅行斗篷，戴着一顶尖帽子，拿着一根长长的手杖。这些是伊斯塔尔，人类所谓的"巫师"，他们大部分的故事在《西界红皮书》中都有所描述。然而，这五个迈雅中只有三个在历史上被提及。"褐袍"拉达加斯特是森林里鸟类和动物的主人，住在罗斯戈贝尔幽暗密林附近。"白袍"萨茹曼是伊斯塔尔中最为伟大的，有一段时间他确实很有技巧和智慧，但他却走上了邪恶的道路，给许多人带来了灾难，他自己也在努力使自己成为一个强大的力量的过程中被彻底毁灭了。"灰袍"甘道夫是最著名的伊斯塔尔。起初，他被称为欧洛林，他既侍奉过"梦境的主宰"伊尔牟，又侍奉过"哀叹者"涅娜，他被认为是迈雅中最聪明的一个。最后两个伊斯塔尔是阿拉塔尔和帕蓝多，他们被称为"蓝袍巫师"。是维拉骑士欧洛米的侍从。关于他们在中洲的命运和事迹，人们知之甚少。

然而，并不是所有的迈雅都拥有善良和美丽的灵魂。许多人被反叛的维拉、黑暗大敌米尔寇所腐化。其中最重要的是炎魔，他们曾经是光明的火之精灵，像指引太阳的阿瑞恩一样美丽，但是被仇恨和愤怒扭曲成恶魔的形态。在见不得人的黑暗中，炎魔们浑身包裹着火焰，挥舞着火鞭和火刃。勾斯魔格是他们的领主，而炎魔军队的历史漫长而血腥。

那只幽灵变成了一只巨大可怕的蜘蛛，名叫乌苟立安特。她吞噬光明，吐出黑暗，编织了一张没有眼睛能穿透的黑暗斗篷。没有人能完全驯服这个灵魂，也许他曾经是米尔寇的一个迈雅。乌苟立安特很久以前就开始只按自己的意志行动了，虽然她和米尔寇一起摧毁了维拉双圣树，但是她最终曾试图攻击米尔寇。最后，她被赶到南方的大沙漠里，因为没有别人可以吞噬，她于是就吞噬了自己。

吸血鬼和狼人起初可能也是迈雅，就像炎魔一样。据说他们是外表可憎的邪恶灵魂，但没有关于他们是如何形成的故事。在所有吸血鬼中，只有"魅影夫人"凤林格威希尔是有名字的；而在狼人中，巨大的狼人之王肇格路因被称为大人或者陛下。

正如中洲的历史所讲述的那样，一位迈雅因其巨大的恶行而闻名于世。他就是索隆，他的名字的意思是"憎恨"。黑暗魔君索隆曾经是侍奉工匠奥力的迈雅，是米尔寇的主要奴仆和最后的意志继承者。

在黑暗纪元，米尔寇统治着乌图姆诺，在星辰纪元，当米尔寇被维拉锁住时，索隆统治着邪恶的安格班王国。索隆的主人回来后，经历了贝烈瑞安德的所有战争，直到米尔寇被打入虚空，索隆是他最伟大的将军。他也被称为"残酷的戈沙乌尔"，在所有为米尔寇服务的迈雅中，他活得最长。在索隆幸存下来的巨灯纪元、双树纪元、星辰纪元和太阳纪元里，有许多是战争和大屠杀。在经历了太阳第一个纪元的恐怖之后，据说索隆在第二个纪元以美丽的形象重新出现，并取了名为"阿塔诺"，意为"赠送礼物的人"。最终，当他自封为"魔戒之主"时，他的邪恶精神再次显露出来，战争就像一个黑色阴影，再次笼罩了中洲。

在努门诺尔陷落的时候，索隆的尸体也被毁了。然而，他的灵魂逃到了魔多，凭借魔戒的力量，他重新塑造了自己的形象，尽管他不再美丽。从那以后，他变成了黑暗魔君，变成了一个可怕的战士，黑皮肤上穿着黑色盔甲，眼神凶狠。但在第二次纪元末期，当魔多陷落，魔戒从他手中被夺去的时候，这个形体也被摧毁了。然而，索隆的力量是如此强大，在第三纪元，他又以另一种形式出现在中洲上。他的灵魂成为魔眼的力量之源。就像把森林、高山和平原上所有大型猎猫的眼睛融合在一起，这只眼睛被致命的火焰与黑暗所环绕，散发着最为纯粹的邪恶。但即使是这种形式也依赖于至尊魔戒的力量，在那场作为第三纪元的终结的魔戒战争中，至尊魔戒被摧毁了。再一次，也是最后一次，索隆的灵魂被打入虚空，并且再也没有出现。

珊珑（Mallorn）

在凯勒布兰特河岸上，有一片森林，生长着中洲最高、最美丽的树木。这些是珊珑，树皮是银色的，花朵是金色的，从秋天到春天，树叶也是紫红色的。在太阳第三纪元，这片土地被称为"黄金森林"洛丝罗瑞恩，意为"花朵盛开的梦之地"。这片珊珑林被精灵的力量变成了躲避邪恶生物的安全庇护所，除了在不死之地上，这些树在阿尔达的其他地方都长得十分茂盛。那里住着加拉兹民，他们是凯勒博恩国王和加拉德瑞尔王后统治下的王国的精灵。在瑂珑的庇护下，也就是树干在树冠附近分叉的地方，加拉兹民建造了他们的住所，叫做"塔蓝"或"弗莱特"。他们的国王和王后住在瑂珑最高处的宫殿里。加拉兹民就像森林的精灵，在那片土地上没有人砍伐或焚烧树木。这确实是一个森林王国，那里闪耀着精灵力量的金色光芒，在那个时代是绝无仅有的。

瑂洛斯（Mallos）

在安都因河三角洲附近的莱本宁的田野里，生长着被灰精灵称为"瑂洛斯"的花朵，意为"金色的雪"。它们的花朵美丽异常且永不凋谢，在精灵的歌声中，它们被比作召唤精灵到西海的金色铃铛。

曼督斯（Mandos）

在不死之地荒芜的西部海岸坐落着名为"曼督斯"宫殿，它面临埃凯亚海与黑夜之墙，在埃尔达的传说中，被杀死的精灵的灵魂会被召集到曼督斯大厅中，等待世界终结之时来自伊露维塔的呼唤。这是死者灵魂聚集的地方，维拉纳牟的居所，他也被称为"曼督斯"，灵魂的主宰，他知道所有人的命运。他是不带任何情绪的首席使者判官，只有

美亚拉斯：洛汗的"马中王子"。这些白色和银灰色的马是第三纪元最强壮、最快的马。最著名的是"捷影"，它是魔戒战争期间甘道夫的坐骑。

当露西恩对着他歌唱时,他才第一次感到可悲。他的妻子是"编织者"薇瑞;他的哥哥是"梦境的主宰"罗瑞恩;他的妹妹是"哀叹者"涅娜。

曼威(Manwe)

维拉之首,阿尔达的王。曼威·苏利牟是"风之主宰",他和他的妻子,"星辰之后"瓦尔妲,居住在伊尔玛林,位于世界上最高的山塔尼魁提尔峰的山顶上,统治着他们的阿尔达。曼威意为"神圣的",也被称为"风之主宰",因为他代表着是清新的空气、风、乌云和风暴。大鹰和所有的鸟对他来说都是神圣的。他的眼睛和衣服是蓝色的,他的权杖是蓝宝石做的。曼威能够将苍穹之下的世界一览无余地看尽,他为世界上的所有民族带来了呼吸的空气。凡雅精灵是他最心爱的,因为他们最擅长诗歌,这也是他的主要乐趣。

美亚拉斯(Mearas)

阿尔达的所有马都是照着维拉欧洛米的白马呐哈尔的形象创造的。人们认为,呐哈尔真正的后裔是美亚拉斯,洛汗的"马中王子",他们是神奇而美妙的。他们的毛发有白色,也有银灰色,像疾风一样飘忽不定,活得长久,不知疲倦,且充满智慧。

洛汗人的故事记载了第一批美亚拉斯是如何来到罗瓦尼安的。在太阳第三纪元第二十六世纪,伊奥希奥德的领主,名叫利奥德,试图驯服他的子民所见过的最美丽的马,但这匹马狂放而骄傲,把利奥德扔了出去,利奥德不幸去世。所以这匹马就叫"曼斯贝恩"。然而,当利奥德的儿子埃奥尔来到这匹马面前时,它像赎罪一样向年轻的国王臣服了。埃奥尔给他起名叫"费拉罗夫",意为"骏马之父",因为他的后代即是美亚拉斯,除了埃奥尔国王和王子之外,谁也不能骑这些马。虽然他们不会说话,但他们懂得人类的语言,当他们听从他们的主人——洛汗人皇室人员所说的话时,他们不需要马鞍或缰绳。

美亚拉斯受到主人的喜爱和爱戴,洛汗人的旗帜就是在绿色的田野上飞驰的白色飞马。

在魔戒战争中,美亚拉斯作出了巨大的贡献。一匹名叫"雪鬃"的美亚拉斯带着洛汗的国王希奥顿进入了号角堡和佩兰诺平原战场,在那里他们为洛汗赢得了巨大的荣誉,尽管最后马和骑手都被魔古尔的巫王杀死了。战争中的另一只美亚拉斯同样功不可没。它是"捷影",它违反了只有国王和王子才能骑上美亚拉斯的法律,它带着白色骑士——伊斯塔尔·米斯兰迪尔,也就是甘道夫四处求援。捷影意志坚强,四肢强壮,因为他与甘道夫并肩对抗那兹古尔的恐怖,甚至比那些讨厌的带翅膀的野兽都跑得快。在白塔之围中,它把甘道夫带到了刚铎的土地上。

佩兰诺平原战役结束后,它带着这位巫师和西方首领的军队来到了魔多的黑门前,并与邪恶的索隆军队进行了最后的战争。

美杜塞尔德（Meduseld）

在第三纪元，登丹人最强大的盟友之一是洛汗国王，他们在美杜塞尔德，即金色大厅，统治着洛汗的土地。美杜塞尔德是一座巨大的金屋顶建筑，由洛汗人的第二任国王布雷戈于2569年建造。它位于埃多拉斯的最高点，埃多拉斯是洛汗的要塞和首都。里面是国王的金色宝座，高大的柱子全都镀了金，雕刻的墙壁上挂着华丽的挂毯。在魔戒战争中，四名护戒使者作为登丹人的使者来到了美杜塞尔德希奥顿国王的金色大厅，号召洛汗人投入战斗。

迈雅族的美丽安（Melian the Maia）

多瑞亚斯的王后，迈雅。在维林诺，美丽安是一名迈雅，在罗瑞恩的梦境中照料开花的树木，侍奉着"永远年轻的"瓦娜和"治疗者"埃斯缇。然而，在星光纪元，她到达贝烈瑞安德，在中洲，并爱上了埃尔威·辛葛，泰勒瑞族精灵的至尊王。美丽安和辛葛一起建立了多瑞亚斯王国，建立了明霓国斯。这是辛达精灵，也就是灰精灵的领地，受到一种强大的咒语的无形屏障的保护，这道屏障被称为美丽安环带。美丽安和辛葛育有一个独生女，无与伦比的露西恩。在星光纪元的许多年代，以及太阳纪元最初的大部分时期，美丽安对多瑞亚斯的魔法保护了王国免受伤害。然而，精灵宝钻争夺战最终还是波及辛达王国。第一纪元505年，当辛葛国王在明霓国斯被叛徒杀死时，她再也无法忍受生活在中洲了。美丽安王后逃离了贝烈瑞安德。她对多瑞亚斯的保护消失了，她回到了不死之地。

米尔寇（Melkor）

维拉，黑君王。作为一名爱努，米尔寇的意思是"在力量中崛起的人"，他充满了骄傲，给伟大的爱努大乐章和爱努的思绪带来了不和谐的因素。在阿尔达，米尔寇以黑暗和寒冷的地方作为他的领地。在塑造阿尔达的过程中，他阻碍了它的形成，使它变得残缺不全。当维拉开始建立他们的阿尔玛仁时，米尔寇腐蚀了许多迈雅的灵魂。他把他们带到中洲的北部，建立了敌对王国乌图姆诺和安格班。在阿尔达，米尔寇对维拉发动了五次大战，摧毁了阿尔玛仁，毁坏了维拉的巨灯和双圣树。一开始米尔寇的形象有好有坏，但在光明圣湖被摧毁后，他总是以邪恶的形象出现，精灵们称他为魔苟斯——"黑暗大敌"。

米尔寇像塔一样高，头戴铁冠，身穿黑色盔甲。他拿着"地狱之锤"格龙的权杖，和一面巨大的黑盾。邪恶的火焰在他的眼睛里燃烧，他的脸扭曲着，伤痕累累，他的手永远被精灵宝钻的圣火烧伤。

然而，在大决战中，米尔寇的所有力量都被摧毁了，只有他一个人被逐出

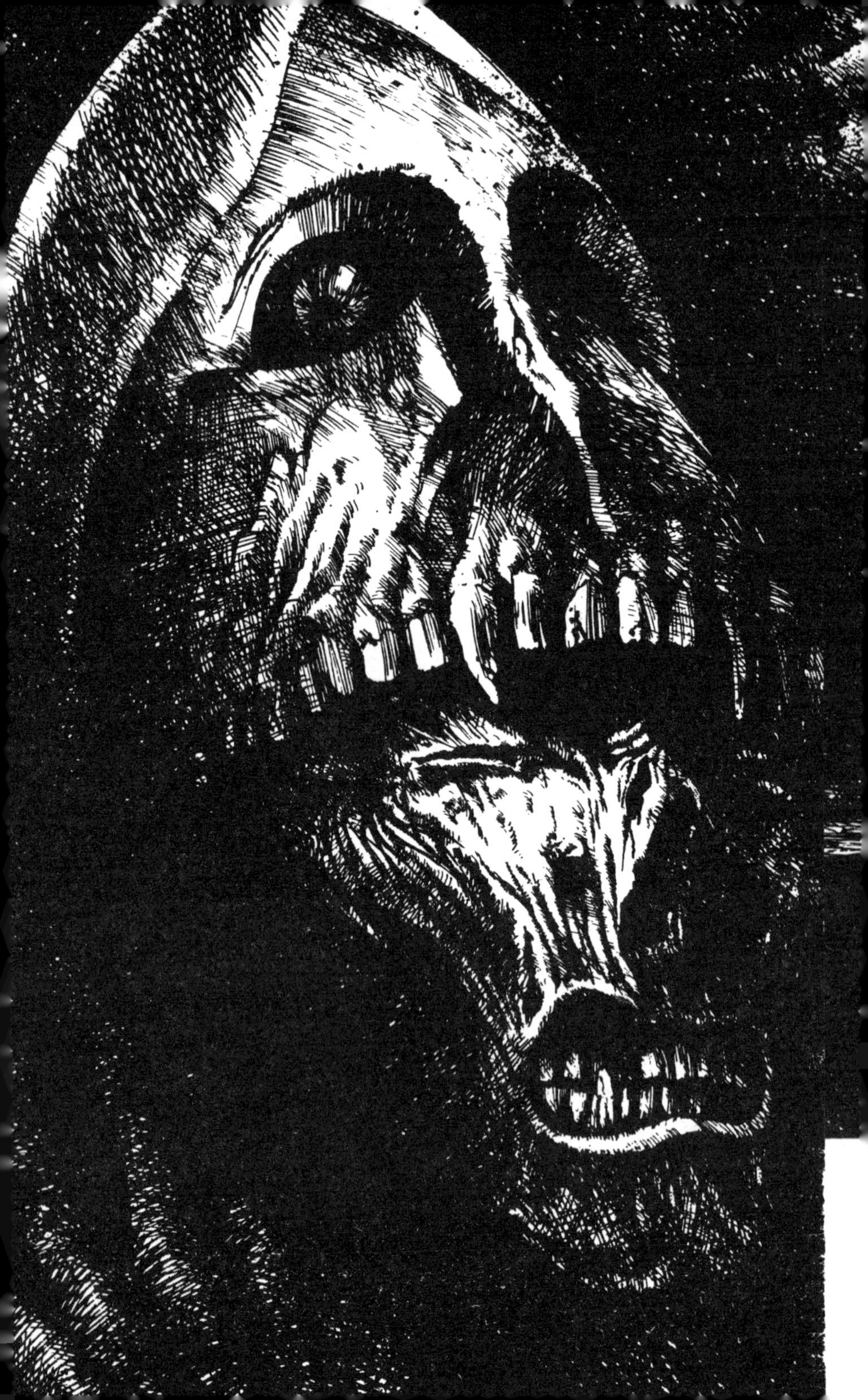

了世界范围，永远地留在虚空中。

人类（Men）

精灵随着星光重新被燃起而出现，人类也随着太阳的升起而苏醒。精灵们称人类苏醒的土地为"希尔多瑞恩"，意为"追随者之地"，在中洲的远东地区，在太阳升起的那一刻，人类第一次打开他们的眼睛。与精灵不同，人类是会死的，即使以矮人的标准来衡量，寿命也很短。与精灵族相比，人类的身体力量和精神高贵程度较低，他们是一个脆弱的种族，容易受到瘟疫和世界上恶劣因素的侵袭，因此精灵们称他们为"恩格瓦"，即"病弱之人"。但是人类这个种族十分顽固，他们比除了奥克以外的任何其他种族都繁殖得更快。尽管大量的人类都死了，他们还是能够繁衍生息，最终在东方的土地上繁衍生息，因此被一些人称为"篡夺者"。

魔苟斯来到了这些地方，在人类身上，他发现了一个可以轻易臣服于他意志的民族。

有些人逃避这灾祸，四散到西方和北方。最终他们到达了贝烈瑞安德，以及诺多精灵的王国。因为诺多接受了这些人的忠诚，人类被称为"阿塔尼"，意为"第二支子民"。但是后来，随着大部分贝烈瑞安德的人都说灰精灵语，所以人类通常叫做"伊甸人"，即"次生儿女"。

伊甸人又可分为三个家族：一为贝奥家族、二为哈烈丝家族、三为哈多家族。

图片：米尔寇，黑君王。在最为伟大的那些维拉中，米尔寇反抗着其他维拉，精灵们给他重新取了个名字："黑暗大敌"魔苟斯，阿尔达的所有邪恶造物均始于他。

精灵之友三家族的事迹远近闻名。在第一纪元与人类相关的故事记载中，有一本叫《胡林的子女》的书，讲述的是食人妖猎手胡林的故事。他是都灵人，杀死了恶龙之父格劳龙；还有从魔苟斯的铁王冠上挖下精灵宝钻的贝伦；还有驾着汶基洛特号航船，将晨星送入天空的航海家埃雅仁迪尔。

在第一纪元，许多人类的其他种族自东方而来。他们与其他人类相比是不一样的种族，精灵称他们为"黑肤人"和"东夷人"。在战争时期，这些人中的大多数被证明是不忠诚的，尽管他们假装与精灵友好，但还是把精灵出卖给了黑暗大敌魔苟斯。

当太阳第一纪元结束之时，魔苟斯被赶入虚空，贝烈瑞安德的土地沉入了西方的海底。所有居住在贝烈瑞安德的敌人、精灵和伊甸人都被处死了。甚至那个时代幸存下来的伊甸人也分裂了。有些人逃过了贝烈瑞安德的沦陷，逃往东方。他们和其他从未到过贝烈瑞安德的族亲一起住在安都因的山谷里，他们被称为"罗瓦尼安的北方人"。其他的伊甸人与精灵一起去了南方。他们得了西海边的一块地。他们被命名为"登丹人"，即西界人，因为他们的岛被称为"西方之地"，在精灵语中被称为"努门诺尔"。在第二个纪元，登丹人常被称为"努门诺尔人"，他们成为一个强大的海上力量。然后，努门诺尔人的寿命也延长了，他们的智慧和力量也增长了。他们在第二纪元的历史是辉煌的，但由于索隆的腐蚀，他们与维拉交战并被摧毁。努门诺尔陷入无底深渊，被西方大海吞没，努门诺尔就此消失。

大多数努门诺尔人都死了，但也有一些人从灾难中获救，包括一些被称为"黑努门诺尔人"的人类。这些人生活在中洲南部的乌姆巴尔地区。

然而，最高贵的努门诺尔人乘坐九艘精灵船返回中洲，他们的领袖是"长身"埃兰迪尔，他还有两个儿子，就是伊熙尔杜和阿纳瑞安。这些埃兰迪利，即"忠贞派"，他们是真正的登丹人王室血脉，在中洲建立了两个强大的王国北方王国阿尔诺；南方王国刚铎。

然而，索隆的力量再次滋生蔓延，于是他们组成了精灵和人类的最后联盟，将所有的登丹人和精灵的军队联合起来。其中人类军队由埃兰迪尔率领，精灵军队则由末代至高王吉尔-加拉德率领。有许多敌人从南方来，名叫"南蛮子"。还有一些人从鲁恩来，名为"东夷人"，也有一些人是从乌姆巴尔王国来的，即黑努门诺尔人。

联军守住了索隆的军团的进攻。然而，吉尔-加拉德、埃兰迪尔和阿纳瑞安在那场战争中都牺牲了，而在登丹人的统治者中，只剩下伊熙尔杜。也正是他从索隆手中砍下了魔戒，让索隆的灵魂在中土的荒野中飘零。第三纪元就这样开始了。从索隆手中接过至尊魔戒后，伊熙尔杜并没有毁掉它，在这个纪元之初，悲剧降临在他身上。奥克在金莺尾沼地上用黑箭把他射倒，而魔戒自此在很长一段时间都失踪了。

在幸存下来的登丹人中，有统治北

方阿尔诺王国的伊熙尔杜之子，统治南方刚铎王国的阿纳瑞安之子。在东方和南方也出现了其他人种的人类。有自鲁恩来的巴尔寇斯人、战车民和其他东夷人，他们反抗着刚铎的统治。与此同时，南方出现的南蛮子、瓦里亚格人与黑努门诺尔人一起向北方推进。但是刚铎人英勇善战，抵御了所有敌人的进攻。

但在北方，另一股势力在安格玛的土地上崛起。一名巫王国王统治着那片土地，他召集了一支由奥克和邪恶生物组成的军队，还有埃滕荒原的山区人和东夷人，向北方的阿诺王国开战。虽然安格玛最终被刚铎的登丹人摧毁，但北方的阿尔诺王国也沦陷了，只有一小部分人类在这片空旷的土地上游荡，他们被称为北方游民。

在南方和东方，野蛮人源源不断地涌来，他们早已被索隆的邪恶力量所腐化。黑蛮地人和南蛮子及东夷人一样，为战争做好了准备。然而，在这段时间，刚铎获得了一个盟友，被称为"洛汗人"的骑兵军团前来助阵。这些人是罗瓦尼安的北方人，就像林中居民和幽暗密林的贝奥恩族一样；或者像长湖镇的长湖人和河谷城的巴德一族一样，他们永远在与黑暗魔君索隆制造的邪恶作斗争。

在第三纪元末期，魔戒战争打响了，中洲的所有民族要么与索隆结盟，要么与登丹人结盟。最终，索隆的军队被消灭了。至尊魔戒被找到并且被销毁了，登丹人迎来了他们的至高王。就是护戒同盟的首领阿拉贡，阿拉贡是阿拉松的儿子，他被命名为埃莱萨国王，伊熙尔杜的正统继承人。

埃莱萨国王是一个强大而明智的统治者，虽然他在战争粉碎了许多敌人，并且在战场上毫不惧怕任何敌人，但是他与南蛮子与东夷人签订了和平协议，在太阳第四纪元，那属于人类统治的时代，由于埃莱萨国王与其子嗣的开明统治，和平在西界持续了很长时间。

明霓国斯（Menegroth）

在星光纪元，中洲最宏伟的建筑是"千石窟宫殿"明霓国斯，贝烈瑞安德多瑞亚斯灰精灵的城市要塞。明霓国斯是在西瑞安河支流埃斯加都因河南岸的岩石峭壁开凿而成的。它只能由河上的一座石桥进入。这是辛达精灵王埃路威·辛葛和他的王后迈雅族的美丽安的秘密宫殿。它的房间是由贝烈戈斯特的矮人为辛葛建造的，令人叹为观止。因为辛达精灵热爱森林，所以大厅和洞穴都把石头雕刻成了树木、鸟类和动物，并充满了喷泉和水晶灯。在星光纪元，明霓国斯繁荣昌盛，甚至在太阳第一纪元的大部分时间里也是如此，当所有的贝烈瑞安德都处于冲突之中时，多瑞亚斯的子民都受到迈雅族的美丽安的魔力保护。然而，精灵宝钻的诅咒最终导致了辛葛在明霓国斯被谋杀，美丽安也因此离开了贝烈瑞安德。此后，明霓国斯两次被劫掠：第一次是被诺格罗德的矮人劫掠，第二次是被诺多精灵劫掠。明霓国斯因此被遗弃，和贝烈瑞安德一起沉入了海底。

美尼尔塔玛（Meneltarma）

努门诺尔岛上最高的山是圣山，叫作"美尼尔塔玛"，意为"苍穹之柱"。它位于努门诺尔岛的中心，从它的顶峰，也就是伊露维塔的圣所，可以看到托尔埃瑞西亚的阿瓦隆尼塔。诺伊里南山谷是诺门诺尔诸王的墓地所在，位于美尼尔塔玛山脚下，而诸王之城阿美尼洛斯就建在附近的一座山上。美尼尔塔玛的雪是最长的河流西瑞尔河的源头。

死人脸沼泽（Mere of Dead Faces）

在安都因河上的涝洛斯瀑布和魔多山脉之间，有一片广阔的沼泽地，叫做"死亡沼泽"。在这片污秽、无迹可寻的荒地上，几乎没有人敢去旅行，因为那里的水不但死气沉沉，带有毒性，而且还会闹鬼。在第三纪元，死亡沼泽逐渐蔓延到达戈拉德，这是位于魔多北部的"战争平原"，也是倒下的战士的广阔墓地。由于某种邪恶的力量，缓慢蔓延的死亡沼泽入侵了这片土地，使这些死去已久的人类、精灵和奥克的灵魂结合在一起，他们幽灵般的面孔就出现在地表之下，就像被烛光照亮一样，尽管他们并不是真实存在的。霍比特人冒险家弗罗多·巴金斯就是通过这些死去的面孔，在饱受折磨的史麦戈·咕噜的指引下，踏上了破坏魔戒任务的征途。

梅里阿道克·白兰地鹿（Meriadoc Brandybuck）

夏尔的霍比特人。梅里阿道克·白兰地鹿生于第三纪元2982年，是雄鹿地统领萨拉道克·白兰地鹿的儿子。在3018年，梅里成为了护戒同盟的四名霍比特成员之一。梅里经历了许多冒险才活了下来，直到护戒同盟分散，他和皮聘（佩里格林·图克）都被艾森加德的奥克俘虏了。当奥克遭到洛汗人的攻击时，霍比特人逃进了范贡森林，帮助说服了恩特进攻艾森加德。梅里后来成为洛汗国王希奥顿的侍从。在佩兰诺平原战场上，他和执盾少女伊奥温一起杀死了魔古尔的巫王。这次战争差点让梅里死去，但他被阿拉贡治愈了。那年晚些时候，梅里回到夏尔，参加了傍水镇之战。梅里后来迎娶埃丝特拉·博尔杰，接替他父亲成为雄鹿地统领。梅里和皮聘是历史上最高的霍比特人，身高达到4.5英尺。第四纪元64年，梅里和皮聘离开夏尔，在洛汗和刚铎度过了他们的最后几年，他们被安葬在埃莱萨国王的陵寝里。

喵吻（Mewlips）

根据霍比特人的传说，在中洲的某些沼泽地上，居住着邪恶的食人族幽灵——喵吻。这些隐匿行踪的幽灵很像可怕的古冢尸妖，但不同的是他们以肮脏潮湿的沼泽为居所。在他们的领地上

旅行的人无时无刻不处于危险之中,据说许多人被这些幽灵伏击并且被杀害了。

死人脸沼泽:死亡沼泽犹如一潭死水。这片沼泽覆盖了古代的战场与墓园。邪恶的灵魂亵渎了这片土地,因此那些死去长眠的战士的容颜变得清晰可见。

中洲（Middle-earth）

广袤的中洲是阿尔达世界形成之初就存在的大陆板块。它位于另一个广阔大陆——阿门洲，即不死之地的东部，中间隔着一片名为"贝烈盖尔"的大海。但是在太阳第二纪元末期，努门诺尔人的岛屿沦陷之时，不死之地也从世界版图当中抹去了。中洲虽是普通的凡人之地，但是在经历了许多变故之后依然保存了下来，并且还将经受许多世事变迁。最终它将化为欧亚大陆。

密姆（Mim）

阿蒙如兹的小矮人国王。密姆是住在贝烈瑞安德的阿蒙如兹地下洞穴里的诺吉斯·尼宾，也就是"小矮人"最后一位国王。到第一纪元第五世纪末，这个正在消失的种族只剩下密姆和他的两个儿子，伊布恩和奇姆。在第一纪元486年，密姆被图林·图伦拔与其同行的不法分子抓获，他把他们带到了他的秘密洞穴里。第二年，密姆被奥克俘虏，他背叛了图林和他的军队，拯救了自己的生命，而军队却遭到伏击和屠杀。密姆的两个儿子都死了，图灵的父亲胡林找到了那个背叛他儿子的密姆，一拳就把他打死了。

米那斯阿诺尔（Minas Anor）

米那斯阿诺尔是一座要塞城市，又名"太阳之塔"，是刚铎建立的三大城市之一，位于白色山脉最东边，魔多山脉西侧高墙处的战略要地。它坐落在白山山脉最东端的山脚下，是阿诺瑞恩封地的第一个城市，控制着安都因河西侧的平原。米那斯阿诺尔是登丹人王子阿纳瑞安的城市，它建于太阳第二纪元的3320年。它的孪生城市是米那斯伊希尔，即"月亮之塔"。米那斯伊希尔是阿纳里安的兄弟伊熙尔杜掌管的城市，与米那斯阿诺尔建于同一年，位于魔多山脉的最西边，控制着安都因河东侧的平原。他们两个人在皇家首都"星辰堡垒"欧斯吉利亚斯共同管理着刚铎，欧斯吉利亚斯位于两座塔之间的中点，横跨安都因河。经过几个世纪的战争和一场大瘟疫的破坏，米那斯伊希尔和欧斯吉利亚斯都在第三纪元中期走向衰落。1640年，皇室搬到米那斯阿诺尔，那里成为了刚铎的新首都。1900年，国王卡利梅赫塔建造了著名的白塔。但最终，巫王于2002年占领了米那斯伊希尔，并将它改名为米那斯魔古尔，很明显，刚铎所有人的命运都取决于对米那斯阿诺尔的保护，于是它改名为米纳斯提力斯，意为"守护之塔"。在这座堡垒城市之后的故事中一直用的这个名字。

米那斯伊希尔（Minas Ithil）

位于刚铎境内，米那斯伊希尔是一座要塞城市，意为"月亮之塔"，位于魔多山脉的最西边，控制着安都因河东侧的平原。它建于第二纪元3320年，米纳斯伊希尔是登丹人王子伊熙尔杜的城市。它的孪生城市——米那斯阿诺尔在同一年建造，掌管者是他的兄弟阿纳瑞安。当他们的父亲埃兰迪尔与北方的阿尔诺统治登丹人王国时，兄弟俩共同统治着刚铎。就在它建成后的一个世纪，也就是3429年，索隆的军队占领了米那斯伊希尔，但在第三纪元初，伊熙尔杜收复了它。然而，这个时候起作为北方阿尔诺王国统治者伊熙尔杜的继承者，它的皇室地位（如果不是军事意义的话）从那以后就有了变化。第三纪元2000年，米那斯伊希尔遭到了那兹古尔巫王的攻击，巫王的军队从魔多境内的奇立斯乌苟隘口蜂拥而出。

经过两年的围攻，米那斯伊希尔落入巫王之手，更名为米那斯魔古尔。此后的一千多年里，这里一直是索隆在刚铎境内的主要基地，对登丹人王国的生存构成了持续不断的威胁。直到魔戒战争结束，邪恶的力量才再次被赶出要塞之城。虽然它再次被改名为米那斯伊希尔，但再也没有刚铎人在那里居住。

米那斯魔古尔（Minas Morgul）

第三纪元2002年，"月亮之塔"要塞之城米那斯伊希尔巫王的攻城部队围攻了两年，最终还是落入那兹古尔巫王之手，更名为米那斯魔古尔，即"戒灵之塔"。它也被称为"巫术之塔"和"死亡之城"。它的结构与它最大的敌对城市米那斯提力斯相似，只是变成了一个幽魂游荡且邪恶无比的地方，在夜里发出幽灵般的光芒。由于某种神奇的力量或恶魔的装置，它那高塔的上层空间在不断的警戒下慢慢地旋转着。一千多年来，米那斯魔古尔一直被戒灵统治着，这导致了伊希尔封地的几乎完全消失，人口不断减少。2050年，魔古尔的巫王杀死了刚铎的最后一位国王埃雅努尔，2475年，欧斯吉利亚斯被洗劫一空，石桥被巫王的巨大奥克军队乌鲁克族摧毁。在魔戒战争期间，米那斯魔古尔在索隆的战略中扮演了重要的角色。从魔古尔出发的第一批部队直接进攻刚铎并占领欧斯吉利亚斯。然后在米那斯提力斯之围中，在佩兰诺平原战役中，巫王所体现出的领导力在战斗中至关重要。他的死即是灾难即将来临的征兆。在索隆被毁灭和魔多陷落之后，所有的邪恶势力都从米那斯魔古尔被清除出去，它换回了原来的名字——"米那斯伊希尔"。然而，再也没有刚铎人居住在那儿。

米那斯提力斯（Minas Tirith）

在中洲的历史上，有两座堡垒叫做米那斯提力斯。第一座是由贝烈瑞安德的高等精灵在太阳第一纪建造的。它建在西瑞安河上的一个岛上，你可以在其他故事中见到这座岛的名字：托尔西瑞安。第二座也是更著名的米那斯提力斯，一直到第三纪元都矗立在刚铎的土地上。在第三纪元2002年，当要塞之城，"月亮之塔"，米那斯伊希尔落入那兹古尔巫王手中，改名为米那斯魔古尔，即"戒灵之塔"，刚铎人把他们仅存的

"太阳之塔"米那斯阿诺尔改名为米那斯提力斯,"守卫之塔"。事实证明,这是一个恰当的名字,一千多年来,米那斯提力斯一直守卫着刚铎,抵御着那些要彻底摧毁刚铎的邪恶势力的威胁。

自17世纪欧斯吉利亚斯衰落以来,这座堡垒成为了刚铎的第一城市,在整个第三纪元,索隆的注意力都集中在摧毁这最后一座堡垒上。1900年,白塔的修建加强了这座城市的实力,然而在2698年,执政宰相埃克塞理安一世重建了白塔,并加强了米那斯提力斯的防御。

到魔戒战争的时候,米那斯提力斯已经是一座令人生畏的山丘堡垒,建有七层。每一层都有一个梯田,周围是巨大的环形墙。每一堵城墙只有一扇门,但为了防御,每一扇门都朝着不同的方向,第一堵城墙上的大门朝东。这座看上去坚不可摧的堡垒城市就像一座700多英尺高的悬崖,一层一层地拔地而起,直到第七堵墙,也就是王城为止,而环墙之内耸立着强大的白塔。米那斯提力斯固若金汤,它把魔古尔巫王的所有试图摧毁它的攻势都阻挡了下来,巫王甚至没能打破第一道城墙的大门,随后洛汗骑兵的冲锋将他赶到佩兰诺平原,最终他的力量被摧毁了。米那斯提力斯的成功守卫对赢得魔戒战争和复兴统一的阿尔诺与刚铎王国至关重要。

幽暗密林(Mirkwood)

在太阳第三纪元1050年,一股邪恶的力量来到了罗瓦尼安迷雾山脉和安都因河的东边的大绿林。这股邪恶力量被称为"死灵法师",实际上是指环王索隆,他在南方建立了多古尔都要塞。索隆的邪恶魔法强悍无比,他把这片曾经美丽的森林变成了一个充满恐惧和黑暗的地方,以至于两千多年来它一直被称为幽暗密林。巨大的蜘蛛、奥克、座狼和邪恶的精灵出没于幽暗密林,尽管森林北部的森林精灵瑟兰杜伊的王国幸存了下来,但这些精灵的力量不足以阻止黑暗的蔓延。到了第三纪元中叶,几乎没有人敢沿着这条黑暗的道路走下去,尽管西尔凡精灵和北方人,也就是被称为"林中居民"和"贝奥恩族"的人,尽他们所能地让这条路畅通无阻。2850年,巫师甘道夫进入幽暗密林南部,最终发现统治多古尔都的是索隆和戒灵。

幽暗密林是索林·橡木盾孤山远征队路途上主要的障碍。然而能够隐形并且勇猛的霍比特人比尔博·巴金斯带领远征队克服艰险。在魔戒战争期间,索隆的茫茫大军从多古尔都蜂拥而出,对抗北边林地的精灵王国与南边金色森林洛丝罗瑞恩。然而,这两场战役都以失败告终,复仇的精灵们摧毁了幽暗密林的邪恶军队,推倒了多古尔都的城墙,捣毁了它的战壕和地洞。第四纪元伊始,这片广袤森林不再被称为幽暗密林了,而是"埃林拉斯嘉兰,意为"绿叶森林"。北方是瑟兰杜伊森林王国无可争议的领土,南方由洛丝罗瑞恩的精灵定居,他们称其为东洛林,而这两个王国之间的林地则被分配给了林中居民和贝奥恩族。

迷雾山脉（Misty Mountains）

绵延近一千英里的迷雾山脉从中洲的最北端向南延伸到洛汗隘口，将埃利阿多和罗瓦尼安的土地分隔开来。迷雾山脉是奥克、大鹰和卡扎督姆矮人的家园。在一段时间内，它的最北部构成了巫王国安格玛和被奥克占领的贡达巴德山的防御工事，而在最南部，邪恶的巫师萨茹曼守在他的艾森加德的要塞。精灵们把迷雾山脉称为"希斯艾格利尔"，即迷雾峰，这些山峰分别是美塞德拉斯山、法努伊索尔山（云顶峰）、齐拉克·齐吉尔山（银齿峰）、卡拉兹拉斯山（红角峰）和贡达巴德山；而高隘口、红角门和卡扎督姆隧道则是其中的三条主要通道。

魔多（Mordor）

在第二纪元的第一个千年结束之时，索隆在中洲建立了一个邪恶的王国，就在安都因河以东。名为魔多，意为"黑色土地"，在此之后的两个纪元里都是索隆在追求中洲统治权的过程中的基地。魔多的三面被两座易守难攻的山脉所包围：北边的灰烬山脉；西边和南边的黯影山脉。想要穿过这些山脉似乎只有两个通道：西边的奇立斯乌苟和西北部的奇立斯戈埚。在奇立斯戈埚境内有一片被称为"乌顿"小平原，魔多的两个主要地区是戈埚洛斯高原和广阔的平原、人类奴隶劳作的土地努尔恩。

戈埚洛斯是一个巨大而沉闷的高原，到处都是奥克部队和奥克洞穴，并且总是笼罩在欧洛朱因火山（末日山）冒出的滚滚浓烟之下。这里也是索隆的大本营，位于高原的东北方，灰烬山脉的一个长山坡上，有一座黑暗的巴拉督尔要塞。然而，努尔恩是一片由奴隶和奴隶主居住的广阔农田，他们为索隆的军队提供大量的食物和基本物资。努尔恩有四条河，每条河都流入努尔恩的内海。

1600年，索隆在末日山的火焰中锻造了至尊魔戒，建成巴拉督尔，并开始了与精灵的战争。尽管索隆在3262年屈服于努门诺尔人惊人的力量，但他还是设法用诡计摧毁了他们，并在努门诺尔沦陷之后返回魔多。在3429年，索隆的军队向刚铎发动了战争，但终在3434年吞食了恶果，精灵和人类的最后联盟摧毁了他在达戈拉德的军队，并且为了进入魔多而打破了黑门。在七年的围攻之下，巴拉督尔被攻破，索隆戴着魔戒的手被砍断，并且他所有的邪恶奴仆一起被赶出了魔多。在第三纪元的早期，魔多杳无人烟，刚铎在北部通道建造了门牙塔和杜尔桑堡垒；在西部通道建立了奇立斯乌苟瞭望塔，以便监视魔多，防止索隆的残党入侵王国。不幸的是，在1636年的大瘟疫之后，刚铎放弃了这些堡垒，它们被奥克占领，准备进入那兹古尔迎接索隆的回归。2942年，索隆归来，2951年开始重建巴拉督尔。然而，至尊戒指的破裂是对其最后的打击。索隆最后一次被摧毁了，魔多再也没有威胁到中洲的和平。

魔苟斯（Morgoth）

维拉，黑君王。魔苟斯的意思是"黑暗大敌"，是诺多赐予这名恶魔维拉的名讳，他摧毁了圣树，杀死了精灵王，偷走了精灵宝钻。但是，他在历史上的名字是米尔寇。

莫瑞亚（Moria）

在太阳第二纪元1697年，索隆的精灵的战争中期，整个埃瑞吉安被黑暗力量所笼罩，迷雾山脉强大的矮人王国卡扎督姆闭关锁国。此后，它被认为是一个神秘而黑暗的地方，外面的人对它的历史和人民一无所知，所以它被称为"莫瑞亚"，意为"黑暗的鸿沟"。就这样，迷雾山脉的矮人从第二个时代的毁灭中幸存了下来，并愉快地在大山下挖掘，直到第三个纪元的1980年。那一年，当他们在他们的一个矿脉中寻找丰富的秘银时，他们偶然释放了一个邪恶的炎魔，自从第一纪元末期以来，它就一直藏在卡拉兹拉斯（红角峰）的地底沉睡。虽然他们与炎魔顽强战斗了一年，但在他们的两位国王死后，矮人们还是抛弃了莫瑞亚。此后，莫瑞亚成为了炎魔、奥克和索隆的其他奴仆的领地。曾经辉煌的宫殿和石窟被毁得残缺不全，变成了一个邪恶、潮湿和阴森的

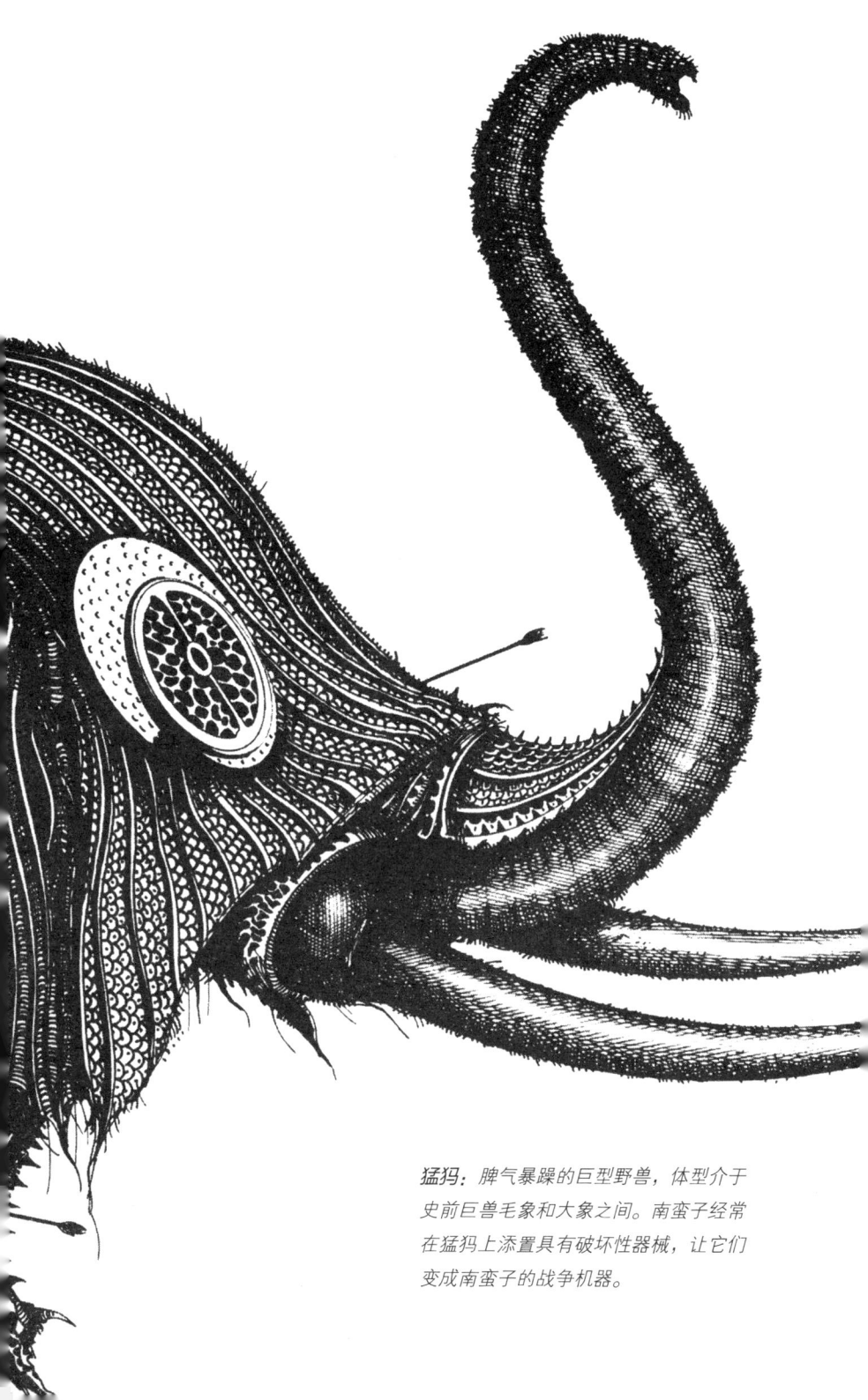

猛犸：脾气暴躁的巨型野兽，体型介于史前巨兽毛象和大象之间。南蛮子经常在猛犸上添置具有破坏性器械，让它们变成南蛮子的战争机器。

地方。自2989年到2994年五年期间，一群矮人试图重建莫瑞亚王国，但是他们被来自东大门的奥克军队以及来自西大门的被称为水中监视者的可怕海妖所威胁。直到第三纪元3019年，炎魔才最终被巫师甘道夫杀死。邪恶的莫瑞亚暴君被杀，它的巨大宫殿似乎会被永远被遗弃和空置。

墨瑞昆迪（Moriquendi）

在高等精灵昆雅语中，所有没有在维拉的双树纪元到过不死之地的精灵都被称为"墨瑞昆迪"，意为"黑暗精灵"。他们比那些见过在最为荣耀的时期见过不死之地的精灵力量稍弱。墨瑞昆迪包括阿瓦瑞、洛丝罗瑞恩与幽暗密林的西尔凡精灵、南多精灵、莱昆迪、法拉斯民和辛达精灵。

末日山（Mount Doom）

这座巨大的火山坐落在魔多境内焦黑的戈埚洛斯高原的中心，是索隆在太阳第二纪元1600年时制造魔戒所用的天然熔炉。在人类的语言当中称作末日山，在精灵语中的名字叫"欧洛朱因"，意为"烈火之山"，历史中的相关记载通常采用该名称。

猛犸（Mumakil）

在太阳第三纪元哈拉德南部的土地上，生活着体型巨大的野兽，人们认为这些动物是现在被人类命名为"猛犸"的动物的祖先。然而，据说现在生活在这个世界上的大象比它们的祖先体型和力量都要小得多。

在魔戒战争期间，哈拉德凶猛的战士们应索隆的召唤北上来到了刚铎的土地上，他们带着他们的军队，将猛犸改造成战争野兽进入战场。战争中的猛犸身穿战袍：红旗、军旗、金饰和铜饰；他们的背上有巨大的塔楼，弓箭手和长矛手可以在上面战斗。他们天生渴望战斗，许多敌人被他们压垮了。他们用象鼻击杀了许多敌人，在战斗中，他们的象牙被敌人的鲜血染红了。骑兵根本不是它的敌手，战马和战士也不敢靠近猛犸，他们会被上面的长矛手和弓箭手射穿或被猛犸碾碎。在战争中，它们常常像无法被占领的高塔一样矗立着：在它们面前，无坚不摧，所向披靡。

这些皮糙肉厚的野兽几乎不会被箭所伤。只有一个弱点，就是他们的眼睛，猛犸会因此失明，甚至被释放出巨大力量的箭杀死。当他们失明时，他们会因痛苦而愤怒，并经常同时摧毁背上的南蛮子和敌人。

N

呐哈尔（Nahar）

维拉骏马。维拉猎人欧洛米的坐骑。呐哈尔是世界上第一匹马，也是所有马的祖先。在黑暗纪元和星光纪元，欧洛米经常骑呐哈尔进入中洲的森林地带。在一次这样的旅程中，欧洛米和呐哈尔在"苏醒之水"奎维耶能海湾旁边发现了精灵。

南多精灵（Nandor）

精灵中有三个部族，他们踏上了寻找不死之地的伟大旅程。第三个也是最大的部族是泰勒瑞族，由于他们的人数众多，所以他们的旅程进展最慢，那些不能或不愿意完成这段旅程的精灵比另外两个部族都要多。在这段旅程中，有记载的第一次分裂是当泰勒瑞族停在安都因河前，向远处望去，看到了迷雾山脉。这道巨大的屏障吓坏了精灵们，所以为了不冒险翻越高山，泰勒瑞族的领主之一兰威带领他的族人离开了。他们沿着安都因河南下，住在别人不知道的地方。他们被称为南多精灵，意为"半路返航者"。他们是一个游荡在森林里的民族，在木制品和木器制作方面，或者在对中洲凯尔瓦和欧尔瓦的知识方面，他们都是无与伦比的。他们用弓打猎，拥有用某些普通金属制成的武器，但他们不知道如何锻造钢铁武器来对付后来从北方来的邪恶生物。

在两个多世纪的星光照耀下，南多精灵在安都因山谷里和谐地生活在他们流浪的土地上。有些南多精灵越过白色山脉，进入埃利阿多。他们跋山涉水，却变得更加聪明，但是当邪恶的生物在森林里袭击他们时，他们毫无准备，他们的数量开始减少。许多人被大批的钢铁武装的奥克、成群的岩石食人妖和成群的狼人所屠杀。

许多南多精灵开始练习他们的木工手艺，他们尽可能地躲避潜伏的恐怖。然而，兰威国王的儿子德内梭尔召集了许多南多精灵，再次踏上了被长期遗弃的西进之路。他在寻找能帮助他的族亲，因为他们已经从传说中得知了辛达精灵的强大力量。辛达精灵的首领埃尔威·辛葛洛曾是所有泰勒瑞族精灵的国王，现在他的名字叫辛葛。德内梭尔越过蓝色山脉，进入贝烈瑞安德，又一次把南多精灵带到了他们正统国王的统治之下。

他们受到了辛葛的欢迎，并且辛葛保护他们，教授他们一些战争的技艺，授予他们"七河之地"欧西瑞安德作为他们的封地。他们也不再称作南多精灵，而是叫"莱昆迪"或"绿精灵"，因为他们热爱绿色的林地，喜欢穿绿色的衣服，这样他们就可以在敌人面前和森林融为一体。因此，在太阳纪元开始之前，他们幸福地生活在欧西瑞安德的河畔和森林里。莱昆迪精灵甜美的歌声与夜莺的歌声相媲美。

图片：南多精灵：安都因山谷中的森林精灵。南多精灵（"半路返航者"）是一个游牧民族，精通木工和木艺，最终定居在欧西瑞安德，以莱昆迪精灵的身份为人们所知。

纳国斯隆德（Nargothrond）

在第一纪元，贝烈瑞安德最大的诺多王国是芬罗德掌管的堡垒城市纳国斯隆德。这是一个强大的地下堡垒，建在纳洛格河西岸的洞穴中，芬罗德统治着西贝烈瑞安德大部分地区。这座堡垒宫殿的巨大建筑群是仿照明霓国斯的千石窟宫殿而建的，由诺多和蓝色山脉矮人从曾经住在那里的小矮人的原始雕刻物上扩建而成。

尽管它的人民卷入了许多与魔苟斯军队的小冲突和战斗中，但是纳国斯隆德一直没有被发现，直到五世纪晚期他们经常公开参战。这也导致了他们的失败，因为在 496 年，他们与巨龙格劳龙和一支庞大的军队进行了图姆哈拉德之战，纳国斯隆德被摧毁了。格劳龙在石桥被摧毁之前进入了纳国斯隆德。里面的居民都被屠杀或奴役，格劳龙在被杀之前统治了纳国斯隆德五年。在那之后不久，小矮人的最后一个成员密姆，回到了他祖先曾经居住过的洞穴里，但是在他也被杀了之后，洞穴里古老的大厅空空如也。

瑙格人（矮人）（Naugrim）

在灰精灵王国还没有完全发展壮大之前的星光纪元，一个蓄着长胡须、装备着钢铁武器的矮人种族越过蓝色山脉来到贝烈瑞安德。灰精灵认为这些矮人丑陋，就给他们起名叫"瑙格人"，意为"矮小种族"。但是瑙格人不是来打仗的，而是来进行贸易和物资交换的，通过这种贸易，两个种族都繁荣起来。尽管瑙格人与精灵们和平共处，但他们之间的关系并不融洽，也没有什么深厚的友谊。

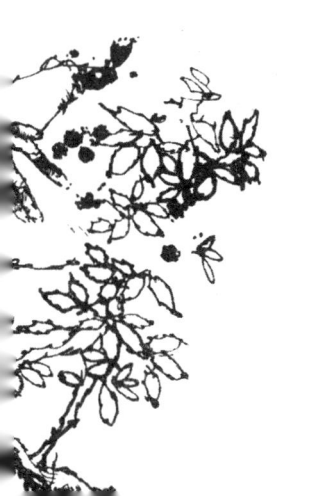

那兹古尔（Nazgul）

在太阳的第二纪元的第二十三世纪，在中洲出现了九个强大的幽灵，他们在奥克的黑语中被命名为"那兹古尔"，也就是"戒灵"。在魔戒之主索隆的所有邪恶的奴仆和将领中，这些那兹古尔是最为强悍的。

据说，那兹古尔曾经是人类中强大的国王和巫师，索隆给了他们每人一枚魔戒。这些魔戒是凯勒布林博和埃瑞吉安的精灵工匠为索隆铸造的 19 枚魔戒中的人类九戒。几个世纪以来，这些人用他们的魔戒的力量来满足自己的欲望，然而所有人都被索隆制造的至尊魔戒所统治。虽然这些被选中的人依靠魔戒的力量生活，远远超出了普通人的能力范围，但他们的形体已经消亡。到了二十三世纪，他们完全变成了幽灵，成了奴隶，一心只想着如何侍奉魔戒之主索隆。所以他们在世界各地游荡，散播恐怖。他们披着黑色的大斗篷，戴着兜帽，穿着锁子甲和银头盔，但下面是死者的灰色长袍,他们的形体是看不见的。任何注视着他们面孔的人都吓得往后一仰，因为头盔和兜帽里似乎空无一物，黑洞洞的。

然而,他们那幽灵般的面孔会显现,

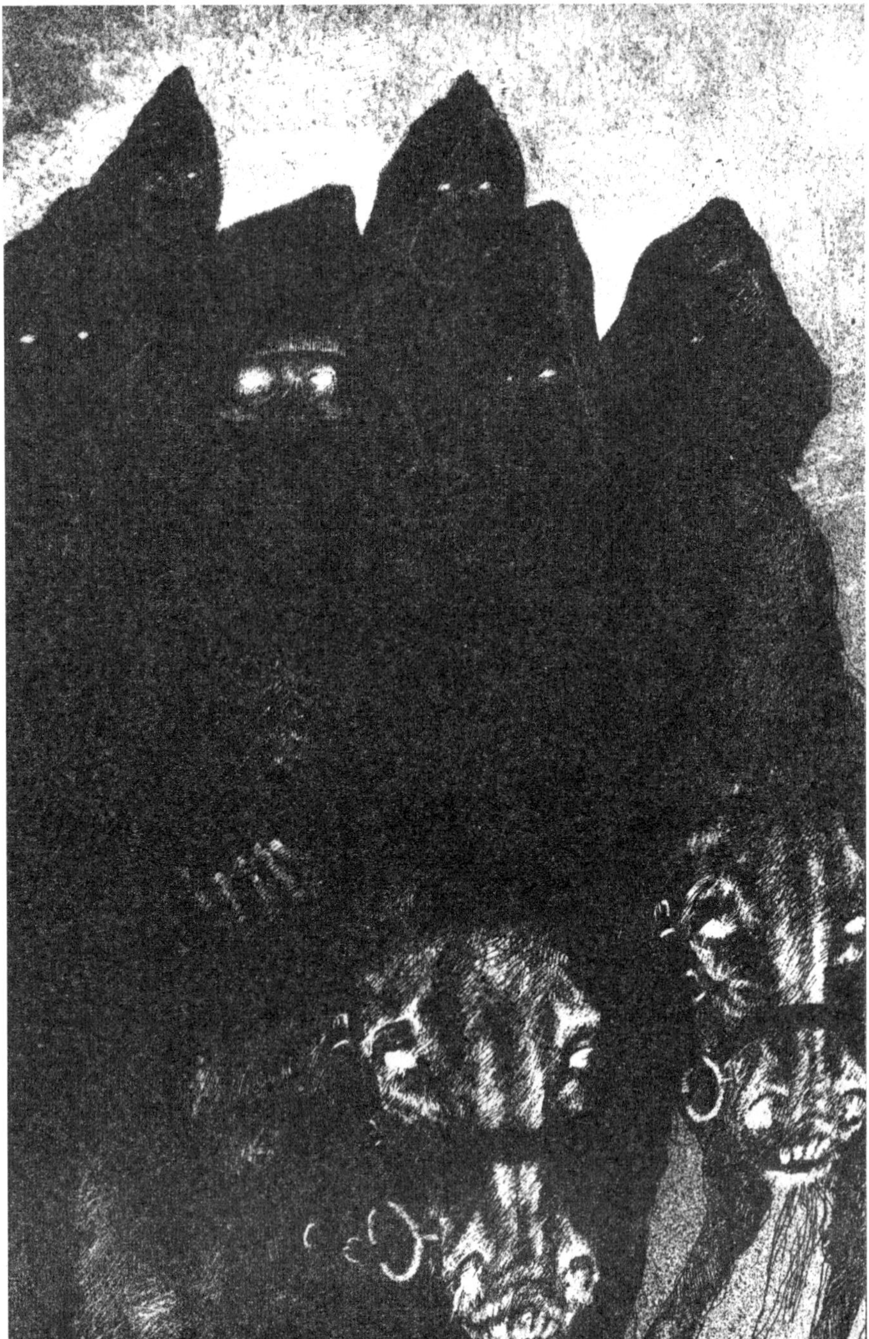

会伴随着出现两只明亮而催眠的眼睛，散发光芒，或者在愤怒和力量的驱使下，会出现一团红色的地狱般的火焰。

那兹古尔的武器很多：他们带着钢铁锻造做成的剑、黑色的狼牙棒和带着魔法的有毒匕首。他们还会使用召唤咒和喷火咒，他们呼出的黑色吐息带来的诅咒就像绝望的瘟疫；恐惧的诅咒使敌人的心都僵住了。那兹古尔对凡人来说触不可及，除非拥有精灵咒语的祝福，否则武器无法伤害他们，任何攻击他们的剑都会枯萎湮灭。

因此，在太阳第二纪元的一千年里，九个骑着黑马的那兹古尔像恐怖的噩梦一样横扫中洲。在这段时间里，他们和魔戒之主索隆一样，在战争中无往不利。直到索隆的魔多王国沦陷，精灵和人类的最后联盟结束了对巴拉督尔长达七年的围攻，他们才得以灭亡。刚铎的登丹人领主伊熙尔杜，从索隆手中砍下了魔戒，索隆和那兹古尔一起被赶到世界东部的黑暗和荒芜之地，在那里他们既没有形态也没有力量。

图片：*那兹古尔，六位那兹古尔，也被称为"黑骑手"，他们是索隆的邪恶奴仆与将军。他们也被称为"戒灵"，因为这些被诅咒的灵魂曾经都是人类，都被黑暗魔君赐予了被诅咒的力量之戒。*

在太阳第三纪元的十三个世纪里，那兹古尔既没有形体也没有力量。然而，至尊魔戒并没有被摧毁，索隆又重新塑造了自己的形象。所以在十四世纪，他再次从暗影中召唤他的强悍的奴仆那兹古尔。九个黑骑手从东方出发，其中最强大的一个来到了埃利阿多的北部，在那里建立了安格玛王国，并在卡恩督姆建造了一座巨大的城堡。他召集了奥克军团和埃滕荒原邪恶的山区人。六个多世纪以来，埃利阿多不断发生战争。这位那兹古尔领主，当时被称为"安格玛巫王"，不断地与阿尔诺的登丹人作战，不断地从卡恩督姆放出邪恶之物。伟大的王国与都城一个接一个地衰落下去，直到1974年，最后一个王国阿塞丹和都城佛诺斯特市落入野蛮部落之手。然而，巫王对北方登丹人王国的占领十分短暂，因为在1975年，他的军队在佛诺斯特战役中被精灵领主奇尔丹和格罗芬德尔以及刚铎国王埃雅努尔击败并摧毁。但巫王和他的主人索隆仍然认为这是一次伟大的阶段性胜利，因为他们对奥克和山区人的屠杀并不在意，北方登丹人王国阿尔诺在黑暗势力的攻势下逐渐失去力量，最终沦陷，这对索隆和巫王来说确实是一次伟大的胜利。

被称为高等那兹古尔的安格玛巫王离开了埃利阿多的废墟，回到了魔多。虽然索隆还没有归来，但他仍然藏在幽暗密林多尔都的黑暗之中（在那里，他的副手是一个名叫可哈穆尔的那兹古尔，也就是"黑东夷"）。在魔多还有另外一个那兹古尔，他是三个世纪前秘密来到这里的。在那段时间里，他们竭力要重建那个地方的邪恶势力，在他们四围聚集了许多奥克。

2000年，那兹古尔从魔多出发，在刚铎与南方的登丹人作战，两年后，东方城堡"月亮之塔"米那斯伊希尔陷落。那兹古尔把这个地方变成了他们自己的领地，并把它重新命名为米那斯魔古尔，意为"黑塔"有时还被称为"魔法之塔"和"死亡之城"。高等那兹古尔，也就是安格玛巫王，现在被称为魔古尔领主，戴着一顶钢冠。就是他杀死了刚铎的最后一位国王埃雅努尔，他用巫术和他的军队的力量与刚铎人交战了一千年，他侵蚀了他们的力量，毁坏了他们的城市和土地。

然而，直到2951年，黑魔王索隆才宣告归来，回到了魔多。据说索隆在此之前不敢公开自己的身份，唯恐有人拥有那枚可以毁灭他的魔戒。直到后来，即使是人类中最聪明的人也不知道是他指挥着魔古尔的幽魂，而这些幽魂就是第二纪元的那兹古尔。

在第三纪元的3018年，魔戒战争开始了。因为在那一年，索隆知道了那枚戒指藏在哪里，他的愿望如此强烈，所以他派了所有九个那兹古尔去夺回它。然而他们的使命却受阻了。当他们到达幽谷边界时，九名黑骑手在响水河渡口被赶下了马，被精灵利用控制河流力量赶走了。

为了寻找至尊魔戒，那兹古尔来到夏尔，他们怀疑的对象是霍比特人弗罗多·巴金斯。正当他们怀疑弗罗多是持戒人的时候，他们追上了他和他的同伴。有几次他们几乎成功地抓住了持戒者。的确，在风云顶，巫王用一把有毒的匕首刺伤了弗罗多·巴金斯。尽管如此，持戒者和他的同伴们还是设法逃进了埃尔隆德的王国。

然而，他们又以更强大的形式出现了，骑着和他们一样可怕的战马。这些马是有翼兽，精灵和人类不知道它们的名字。他们是在时间开始记载之前就来到这个世界上的远古生物。虽然它们有喙、爪和翅膀，但它们不是鸟，甚至不是蝙蝠 它们是像恶龙一样的蛇形生物，但更古老。它们是索隆的主人米尔寇在乌图姆诺邪恶的洞穴里制作的，那里曾经出现过龙、海妖和其他隐藏在别的地方的邪恶生物。这些有翼兽吃着奥克中食人族的肉，长得比世界上所有的生物都要大，它们以风的速度带着那兹古尔在高空飞翔。尽管他们的力量和凶猛，在魔戒战争中，那兹古尔处于致命的危险之中，因为魔戒在他们的敌人手中。在佩兰诺平原战役中，不能被男人杀死的魔古领主被洛汗的持盾少女伊奥温和霍比特战士梅里阿道克·白兰地鹿杀死。尽管有八个那兹古尔还存活着，但是他们也很快被摧毁了。当他们在魔多的黑门与敌人战斗时，魔多内部发出了巨大的警报。索隆命令那兹古尔赶紧赶到"烈火之山"欧洛朱因，也就是末日山，因为霍比特人弗罗多·巴金斯就站在那里。那兹古尔骑着有翼兽，像一阵风似地飞过去帮助索隆，但是并没有用，因为弗罗多·巴金斯把魔戒扔进了末日山的火里。就在那一刻,索隆和他那可怕的邪恶世界被毁灭了。当黑门轰然倒塌时,黑暗之塔也随之塌陷了,在他们逃跑的过程中,强大的那兹古尔尖叫着倒下,火焰将他们永远地毁灭。

吱咯吱嘎虫(Neekerbreekers)

在埃利阿多北部肮脏的蚊水泽里,生活着大量吸血昆虫。其中有一些吵闹的动物,类似于蟋蟀,被霍比特人称为"吱咯吱嘎虫"。在蚊水泽里,那些动物可怕的、不断重复的"吱咯、吱嘎"声几乎把旅人们逼疯了。

尼尔多瑞斯(Neldoreth)

在中洲生长的树木中,最受人们喜爱的是那些精灵们称之为尼尔多瑞斯的森林,而人类则称之为山毛榉。根据沦陷的贝烈瑞安德的传说所述,千石窟洞穴明霓国斯内,都雕刻了像山毛榉树一样的柱子,和贝烈瑞安德最优质的、生长在广阔的尼尔多瑞斯森林一样。在精灵们的心中,尼尔多瑞斯更受喜爱,因为它在某种程度上就像维拉瞻仰的名为劳瑞林的金色圣树,它曾经用金色的光芒照亮了这片神圣的土地。

多瑞亚斯那棵三根树干的山毛榉,名叫希里珑,是中洲上的最粗大的尼尔多瑞斯,里面建了一座守卫森严的露西恩之家——正如精灵宝钻任务传说中描述的那样。

奈莎(Nessa)

维拉,擅长跳舞。奈莎是猎人欧洛米的妹妹,摔跤手托卡斯的妻子。赤足、敏捷且出色的舞者奈莎作为林地的精灵,鹿对她来说十分神圣。

奈莎美尔达(芳香树)(Nessamelda)

在太阳第二纪元,海洋精灵从托尔埃瑞西亚把许多芳香四溢的常青树带到努门诺尔的土地上,其中之一就是奈莎美尔达。奈莎美尔达意为"奈莎之树",奈莎是一名林地精灵,一名擅长跳舞的维拉,欧洛米的妹妹,也是"芳香树之地"尼西姆阿勒达地区为数最多的树木。

涅娜(Nienna)

维拉,"哀叹者"。涅娜最关心的事情是悲伤与哀痛,这也正是她名字的意思。她是罗瑞恩和曼督斯的妹妹。她独自一人住在维林诺西部,在那里,她的住宅可以看到大海和黑夜之墙。她的眼泪有治愈的力量,让别人充满希望和坚毅的精神。

宁布瑞希尔(Nimbrethil)

在沦陷的贝烈瑞安德地区,生长着许多美丽的白桦树,在灰精灵语中,它们被称为"宁布瑞希尔"。汶基洛特是一艘巨大的船,水手埃雅仁迪尔就是用这些巨树的木材建造汶基洛特的。

宁洛德尔（Nimrodel）

洛丝罗瑞恩的精灵少女。在太阳第三纪元的第二个千年里，宁洛德尔和她的情人阿姆洛斯在洛丝罗瑞恩订婚了。然而，这对情侣在1980年莫瑞亚的炎魔崛起时被分开了。宁洛德尔，意为"白色岩穴间的女士"，她消失在白色山脉中，随后再也没有出现。

妮芙瑞迪尔（Niphredil）

在星光第二纪元末期，世界上最美丽的孩子诞生了，她的母亲是迈雅族的美丽安，父亲是辛达精灵国王辛葛。她出生在贝烈瑞安德的尼尔多瑞斯，名叫露西恩。那时，白花妮芙瑞迪尔也第一次开放，迎接美丽的露西恩诞生。据说这朵花是地球上的一颗星星，象征着埃尔达精灵和迈雅结合所诞生的唯一的女儿。虽然时光流转，许多世纪过去了，露西恩和她的情人贝伦早已离开了人世，但是这朵星星之花却永远留在人间，作为最美的女儿的一种纪念。

在太阳第三纪元，妮芙瑞迪尔仍然生长在洛丝罗瑞恩的金色的树林里，在那里，与金黄色小花埃拉诺结合，蓬勃发展。太阳第四纪元时，那个纪元里最美丽的精灵少女来到了森林里。这就是埃尔汶·乌多米尔，她和露西恩一样，与凡人有着同样悲惨的爱情。在森林里，阿尔文把她的信物交给了登丹人阿拉贡。多年以后，在这片森林里，她选择死在这些白色和金色花朵的花床上。

诺吉斯·尼宾（小矮人）（Noegyth Nibin）

古老的贝烈瑞安德王国传说中，讲述了一个被灰精灵称为诺吉斯·尼宾的种族。他们个子很小——甚至比他们的祖先矮人还要小。人们称他们为"小矮人"，在太阳第一纪元，密姆是这个日渐衰微的种族的最后一个成员，他被胡林残忍地杀害了。

诺格罗德（Nogrod）

诺格罗德是蓝色山脉中的两个矮人王国之一，意为"矮人之家"。诺格罗德的矮人，就像附近贝烈戈斯特的矮人一样，都是技艺精湛的铁匠和工匠，他们在与贝烈瑞安德精灵的贸易中取得了巨大的成功，并在第一个纪元勇敢地与奥克和恶龙作战。在制造武器方面，诺格罗德最著名的铁匠是铁尔哈，他锻造了纳熙尔，伊熙尔杜用这把埃兰迪尔之剑从索隆的手上砍下了至尊魔戒；还有安格锐斯特，贝伦用这把刀从魔苟斯的王冠上挖下了一枚精灵宝钻。

诺格罗德的衰落是由于停留在明霓国斯的一些矮人工匠，被灰精灵国王辛葛要求把无价的精灵宝钻镶嵌在一条叫做瑙格拉弥尔的金项链上。工匠们被贪婪所征服，杀死了辛葛，偷走了项链。他们还没来得及逃跑，就被报复性地杀死了，项链完璧归赵，还给了明霓国斯。愤怒之下，诺格罗德的矮人们派出了一支庞大的军队，洗劫了明霓国斯，并再次拿走了项链。然而，在他们安全返回诺格罗德之前，矮人军队遭到了贝伦和迪奥的伏击，在莱昆迪和恩特的帮助下，整个军队被屠杀。在第一纪元末期，矮人王国诺格罗德连同贝烈戈斯特和贝烈瑞安德的大部分地区一起沉入大海。

诺多（Noldor）

诺多是居住在中洲最强大的精灵，在人类耳熟能详的歌谣和故事中都声名远扬。因为这些精灵制造了巨大的珠宝，叫做精灵宝钻，以及力量之戒。精灵和人类所知的最强大的战争就是为了这些伟大造物而展开的。

在来到不死之地的精灵中，诺多族是第二支。诺多这个名字的意思是"知识"，而知识是精灵们最难以拥有的一样东西。在维拉的双树纪元，他们的国王是芬威。那时，他们从导师维拉和迈雅那里学到很多东西，非常开心。在那永恒的金色和银色的圣辉下，诺多变得强大而高贵。他们的城市提力安坐落在图娜山的绿色山顶上，俯瞰着星光灿烂的大海，气势磅礴，美丽绝伦。这座城市建在名叫卡拉奇瑞安的光之隘口上，这是穿过广阔的佩罗瑞山脉的唯一通道，这片山脉环绕着埃尔达玛和维林诺的土地。圣辉从这个隘口中穿过，落在城市的西边。在东面，在图娜山的山翳下，精灵们注视着在阴暗的海面上闪耀着的星星。

诺多族就是这样逐渐变成了聪明的精灵，但他们尤其擅长山脉打造者奥力的锻造工艺。他们利用巨石凿出了埃尔达玛的高塔，又利用发光的白石凿出许多美丽的东西。他们首先把藏在山中的宝石带出来。他们不求回报地送出宝石，精灵和维拉的房屋闪耀着诺多打造的宝石，据说，埃尔达玛的海滩和水池也闪耀着宝石的光芒。

诺多国王和王后弥瑞尔生了一个儿子，名叫库茹芬威，又叫费艾诺，意思是"火之魂魄"。在所有学习奥力技艺的工匠中，费艾诺是最强大的。甚至迈雅当中都没有一个能超过他的。因为他是第一个创造出那些魔法精灵宝石的人，它们比地球上的宝石更明亮、更神奇。在制作过程中，它们的颜色苍白，但是当它们被放置在星星下时，它们被比作精灵的眼睛，因为它们吸纳了星星的光芒，发出亮蓝色的光芒。费艾诺也使得其他晶体称为帕蓝提尔，即"真知晶石"，这是神奇的宝石，若干纪元之后，阿瓦隆尼的精灵将其送给登丹人。但是费艾诺最伟大的作品是用那三颗神奇的精灵宝石，宝石闪耀着维拉双圣树的光芒。这就是精灵宝钻，世界上从来没有见过这么美丽的珠宝，它们散发着耀眼的光芒。然而，正如在《精灵宝钻征战史》和《诺多兰提》中所讲述的故事那样，由于费艾诺的愈发膨胀的野心，加上米尔寇的邪恶的行为，导致了有史以来对精灵来说最大的祸乱发生了。悲剧降临在诺多身上的那一刻，米尔寇带着蜘蛛乌苟立安特摧毁了维拉双圣树，杀死了芬威，偷走了精灵宝钻。费艾诺发誓要报仇，这是对他的人民永远的诅

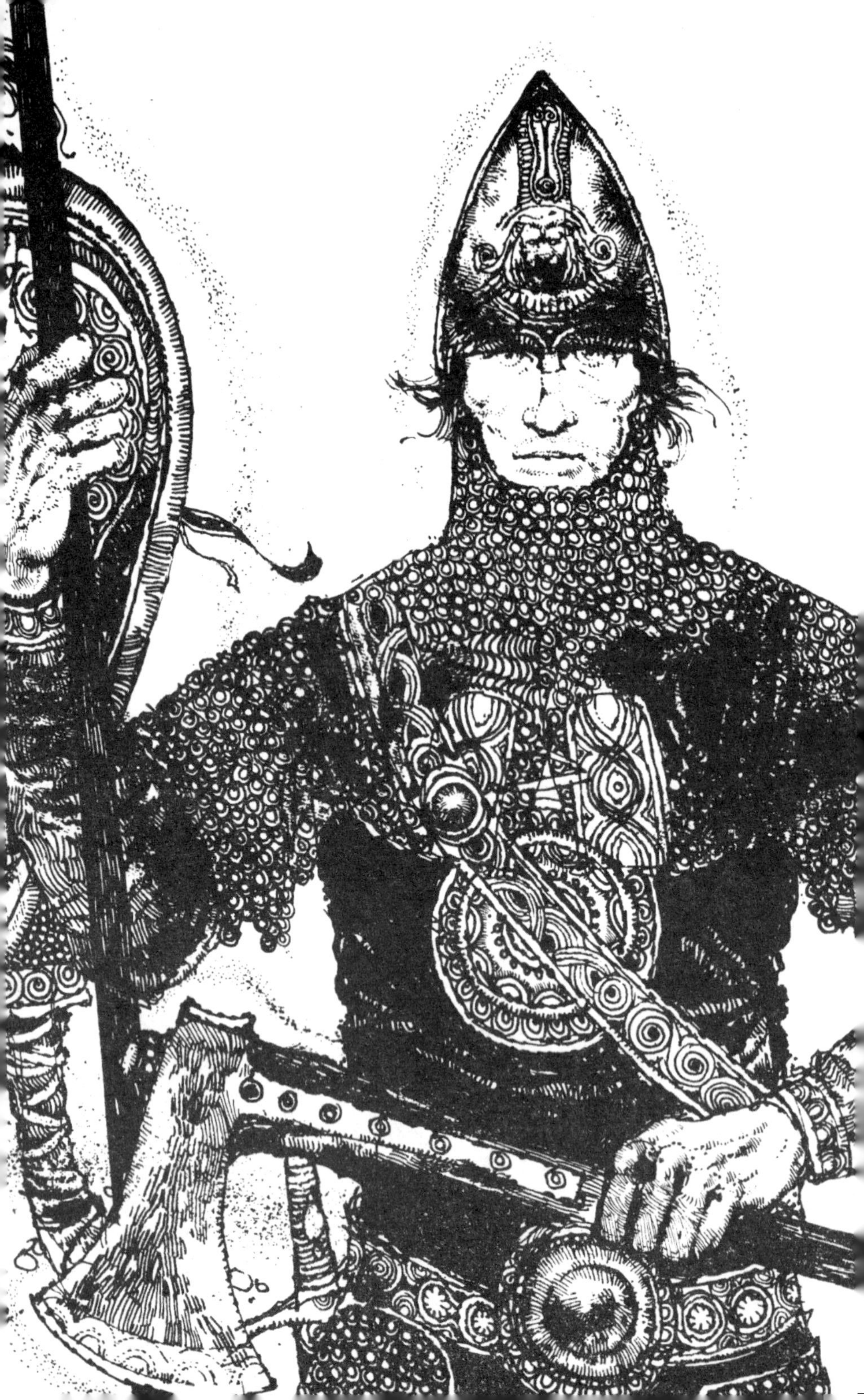

咒。盛怒之下,他跟随米尔寇来到中洲,并把米尔寇称为魔苟斯,"世界的黑暗大敌"。就这样开始了精灵宝钻争夺战和贝烈瑞安德之战,这两场战争贯穿了太阳第一纪元。

在这个战争年代,诺多也给中洲带来了巨大的馈赠。在这段时间内,在希斯路姆、多尔罗明、奈芙拉斯特、米斯林、多松尼安、希姆拉德、沙盖理安和东贝烈瑞安德都出现了诺多王国。诺多王国中最美丽的是两个隐藏的王国:由图尔巩统治的刚多林;以及由芬罗德·费拉刚统治的纳国斯隆德。

在精灵宝钻争夺中,费艾诺和他的七个儿子:阿姆拉斯、阿姆罗德、卡兰希尔、凯勒巩、库茹芬、迈兹洛斯、玛格洛尔——都被杀了。他弟弟芬国盼和芬国盼的孩子芬巩、图尔巩和阿瑞蒂尔也被魔苟斯杀死。尽管另一个兄弟菲纳芬(芬威的第三个儿子)留在了不死之地,在那里他统治着提力安剩余的诺多,但是他所有的孩子都去了中洲,他的四个儿子,艾格诺尔、安格罗德、芬罗德·费拉刚和欧洛德瑞斯都被杀了。因此,在诺多领主和他们的孩子中,只有菲纳芬的女儿加拉德瑞尔,日后的洛丝罗瑞恩女王,在中洲活了下去。

从第一纪元以来,魔苟斯和他的奴仆毁灭了诺多的所有王国。当时在贝烈瑞安德,其他许多种族的命运在一定程度上与诺多息息相关。由于这些战争,灰精灵的王国,也就是辛达族,也被摧毁了,同样被摧毁的还有矮人的诺格罗德和贝烈戈斯特王国,以及伊甸人三大部族的大部分王国。

但最后,维拉和迈雅从不死之地出发合击魔苟斯。大决战,即愤怒之战就这样展开了。在这强大的力量面前,魔苟斯战败,被永远地驱逐到永恒的虚空当中。然而,斗争太过激烈庞大,贝烈瑞安德遭受波及,四分五裂,大部分的土地沉到了海底。

在诺多所有的王族血脉中,只有少数幸存下来的人能声称自己是王族后裔。所以芬国盼的孙子、芬巩的儿子吉尔-加拉德,在中洲建立了最后一个诺多至高王国。这就是在林顿,贝烈瑞安德的于大决战之后残留的最后一部分土地。与吉尔-加拉德一同管理林顿的还有库茹芬的儿子、费艾诺家族唯一一位活到第二纪元的王子凯勒布林博。加拉德瑞尔(菲纳芬之女)、半精灵埃尔隆德、埃尔洛斯以及许多辛达领主也来了,还有法拉斯民领袖奇尔丹、莱昆迪精灵、伊甸人——这些人在精灵宝钻争夺战期间对精灵忠心耿耿。

当时,许多精灵从灰港乘船前往不死之地埃尔达玛湾的托尔埃瑞西亚,并在那里建造了阿瓦隆尼城。伊甸人同样被赋予了西海一片不错的岛屿,叫作努

图片:尼尔多瑞斯,埃尔达玛的高等精灵,他们创造了精灵宝钻并统治着贝烈瑞安德。图中所示的是他们的费诺国王,是他带领他们开始了那场与魔苟斯的灾难级的精灵宝钻战争。

门诺尔，他们同样离开了中洲。

就这样，诺多王族的所有成员都留下来了。吉尔-加拉德统治着林顿，奇尔丹统治着灰港。但在第二纪元750年，据说凯勒布林博从林顿出发，在迷雾山脉脚下的埃瑞吉安建立了一个王国，靠近矮人王国卡扎督姆。这些精灵被命名为"珠宝工匠"，即后来传说中的是"珠宝匠和精灵工匠的民族"。正是在这里，在索隆的妖言蛊惑下，打造了精灵宝钻的费艾诺的孙子凯勒布林博锻造了力量之戒，这也是诺多的第二个伟大作品，围绕力量之戒，又一轮激烈的战争展开了。因为索隆在那个时候制造了至尊魔戒，它将统治诺多锻造的所有其他力量之戒。被愤怒和恐惧所包围的精灵们站了起来，索隆和精灵们开始了新一轮战争。凯勒布林博和大部分埃瑞吉安的精灵工匠都被杀了，埃瑞吉安变成了废墟，虽然半精灵埃尔隆德带着一支军队来到这里，但他所能做的就是营救剩下的少数精灵工匠，并在伊姆拉缀斯避难，就是人们所知的幽谷。那里是诺多尔在蓝色山脉和迷雾山脉之间唯一的据点。

在这段时间里，林顿本身也四面楚歌，但是伊甸人的后代努门诺尔人，带来了他们庞大的舰队，把索隆赶到了东方。后来他们又回来抓住了黑暗魔君，但没有把他消灭。他们仅仅把他囚禁在监狱里，这样导致了他们的覆灭，因为索林唆使他们转去反抗维拉，他们也因自己的愚昧，最终被海水吞没了。

索隆回到了中洲，尽管大绿林的洛丝罗瑞恩王国是由诺多和辛达精灵的贵族和西尔凡精灵建立起来，但仅存的只有诺多王国林顿和幽谷。随着索隆的归来，战争又开始了。精灵和人类结成了最后的联盟，在结束了第二纪元的战争中，吉尔-加拉德和登丹人国王被索隆杀死，但索隆本人却和整个魔多王国一起被毁灭了。

此后，中洲再也没有诺多的至高王，但王国依然存在。林顿和灰港交由奇尔丹统治，而埃尔德隆仍然统治着幽谷。在第三纪元，最美丽的王国是洛丝罗瑞恩，那里是加拉德瑞尔女王统治的地方。虽然只有很少一部分诺多和加拉兹民一起生活在黄金森林中，但它是最为美丽，也是最像古老诺多王国

据《西界红皮书》所记载，当第三纪元末期，至尊魔戒被摧毁，索隆神形俱灭，幽谷领主埃尔德隆和洛丝罗瑞恩领主加拉德瑞尔乘坐白船前往不死之地。随着女王的离去，洛斯洛瑞恩逐渐衰落，中洲的诺多王国在第四世纪逐渐衰落。据说造船师奇尔丹把诺多的最后一片土地带到不死之地。诺多的余民现在就住在那里，他们遭受了最深重的苦难，遭受了最大的痛苦，做了最伟大的事情，在历代流传下来的传说中，他们是精灵中最为人所知的。自从最后一艘前往不死之地的船启航以来，他们的所作所为，那些生活在尘世的人们知道只有在后世伟大的音乐中才能知晓了。

诺多族（Nomin）

当人类在太阳第一纪元踏上贝烈瑞

安德大陆的土地时，他们第一次看到了诺多领主芬罗德·费拉刚。这些人惊讶于他们无与伦比的高贵美丽和渊博的知识，人类称他们为"诺多族"，意为"明智"。

诺瑞（Nori）

诺瑞是第三纪元2941年矮人索林孤山远征队的成员之一。这次探险最终导致了恶龙斯毛格的死亡以及山下矮人王国埃瑞博的重建。诺瑞在埃瑞博定居，并且在那度过了余生。

北方人（Northmen）

在太阳第三纪元，许多人是第一纪元的伊甸人的后裔，他们居住在安都因的北部谷地。这些人来自许多部落和王国，他们被称为罗瓦尼安的北方人。

虽然没有一个领主统治这些北方人，但他们一直是索隆和他所有奴仆的敌人。因为在罗瓦尼安，这些骄傲的人经常与奥克、东夷人和黑暗魔君的狼人作战，有时他们甚至敢于与来自北方荒原的古老巨龙作战。

这些北方人在罗瓦尼安居住了许多世纪，没有屈服于索隆的邪恶力量。在太阳第三纪元的最后几个世纪的历史中，记录了这些强壮而高贵的民族中的一些人的名字：贝奥恩族和幽暗密林的林中居民、长湖镇的长湖人、河谷城的巴德一族，还有也许是最强大、最具远见卓识的伊伊奥希奥德人，也就是洛汗人希奥顿的祖先。这些都是强壮而高贵的人，在魔戒战争中，北方人证明他们是登丹人的真正盟友，他们在战场、森林和隘口攻击索隆的奴仆。

从第三纪元的11世纪开始，北方人一直是刚铎人类对抗东部入侵者的盟友。许多人进入了刚铎的军队，从那时起，他们就与刚铎国王风雨同舟。

努门诺尔（Numenor）

在太阳第一纪元之后，有一部分人类是伊甸人种族的幸存者，他们在与魔苟斯的精灵宝钻争夺战中与精灵结盟。为了奖励他们的勇敢，维拉在西海中建造了一个大岛，所以这些名为登丹人的人类，也可能拥有他们自己的土地。这就是中洲人类西部语中所称的努门诺尔人，成立于第二纪元32年，是阿尔达世界最强大的人类王国。努门诺尔人的寿命是其他人类的许多倍，他们拥有更强大的精神和身体力量，而这些力量以前只被赋予精灵。努门诺尔人岛也被称为"安多尔"，意为"赠礼之地"；或是埃兰娜，意为"星引之地"，大概形状像一个五角星。它最窄的地方宽约250英里，最宽的地方宽约500英里，分为六个区域。中心米塔尔玛，核心区域，包含了"国王之地"阿兰多、王都阿美尼洛斯、圣山美尼尔塔玛和罗门娜港口。从米塔尔玛辐射出来的五个半岛，每一个都是一个独立的区域：北部的佛洛斯塔；东部的欧尔洛斯塔；西南部哈尔努斯塔；东南部哈尔洛斯塔和西部的安督斯塔及其主要城市兼港口安督尼侬,意思是"日落"。

努门诺尔幸运地拥有许多美丽的森林,那里的树木芳香四溢。它有许多美丽的草场和两条主要的河流:西利尔河,从美尼尔塔玛的斜坡向南流到靠近渔村宁达墨斯的大海;以及向西流经最美丽的港口"绿港"——埃尔达泷迪的努恩都因尼河。到了第二纪元,努门诺尔强大到国王们也变得狂妄自大。在魔戒之主索隆的邪恶鼓动下,于第二纪元3319年,阿尔·法拉宗国王敢于派遣一支强大的海军在不死之地上攻打维拉。结果是努门诺尔完全被摧毁了,大海吞噬了这个岛屿王国。这段时间被称为"世界大剧变",因为不仅努门诺尔被消灭了,而且不死之地从世界的范围中带人进到了一个人类无法触及和理解的维度。虽然一部分人逃过了大剧变,来到中洲,在那里建立了新的王国,但努门诺尔人再也没有出现过。许多世纪以来,传说称它是一个神奇的沉没在海底的陆地,同时也有许多名字,分别是:阿卡拉贝斯、玛·努·法尔玛和亚特兰蒂斯上的亚特兰提。

努门诺尔人(Numenoreans)

当太阳第一纪元结束,魔苟斯的力量被摧毁,只剩下了被称为伊甸人类的幸存者,他们是精灵在可怕的贝烈瑞安德战争中的盟友。

大战结束后,维拉同情伊甸人,伊甸人遭受了如此深重的苦难,他们的土地也被夺去了。维拉在西海为他们创造了一片全新的土地,位于中洲和不死之地之间。在这片土地上,他们被赋予了更为长久的生命和更强大的精神和身体力量,以及许多以前只属于精灵的技能和知识。这些人发生了很大的变化,现在被称为努门诺尔人,因为他们的土地被称为"努门诺尔"或"西方之地"。但它也有许多其他名字,如安多尔,意为"赠礼之地"、或是埃兰娜,意为"星引之地"、玛·努·法尔玛和亚特兰提。

在太阳第二纪元,努门诺尔人多行善事,因为努米诺人得到了维拉和埃尔达精灵的大力支持。努门诺尔的第一位国王是半精灵埃尔洛斯,是后来统治幽谷的埃尔隆德的兄弟。埃尔洛斯选择了成为凡人,然而他的统治却持续了400年。在那片土地上,他被命名为塔尔·明雅图尔。他们走遍世界,一直航行到东方的晨曦之门。然而,他们永远无法向西航行,因为已经颁布禁令不能被打破:任何人都不能踏上埃尔达玛和维林诺这片不死之地的神圣海岸。

在努门诺尔,人类的财富不断增加,而黑暗再次在中洲崛起。虽然黑暗大敌魔苟斯已经离开了这个世界,但他的伟大的追随者黑暗魔君索隆却归来了,中洲东部和南部的人们都臣服于他的邪恶暗影。

力量之戒的故事记载到,在这个时候,索隆制造了一个魔法戒指,他希望用它来统治所有人类的土地,他向精灵发动了战争,残忍地杀死了他们,把他们赶回了蓝色山脉。但是努门诺尔人的力量也在增长，他们来帮助精灵，并与索隆开战，索隆被赶出了西部大陆。有一段时间，那里重获和平，努门诺尔人再次壮大，在南方建立了乌姆巴尔港，在中洲北部建立了佩拉基尔。但他们越来越骄傲，妄想宣称自己是中洲之王和海洋之王。所以在太阳第二纪元3262年，他们带着一支强大的军队来到了魔多的黑暗之地，索隆无法抵挡他们。令全世界惊讶的是，索隆从他的黑塔上走出来，向努门诺尔人投降，不敢与这样的军队战斗。于是黑暗魔君被囚禁在了努门诺尔王国的高塔上。

然而事实上索隆投降只是他计划的一部分，是一个欺骗大师的诡计，他想用这个诡计来达到他用武力无法达到的目的。因为在努门诺尔人身上，他看到了骄傲和野心的致命缺陷，他相信他可以用他的力量来诱惑他们。因此，一进入努门诺尔王国，他就成功地制造了人类有史以来最大的罪恶：索隆蛊惑败坏了努门诺尔的国王，阿尔-法拉宗。在努门诺尔，人们为黑暗大敌魔苟斯建造了巨大的庙宇，人们在他的祭坛上献祭。然后索隆建议努门诺尔人向居住在不死之地的维拉和埃尔达精灵开战。于是，世界上最伟大的舰队集结了起来，向西驶向人类禁地。舰队穿过迷咒群岛和幽暗的大海，来到了不死之地。《阿卡拉贝斯》中记载，当庞大的海军到达不死之地时，一场巨大的灾难降临到了这个世界上。尽管努门诺尔国王前来征服不死之地，他的第一步就在佩罗瑞山脚下在他庞大的舰队面前宣称这片土地属于他自己。对人类来说，努门诺尔人无疑是迷失了自我，但这还算不上大事，因为更大的灾难随之而来。海上掀起愤怒的波涛，努门诺尔岛中心区域的美尼尔塔玛突然爆发，漫天火光倾泻而下，整座努门诺尔岛都陷入了贝烈盖尔的巨大旋涡中。

随后发生了世界大剧变。因为在那一年，也就是太阳第二纪元的3319年，不死之地永远地从世界版图上消失了，并被迁移到除了被选中的人以外的所有人都无法到达的地方，那些被选中的人们将乘坐精灵飞船沿着穿越两个世界的笔直航道前往不死之地。

然而努门诺尔族还有一部分人还活着。这些人逃离了努门诺尔岛的沉没，乘坐九艘船前往中洲。这些人就是埃兰迪利，即"忠贞派"，他们没有被索隆腐化，拒绝放弃古老的维拉和埃尔达精灵的生活方式。这些人乘坐九艘船前往中洲，在阿尔诺和刚铎建立了两个强大的王国。另外一些人也在努门诺尔岛沉没后幸存下来，后来被称为黑努门诺尔人，他们定居在乌姆巴尔港。

努尔恩（Nurn）

索隆邪恶的魔多王国的南部被称为努尔恩。索隆统治的时候，这片土地上到处是魔戒之主索隆的奴隶，他们如同行尸走肉一般地耕种着大片的农田，为魔多的军队提供食物。穿过努尔恩的田野，有四条主要的河流汇入努尔恶魔的内海。很少有人知道这个地方或它的人民，但在魔戒战争后，埃莱萨国王解放了奴隶，把努尔恩的农田交还给他们自己。

O

欧古尔族（德鲁伊甸人）（Oghor-hai）

欧古尔族是奥克一族对那些原始森林野人的称呼，他们经常伏击和袭击游荡到他们土地上的奥克军团。在人类语中，他们被称为"沃斯野人"。

欧幽莱瑞（Oiolaire）

在努门诺尔的海王中，有一个习俗，祝福船只安全通过和安全返回。这是通过砍下一根叫做"欧幽莱瑞"的神圣芳香树的树枝，把它放在船头来完成的。这"返乡的绿枝"是献给"海浪之主"欧西和"平静之主"乌妮的礼物。欧莱尔是托尔埃瑞西亚精灵送给努门诺尔人的礼物，意思是"永远的夏天"。

欧因（Oin）

索林孤山远征队的矮人同伴。欧因是格若因的儿子，生于第三纪元2774年，并于2941年加入了埃瑞博远征队。在杀死恶龙斯毛格并重建山下矮人王国之后，欧因在埃瑞博居了一段时间。然而，在2989年，他与巴林和欧瑞出发，试图在莫瑞亚重建矮人王国。他于2994年在那里被水中的怪物"监视者"杀死。

老林子（Old Forest）

到了太阳第三纪元，曾经覆盖整个埃利阿多的古老森林缩小到夏尔以东的白兰地河和丘陵之间的一小块区域。这就是老林子，里面有许多邪恶的树精，它们使旅行变得危险。其中最可怕的是柳树老头，他有一种魔力，能用他的低吟歌声迷惑旅人，用他那活动的树根把他们缠在一起，最后把他们围在他的树干里。幸运的是，另一个叫汤姆·邦巴迪尔的友好精灵住在森林的东侧，他有能力命令邪恶的树精释放他们的猎物。

毛象（Oliphaunts）

在夏尔霍比特人的土地上，流传着许多关于中洲南部神秘热土的传说。霍比特人最感兴趣的是巨大的毛象：长有獠牙的战争野兽，每走一步都发出沉闷的巨响。据传，哈拉德的野蛮人骑着这些动物上战场时，会在它们背上搭上战斗塔楼。理智的霍比特人相信这些故事是幻想家臆想出来，尽管他们自己的一些人声称看到过这些生物，刚铎人通常称它们为"大象"。

奥洛格族（Olog-hai）

据传在太阳第三纪元，统治着魔多的魔戒之主索隆从米尔寇在安格班培育的一些远古食人妖那里创造了另一个种族，在黑语中被称为"奥洛格族"。这个种族的生物在体形和力量上都是真正的食人妖，但索隆让他们变得狡猾，对大多数食人妖种族来说致命的光他们也不害怕。奥洛格族的战斗能力十分可怕，因为他们被培养成贪婪的野兽，渴望得到敌人的肉。他们身披坚硬的鳞甲，身高和体形是常人的两倍。他们拿着纯黑的圆盾，手持着巨大的锤子，张牙舞爪，龇牙咧嘴。在他们的猛攻面前，几乎没有任何种族的战士能够稳固地举起盾牌防御，而没有受到精灵咒语祝福的刀刃也无法穿透他们坚硬的鳞甲来对他们造成伤害。

然而，尽管他们很强大，在第三纪元末期，奥洛格族被完全消灭了。因为这些生物完全是由黑魔王索隆的意志所创造和指挥的。所以当魔戒被摧毁，索隆也死了，他们突然失去了理智和意志，他们东倒西歪，漫无目的地走着。他们没有主人，也没有举起手来战斗，因此要么被杀，要么失踪。因此，第四纪元的历史并没有提到奥洛格族，因为它们已经永远地从世界上消失了。

欧尔瓦（Olvar）

在爱努大乐章中有许多预言。一个是在精灵和人类进入这个世界之前，将会有灵魂来守护所有的欧尔瓦（生长并扎根于地球的植物）。因为欧尔瓦，无论是高大的森林树木还是最小的地衣，都无法抵御破坏他们的敌人，所以雅凡娜创造了它们的守护者，叫做恩特。

欧尔威（Olwe）

澳阔泷迪的精灵国王。欧尔威是埃尔威的弟弟，埃尔威是第一个泰勒瑞族精灵的至高王。在星光纪元之初，兄弟俩带领他们的人民踏上了前往不死之地的伟大迁徙。然而，在贝烈瑞安德，埃尔威被迈雅族的美丽安迷住了，留下来建立了灰精灵王国。欧尔威成为泰勒瑞族至高王，带领他的子民，先到托尔埃瑞西亚，最后到埃尔达玛的澳阔泷迪。

欧诺德民（Onodrim）

在中洲的森林里，在星光重新被点亮的时候，出现了一个巨人。这些是巨大的树木群，他们通常被称为恩特，但辛达精灵称他们为欧诺德民。这些十四英尺高的巨人是森林的隐形保护者，在外形上介于树和人之间。在大多数情况下，恩特都很温和，行动迟缓。他们对其他民族的战争漠不关心，除非这些争端大大缩小了他们的森林领土。但他们的怒气一发，他们的愤怒和能力就一发不可收拾，把仇敌尽行杀灭。在魔戒战争中，叛军巫师萨茹曼明白了招致如此愤怒的代价，因为欧诺德民摧毁了他的军队和他的堡垒艾森加德。

奥克（Orcs）

在星光第一纪元的乌图姆诺最深处，据说米尔寇犯下了他最大的罪行。因为在那段时间里，他俘虏了许多新崛起的精灵种族，并把他们带到他的地牢里，用可怕的折磨手段，他创造了面目全非而可怕的生命形式。从这些奴隶中，他培养出了一个奥克种族，就像米尔寇讨厌精灵一样，这些奥克也令人讨厌。

这些就是奥克，一群被痛苦和仇恨扭曲成各种形状的怪物。这些生物唯一的乐趣是看到别人的痛苦，因为奥克体内流的血又黑又冷。他们发育不良的身体十分可怕：弯着腰，屈着腿蹲着。他们的膀臂又长又壮，像南方的猿猴。他们的皮肤黑如焦木。它们的大嘴里长着黄色的尖牙，舌头又红又厚，鼻孔和脸又宽又平。他们的眼睛是深红色的裂口，就像黑色铁栅上的狭缝，后面烧着滚烫的煤一样。

这些奥克都是凶猛的战士，因为他们比任何敌人更惧怕他们的主人；并且也许在战斗中死亡也比活在世上受尽主人的折磨更为可取。他们是食人族，残忍且可怕，他们撕裂的爪子和奴隶般锋利的尖牙上常常刺着他们同类的苦涩的肉和肮脏的黑色血液。奥克是黑暗魔君的奴隶，所以他们怕光，因为阳光会使他们软弱，把他们烧着了。他们的眼睛是具有夜视能力，他们住在污秽的洞穴和坑道里。在米尔寇的乌图姆诺和中洲的每一个肮脏的地方，他们都能繁衍生息。它们的后代从产卵坑里出来的速度比阿尔达的任何其他生物都要快。在星辰第一纪元末期，爆发愤怒之战，维拉来到乌图姆诺并将其打破。他们用大铁链锁住米尔寇，杀了他在乌图姆诺的奴仆和大部分的奥克。那些幸存下来的奥克没有主人的意识指引，四处游荡。

在随后的年代里，精灵们进行了大规模的迁徙，虽然奥克生活在中洲黑暗的地方，但他们并没有公开出现过，精灵的历史也没有提到奥克，直到星辰第四纪元。这时，奥克已经变得很棘手了。他们从安格班蜂拥而出，身穿钢板盔甲，戴着铁链，头戴铁箍和黑皮制的头盔，头盔还有一副用钢做的着像鹰一样的喙。他们带着弯刀、涂毒匕首、毒箭和宽头剑。这个种族形如强盗，连同狼与狼人一起四处作恶，在星辰第四纪元，他们胆敢进入贝烈瑞安德王国，也就是迈雅族的美丽安和辛葛国王所统治的地方。灰精灵不知道奥克是什么样子的，尽管他们并不怀疑奥克邪恶的本性。由于这些精灵当时并不使用钢铁武器，他们来到诺格罗德和贝烈戈斯特的矮人铁匠那里，和他们交换精炼钢铁制成的武器。随后，他们杀死并且驱逐了奥克。

然而，当米尔寇回到贝烈瑞安德的时候，在星辰时代最后一个纪元，从安格班的深渊里，奥克从一个又一个的坑道里涌出，在公开战争中，还是有奥克源源不断地出现，这就是贝烈瑞安德战争的开始。因为在盖理安河河谷，他们遇到了辛葛王国的灰精灵和德内梭尔治下的绿精灵。在第一次战斗中，大量奥

奥克：邪恶的黑暗领主魔苟斯和索隆的奥克种族士兵。他们是一个发育不良、皮肤黝黑、长着黄牙、眼睛发红的食人族，只会杀人和打仗。

克被屠杀，落荒而逃到大蓝色山脉，在那里他们除了矮人们的斧头之外没有找到任何避难所。那支奥克军队无一幸免。然而米尔寇派出了三支奥克大军。第二支奥克军队越过贝烈瑞安德西部，围困法拉斯，但法拉斯民的城邑并没有被攻破。于是，第二支奥克大军转向加入了第三支奥克大军，向北进军到米斯林，想要根除刚刚到达贝烈瑞安德的诺多。但是奥克对这些精灵的反攻却毫无准备。诺多的身体强度远超奥克的想象。光看这些精灵的眼睛便足以灼伤奥克的肉体，精灵剑发出的强烈光芒使他们因痛苦和恐惧而发狂。因此，第二次贝烈瑞安德战役是与费艾诺领导的诺多进行的反攻，这场战役被称为星下之战，即"达戈·努因·吉利亚斯"之战。虽然诺多国王费艾诺被杀，但米尔寇的第二支和第三支奥克军队也被彻底摧毁。

至高王芬国盼率领的第二支诺多军队从西边出发，太阳初升，逐渐地越攀越高，耀眼的阳光仿佛发出一声惊叫，把米尔寇的每一个奴仆都吓了一跳。于是，太阳第一纪元开始了，在一段时间内，奥克的野心被新升的阳光所抑制。然而，不久，在黑暗的掩护下，奥克又组成了一支大军，人数比其他三支都多，装备也更精良，希望能在诺多不察觉的情况下偷袭他们。在荣耀之战中，奥克军团再次遭到屠杀。这时，安格班遭到了围困，虽然奥克有时成群结队地涌出来，但大部分都被困在安格班的城墙内。

然而米尔寇的力量却在悄然增长，因为他用黑魔法培养了更多的奥克种族，还有恶龙。在他周围有许多高大的炎魔、食人妖、狼人和怪物。当他认为自己准备好了的时候，强大的军队突然加入了骤火之战，这场战役打破了安格班的围攻，精灵领主们被打败了。这场大战被奥克视为重大事件，因为自此以后米尔寇开始了他的恐怖统治。

那时，托尔西瑞安陷落，希斯路姆、米斯林、多尔罗明、多松尼安王国都被攻破。泪雨之战也随之打响了，这是贝烈瑞安德战争的第五场战役，精灵和伊甸人彻底被打败了。邪恶的安格班奥克军团随后进军贝烈瑞安德。法拉斯民败给了奥克军团，法拉斯诸港布砾松巴尔和埃格拉瑞斯特也没能幸免于难。在此之后，图姆哈拉德之战打响，纳国斯隆德被洗劫，由于与矮人和诺多的争执，明霓国斯两次被征服，灰精灵的土地也被摧毁了。最后隐藏王国刚多林也陷落了。所以米尔寇几乎获得了完全的胜利，他的奥克军团在贝烈瑞安德横行无阻。所有精灵王国都毁灭了，没有一座伟大的城市还屹立着，大部分领主、精灵和伊甸人都被杀死了。这就是奥克和它们的盟友那黑暗无情的内心唯一会感到开心的日子。

然而，那个恐怖时代终将结束。因为来自不死之地的维拉、迈雅、凡雅族和提力安的诺多都到达了中洲，大决战开始了。在这场战争中，安格班被攻陷，北方环绕的众山也都摧毁了。贝烈瑞安德随安格班一起沉入大海；米尔寇被永远地放逐到虚空中，他的奥克军队在中洲的西北部被歼灭。

然而还是有部分奥克存活了下来，因为一部分奥克隐藏在黑暗的山脉和山丘之下的肮脏洞穴中。他们在那里繁衍生息。最后，他们找到了米尔寇的将军索隆，他们为索隆效力，索隆成为了他们的新主人。在索隆与精灵的战斗中，他们为索隆提供了很大的帮助，直到最后联盟大战索隆被暂时击败为止。然而，在太阳第三纪元，就像在第二纪元一样，那些藏在黑暗和邪恶地方的奥克还活着。但是由于他们失去了效忠的对象，在好几个世纪里他们都采取偷袭的方式进攻，直到一千多年过去，索隆再次出现在幽暗密林的多古尔都的黑暗领域中。就像在太阳第二纪元一样，索隆和奥克的黑暗命运再次交织在一起，在第三纪元的头两千年里，奥克的力量随着他们黑暗领主的力量而增长。

他们的力量首先在幽暗密林中生长，然后蔓延到迷雾山脉。第三纪元1300年，那兹古尔再次出现在魔多和北部埃利阿多的安格玛王国，奥克纷纷涌向他们。在经历了六百年的恐怖统治后，安格玛沦陷，但邪恶的米那斯魔古尔王国在刚铎崛起，在那里，连同幽暗密林、迷雾山脉和魔多的奥克一起，在接下来的一千年里不断繁衍生息。

然而据说索隆对他的奥克士兵并不十分满意，他希望增加他们的力量。虽然没有相关故事记载这一过程，但人们相信索隆通过可怕的魔法制造了一种全新的更强大的奥克。在2475年，这些生物，即乌鲁克族，从魔多出发，洗劫了刚铎最大的城市欧斯吉利亚斯。这些奥克长得和人一样高，但四肢挺直结实。虽然他们是真正的奥克——黑皮肤、黑血、猞猁眼、尖牙尖爪——但是乌鲁克族并不会在阳光下变得虚弱，其实他们根本不害怕阳光。因此，乌鲁克族可以去奥克不能到达的地方，而且，由于他们更大更强，他们在战斗中也更加勇敢和凶猛。乌鲁克族身穿黑色盔甲，经常携带笔直的剑和紫杉长弓，以及许多邪恶和有毒的奥克武器，他们都是精锐的战士，而且大多是较小奥克的高级指挥官和队长。

在随后的几个世纪里，乌鲁克族与较小的奥克结成联盟，他们可能会摧毁西界所有的人类和精灵王国。因此，奥克与黑蛮地人、巴尔寇斯人、战车民、南蛮子、东夷人以及乌姆巴尔海盗签订了协议，以达到他们的目的。奥克甚至侵入了矮人的王国。1980年，莫瑞亚被一个强大的炎魔所占领。和他在一起的还有迷雾山脉的奥克，大量的奥克从贡达巴德山来到这座古老的矮人之城，对矮人不屑一顾，杀死了任何接近这个最古老王国的人。

然而在北方，奥克迎来了他们的末日，因为矮人们被激怒了，他们不在乎付出什么代价来复仇。因此，从2793年到2799年，爆发了一场为期六年的灭绝战争，被称为矮人与奥克之战。在这场战争中，尽管矮人付出了高昂的代价，但迷雾山脉的几乎所有奥克都被猎杀殆尽。在莫瑞亚东门，发生了惨烈的阿扎努比扎之战。奥克被消灭了，他们的奥克将军阿佐格的头颅被钉在一根木桩上。就这样，一个世纪以来，迷雾山脉的邪恶种族奥克被清除了，但他们最终还是回到了贡达巴德山和莫瑞亚。

2941年，北方的奥克遭受了第二次大灾难。恶龙斯毛格死后，贡达巴德山所有的奥克战士都来到了埃瑞博矮人王国，在孤山下展开了五军之战。奥克由北方的阿佐格之子波尔格领导的，他想要报复矮人，但他所做的一切只是让他自己和他所有的战士的死亡而已。

在第太阳第三纪元的最后一次大冲突——魔戒之战中，兽人军团无处不在，正如《西界红皮书》所述。奥克从迷雾山脉和幽暗密林的暗影中涌出，举着黑红色的旗帜投入战争。无畏的乌鲁克族披盔戴甲，带着象征萨茹曼的白手旗帜，从萨茹曼统治的艾森加德出发。在魔古尔，无论体型大小，奥克身上都刻有一个白色的月亮，像一个巨大的头骨，在索隆的指挥下，有无数种魔多奥克，不管它们是什么品种，上面都有红眼睛的标记，还有很多其他特征，所有这些都为战争做了准备。他们发起了无数的小规模冲突和伏击，也参加过艾森河渡口之战、号角堡之战、佩兰诺平原之战、树下之战和河谷城之战。在双方的攻势中，成千上万的人倒下了，尽管在许多战斗中奥克被彻底击败，但据说索隆在魔多保留了他的大部分军队，直到敌人来到他的魔多王国北方的黑门前。

然而，在魔戒战争中，所有的前朝遗恨都要在黑门魔栏农之前的最后一场战斗中解决。所有可怖的魔多军队都聚集在那里，在索隆的命令下，他们向西方的首领们发起进攻。然而，就在那一刻，在末日山的烈焰中，存有索隆黑暗世界全部力量的至尊魔戒被摧毁了。黑门和黑塔也因此被炸开了。索隆最强大的奴仆都被烧死了，黑暗魔君变成了被西风吹散的黑烟，奥克像稻草一样被火焰吞噬了。虽然有些奥克幸存了下来，但他们再也没有大量增加，而是逐渐减少，变成了一个小奥克，只知道他们古老邪恶力量的传说。

欧瑞（Ori）

索林孤山远征队的矮人同伴。欧因是格若因的儿子，生于第三纪元2774年，并于2941年加入了埃瑞博远征队。欧瑞一直待在埃瑞博，直到2989年，他与巴林和欧因出发，试图重建卡扎督姆。他于2994年死在马扎布尔室中。

欧洛卡尼（Orocarni）

欧洛卡尼位于中洲的远东地区，也称"红色山脉""东方山脉"。在星光纪元，欧洛卡尼矗立在赫尔卡内海的东岸奎维耶能，那里是精灵苏醒的地方。欧洛卡尼呈红盘状，布满河流和泉水，这些河流和泉水流入如同水晶一般的赫尔卡内海中。

欧洛朱因（Orodruin）

那座巨大的魔多火山常被称为末日

山，确切一点来说，它应该被称为欧洛朱因火山，即"烈火之山"。虽然欧洛朱因海拔不到5000英尺，但它像擎天柱一样独自屹立在魔多北部，戈埚洛斯广阔贫瘠的高原上。欧洛朱因是索隆的锻炼烈火和熔炉，在第二纪元1600年，他在烈火诸室和被称为"末日裂罅"的火山锥内制造了一个环。欧洛朱因火山在第二纪元、第三纪元一直是一座活火山，它的爆发与索隆的多次崛起有直接关系。事实证明，欧洛朱因的火山烈焰在魔戒战争中至关重要，因为只有在那里才能摧毁至尊魔戒，索隆的力量才会被消灭——事实上，在3019年，摧毁魔戒的任务就完成了。当至尊魔戒被扔进末日裂罅时，欧洛朱因爆发了它最后一次也是最具灾难性的一次烈焰，它的威力强大到魔多的山脉都在颤抖，魔栏农的黑门和巴拉督尔的黑塔在一堆烧焦的石头中轰然倒塌。

欧洛米（Orome）

瓦拉称其为"猎人"的存在。欧洛米是一名爱努，在黑暗纪元和星辰纪元，他从永恒大厅来到阿尔达。他喜欢骑着他的白马呐哈尔穿越中洲的森林。欧洛米的名字的意思是"吹响号角者"，或是他的号角维拉罗玛的"号角之声"，他的号角之声能让黑暗的奴仆感到害怕。他的妹妹是擅长跳舞的奈莎；他的妻子是永远年轻的瓦娜。欧洛米是第一个发现精灵的维拉族人，是他把精灵们召集到埃尔达玛。根据辛达精灵的说法，他被称为"阿拉武"，而人类则称他为"贝玛"。他住在维林诺南部的欧洛米森林里。

欧尔桑克塔（Orthanc）

在魔戒战争期间，邪恶巫师萨茹曼控制的艾森加德之前被称为"欧尔桑克塔"，意思是"灵巧的头脑"。它建在艾森加德平原的中部，在迷雾山脉的南端，靠近艾森河的源头。欧尔桑克塔是一座高度约为152米的塔，由刚铎人用四根黑石柱建成。它有一个独特的双头尖顶，中间是一个平坦的高台，上面有观测天文的数据。第三纪元末，欧尔桑克塔刚铎人放弃了欧尔桑克塔，巫师萨茹曼获得打开它的钥匙，2759年控制了它和帕蓝提尔，即真知晶石，它保存在一个房间里。后来，他在艾森加德境内集结了一支庞大的军队，对洛汗人发动了战争。萨茹曼于欧尔桑克塔控制了许多毁灭性的战争机器，但当恩特淹没了高塔周围的平原时，这些机器被恩特一一摧毁了。但事实证明，塔上的黑石头是攻不破的，因为欧尔桑克塔的石头固若金汤。最终，萨茹曼被迫放弃了欧尔桑克塔，它再次由刚铎人掌控。

欧斯吉利亚斯（Osgiliath）

刚铎的第一座都城是建于第二纪元末的欧斯吉利亚斯，意为"星辰堡垒"，它横跨安都因河，坐落于米那斯阿诺尔与米那斯伊希尔之间。欧斯吉利亚斯一直保存完好，直到 1437 年刚铎内战，传说中的星穹连同城市的大部分都被烧毁。紧随其后的是 1636 年的大瘟疫。1640 年，王室迁往米那斯阿诺尔，后来改名为米那斯提力斯。在 2475 年，欧斯吉利亚斯被魔多的乌鲁克族军团洗劫一空，虽然他们被击退了，但这座城市现在已经完全荒废了。在魔戒战争中，刚铎人类曾两次短暂地保卫过欧斯吉利亚斯，但很快欧斯吉利亚斯就被索隆的奴仆攻陷，石桥也被破坏了。战争结束，魔多被摧毁后，刚铎收复了欧斯吉利亚斯，但它似乎并没有在第四世纪重建。

欧西（Osse）

迈雅，海洋之灵。欧西是海浪之主，他和他的妻子，宁静之主乌妮，统治着中洲的海洋。欧西侍奉众水之王乌欧牟。所有航海的人都害怕欧西。水手们向乌妮祈祷，希望她能平息欧西的愤怒，平息他近似癫狂的喜悦。欧西与泰勒瑞族海洋精灵交上了朋友，并教他们造船的艺术，他还从海底升起了努门诺尔岛。

欧西瑞安德（Ossiriand）

在贝烈瑞安德的东部，直到太阳第一纪元末，都被称为"欧西瑞安德"，莱昆迪绿精灵的森林之家。这地方名叫"欧西瑞安德""七河之地"，因为盖理安河及其六条支流都流经此地。由于莱昆迪精灵的歌声十分出名，欧西瑞安德也被称为"林顿"，意为"音乐之地"。

的确，在贝烈瑞安德毁灭和沉没之后，在第一纪元末期，欧西瑞安德幸存下来的那一小部分就是用这个名字命名的。林顿是贝烈瑞安德最后幸存的碎片，成为了中洲至高王吉尔-加拉德统治的埃尔达精灵的领地。

欧斯特-因-埃第尔（Ost-in-Edhil）

在第二纪元 750 年，许多诺多离开了林顿，进入埃利阿多。在那里，靠近白色山脉的卡扎督姆的西门，他们建立了埃瑞吉安王国，并建立了欧斯特-因-埃第尔城，精灵之城。这些人就是精灵工匠、珠宝工匠，他们于 1500 年铸造了力量之戒。欧斯特-因-埃第尔是一座美丽而繁荣的城市，它的白色精灵塔耸立在埃瑞吉安冬青森林的中央。然而，当精灵工匠们发现索隆铸造了一枚至尊魔戒来指挥其他魔戒时，他们奋起反抗。在随后的索隆与精灵的战争中，也就是第二纪元 1697 年，欧斯特-因-埃第尔被彻底摧毁，精灵工匠的王国也不复存在。

P、Q

佩拉基尔（Pelargir）

第二纪元 2350 年，努门诺尔人在安都因河口附近建造了佩拉基尔城和港口，成为中洲对登丹人船只而言最重要的港口。在努门诺尔被摧毁后，埃兰迪尔就是在这里登陆的，他动身寻找刚铎和阿尔诺。埃兰迪尔于第三纪元二十世纪重建了佩拉基尔，并成为强大的刚铎船王与敌人抗争的主要基地，他们的敌人主要是在极南地区哈拉德的乌姆巴尔港的黑努门诺尔人。在 1447 年刚铎内战期间，佩拉基尔被叛军占领，但在长达一年的围攻后被收复。虽然和刚铎人一样，佩拉基尔人也饱受折磨，经常受到南蛮子、东夷人和乌姆巴尔海盗的袭击，但在魔戒战争之前，佩拉基尔一直是刚铎的主要港口。魔戒战争期间，海盗船队的黑船才攻破了佩拉吉的防御，但即使这样，他们的统治也没有持续多久。登丹人新领袖阿拉贡带来了黑蛮祠罗的幽灵军团，打败了海盗，海盗们惊慌逃窜，阿拉贡占领了他们的舰队。有了这些被俘获的战船，阿拉贡能够把佩拉基尔的士兵带过安都因河，前往佩兰诺平原战场保卫刚铎，扭转战局。到了第四纪元，佩拉基尔再次变得富有和强大，成为大一统王国的主要港口。

佩兰诺平原（Pelennor Fields）

在魔戒战争期间，刚铎的堡垒之城米那斯提力斯城周围有一片美丽的绿色平原，名叫"佩兰诺平原"。在这里，佩兰诺平原战场上爆发了一场至关重要的战斗，逆转了战争的局势。佩兰诺的意思是"围合之地"，因为平原被一堵叫做"拉马斯埃霍尔"的防御墙包围着，这堵墙是由执政的宰相德内梭尔二世在第三纪元 2954 年建造的。这堵墙很快就被魔古尔巫王的军队攻破了，当时他在魔戒战争中向米那斯提力斯挺进。幸运的是，洛汗人的骑兵将巫王的部队赶到佩兰诺平原上，最终打败并消灭了他的邪恶部队。

佩罗瑞山脉（Pelori Mountains）

阿尔达所有山脉中最大的山脉是佩罗瑞山脉，这是维拉为了保卫不死之地不受中洲乌图姆诺的米尔寇军事力量侵扰而建立的。它们就像巨大的升起的新月，构成了维林诺北部、东部和南部的边界。本已是世界上最高的佩罗瑞山脉（意为"栅栏状的山峰"）在维拉双圣树被摧毁后变得更高更陡。在众多山峰中，对曼威来说都极为神圣的塔尼魁提尔山是最高的，它坐落在山脉的中部和东部,离唯一能穿过这些山脉的地方不远。这个隘口叫做卡拉奇瑞安,意思是"光之隘口"。

佩里格林·图克(Peregrin Took)

夏尔的霍比特人。佩里格林·图克(皮聘)生于第三纪元2990年,夏尔长官帕拉丁二世·图克之子。作为弗罗多·巴金斯的忠实朋友,3019年他开始了摧毁魔戒的任务。他在护戒同盟的众多历险中幸存下来,直到魔戒被摧毁,皮聘和他的霍比特人密友梅里阿道克·白兰地鹿都被奥克俘虏过。幸运的是,这两个霍比特人逃进了范贡森林,在那里他们遇到了恩特树须,并在煽动恩特对艾森加德的攻势中表现出了顽强的精神。甘道夫后来带着皮聘去了刚铎,在那里他被任命为城堡的守卫,并帮助拯救了宰相之子法拉米尔的生命。在魔多黑门前的战斗中,佩里格林·图克以杀死一个食人妖而声名鹊起。那年晚些时候,他参加了傍水镇战役。皮聘和梅里是历史上最高的两个霍比特人——由于喝了恩特饮料,他们的身高接近一米四。第四纪元414年、皮聘子承父业继任夏尔第三十二任长官,统治夏尔长达64年。他和梅里决定在洛汗和刚铎度过他们的晚年,他们被光荣地埋葬在国王的陵墓里。

佩瑞安那斯(Periannath)

魔戒战争的历史,讲述了最弱小、最胆小的霍比特人如何赢得战争的手段。因此,就像霍比特人在灰精灵的语言中的称呼"佩瑞安那斯"的那样,他们在精灵和人类传唱的歌谣中变得著名,并因他们的英勇而受到赞扬。

小矮人(Petty-dwarves)

太阳第一纪元中有关精灵的故事讲述了在精灵到来之前,住在贝烈瑞安德的被流放的矮残党的故事。他们都是小矮人,居住在纳洛格河的森林地带,开凿阿蒙如兹和纳国斯隆德(后来成为纳国斯隆德精灵王国)。但是当辛达精灵来到附近的多瑞亚斯时,他们不知道这些小矮人是什么样子的,精灵们把小矮人当作猎物。随着时间的推移,他们知道自己只是一个矮小的矮人,很久以前在蓝色山脉以东的土地上做了一些邪恶的事情,使他们与其他矮人疏远了。因此,辛达精灵停止了对这个不幸种族的迫害,他们称这个种族为诺吉斯·尼宾。

然而在贝烈瑞安德,这些小矮人越来越少。在这片充满纷争的土地上,他们没有盟友,于是他们只能成为精灵历史的一部分,出现在都灵的传说中。那时,小矮人们只有三个人:他们的首领,名叫密姆,还有他的两个儿子,伊布恩和奇姆。《胡林子女的故事》讲述了密姆是如何带领都灵的图林·图伦拔和他的追随者进入阿蒙如兹古老的矮人岩洞,在那里找到了他们的避难所。但后来,密姆被奥克俘虏,并通过背叛图林和他的同伴拯救了自己的生命。

所以奥克得以突然袭击并杀死了这些亡命之徒。密姆虽然赢得了自由，但是这毫无意义，因为他的两个儿子都死了。尽管他活着收集了格劳龙留在纳国斯隆德废墟上的大量巨龙宝藏，但图林的父亲，一个名为胡林的战士，碰巧来到了密姆的门前。胡林一拳就把密姆打死了，复仇之心也就这样结束了小矮人的生命，他是最后一个活在这个世界上的小矮人。

死亡沼泽幻象
（Phantoms of the Dead Marshes）

在安都因河的大瀑布和魔多黑暗的群山之间，有一片广阔而沉闷的沼泽地带，它叫做死亡沼泽。这些沼泽十分可怕且危机四伏，在太阳第三纪元，这里鬼影重重。因为据说在第二纪元末期，在达戈拉德平原的黑门前发生了一场激烈的战争。在精灵和人类的最后联盟中，无数的战士死在了那片平原上，无数奥克也倒下了。于是精灵、人类、奥克和索隆的许多其他奴仆都被埋葬在达戈拉德平原。

但在第三纪元，沼泽地向东扩展，勇士的墓地被沼泽吞没。大黑池就此出现，里面布满了邪恶的生物。这片沼泽地里有蛇和爬行动物，但是没有一只鸟会飞到这脏水里来。从这些水池的恶臭黏液中，可以看到许多战士腐烂了，发出令人毛骨悚然的黯淡光芒，就像蜡烛被点燃了，通过这些黯淡的光芒可以看到死者的众生相：有的美丽，有的丑恶；有的是死去后特有的阴森面容；有的是邪恶的奥克、强壮的人类、聪慧的精灵等。他们究竟是鬼魂还是死者的幻影说不清楚。这些死亡沼泽幻象出现在池塘里，但却无法触及。它们的光像一个遥远的梦一样吸引着游人，一旦有人被它们迷住了，他们就会不断地向幽灵走去，最后消失在可怕的水潭里。这就是那些向东迁移的人的命运。这些被称为"战车民"的东夷人命运就是这样，在那个纪元的二十世纪，营地之战结束后，他们被赶进了死亡沼泽。

烟斗草（Pipe-weed）

在魔戒战争之前，霍比特人是一个不受外界侵扰的民族，他们对夏尔以外的世界几乎没有什么影响。但有一件事，他们自称是创造者和大师，那就是抽烟斗草，在精灵语中叫做"加兰纳斯"。当它最初由人类从努门诺尔大陆带来的时候，霍比特人只因为它的花香而珍视它。

不理的霍比特人专门种植烟斗草，在长茎烟斗里抽。他们不知道这种植物的精灵语名字，也不关心它是否有精灵语名字，就用它最常用的名字给它重新命名为"烟斗草"。他们从这种消遣中获得了极大的乐趣，在霍比特人对待快乐的方式中，抽烟斗草被认为是一种高雅的艺术。

霍比特人也是烟斗草的鉴赏家，不理和夏尔南部地区的烟斗草所获评价最高，然后依次是长谷叶、老托比、南区之星和南丘叶。因此，从不理的中心开始，这种最著名的霍比特人习惯就传遍了中洲，并被人类和矮人广泛采用。

小马（Ponies）

在中洲，小马是霍比特人和矮人的优秀伙伴，由于霍比特人和矮人身材所限，他们不能骑马。作为驮兽，小马还拉着矮人的矿石和贸易工具，以及霍比特人和人类的农田作物。

霍比特人的编年史，提到了那些在摧毁魔戒任务中，给护戒远征队提供帮助的小马。汤姆·邦巴迪尔给它们分别起了名字：尖耳朵、摇尾巴、聪明鼻子、白袜子和土包子。邦巴迪尔自己的小马叫胖墩儿。和山姆怀斯·甘姆吉交朋友的那只忠实的野兽就是小马比尔。

菩科尔人（Pukel-Men）

在黑蛮祠要塞里，矗立着一座古老的迷宫般的城墙和入口，它会阻挡任何一支想要进入黑蛮祠要塞的军队。道路的每一扇门前都立着高大的石雕卫士。在建造这座迷宫的种族消失几个世纪后，洛汗人来到了黑蛮祠，他们称这些守卫者为"菩科尔人"。

烟斗草： 霍比特人对烟叶的称呼，精灵语中叫加兰纳斯。这种草本植物原产于努门诺尔，因其芳香的花朵而被种植。霍比特人最初培养它是为了在烟斗里抽烟。

菩科尔人的雕像是蹲着的、大腹便便的人形，脸上带着滑稽的鬼脸。有些人把他们比作德鲁阿丹的沃斯野人。的确，菩科尔人很有可能是那个侏儒种族——沃斯野人的祖先，但却没有任何传说有提及他们与黑蛮祠的建造者之间的关系。建造这些巨大防御工事的人，他们只知道自己是白色山脉的人。黑蛮地人将他们奉为祖先，在太阳第二纪元早期，他们在白色山脉繁衍生息了一段时间。

昆迪（Quendi）

据《爱努大乐章》所记载，世间万物都是在爱努大乐章的宏大主题中形成的。伊露维塔独自构思了精灵种族产生的主题。因此，当精灵们来到这个世界上，万物之中他们首先看见的是天上的繁星，首先传入耳中便是流水之声，就像听到了地球的音乐。在世界上所有的生灵中，他们是第一个说话的。精灵们的声音美丽而微妙，就像水一样，他们对所有的事物都充满好奇，他们周游世界，为他们所看到的一切命名。精灵们是地球上所有种族和生物的老师，向他们教授语言和歌唱的艺术。

因此，精灵们以他们最伟大的艺术为自己命名为"昆迪"，意思是"会说话的"，然后他们将自己的语言命名为"昆雅"，意思就是"演说"。世界上所有的语言都来自这一个源头，这是它们的根源，对于所有热爱各种形式的美的人来说，这是最为美丽的语言。恩特是第一个向昆迪学习语言的种族，但这种技能很快就传播开来，甚至人类、邪恶的奥克和食人妖也学会了使用这种技能。昆迪的第一语言是昆雅语，但昆雅语并不是他们唯一的语言。因为阿瓦瑞精灵和西尔凡精灵说的是有各自特色的语言，随着中洲的变化以及时间的推移而变化。由于泰勒瑞族精灵长期流连于托尔埃瑞西亚，居住在澳阔泷迪的精灵第三部族的语言也是古代语言的一种方言。只有在不死之地的凡雅精灵和诺多中，昆雅语才保留了接近觉醒时使用的语言方式。

由于许多纪元以来，辛达精灵一直统治着西部的土地，而且他们的人数比诺多流亡者还要多，所以中洲的所有埃尔达精灵都普遍使用辛林语。的确，到了太阳第三纪元，只有埃尔达精灵、恩特和登丹人领主还知道昆雅语，甚至对他们来说，昆雅语也不是日常使用的语言，而是高级仪式、古代歌曲、浪漫故事和高级精灵历史所采用的语言。

急楸（Quickbeam）

在范贡森林里。急楸是花楸树的保护者，甚至在某种程度上，它和那些树长得很像。在魔戒战争期间，急楸耍了霍比特人梅里阿道克·白兰地鹿和佩里格林·图克一把。他精灵语的名字叫"布瑞加拉德"或"急性子的树"。以他的种族标准来看，他是一个非常草率的人。他也是最小的恩特之一。他有着灰绿色的头发、红润的嘴唇和洪亮的嗓音。他在摧毁艾森加德的过程中发挥了重要作用。

R

拉达加斯特（Radagast）

伊斯塔尔，中洲的巫师。棕袍拉达加斯特原本是从属于"百果的赐予者"雅凡娜的迈雅，名叫"爱温迪尔"，意思是"爱鸟者"。他被选为伊斯塔尔巫师团的一员，在太阳第三纪元1000年来到中洲。他似乎不大关心精灵和人类的事情，但对草药、植物、鸟类和野兽却非常了解。

拉得布格（Radgbug）

奇立斯乌苟的奥克。在魔戒战争中，当拉得布格拒绝执行他的乌鲁克族队长沙格拉特的命令时，他得到了队长的注意。但他的叛变是短暂的，因为沙格拉特把他撂倒在地，挖出了他的眼睛。

伊希利恩突击队（Rangers of Ithilien）

在太阳第三纪元的第二十九世纪末，统治刚铎的宰相都灵二世下令在北伊希利恩成立一个骑士兄弟会，因为刚铎在那片土地上的统治受到来自魔多和魔古尔的敌人的威胁。于是，一支名为"伊希利恩突击队"的部队成立了。这些骑士穿着森林骑士的绿色服装，他们用弓箭、长矛和剑作战。魔戒战争的前几年，他们的队长是法拉米尔，刚铎执政宰相德内梭尔的第二个儿子。他们最大的住所是一个在一个巨大的瀑布后面的洞穴和隧道形成的天然避难所，可以远远看到安都因山谷。这个地方叫"汉奈斯安努恩"，意为"落日之窗"。

北方游民（Rangers of the North）

在太阳第三纪元的许多世纪里，埃利阿多尔的土地上游荡着一些脸色阴沉的人，他们穿着森林般绿色或灰色的斗篷，左肩上的扣子像银星。他们眼睛是灰色的，装备着剑和矛，穿着长皮靴。埃利阿多尔的平民称他们为游民，将他们当作是一个奇怪、不友好的民族。因为尽管他们徒步或骑着奇怪的、毛茸茸的马在埃利阿多尔的所有土地上游荡，但他们都悄无声息。很少有人知道这些饱经风霜的森林守护者是谁，他们来自哪里。但正如《西界红皮书》所描述的那样，游民实际上是曾经伟大的登丹人王国阿尔诺的最后一批贵族和骑士，他们的首领是登丹人的至高王。在魔戒战争之前和之后的几年里，这个人名为"阿拉贡"，阿拉松的儿子，作为一个游民，他被称为"大步佬"。当时，有一个名叫哈尔巴拉德的人在佩兰诺平原战场上阵亡，他是阿拉贡在游骑兵中的首席中尉，而赫赫有名的半精灵埃尔隆德的两个儿子：埃尔拉丹和埃洛希尔也参加到这个行列当中。

魔戒战争结束时，阿拉贡加冕成为埃利萨国王，他是阿尔诺和刚铎两个登丹人王国的领主，而游民也被尊为这个统一王国最伟大的群落之一。

涝洛斯瀑布（Rauros Falls）

中洲第二纪元最壮观的瀑布是刚铎北部边界安都因河上的涝洛斯瀑布。拉洛斯意思是"咆哮的激流"，准确地描述了它从埃敏穆伊丘陵的能希斯艾尔湖倾泻到下面的沼泽地所呈现的闪闪发光的金色薄雾的景象。瀑布无法通航，但悬崖上开辟了一条叫做"北阶梯"的运输路线，作为绕过瀑布的一种方式。在摧毁魔戒的任务过程中，刚铎的波洛米尔的葬礼船被送过涝洛斯瀑布，得以安息。

渡鸦岭（Ravenhill）

在幽暗密林的东边的埃瑞博，即孤山里，有一座山下矮人的王国。矮人们在孤山的南麓建造了一座防御工事。这座山之所以叫渡鸦岭，是因为这座山和它的瞭望台屋顶是许多渡鸦的家，它们一直是矮人的朋友。就是在这里，一只名叫罗阿克的渡鸦把金龙斯毛格被杀的消息带给了索林·橡木盾。在五军之战

渡鸦：生活在埃瑞博当中的黑色鸟类，在孤山远征任务中的身份是矮人们的盟友。当时的渡鸦之王是年迈体衰、秃顶的罗阿克，它能理解并使用西部语。

中，精灵们（巫师甘道夫和比尔博·巴金斯）就是在渡鸦岭发起攻势的。

渡鸦（Ravens）

许多鸟类生活在中洲。在这些传说中，大鹰是所有鸟类中最高贵的，乌鸦则强壮而长寿。

埃瑞博的恶龙斯毛格被杀的传说中，有一部分讲述的是埃瑞博的渡鸦的故事，它们在太阳第三纪元为埃瑞博的矮人服务。这些渡鸦是矮人聪明的谋士和敏捷的信使，他们精通多种语言。那时，卡克的儿子罗阿克是渡鸦之王。罗阿克很老，他的年龄已经超过150岁。凭着意志和智慧，它成了渡鸦之王。罗阿克用西部语中通用语言和他的矮人朋友们交谈，给他们带来了消息和援助。

瑞吉安（Region）

在中洲，有一种树木被精灵们称为"瑞吉安"，而人类则称之为"冬青树"。辛达王国的一部分是以那棵树命名的。就是名为"埃瑞吉安森林"的东贝烈瑞安德的密林地带，埃瑞吉安，位于多瑞亚斯的守卫范围内。

瑞吉安在中洲分布广泛，但只在一小部分地方生长得枝繁叶茂。最为熟知的地域之一是"埃瑞吉安"，意为"冬青树之地"。在太阳第二纪元，精灵工匠住在那里，在那里铸造了强大的力量之戒。

罗瓦尼安（Rhovanion）

迷雾山脉和鲁恩内海之间的广阔地带被称为"罗瓦尼安"或"大荒野"，包括着灰色山脉以南、刚铎和魔多以北的所有土地。这些地方包括幽暗密林、埃瑞博、洛丝罗瑞恩、范贡森林、褐地和安都因河的所有北部谷地。

鲁恩（Rhun）

在魔多的东北部和罗瓦尼安的西部，有大片的陆地，名为"鲁恩"。鲁恩内海也坐落此地，红水河和凯尔都因河从西北方向注入鲁恩内海。在太阳第二和第三纪元，许多野蛮人出现在鲁恩广阔的土地上，与登丹人作战。鲁恩是受魔戒领主索隆影响的东夷人的土地。他的许多最伟大的奴仆都是在鲁恩王国中招募的。到了太阳第四纪元，统一王国的埃莱萨国王已经打破了大部分鲁恩王国的统治，迫使他们与西界达成持久的和平协议。

戒灵（Ringwraiths）

索隆在中洲铸造了力量之戒之后释放了多达九个的强大幽灵。在黑语中，他们被称为"那兹古尔"，在通用语中名为"戒灵"，他们是索隆的主要奴仆和将军。

戒灵作恶多端，罄竹难书，这些暗影幽灵黑骑手甚至让中洲最勇敢的民族也感到恐惧。

幽谷（Rivendell）

太阳第二纪元1697年，索隆和精灵战争爆发后，半精灵埃尔隆德领主带着珠宝工匠的幸存者逃离了埃瑞吉安。当埃利阿多精灵工匠王国的大部分被摧毁的时候，幸存的高等精灵在埃利阿多最东端的迷雾山脉脚下的伊姆拉缀斯陡峭而隐蔽的山谷里建造了幽谷避难所，这个山谷位于苍泉河和响水河之间的"之"字形的陡峭地带。

埃尔隆德的领地就藏于其中。精灵们将它视为"大海以东的最后家园"，是充满着智慧、学识渊博的领地，是所有精灵和善良之人的避难所。比尔博·巴金斯就是在这里找到了休养之地，后来的护戒远征队也是在这里成立的。这里的住宅和山谷都被精灵的魔法守卫着，这使得两边的河流都上涨起来，击退了入侵者。幽谷在第二和第三纪元的所有战争中都幸存下来，它不仅是精灵的避难所，也是登丹人的避难所，尤其是北方王国的首领们。魔戒战争结束后，埃尔隆德离开幽谷前往不死之地，但埃洛希尔、埃尔拉丹和凯勒博恩与许多其他精灵一起留守在此，直到第四纪元最后一艘精灵之船离开灰港为止。

安都因河（River Anduin）

在太阳第三和第四纪元，安都因河是中洲上最大、最长的河流。它的名字是精灵语，意思是"大河"，它经常被简单地称为"大河"。它的主要支流是凯勒布兰特河、金莺尾河、利姆清河、恩特河、魔古尔都因河、埃茹伊河、西瑞斯河和波罗斯河。从遥远的北方灰色山脉的源头一直延伸到南部流入贝尔法拉斯湾的三角洲都是安都因河流域，是魔戒战争期间中洲兵家必争之地。

河婆（River-women）

在中洲的历史和著作中提到了河婆。至于他们究竟像欧西和乌妮一样，是众水之王乌欧牟的迈雅，还是像恩特一样来到这个世界的精灵，就不得而知了。但可以肯定的是，他们主要关心的

河婆：守护着河流和小溪的快乐灵魂。最著名的"河之女"金莓，是汤姆·邦巴迪尔的配偶。她一头金发，穿着闪闪发光的衣服。

是凯尔瓦（动物）和欧尔瓦（植物）。

《西界红皮书》讲述了柳条河上的河女有一个名叫"金莓"的女儿，她是汤姆·邦巴迪尔的妻子。这个"河之女"金发碧眼，像精灵少女一样聪明。她的衣服常常是银绿色的，春天，在她的光和笑声里，鲜花繁盛，落英缤纷。

渡鸦罗阿克（Roac the Raven）

埃瑞博的渡鸦之王。他是卡克的儿子，生于第三纪元2788年。罗阿克帮助矮人索林和他的同伴们摆脱困境时，已经153岁了，虽有羽翼，但头已经秃了。是罗阿克把金龙斯毛格的死讯告诉了索林，是他把他的渡鸦派到铁丘陵的矮人们那里，招募他们参加五军之战。

洛金（Rogin）

在洛汗人的语言中，洛金是指那些德鲁阿丹森林的原始部落居民，他们通常被称为"沃斯野人"。

洛汗（Rohan）

洛汗王国，意为"驭马者之国"，成立于凯勒布兰特原野之战之后的太阳第三纪元2510年。

在这场战斗中，一支名叫"伊奥希奥德人"的金发骑士游牧民族前来拯救刚铎人，扭转了战局。为了表示感谢，刚铎将整个卡伦纳松授予他们，作为一个独立但又与刚铎结盟的国家存在。此后，伊奥希奥德人称自己为"洛汗人"或是"驭马者"，并将洛汗（或里德马克）作为他们的国家名称。洛汗主要由东临安都因河的广阔草原、马地和农田组成，南临白角山脉，北临迷雾山脉和范贡森林。它被划分为五个主要区域：东谷、西谷、东埃姆内特、埃姆内特和伏尔德。恩特河和雪河是流经洛汗的安都因河的主要支流。洛汗的首都是埃多拉斯城，在那里建立了美杜赛尔德，即国王金色大厅。虽然埃多拉斯有防御工事，但防御起敌人来并不容易。战争期间，洛汗人躲在海尔姆深谷和高耸的白角山上的黑蛮祠里。这种情况发生在2758年的黑蛮祠人入侵时期，在魔戒战争和号角堡战役决战期间也是如此。洛汗人在佩兰诺平原战场和击败魔戒领主的战役中扮演了关键角色，洛汗与刚铎和阿尔诺王国统一后，繁荣昌盛，一直延续到太阳第四纪元。

洛赫林（Roheryn）

阿拉贡二世的战马。在魔戒战争期间，洛赫林带着阿拉贡参加了许多战役。他是精灵公主埃尔汶送给未来国王的礼物。洛赫林的意思是"淑女之马"。战争期间，他在号角堡战役中为阿拉贡效力，穿过亡者之路进入佩兰诺平原战场，一直到魔多黑门前的最后一场战斗。

洛希尔人（Rohirrim）

在太阳第三纪元2510年，一群金

色骑士的游牧民族来到凯勒布兰特原野战场,从巴尔寇斯人和奥克部队中拯救了刚铎溃败的军队。这些就是后来刚铎人命名为"洛希尔人"的伊奥希奥德人,即"驭马者"。他们是居住在安都因谷地的北方人,以战士素养和超高马术而闻名。

年轻的国王埃奥尔是他们民族中最受赞扬的人,因为他首先驯服了中洲最高贵、最美丽的马——美亚拉斯,据说这是匹马维拉猎人欧洛米的马——呐哈尔的后裔。根据《列王之书》当中记载,埃奥尔带着他的战士驰援凯勒布兰特原野战场。在刚铎人的要求下,埃奥尔在卡伦纳松建立了一个王国,改名为"洛希尔",或是"马克"。他成为洛希尔王国的第一位国王,在第三纪元的五个世纪里,他一直统治着马克。

然而,洛希尔人经常被征召参战,保卫刚铎和洛希尔,因为他们的国家与许多敌人接壤。洛希尔人时刻准备着战斗,他们总是穿着银色的胸衣和闪亮的盔甲。他们手持长矛和镶有绿色宝石的长剑。他们把头发编成金色的长辫子,戴着银色的头盔,马尾辫披散着。他们拿着绿色的盾牌,上面装饰着金色的太阳,绿色的旗帜上装饰着一匹白马。蓝眼睛的洛希尔人全副武装,骑着白色和灰色的战马,向东夷人、黑蛮地人、南蛮子、乌鲁克族和奥克进军。

白色山脉附近的丘陵上建造的皇家庭院名为"美杜赛尔德",位于埃多拉斯,洛希尔国王的宴会大厅,屋顶仿佛被金子包裹着,闪耀金光。《列王纪事》中记载了洛希尔的九位国王的历史。在年轻的埃奥尔后,最有名的国王是圣盔·锤手,他是第一代国王中的最后一位。虽然在他的时代,洛希尔饱受侵略、饥荒以及2759年漫长冬季的严寒之苦,但这位国王的勇气和力量十分强大,仅凭他的名字就能使他的敌人感到恐惧。据说海尔姆在暴风雪中行走,就像夜间的食人妖。他不用任何武器跟踪他的敌人,赤手空拳就足以杀死他们。尽管他在漫长的冬天结束之前就死了,但黑蛮地人声称他的幽灵仍在那个地方游荡,并在此后的许多年里一直困扰着洛希尔的所有敌人。

魔戒战争的历史讲述了第二代最后一位国王希奥顿,是如何落入巫师萨茹曼的魔爪之下的。但在甘道夫的帮助下,希奥顿摆脱了这种魔咒,带领他的战士在号角堡战役和佩兰诺平原战场上战胜了黑暗势力。虽然他是一个老人,但据说他在佩兰诺平原战场上杀死了一个哈拉德国王,并在那里像战士一般死去了,因为回过头来他被可怕的魔王——魔古尔的巫王杀死了。

这样,洛希尔人的王位就传给希奥顿的妹妹的儿子——"伊奥梅尔"。子民们将他尊为马克王国最伟大的国王之一,因为他与刚铎人建立了牢固的古老联盟。魔戒战争结束后,他经常骑马去征服东方和南方的人民,洛希尔人不断取得胜利,他们的孩子在太阳第四纪元和平地生活着。

在魔戒战争中,有另外一个洛希尔人赢得了最大的声誉。这个人就是伊奥温，伊奥梅尔美丽的妹妹。虽然她又高又瘦，却充满力量，善于使用作战的兵器。作为洛希尔的一名战士，她来到了佩兰诺平原战场，在国王希奥顿倒下之后，她与魔古尔巫王对抗。于是她完成了一件事，可怖的四千年历史中，所有中洲最强大的战士都无法做到的事，因为据说巫王不会被人类男性杀死。因此，伊奥温透露她不是一个男人，而是一个执盾少女，她用她的剑杀死了有翅膀的野兽，那是戒灵的坐骑。然后在霍比特人梅里阿道克·白兰地鹿的帮助下，她亲手杀死了巫王。

S

山姆怀斯·甘姆吉（Samwise Gamgee）

夏尔的霍比特人。山姆怀斯·甘姆吉生于第三纪元2980年，是一名袋底洞的园丁。山姆先是比尔博的忠实侍从，随后跟着持戒人弗罗多·巴金斯一起来到了幽谷，在那里他成为了护戒同盟的一员。山姆怀斯是唯一一个在整个任务过程中一直陪伴着持戒人的人。山姆多次在危险的遭遇中救了弗罗多的命。最为精彩的是山姆和大蜘蛛希洛布的战斗。他用加拉德瑞尔的水晶瓶和精灵利刃刺痛了怪物，弄瞎了它的眼睛，使它受了致命伤。然后他帮助他虚弱的主人进入魔多，到达末日山的岩浆中，在那里，至尊魔戒最终被摧毁了。当佛罗多前往不死之地后，山姆怀斯继承了袋底洞，并在夏尔成为一个非常著名和备受尊重的人物。他娶了罗丝·科顿，生了13个孩子。他七次当选为夏尔的长官。在他的妻子死后的第四纪元82年，山姆怀斯航行到不死之地，回到了他的朋友和主人——弗罗多·巴金斯的身边。

萨茹曼（Saruman）

艾森加德的巫师，伊斯塔尔。白袍萨茹曼是伊斯塔尔巫师团的首领，他们在第三纪元1000年左右来到中洲。在不死之地上，他名为"库茹莫"，侍奉工匠奥力的迈雅。当他第一次出现的时候，他穿着白色的长袍，有着乌黑的头发，说话的声音既睿智又动听。精灵们称他为"库茹尼尔"，意思是"身负巧艺之人"，他在中洲游荡，试图打败黑魔王。但过了一段时间，他变得骄傲起来，希望拥有自己的权力。第三纪元2759年，萨茹曼进入了艾森加德和欧尔桑克塔塔，竖立起黑色旗帜，招募奥克、奥克、乌鲁克族和黑蛮地人。他陷入了魔戒领主的诡计中，不知不觉成了他的奴仆。然而，在魔戒战争中，萨茹曼的力量被向艾森加德进军的恩特和号角堡战役中的洛汗人消灭了。最后，他的手杖断裂了，他的魔法力量被甘道夫夺走了。萨茹曼堕落了，以至于失败后他在夏尔寻求小报复。在那里，萨茹曼被霍比特人打败，然后被他卑微的仆人"佞舌"格里马杀死。

索隆（Sauron）

迈雅，魔戒之主。索隆曾是侍奉铁匠奥力的迈雅精灵，意为"可恶的人"，后来成为黑暗魔君米尔寇的首席长官。在黑暗纪元，米尔寇统治乌图姆诺；在星辰纪元，米尔寇被维拉控制住，索隆

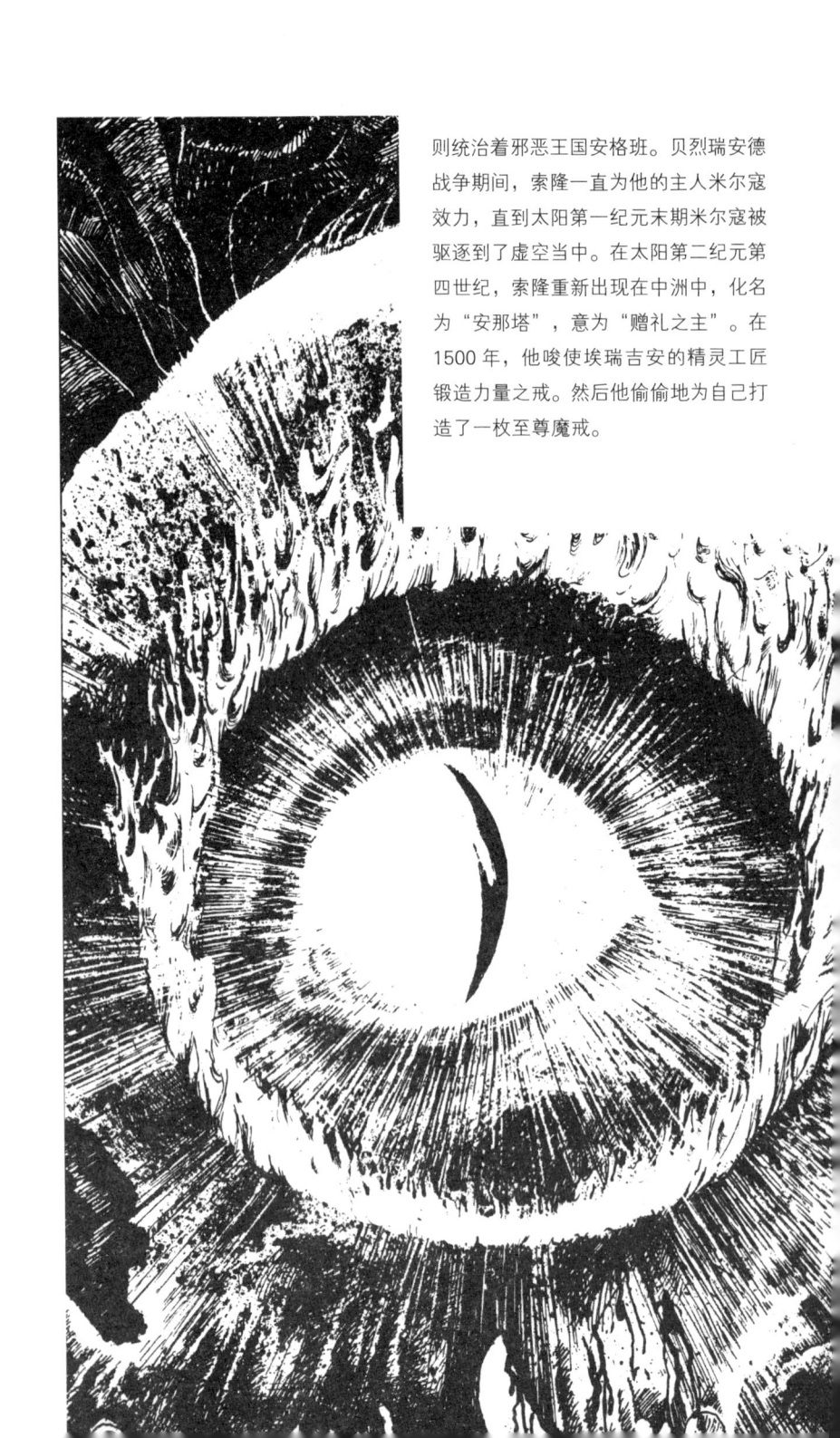

则统治着邪恶王国安格班。贝烈瑞安德战争期间，索隆一直为他的主人米尔寇效力，直到太阳第一纪元末期米尔寇被驱逐到了虚空当中。在太阳第二纪元第四世纪，索隆重新出现在中洲中，化名为"安那塔"，意为"赠礼之主"。在1500年，他唆使埃瑞吉安的精灵工匠锻造力量之戒。然后他偷偷地为自己打造了一枚至尊魔戒。

在 1693~1700 年索隆与精灵的战争期间，索隆把埃瑞吉安夷为平地，直到努门诺尔人的到来才阻止了精灵的灭亡。在接下来的 1500 年里，索隆建立了魔多，并把东部和南部的人置于他的统治之下。最后，努门诺尔人在 3262 年向他发动了战争，努门诺尔人强大的力量迫使索隆向他们投降努门诺尔。由于无法在军事上打败他们，索隆设法腐化了他们。在这方面，他大获全胜，以至于他彻底摧毁了努门诺尔人。在那场灾难中，索隆优雅的身形被摧毁了，然而，他的灵魂带着至尊魔戒逃到了魔多，他变成了黑暗魔君——一个可怕的黑皮肤黑盔甲的战士，眼神带着怒火，令人害怕。然而，即使是这个形态也在第二纪元末期被摧毁了，在与精灵和人类最后联盟的战争之后，他手上的那枚至尊魔戒被砍了下来。然而，因为至尊魔戒没有被摧毁，索隆的灵体能够再次崛起。在第三纪元 1000 年，他以一只永远睁开的无睑魔眼的形式出现。它像一只大猫的眼睛，但充满了仇恨，被火焰环绕，也被黑暗包围。在将近两千年的时间里，索隆一直躲藏在幽暗密林里，但是人们并不知道他的存在，只知道多古尔都里有一名死灵法师；同时他派遣戒灵、奥克和蛮夷人国王去攻击登丹人和他们的盟友。2941 年，索隆重返魔多，开始重建黑暗之塔。不幸的是，就在这一年，霍比特人比尔博·巴金斯得到了魔戒。对索隆来说更不幸的是，在 3018 年，

索隆：邪恶的魔戒之主，在魔多的黑暗之塔上统治着他的王国。到了第三纪元，索隆变成了邪恶的化身，他以一只被火焰包围的无睑魔眼的形式展现了他的存在。

就在他发动魔戒战争的前几个月,弗罗多·巴金斯开始摧毁魔戒的任务,结果魔戒在末日山的烈焰中被摧毁了。索隆又一次,也是最后一次,被卷入了黑暗之中,这一次他的灵魂再也没有复活。

恶龙斯卡萨(Scatha the Worm)

灰色山脉的恶龙。斯卡萨是一条龙,在太阳第三纪元2000年左右的时间里,他带领着他的一群冷龙进入了灰色山脉矮人的黄金王国。他们在那里屠杀了矮人,拿走了他们的黄金储备。后来,伊奥希奥德弗鲁姆加的儿子弗拉姆王子进入了灰色山脉,杀死了恶龙斯卡萨,拿走了他的财宝。

海洋精灵(Sea-elves)

在所有的精灵中,第三个族类是泰勒瑞族精灵,他们最喜欢海洋领主乌欧牟统治的大海,并在西部之海贝烈盖尔的海岸上生活了很长时间。他们是传说中最聪明的精灵,因此被称为海洋精灵。他们是第一批建造船只的种族,因为他们的技能是由欧西教授的,欧西是一位迈雅,是海浪之主。他的妻子是宁静女神乌妮,他们一起教导精灵关于海洋的生活:海洋里的鱼、石窟和花园,以及珍贵宝石和珍珠等财富。

于是海洋精灵们就驾着最漂亮的船在海上航行。这些船是白色的,形状像乌欧牟的大天鹅,曾经把他们带到埃尔达玛的岸边。他们在不死之地上扬帆歌唱,声音像起伏的波浪,因为他们懂得大海的语言,这种微妙的语言即使是最聪明的人类也无法理解。

次生儿女(Secondborn)

在世界被创造、时间开始之前的维度上,就已经有预言说,只有伊露维塔才能从世界中召唤出两个伟大的民族。伊露维塔的长子是长生不老精灵,他们随着星星被重新点燃而苏醒崛起。当太阳阿瑞恩第一次照耀中洲的时候,那些被命名为"人类"的次生儿女就诞生了。在昆雅语中,次生儿女被称为"阿塔尼",辛达语中则称为"伊甸",这些都是其他种族所熟知的第一个进入贝烈瑞安德的人类名字。

色瑞刚(Seregon)

古时贝烈瑞安德曾有一座名为阿蒙如兹的石山,也称"秃山",最后几个小矮人正是在这座山上开凿了洞穴。在这座山上,除了顽强的植物色瑞刚外,其他植物都无法生长。在精灵语中,阿蒙如兹意为"血石",当它开花的时候,深红色花的花瓣仿佛是石头沾满了鲜血。这个异象仿佛是个预言,因为都灵一族的亡命之徒图林·图伦拔在山顶上被杀害,最后一个小矮人在山下的洞穴里也被处死了。

山中之民（Shadow Host）

在魔戒战争中,有一场伟大的战斗发生在古代港口佩拉基尔前,当时乌姆巴尔海盗的船只被幽灵战士征服。这些勇士都是黑蛮祠的亡者,是那些在第三纪元的漫长岁月里,因为违背誓言而在地球上徘徊的山中之民的鬼魂。为了履行誓言,摆脱地狱的束缚,这个由阿拉松之子阿拉贡率领的山中之民,开始与登丹人的敌人——海盗们作战。获得胜利之后,暗影军团就获得了安息,永远从地球上消失了。

捷影（Shadowfax）

美亚拉斯,洛汗之马。美亚拉斯中最好的一匹马,被称为洛汗的"马中王子",在魔戒战争时期,巫师甘道夫驯服了它,让它在没有缰绳和马鞍的情况下驰骋。由于它有银灰色的毛发,所以被称为"捷影",它是唯一能够跑过幽灵般的黑马和戒灵的有翼兽。他带着白袍甘道夫去保卫刚铎之塔,并参加了魔多黑门前的最后一场战斗。

黯影山脉（Shadowy Mountains）

在中洲的历史上,有两条山脉被称为"迷雾山脉"。其中一条在贝烈瑞安德的西北部,在第一纪元被精灵们称为"埃瑞德威斯林",也就是黯影山脉。它们在诺多王国希斯路姆周围形成了天然的防御边界。第二条迷雾山脉在太阳第二纪元被命名,它是西魔多和南魔多绵延千里的边界。精灵们称它为"埃斐尔度阿斯",意为"阴影屏障",它们像巨大的马蹄,这是魔多主要的天然防御。幽暗的魔多山脉似乎无法攀登,只有两个已知的通道,奇立斯戈埚和奇立斯乌苟。

沙格拉特（Shagrat）

奇立斯乌苟驻守的乌鲁克族。在魔戒战争期间,沙格拉特是奇立斯乌苟之塔奥克分队的队长。

为了争夺弗罗多·巴金斯的秘银铠甲,奇立斯乌苟之塔奥克分队奥克与魔古尔奥克部队卷入了一场短暂而血腥的战斗。尽管受了重伤,沙格拉特还是设法保住了铠甲,并把它交给了他的主人——魔戒领主索隆。

希洛布（Shelob）

奇立斯乌苟的大蜘蛛。希洛布是在贝烈瑞安德毁灭后幸存下来的最大最毒的蜘蛛。到了第二和第三纪元,希洛布和它的子嗣都住在魔多山脉和幽暗密林里。到了第三纪元时,它的后代已经占领了幽暗密林的大部分地区,而希洛布则大部分时间呆在她在奇立斯乌苟的巢穴里,在那里,任何试图通过山脉进入魔多的种族都会成为它的食物。在3000年,它抓住了咕噜,但释放了他,这样他可能会给她带来更多的受害者。3019年,咕噜把弗罗多·巴金斯和山

希洛布： 守卫奇立斯乌苟隘口的巨型蜘蛛，希洛布的恐怖统治在第三纪元3019年结束了，它被最不可能伤害到它的霍比特人英雄，山姆怀斯·甘姆吉刺伤了。

姆怀斯·甘姆吉带到她的巢穴。要不是山姆怀斯先是用加拉德瑞尔小瓶里的精灵之光弄瞎了希洛布的眼睛，然后又用精灵短剑把它狠狠地刺了一刀，希洛布就会把他杀死。最终它似乎是一瘸一拐地离开了，死在了它的巢穴里。

夏尔（Shire）

埃利阿多绿色宜人的土地夏尔，西至远岗，东达白兰地河——自太阳第三纪元十七世纪以来一直是霍比特人的家园。夏尔曾经是阿尔诺王国的一部分，经过几个世纪的战争已经荒废，1601年，遵照阿塞丹的登丹人国王阿盖勒布二世的命令，夏尔被移交给了霍比特人。

夏尔被划分为四个主要地区，称为"四区"；后来，在2340年，被称为"老巴克"一家的霍比特人，渡过白兰地河，定居在雄鹿地。在第四纪元，雄鹿地连同西界的远岗到塔丘这一片地区被正式归入到夏尔的版图中。霍比特人谦逊的生活方式非常适合这些肥沃的土地，通过他们开垦农场和朴实的劳动，土地最终获得了繁荣。夏尔乡镇的小屋和霍比特人居住的洞穴不断增长着：霍比屯、塔克领、大洞镇、奥巴屯、蛙泽屯和其他许多地区都有霍比特人的踪迹。除了几次自然灾害和2747年的一次奥克侵袭之外，夏尔似乎是一片异常平静的土地，外界的人对它基本上一无所知。它逃过了第三纪元的大部分冲突，直到魔戒战争的时候，这片沉睡的土地突然陷入各种事件之中。因为比尔博·巴金斯就住在这里，他加入了孤山远征任务，并在这次探险中获得了一枚魔法戒指。这个偶然的发现，把比尔博、他的继承人弗罗多·巴金斯和夏尔所有的霍比特人，都带入了那个时代最伟大的史诗之中。就这样，在中洲的所有民族中，最温顺、最微不足道的霍比特人，掌握了整个世界的命运。

西尔凡精灵（Silvan Elves）

那些踏上伟大旅程的精灵包括泰勒瑞族精灵。泰勒瑞族精灵当中有一些称为"南多精灵"，意为"半途而废者"，他们在安都因河处停止了向西的迁徙。在这些南多精灵中，有一些定居在大绿林和洛斯罗瑞恩。他们被称为"西尔凡精灵"，因为他们中的大多数人生活在森林里，他们是一个没有城市也没有国王的部落民族。

然而，在太阳第一纪元之后的岁月里，诺多和辛达精灵的数量和土地都在减少，为了扩张他们的王国，这些高等精灵把西尔凡精灵作为他们的臣民。通过这种方式，西尔凡精灵学会了许多高级精灵的语言和文化，以及许多来自不死之地的技能。在领主的统治下，西尔凡精灵一度变得强大和繁荣。在凯勒博恩与加拉德瑞尔统治的金色森林洛丝罗瑞恩当中，西尔凡精灵找到了世间最为强大的力量与最为深刻的美丽。凯勒博恩，是辛达精灵最伟大的领主之一的辛葛的亲戚；而加拉德瑞尔是不死之地的诺多至高王的女儿，因此她是中洲最高贵的精灵。凯勒博恩和加拉德瑞尔在金色森林上施加的魔力牵制住了邪恶的力量，所以尽管受到了三次攻击，西尔凡精灵在第三世纪的动乱中依然繁荣昌盛。这些精灵也是加拉兹民的一部分，也就是"树民"，直到皇后加拉德瑞尔最终前往不死之地之后，金色森林的光芒才逐渐开始褪去。

精灵的著作中讲述了在大绿林时期（后来被命名为幽暗密林），在太阳的第二、第三和第四纪元，曾经存在过的辛达精灵领主瑟兰杜伊的森林王国。瑟兰杜伊西尔凡精灵的城市美丽而奇幻，因为它是古代辛达王国里曾经作为中洲最美丽的城市——明霓国斯的缩小版。但它的一部分美好却一直存在，并承受住了第三纪元的黑暗入侵，甚至挨过了魔戒战争期间的树下之战。据说在第四纪元时，国王的儿子带着这个王国的西尔凡精灵来到了刚铎的伊希利恩林地。这个王子名叫莱戈拉斯，他成为了伊希利恩精灵的领主。有一段时间，这些人也过得很富裕，因为这个精灵在魔戒战争中赢得了声誉，他和他伟大的朋友矮人吉姆利在号角堡、佩拉基尔港和佩兰诺平原战场上并肩战斗过。事实上，作为护戒同盟的一员，他明亮锐利的精灵之眼、关于森林方面的知识和他精湛的箭术都是非常重要的。虽然莱戈拉斯在第四纪元统治了他的新王国多年，但在一段时间之后，他和吉姆利乘着精灵之船来到了不死之地。

辛贝穆奈（Simbelmyne）

洛汗诸王的陵地在埃多拉斯的洛汗国王金色大厅附近，他们在太阳第三纪元的最后五百年里统治着洛汗。到了第三纪元末，坟墓被分成两行，代表王室血脉有两条支脉：第一脉有九排；第二行排列着第二脉的八个洛汗王族。

在这些坟墓上，生长着一种名为"辛贝穆奈"，闪闪发光，像雪一样的白色花朵，在人类用语中叫做"永志花"，精灵们把它叫做"微洛斯"。它们一年四季都在开花，像精灵明亮的眼睛，总是闪烁着星光。

辛贝穆奈在第一脉的第九代圣盔·锤手的坟墓上变得越来越白，越来越厚。在号角堡被围困期间，海尔姆独自一人干扰着敌人黑蛮地人的部队。辛贝穆奈让这些敌人想起了他，他是马克王国中最勇猛的国王。在隆冬的饥荒中，圣盔·锤手吹响了他强大的号角，就像一个冰雪食人妖一样追捕他的敌人并杀死了他们。虽然他在那个时候已经死了，但据说他的灵魂仍然在大地上行走，即使是在海尔姆深谷也能听到他的号角声。

辛达族（Sindar）

灰精灵，也被称为"辛达精灵"，精灵旅程的故事讲述了他们是如何成为一个独立的种族的。起初他们是精灵第三部族，名叫"泰勒瑞族"，他们的王是泰勒瑞族的至高王。在最初的几年里，他被命名为埃尔威·辛葛，他是精灵中个子最高的。他的头发是银色的，泰勒瑞族精灵中只有他一个人（和诺多领主芬威和凡雅精灵领主英格威）被维拉的骑士欧洛米带到了不死之地，体验过维拉双圣树的光芒。当埃尔威·辛葛回到他的族人身边，告诉他们在不死之地上等待着精灵们的事物时，没有人比他更渴望获得光明。在精灵向西的大迁徙中，泰勒瑞族精灵是规模最庞大的部族，但由于他们数量众多，在漫长的旅途中总是落在最后面。在旅途中，许多泰勒瑞族精灵迷了路，但埃尔威总是鼓励他们，直到他们最终越过蓝色山脉，来到贝烈瑞安德。在贝烈瑞安德，他们在盖理安河边的树林里搭了一个帐篷。根据精灵传说，就是在这里，埃尔威·辛葛进入了南埃尔莫斯的森林，陷入了永恒的魔咒。他的人民寻找着他，但随着时间的流逝，许多人都放弃了希望，把王位交给了他的兄弟欧尔威，他们继续向西旅行。但有许多泰勒瑞族精灵不承认别的王，不愿意离开那地方。于是这些人就住在贝烈瑞安德，自称为"埃格拉斯"，意为"被遗弃者"。从此，他们便与泰勒瑞族部族分道扬镳。最后，埃格拉斯的等待赢得了回报，因为埃尔威·辛葛从南埃尔莫斯森林里回来了，但是他身上发生的巨大变化使他的人民感到惊讶。随着他而来的还有他的魅力之源——迈雅族的美丽安，埃尔威的精灵王后和妻子。她的脸明亮可爱，埃格拉斯崇拜她，为国王的归来喜极而泣。

国王在其他方面也发生了变化，因为他不想再去西方，而是想留在贝烈瑞安德的森林里，希望他的子民也以他为鉴，在贝烈瑞安德建立一个王国。在他看来，美丽安散发出的光芒比圣树的圣辉还要美。于是一个新的王国诞生了，它的人民不再被称为"埃格拉斯"，而是"辛达"，意为"灰色精灵"和"黄昏精灵"。

在星辰纪元，辛达精灵成为凡间及所有贝烈瑞安德土地上精灵族中最伟大的一支。他们发现了住在海边的泰勒瑞族精灵残部，他们叫"法拉斯民精灵"，这些人在他们的领主奇尔丹的带领下，欢迎国王归来，并向他宣誓效忠。来到贝烈瑞安德的南多精灵（后来分裂为两个分支，被命名为"西尔凡精灵"和"莱昆迪精灵"）的残余也是如此，这些人也接受埃尔威为他们的国王。随着时间的推移，一种新的精灵语中出现了，就是辛达语，在辛达语中他们的国王不再称为"埃尔威·辛葛"，而是"埃路·辛葛"，意为"灰袍君王"。

据说，在星光纪元，一个自称"卡扎德人"的奇怪的民族从蓝色山脉中出现，精灵们称他们为"瑙格人"，意为"发育不良的人"。他们是矮人，到这里来与贝烈瑞安德的精灵和平地进行贸易。两国人民之间互相学习了许多手艺，国家发展繁荣昌盛。在矮人们的帮助下，中洲最伟大的精灵之城——明霓国斯建成了，它被称为"千石窟宫殿"。虽然它是一座山中的城市，但它就像成片山毛榉树林，金色的灯笼在这里闪耀，鸟儿在这里歌唱，野兽在这里游荡，银色的喷泉在这里喷涌。明霓国斯与周围的森林一直都充满了光芒,因为辛达王国由精灵和迈雅联合统治,国力昌盛。埃路·辛葛和美丽安生下了一个女儿,名叫"露西恩",传说她是世界上最美丽的生物。

但是星光下的和平年代即将结束,战争在维林诺爆发了,维拉双圣树被摧毁。然而,美丽安是一位有智慧的女王,她有先见之明,她选择把辛达精灵从降临在他们周围土地上的邪恶中解救出来。她在明霓国斯周围的多瑞亚斯森林中施放了一个强大的魔咒,使辛达王国变成了一个隐藏的王国。

这个魔咒比任何城堡的高墙都要强大,它被命名为美丽安环带,任何邪恶都无法从外面打破这个魔咒,所有的邪恶之物在它进入辛达王国之前就被消灭了。

因此,尽管诺多从不死之地追赶着魔苟斯直到贝烈瑞安德,并且在贝烈瑞安德爆发了精灵宝钻争夺战,但在很大程度上辛达精灵并没有处于危险之中。他们也没有选择去对付或帮助这些弑亲者,因为他们听说过诺多在不死之地的所作所为,听说了诺多是如何杀死了他们的族亲,偷走了澳阔泷迪的泰勒瑞族精灵的船只。

但是根据露西恩和贝伦的故事中所描述的内容,巨大的邪恶以意想不到的方式从王国内部降临。因为在人类中,有一个名叫贝伦的人来到辛葛跟前,向露西恩求婚。辛葛轻蔑地看着凡人,想把他处死,但他没有杀死贝伦,而是让贝伦完成一项不可能完成的任务:贝伦要从魔苟斯的铁王冠上砍下一枚精灵宝钻,送给辛葛当作聘礼。这就是精灵宝钻任务,这也为辛达精灵带来了数不清的恶果。这个任务把辛达精灵拖入了诺多的厄运和精灵宝钻的诅咒之中。在露西恩和猎狼犬胡安的帮助下,贝伦完成了他的任务,但他不仅招致了魔苟斯的愤怒,也招致了矮人和诺多的愤怒。因为,为了得到精灵宝钻,那些住在隐秘王国的矮人工匠们和替辛葛工作的人们,策划谋杀了他,偷走精灵宝钻。但他们也逃不掉被杀的命运。在辛葛死后,美丽安撤去了她的魔咒,哭泣着永远离开了中洲。就在那一刻,美丽安环带从

多瑞亚斯中的隐秘王国消失了。

现在这道屏障已经不存在了,贝烈戈斯特的矮人和诺多费艾诺的子嗣来到了明霓国斯城堡,把它夷为平地。虽然辛达精灵王国的一些领主幸存了下来,但是这个伟大的王国永远地消失了。

在太阳第二纪元,这些辛达领主中的一些精灵,连同许多诺多,乘船来到托尔埃瑞西亚,建造了阿瓦隆尼城和港口。但是还有其他的辛达领主留在名为"林顿"这片贝烈瑞安德仅存的土地上。随着时间的流逝,一些辛达领主的儿子离开了林顿,来到迷雾山脉的另一边,在那里他们与西尔凡精灵一起建立了新

金龙斯毛格: 埃瑞博的一条巨大的喷火的金红色的喷火龙。在第三纪元2941年,斯毛格被索林和他的伙伴们从沉睡中唤醒并被英雄弓箭手巴德杀死了。

的王国。

其中最著名的两位是瑟兰杜伊,他去了大绿林,在那里建立了森林王国;还有凯勒博恩,他是辛葛的亲戚,和诺多公主加拉德瑞尔一起建立了洛丝罗瑞恩王国,即金色森林。后来,一部分辛达精灵领主和埃尔隆德在幽谷定居,另

外一些和造船师奇尔丹在灰港定居。在魔戒战争中,最著名的精灵是莱戈拉斯,他是瑟兰杜伊的儿子。莱戈拉斯是护戒同盟的九位英雄之一,在魔戒战争之后,他在刚铎的伊希利恩建立了最后一个森林精灵的暂留地。

最后,在太阳第四纪元,所有的埃尔达的力量都从这个世界上消失了,最后埃尔达和其他精灵一起从灰港乘坐精灵之船航行到不死之地。

西瑞安河(Sirion River)

贝烈瑞安德最重要的河流系统是西瑞安河,西瑞安河的三角洲流入巴拉尔湾。西瑞安河和它的许多支流流经了贝烈瑞安德中部和南部的黯影山脉和恐怖山脉。它的主要支流是纳国斯隆德境内的纳洛格河和金格漓斯河,以及多瑞亚斯境内的阿洛斯河、凯隆河、埃斯加尔都因河、明迪布河、泰格林河和瑁都因河。在其最北端是重要的防御岛屿托尔西瑞安,保卫着西瑞安渡口。多瑞亚斯中部的埃斯加尔都因河上有一座石桥,通过这座石桥,可以进入灰精灵的神秘城市"千石窟宫殿"明霓国斯,而支流纳洛格河的峡谷和洞穴是芬罗德的诺多建造纳国斯隆德的地方。人们普遍认为西瑞安河在星辰第一纪元时代末期,产生于混乱和权力战争的冲突中,当时维拉摧毁了乌图姆诺。它在太阳第一纪元末期和愤怒之战中被消灭了,当时维拉和埃尔达精灵摧毁了安格班和整个贝烈瑞安德,导致它们沉入了大海。

树皮王(Skinbark)

范贡森林的恩特。树皮王是现存的三个最古老的恩特之一,即"树木的牧人",在魔戒战争时期幸存了下来。树皮王被精灵们称为"弗拉德利夫",在外表上最像一棵桦树。萨茹曼掌权时,树皮王住在艾森加德以西,在那里他受到奥克的攻击和伤害。他逃到范贡森林的最高的山上,然后便一直呆在那里,甚至在恩特向艾森加德进军的时候也不肯下来。

金龙斯毛格(Smaug the Golden)

驻扎在埃瑞博的恶龙。斯毛格是第三纪元最大的龙。斯毛格是一只巨大的金红色喷火龙,有着巨大的蝙蝠般的翅膀和一层无法穿透的铁鳞片。但是它有一个弱点,由一件镶嵌着宝石的马甲保护着的腹部,这些宝石是几个世纪以来镶嵌在珠宝宝库中的。虽然它的出身并不为人所知,但大家都知道他在2770年来到埃瑞博之前曾住在灰色山脉。在进入山下王国之前,它在那里焚烧并洗劫了河谷城,在那里它把矮人屠杀或驱逐出去。两个世纪以来,它心满意足地把财宝藏在埃瑞博。后来在2941年,它的一部分财宝被索林和他的同伴被偷走了,它也因此从沉睡中惊醒了。愤怒之下,它袭击了长湖镇的长湖人,被弓箭手巴德射出的黑箭射死,黑箭射穿了他腹部的一块没有被宝石盔甲覆盖的地方。

斯那嘎（Snaga）

在中洲历史上，有许多名叫奥克的邪恶生物物种，每一种似乎都是为了适应某种特定的邪恶需求而产生的。最常见的品种在黑语中被称为"斯那嘎"，意思是"奴隶"。奥克是一种充满仇恨的生物，也是一种自卑的生物，因为它们确实是一种黑暗力量的奴隶。斯那嘎似乎也曾是奇立斯乌苟的一种特殊奥克的名字。这个奥克是奇立斯乌苟之塔的一个守卫，他在乌鲁克族队长沙格拉特的指挥下，为获得弗罗多·巴金斯和秘银铠甲而与魔古尔奥克作战。他在那场战斗中幸存下来，却在与山姆怀斯·甘姆吉的搏斗中因摔断脖子而死。

雪鬃（Snowmane）

美亚拉斯，洛汗国马。在魔戒战争期间，雪鬃是洛汗国王希奥顿的坐骑。它带着它的主人参加了号角堡战役。在佩兰诺平原战场上，二者都被巫王杀死了。

雪人（Snowmen）

在太阳第三纪元佛洛赫尔北部地区，有一个原始民族，他们是古代佛洛威治人的后裔。在辛达语中，这些人名为"洛斯索斯人"，但在普通的西部语中，他们被称为"佛洛赫尔的雪人"。他们并不是一个强壮的民族，他们选择住在一个巨大的冰湾的岸边，这样就可以远离那些好战的南方人。他们本是谨小慎微的人，但熟知冰雪相关的知识，能承受旷野的酷寒。他们在别人找不到猎物的地方狩猎；他们用冰雪盖起了温暖的房子，在那里其他人会因严寒而冻死；他们带着骨制的冰鞋和雪橇在冰上快速地行进，而其他人则会在冰上挣扎，根本无法通过。的确，他们在自己选择的这片冰冻土地上是无可争议的主人。

南蛮子（Southrons）

《西界的历史》的一部分讲述了一个凶猛的民族，他们生活在太阳第二和第三纪元，来自中洲南方哈拉德地区炎热的沙漠和森林。这些人被许多国王和领主统治，直到迈雅索隆腐蚀了他们，并召唤他们参战。登丹人称他们为"南蛮子"。

南蛮子的皮肤有棕色和黑色，他们在激烈的战争中来势汹汹，身上装饰有许多黄金。他们的旗帜是猩红底色，饰有一条黑蛇。他们身穿铜甲，长袍鲜红，手持长矛和弯刀。他们步行、坐船、骑马甚至骑着那被称为"猛犸"的强大战兽参战。

说话者（Speaker）

精灵是在爱努的大乐章中孕育出来的，他们是第一个为音乐发声和唱歌的种族。他们也是最早使用阿尔达语的种族，据说他们的语言就像流水上的星光一样明亮而微妙。因为他们的语言不仅是最初的语言，而且是有史以来最美丽的语言。因此精灵们称自己为"说话者"，在最初精灵语言中称为"昆迪"。所有能够学习这些技能的生物都是从这些最早的精灵那里学习语言艺术的。

蜘蛛（Spiders）

在阿尔达居住过的最肮脏的生物中，有一种是大蜘蛛。它们是黑暗的，充满了嫉妒、贪婪和恶毒。在巨大的蜘蛛中，最为人所熟知的是乌苟立安特。乌苟立安特是一种强大而邪恶的邪恶神灵，在维拉圣树形成之前就进入了这个世界。在佩罗瑞山脉和南方沉闷寒冷的大海之间的阿瓦沙的废墟之中，乌苟立安特独自生活了很长一段时间。它可怕而卑鄙，编织着一张叫做"黑暗蛛网"的网，甚至连曼威的眼睛都无法看穿它。

巨大的蜘蛛乌苟立安特是最臭名昭著的生物，因为它和米尔寇一起来到维林诺摧毁了维拉双圣树。当乌苟立安特吞噬着双圣树的圣辉时，它甚至想把米尔寇也当作它的猎物。如果不是被称为"炎魔"的火焰恶魔来用他们的火焰鞭抽打它，它可能已经吞噬了黑暗魔君。

但后来，炎魔出现并把乌苟立安特从北方赶走了。于是，这颗黑暗的恶灵来到了贝烈瑞安德，它进入了一个叫"南顿埚塞布"的地方，那是一个恐怖死亡之谷，在那里它孕育着它的怪物种族。这些蜘蛛虽然没有乌苟立安特那么大，也没有乌苟立安特那么强，但它们的力量却丝毫不逊色，因为米尔寇很久以前就把它们和那些在圣树的圣辉形成之前就已经出现的邪恶的怪物混在一起了。乌苟立安特现在和它们一起生长，很少有精灵或人类敢进入那个山谷。

然而，也许乌苟立安特过于邪恶，以至于世界无法承受。随着时间的推移，它越过贝烈瑞安德来到了南方，寻找它所能吃的任何东西，暴食是一件可怕的事情，据说在欲求不满的饥饿下，它最终在南方的沙漠中吞噬了自己。在南顿埚塞布，它的许多后代都生活在太阳第一纪元，但是，当大地在愤怒战争中被摧毁时，据说很少有生物能从这场浩劫中存活下来。

但在为数不多的几只蜘蛛中，它的大女儿，一只名叫希洛布的大蜘蛛和一些较小的蜘蛛越过了蓝色山脉，在围绕魔多王国的黯影山脉中找到了栖身之所。在这个邪恶的地方的山口，蜘蛛们又变得强壮起来，在太阳第三纪元，它们来到了大绿林。用暗中编织的网来行恶事，所以大绿林变得黑暗了，被重新命名为"幽暗密林"。虽然幽暗密林的蜘蛛与它们的祖先相比只是一些小动物，但它们数量众多，而且聪明地使用着邪恶的诱捕手段。它们说黑语和人类通用语，却用奥克说话的方式，尽是恶言恶语，怒气冲冲的模样。

在太阳第一纪元，只有大蜘蛛希洛布接近乌苟立安特那般的威严，它住在黯影山脉中一个叫奇立斯乌苟的地方，意为"蜘蛛山口"。两个纪元来它都住在这里，虽然许多登丹人和精灵战士来到它的领地，但是没有一个人可以打败它,都被它吞噬了。它像它伟大的母亲一样织网,从腹部吐出黑暗的丝线。它的大喙和犄角上都布满毒液,多节的腿上都长着长长的铁爪。希洛布身上没有任何脆弱的地方,除了它那巨大的、球状的眼珠。肿胀的身体是黑色的,皮肤很厚。它那巨大的身躯看上去又黑又脏,长着像发丝一样的钢钉,腹部被一道道绿色毒液染得发白,甚至闪闪发亮。尽管它身材魁梧,身强力壮,但它的漫长生命在第三纪元结束之前就走到了终结。出乎意料的是,它是在霍比特人山姆怀斯·甘姆吉的手下走到了生命的尽头。因为霍比特人弄瞎了希洛布的一只大眼睛,而且希洛布它自己冲上前去,被精灵剑刺穿了腹部。在第三纪元结束之前,大部分的大蜘蛛都从世界上消失了,因为在希洛布遭受致命伤之后,魔多和多古尔都被摧毁了,黯影山脉的蜘蛛甚至是侵袭幽暗密林的蜘蛛也都灭绝了。

斯图尔族(Stoors)

在霍比特人的三个分支中,只有斯图尔族懂得划船、钓鱼和游泳。他们热爱平坦的河滩,对人类最友好。毛脚族认为斯图尔族是怪人。斯图尔族是最后一个定居在夏尔的霍比特种族分支,在毛脚族的眼里,斯图尔族已经具有了人类的特征,因为他们比其他人种更重、更宽大,而且与其他霍比特人不同,他们会长胡子。

天鹅(Swans)

精灵们伟大迁徙旅程的故事中描述到,在孤岛托尔埃瑞西亚流亡多年后,泰勒瑞族精灵最终被乌欧牟的天鹅带到了埃尔达玛。

迈雅欧西来到泰勒瑞族身边,教他们如何建立一支庞大的舰队,可以载着他们所有的族人前往埃尔达玛。一旦船只制造成功,乌欧牟的天鹅,众水之王,就从西方出来了。这些聪明的生物通体如泡沫般纯白,它们在精灵的船只周围围成一个巨大的断断续续的圆圈。这种壮观的景象所呈现的震撼场面几乎和曼威的大鹰不相上下。天鹅们用许多长绳子把精灵舰队拖到了埃尔达玛。然后,他们浩浩荡荡地离开了,仿佛没有意识到自己的使命,而是听到了某种狂野的呼唤。但在那些毫无情感的鸟喙松开拖绳之前,白色的急流令精灵的心中产生了一种对海上疾风的认知,学会掌控载着它们航行的白色船只。据说,当这些精灵在岸边聆听大海的声音时,他们也能听到那些巨大的翅膀仍在拍打的声音。

从那以后,泰勒瑞族精灵就被命名为"海洋精灵",因为他们从天鹅那里得到了智慧。在乌欧牟的天鹅带他们到达埃尔达玛,泰勒瑞族建造了一座城市,名叫"澳阔泷迪",即天鹅港。在那里,他们制造了阿尔达最好的船只,甚至比最初的那些船更精巧,他们把它们做成乌欧牟天鹅的形状,有巨大的白色翅膀和由黑色大理石和黄金制成的喙。

黑肤人（Swarthy Men）

在太阳第一纪元，那些跟随伊甸人来到贝烈瑞安德的人类被称为东夷人。然而，有些人称他们为"黑肤人"，因为他们比伊甸人更矮、体型更宽、头发和眼睛更黑。通常情况下，他们不是一个值得尊敬的民族，因为他们把精灵出卖给了敌人。

但是，在第三纪元，黑肤人是一个高大的、棕色皮肤的南蛮子的名字，他多次向刚铎人发动战争。他们都是凶猛的民族，穿着猩红色和金色的衣服。他们以各种方式，包括步行、骑马、骑着猛犸，手里拿着弯刀、弓和枪加入战争。

斯乌廷人（Swertings）

在太阳第三纪元的最后几个世纪里，有关刚铎人与在遥远南方被称为南蛮子的勇猛战士之间，产生的战争的谣言和传说，传到了夏尔的宁静之地。在夏尔的方言中，南蛮子被称为"斯乌廷人"。

T

塔尼魁拉塞（Taniquelasse）

托尔埃瑞西亚的精灵们给努门诺尔岛带来了许多美丽、芳香的常青树作为礼物和祝福，其中有一棵叫做"塔尼魁拉塞"的树。因其花、叶和树皮沁人的芳香而深受努门诺尔人的喜爱。它的名字表明，这棵树的起源是在塔尼魁提尔的斜坡上，而这座山是曼威的圣山，也是不死之地的最高峰。

塔尼魁提尔（Taniquetil）

阿尔达最高的山是塔尼魁提尔山，位于不死之地的东部佩罗瑞山脉。塔尼魁提尔意为"白色高峰"，维拉国王和王后曼威与瓦尔妲的宫殿伊尔玛林坐落在其终年积雪的山顶。从塔尼魁提尔山顶的宝座上，曼威可以看到阿尔达的所有土地。美丽的凡雅精灵们住在它的山坡上，称它为"欧幽洛雪"，意为"永远的雪白"，因为它终年积雪。阿尔达的奥林匹斯山也有许多其他的名字：白山、永白之山、阿蒙微洛斯和圣山。

塔瑞达尔（Tareldar）

那些听从了维拉的召唤，前往西方的精灵们，在圣树的圣辉照耀的日子里眺望神圣国度，昆雅语将他们称为"塔瑞达尔"。他们是一个伟大的民族，建立了精灵城市和王国，兴旺发达的城市和王国在中洲从未见过，而且以后也不会再见到，因为塔瑞达尔有着超乎想象的清晰洞察力和敏锐的眼睛。将他们与墨瑞昆迪相比，就好比将钻石与煤炭相比。

塔克（Tarks）

在西部语方言中，有许多词是从精灵语中提取出来的，但是在奥克讲话的方式中被曲解了。其中一个是昆雅语中的"塔奇尔"一词，本来意为"登丹人"。但是在奥克的用法中，这个词变成了"塔克"，是对刚铎人类的蔑称。

塔萨里恩（Tasarion）

在最古老的树木中，最早有一种被精灵称为"塔萨里恩"的树。他们与许多其他种类的树木一起，在巨灯纪元出现这个世界上，这是大地之王雅凡娜的意愿。塔萨里恩是一种强壮、长寿的树木，最喜欢在废墟、湖泊、沼泽和溪流旁生长。在星光纪元的中洲，这些树组成的最大的一片森林是贝烈瑞安德的南塔萨里恩，意为"塔萨里恩之谷"。尽管这片森林在贝烈瑞安德沉到海底时被摧毁了，但塔萨里恩这个品种却经受住了世事变迁，甚至是人类的大入侵。因为塔萨里恩就是人们现在称之为"柳树"的树木。

泰尔康塔（Telcontar）

在魔戒战争结束时，阿尔诺和刚铎迎来了他们新的王室血脉。第一个国王是阿拉松的儿子阿拉贡，成为统一王国的埃莱萨国王。他选择了泰尔康塔作为他的家族姓氏，因为这是他在流放的岁月中所使用的名字。他的后代和继任者保留了阿拉贡建立的家族名字，他们称自己为泰尔康塔家族。

泰勒瑞族（Teleri）

在星辰纪元，有三个精灵家族踏上了从中洲东部到西边不死之地的伟大旅程。前两个家族名字分别是"凡雅"和"诺多"，他们是精灵大军中第一个到达大洋彼岸不死之地的精灵。第三部族名为"泰勒瑞族"。他们的命运与前两族不同，因为他们是精灵族中人数最多的，所以他们穿越中洲的速度最慢。在这段伟大的旅程中，泰勒瑞族精灵变成了一个四分五裂的民族。

在中洲西部的土地上，泰勒瑞族精灵因为害怕越过安都因河和迷雾山脉而耽搁退缩了。一些精灵逃到南方的安都因山谷，他们在那里生活了好几个世纪。这些人被称为"南多精灵"，他们的领

泰勒瑞族：埃尔达玛和托尔埃瑞西亚的海洋精灵。泰勒瑞族精灵用珍珠装饰着住所，把船只打造成天鹅的形状。他们是海洋传说中最聪明的精灵，他们与努门诺尔人成为朋友，并教他们掌握海洋知识。

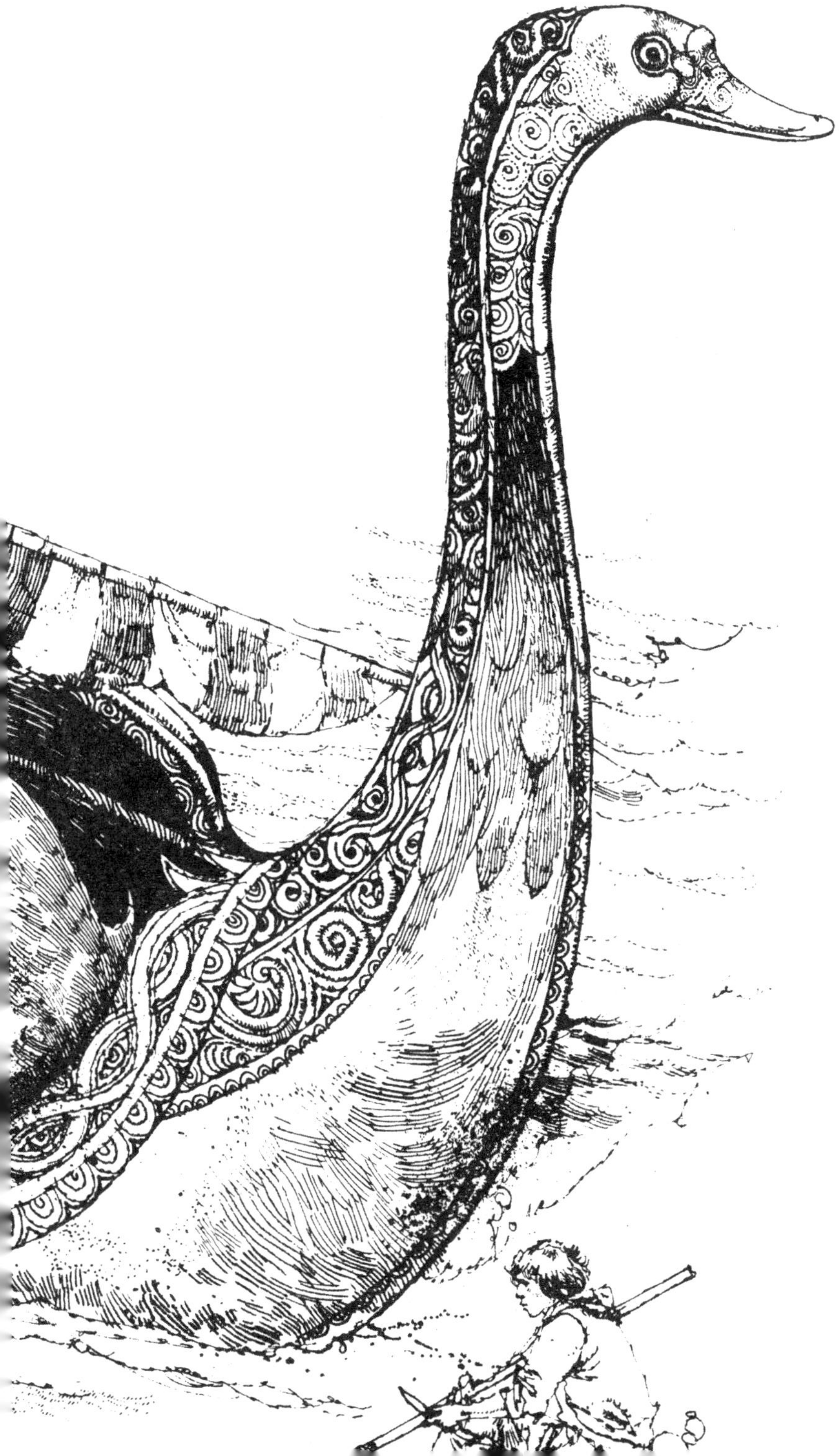

主是一个叫"兰威"的精灵。

但泰勒瑞族精灵的大部分成员继续向西行进,越过迷雾山脉和蓝色山脉,来到后来被命名为"贝烈瑞安德"的地方。就在那里,泰勒瑞族发生了最大的分裂。他们都在盖理安对岸的一个大森林里扎营,这时他们失去了他们的国王埃尔威·辛葛,只他一个人在他们中间看到了不死之地的维拉双圣树。埃尔威走进南埃尔莫斯的森林,在那里,他着了迷,爱上了迈雅族的美丽安。虽然他失踪了许多年,但是他的族人还在寻找他,他还是被困在了那个魔咒里。一部分自称为"埃格拉斯",意为"被遗弃者"的精灵,认为没有辛葛他们无法走得更远。他们一直对辛葛忠心耿耿,直到最后,他带着他的新娘美丽安回归。埃格拉斯被重新命名为"辛达",即"灰精灵",在精灵和迈雅的联合下,他们在中洲建立了星光纪元强大的精灵王国。

但早在国王埃尔威回来之前,泰勒瑞族的大部分成员已经把他的兄弟欧尔威立为了国王,再次向西驶向大海。他们在那里等待着来自维拉的信号,以便将他们带到不死之地。泰勒瑞族精灵在中洲的海岸上等了很长时间,渐渐爱上了星空下的大海。在海岸上,他们唱着悲伤和勇敢的歌曲。在所有的精灵中,他们是最为优秀歌手,最喜欢大海。有些人叫他们"林达",意为"歌手",另一些人叫他们"法尔玛瑞",意为"海洋精灵"。听到精灵的歌声,海浪之主迈雅欧西来到他们身边,为他们演唱海浪和大海的歌曲。他们从欧西那里学到了很多关于海洋的知识,他们对那些汹涌澎湃的中洲海岸的景色和声音的喜爱也与日俱增。

所以,当众水之王乌欧牟带着他的船——那座无根的小岛,来到泰勒瑞族精灵身边时,泰勒瑞族的一些族人又一次放弃了这段前往不死之地的旅程。这些精灵被称为"法拉斯民",即"法拉斯的精灵",只因他们对中洲的海岸的爱依然存在。他们选择奇尔丹为他们的领主,住在布砾松巴尔和埃格拉瑞斯特。在后来岁月里,他们是中洲的第一批造船人。

虽然欧西跟随在他们一行之后,为他们歌唱,不让他们忘记大海的祝福,但泰勒瑞族的大部分成员还是和乌欧牟一起向西航行。乌欧牟看到他们如此热爱海浪,不愿意把他们带到无法看到大海的地方。因此,当他看到不死之地时,并没有把泰勒瑞族精灵带到岸上,而是把小岛停泊在埃尔达玛尔湾,让圣辉的光芒和他们的同胞驻地处于他们的视线之内,尽管那是他们无法到达的地方。因此,泰勒瑞族的旅程又一次被耽搁了,他们又与族亲分开了一段时间。泰勒瑞族精灵因为在"孤岛"托尔埃瑞西亚生活,所以语言发生了变化,他们的发音中总有大海的韵律,因此他们的语言与凡雅和诺多所说的语言不再相同了。

然而,维拉对他们的兄弟乌欧牟很不满意,因为他们想把第三部族带到他们王国境内。乌欧牟听了他们的话之后心软了，又把欧西派到他们那里去。欧西不情愿地教他们造船的艺术，当船造好后，乌欧牟送给他们带有巨大翅膀的天鹅，帮助泰勒瑞族精灵最后来到了埃尔达玛。

泰勒瑞族精灵千辛万苦终于到达旅程的终点，他们受到了热烈的欢迎。诺多和凡雅精灵从图娜山顶的提力安出城迎接他们，给他们带来了许多宝石和贵重礼物。

并且最终泰勒瑞族精灵见识到了圣树的圣辉，并且师从维拉，变得更加聪慧。

在国王欧尔威的治理下，他们建造了美丽的居所，并修饰以珍珠，他们把航船打造成乌欧牟的天鹅的形状。

用宝石点缀眼睛和喙。泰勒瑞族把他们的城市命名为"澳阔泷迪"，即"天鹅港"。他们依旧十分亲近他们早已爱上的海浪；他们会沿着海岸漫步，或者在埃尔达玛尔湾航行。泰勒瑞族是一个快乐的民族，并且他们将一直如此。他们的船只不断地驶过港口和城市的拱形海雕石门。他们对战争和纷争知之甚少，他们关心的是大海、船只和歌声。这是他们的快乐源泉。

但是战争两次降临到他们身上，每一次都始料未及。像挽歌《阿勒都迪尼依——维林诺黑暗降临》中所吟唱的那样，诺多的领主费艾诺第一次来到泰勒瑞族精灵的澳阔泷迪港，要求他们驾船到中洲去，这样他就可以为他死去的父亲报仇，并从魔苟斯手中夺回精灵宝钻。然而国王欧尔威拒绝了他的要求，于是凶猛的诺多杀死了许多泰勒瑞族精灵，并夺取了他们的船只。这是阿尔达所知的第一次精灵之间的互相残杀。这件事一直被认为是一种巨大的邪恶，从那以后也成为了一直以来被用来反对费艾诺的儿子的证据。

澳阔泷迪的泰勒瑞族在又一次的战争中考验了自己。这就是发生在太阳第一纪元末期的愤怒之战，维拉、迈雅和埃尔达参与了这场伟大的战斗，打败了维拉叛徒米尔寇，精灵们将他命名为"魔苟斯"。但即使是在那时，泰勒瑞族精灵也没有参战，他们只是用他们的船把凡雅精灵和诺多战士从不死之地上运送到西海的中洲。虽然他们愿意帮助诺多，但他们不会为了战场而牺牲，因为他们清楚地记得在埃尔达玛土地上第一次屠杀的情景。

据《努门诺尔沦亡史》记载，当努门诺尔人因其弑神的行为而招致毁灭，引发世界大剧变时，人类的土地和不死之地的疆域就分崩离析了。从那以后，只有泰勒瑞族精灵的船只才能穿过两个球体之间的空隙。从那以后，人类世界再也没有见过像它们这样美丽的天鹅船了，尽管它们仍然在埃尔达玛尔湾航行，而且会一直航行到世界的终结之时。

桑戈洛锥姆（Thangorodrim）

在魔苟斯和乌苟立安特破坏了维拉圣树木并偷走了精灵宝钻之后，魔苟斯在他强大的总部要塞安格班之上建立了一座巨大的火山，这座可怕的三峰火山不断喷出有毒的烟尘。这座火山被称为"桑戈洛锥姆",意为"暴虐之山",在它的核心处,魔苟斯创造并聚集了许多怪物和邪恶的生灵。然而,桑戈洛锥姆在太阳第一纪元就被摧毁了:在愤怒之战中,当最强大的恶龙之王——黑龙安卡拉刚被杀的时候,它从天上掉了下来,将整个桑戈洛锥姆撞裂了。

希奥顿(Theoden)

北方人,洛汗国王。希奥顿生于太阳第三纪元2948年,森格尔之子,自2980年起成为第十七任洛汗国王。起初,他是一位善良而强大的国王,但在他统治末期,他受到了"佞舌"格里马的影响,后者是邪恶巫师萨茹曼的秘密仆人。然而,在3019年,甘道夫将他从萨茹曼的邪恶咒语中拯救了出来。希奥顿骑上雪鬃,率领洛汗的骑兵来到号角堡和佩兰诺平原战场。在佩兰诺平原战争上,在打败南蛮子之后,希奥顿与安格玛巫王奋勇作战,最后像一个战士一样死去了。

辛葛(Thingol)

多瑞亚斯精灵国王。埃尔威·辛葛(Elwe Singollo)是泰勒瑞族精灵的至高王,在星辰纪元之初在觉醒之水旁苏醒,后来成为国王辛葛。他是精灵中个头最高的那个,有一头银发,带领着他的子民踏上了伟大的旅程。他一直带着子民前进,直到抵达贝烈瑞安德,在那里他遇到了迈雅族的美丽安,并陷入了多年的因爱慕而产生的痴迷状态。当他再次出现的时候,大部分的泰勒瑞族精灵已经把他的弟弟欧尔威推举他们的新国王,完成了旅程。那些留下来的人变成了辛达精灵或是灰精灵。内心发生转变的国王辛葛,意为"灰袍君王"和他们的王后迈雅族的美丽安一起建立了多瑞亚斯森林王国和明霓国斯宫殿。辛古尔统治着一个和平的王国,持续整个的星辰纪元,而美丽安生下了无比美丽的露西恩公主。即使是在饱受战争摧残的太阳第一纪元,多瑞亚斯也似乎不受影响,因为有一种叫做"美丽安环带"的咒语保护着它。然而,在第五世纪,辛葛的女儿遇见并爱上了人间英雄贝伦。为了不让自己的女儿嫁给一个凡人,辛葛给贝伦发布了精灵宝钻任务。这对恋人设法从魔苟斯的王冠上挖走了一颗宝石。然而,当辛葛雇用诺格罗德的矮人们把精灵宝钻放在那串叫做"瑙格拉弥尔"的项链上时,矮人工匠们突然产生了占有这颗宝石的欲望。他们杀了辛葛,偷走了精灵宝钻。

梭林一世(Thorin I)

灰色山脉的矮人之王。梭林于2035年出生在山下王国,是国王瑟莱茵一世的儿子。2190年,他成为梭林一世,山下王国的第二位国王。三十年后,为了寻求新的挑战,梭林一世带领他的子民来到了灰色山脉,在那里他建立并统治了一个繁荣昌盛的新王国,直到 2289 年去世。

梭林二世（Thorin II）

流亡的矮人国王。梭林二世生于太阳第三纪元 2746 年的山下王国，是瑟罗尔国王的孙子。2770 年，埃瑞博的所有矮人都被恶龙斯毛格赶走了。在 2790 年，他的祖父被杀，他的父亲国王瑟莱茵二世，带领他的人民参加矮人和奥克的战争。在这个时候，他被称为索林·橡木盾，因为在阿扎努比扎之战中被缴械之后，他将一根橡木树枝当作武器。战争结束后，索林·橡木盾留在了蓝色山脉，2845 年，他成为梭林二世，流亡的国王。将近一个世纪后的 2941 年，他组建了索林孤山远征队，发起了收复孤山的任务。这次冒险最终导致了恶龙斯毛格的死亡和山下矮人王国的重建。然而，在保卫战中，索林·橡木盾在五军之战中受了致命伤，不久就死了。

梭林三世（Thorin III）

埃瑞博矮人国王。梭林二世的继承人"铁足"戴因国王的儿子梭林·石盔于太阳第三纪元 2866 年出生在埃瑞博。他在 3019 年成为山下之王，在他的父亲死后的魔戒战争期间保卫着埃瑞博。梭林·石盔是一位勇敢的战士，他召集了他的人民，和河谷城的人民一起，打破了敌人对埃瑞博的围攻，打败了东夷人和奥克的军队。

梭隆多（Thorondor）

环抱山脉的大鹰。在太阳第一纪元，梭隆多是众鹰之王。它的翼展可达 30 英寻（约 54 米），似乎是有史以来最大的大鹰。在贝烈瑞安德战争期间，梭隆多从桑戈洛锥姆山中救出了诺多王子迈兹洛斯，从安格班带回了芬国盼国王的尸体，并用利爪在魔苟斯的脸上留下了伤疤。贝伦和露西恩也被鹰王从安格班救了出来。几个世纪以来，梭隆多的大鹰一直守护着刚多林这个隐蔽的王国，不让敌人发现。不过梭隆多和他的大鹰们在大决战中获得了最高的声誉，他们杀死了安格班的飞龙。梭隆多的意思是"鹰王"，梭隆多和维拉、迈雅一起在太阳第一纪元结束之时回到了不死之地。

瑟莱茵一世（Thrain I）

埃瑞博矮人国王。在太阳第三纪元 1999 年，瑟莱茵一世成为埃瑞博山下王国下的第一位国王。瑟莱茵一世 1934 年生于莫瑞亚，是国王纳因一世的儿子。他的父亲只统治了莫瑞亚一年时间，就在 1981 年被炎魔杀死了。矮人被迫离开莫瑞亚，瑟莱茵一世成为流亡国王。最后，瑟莱茵一世带着他流浪的子民来到了埃瑞博，在那里他发现了一颗巨大的宝石，叫做阿肯宝钻，是大山之心，他们一直保有着这颗宝石，直到 2190 年。

瑟莱茵二世（Thrain II）

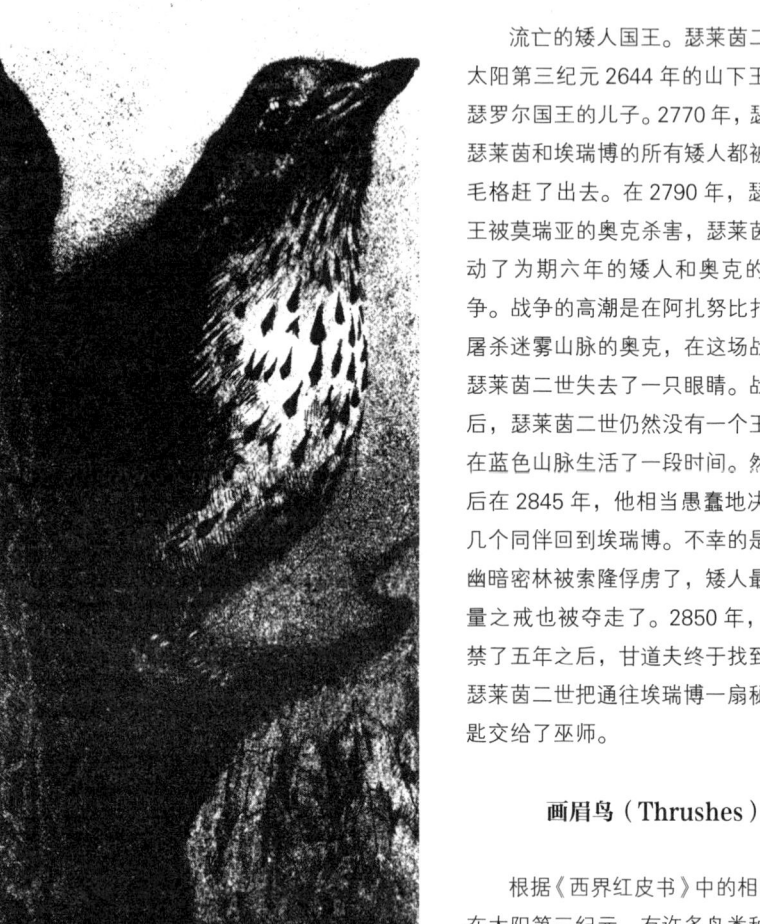

流亡的矮人国王。瑟莱茵二世生于太阳第三纪元 2644 年的山下王国，是瑟罗尔国王的儿子。2770 年，瑟罗尔、瑟莱茵和埃瑞博的所有矮人都被恶龙斯毛格赶了出去。在 2790 年，瑟罗尔国王被莫瑞亚的奥克杀害，瑟莱茵二世发动了为期六年的矮人和奥克的血腥战争。战争的高潮是在阿扎努比扎之战中屠杀迷雾山脉的奥克，在这场战役中，瑟莱茵二世失去了一只眼睛。战争结束后，瑟莱茵二世仍然没有一个王国，他在蓝色山脉生活了一段时间。然而，最后在 2845 年，他相当愚蠢地决定带着几个同伴回到埃瑞博。不幸的是，他在幽暗密林被索隆俘虏了，矮人最后的力量之戒也被夺走了。2850 年，在被囚禁了五年之后，甘道夫终于找到了他，瑟莱茵二世把通往埃瑞博一扇秘门的钥匙交给了巫师。

画眉鸟（Thrushes）

根据《西界红皮书》中的相关记载，在太阳第三纪元，有许多鸟类种族，掌

画眉鸟：懂得人类和矮人语言的鸣禽。埃瑞博的一只老画眉因作为梭林·橡木盾的信使而闻名。它带着一个至关重要的消息飞到了长湖镇，让弓箭手巴德杀死了恶龙斯毛格。

握了精灵、矮人或人类所知的语言，如乌鸦和渡鸦。但是居住在埃瑞博的古画眉鸟却与当地的人类和矮人结成了联盟。河谷城和一些长湖人知道画眉鸟的语言，并利用这些鸟作为信使。画眉也会出于友谊而接近矮人，尽管矮人们不懂画眉鸟的语言，但是画眉鸟却听得懂矮人和人类的日常使用的西部语。

这些鸟特别长寿。传说有一只来自埃瑞博的老画眉来到梭林·橡树盾矮人一行那里，给长湖镇带来了一个重要的消息，将它告知了河谷城的继承人——弓箭手巴德。人类、精灵和矮人确实有理由感激这只画眉鸟，因为弓箭手巴德从它传达的信息中得知了盘踞在埃瑞博的斯毛格的弱点，并以此杀死了它。

夙林格威希尔（Thuringwethil）

迈雅、吸血鬼。夙林格威希尔意为"影子的女人"，是米尔寇的一个邪恶的迈雅精灵，能化身为一只巨大的长着铁爪的吸血蝙蝠。在太阳第一纪元，夙林格威希尔是居住在贝烈瑞安德狼人之岛上索隆塔的众多变形怪物之一。她在索隆和米尔寇之间来回穿梭，传送信息，坏事做尽。在索隆和狼人岛被摧毁之后，她的力量似乎也消失了。她的塑形披风被露西恩拿走，作为进入安格班王国的一种辅助道具。

提理安（Tilion）

守护月亮的迈雅守护者。"银弓"提理安曾经是服侍猎人欧洛米的一位迈雅精灵。然而，维拉银圣树的最后一朵花泰尔佩瑞安，在被放入一个银容器里变成月亮之后，提理安被称为它的守护精灵。自从月亮第一次升起以来，他每天晚上都在辛苦地工作，把那银器和那朵花带到天空中去。

缇都美瑞拉（Tindomerel）

阿尔达的所有鸟类中最美丽的是缇都美瑞拉，意为"暮光之女"，人们把它叫做"夜莺"。精灵们很喜欢夜莺，他们把它命名为"缇努维尔"，意为"黄昏的少女"，并讲述了许多夜莺参与其中的故事。

缇努维尔（Tinuviel）

在精灵的歌声和传说中，有很多是关于夜莺的。在所有的鸟类中，它的歌声是最受喜爱的，因为它像精灵一样，在星光下歌唱。这只鸟有很多名字：都灵（意为"暗夜歌者"）、缇都美瑞拉（意为"暮光之女"）、洛美林蒂（意为"黄昏歌者"）和缇努维尔（意为"黄昏的少女"）。

这种鸟最伟大的传说来自多瑞亚斯。因为在关于灰精灵女王迈雅族的美丽安的传说中，总是有夜莺甜美的歌声存在。随着时间的推移，美丽安和辛葛国王生下了一个女儿，世界上唯一一个精灵和迈雅所生的孩子。她是所有精灵中最美丽的，是她种族中最美丽的歌手，因此她被取名为露西恩·缇努维尔。《蕾希安之歌》讲述了她如何通过她的歌曲的魔力在阿尔达发挥巨大的力量。但是，她就像一只短命的夜莺一样从这个世界上消失了，因为她嫁给了巴拉希尔的儿子、肉体凡胎的人类贝伦，使得她自己也变成了凡人。

许多歌曲都让人想起露西恩的美丽，在《阿拉贡与埃尔汶的故事》中，据说在太阳第三纪元，露西恩的暗夜之美又在半精灵埃尔隆德的女儿埃尔汶身上重现。埃尔汶也被称为"缇努维尔"。她的歌声很美，就像露西恩一样，她也嫁给了一个人类，选择了凡人的生活。

提力安（Tirion）

在不死之地上，诺多和凡雅精灵在埃尔达玛建造了第一个也是最伟大的城市。这就是白塔和水晶阶梯撑起的提力安。它建在"光之隘口"卡拉奇瑞安的图娜山顶上。这座城市被刻意摆放着，精灵不仅沐浴圣树的圣辉，还能眺望大海的方位，而且从图娜山和高塔的阴影之下，可以看见照耀着维林诺佩罗瑞山脉以外的整个世界的星光。提力安在精灵语中意为"观测塔"，恰如其分。也许是专门为了与最高的灯塔——明登埃尔达冽瓦产生联系，这座灯塔里放置着巨大的银灯。在这座塔的庭院里种植着加拉希理安，一棵神圣的埃尔达白树。

托尔埃瑞西亚（Tol Eressea）

在阿尔达的最初时代，在贝烈盖尔大海中央有一个大岛，众水之王乌欧牟把它连根拔起，变成了一个漂浮的小岛，就像一艘巨大的船。这就是乌欧牟之船，它载着凡雅精灵和诺多从中洲来到不死之地。

然而，在乌欧牟之船起航的时候，在贝烈瑞安德附近，岛屿的一部分搁浅了，并分裂成了巴拉尔岛。尽管如此，凡雅和诺多还是安全到达了不死之地，随后乌欧牟之船回到了贝烈瑞安德并转移了泰勒瑞族精灵。然而，距离乌欧牟第一次转移精灵已经过去了许多年，在这段时间里，泰勒瑞族精灵对大海的热爱一日胜过一日，以至于掌管着海浪的迈雅精灵欧西劝说乌欧牟不要完成这次航行，而是把小岛停泊在埃尔达玛尔湾。尽管在埃尔达玛能看到不死之地和他们的兄弟们，但在星光纪元这段时间里，海洋精灵泰勒瑞族确实是与他们的族亲们分开了，在这段时间里，这个岛被命名为"托尔埃瑞西亚"，意为"孤岛"。直到欧西教会了他们造船的技术，他们才结束了这段孤独的旅程。从此，他们成了海洋的主人，可以去任何目的地。有些人离开了，在埃尔达玛建造了泰勒瑞族的城市澳阔泷迪，另一部分人留在了托尔埃瑞西亚和它的港口城市阿瓦隆尼，阿瓦隆尼面朝东方可以眺望大海。他们也是与努门诺人进行贸易的那些精灵，在世界大剧变之前的太阳第二纪元给努门诺尔人带来了礼物和知识，从努门诺尔岛的最高峰可以看到阿瓦隆尼的白塔在西部的海上闪闪发光。

托尔西瑞安（Tol Sirion）

在太阳第一纪元的贝烈瑞安德，在西瑞安河的北边有一个绿色的岛屿，控制着西瑞安隘口。这里被称为托尔西瑞安，是诺多尔王子芬罗德建造米那斯提力斯堡垒的地方，用来守卫隘口，抵御魔苟斯的军队。直到457年，它才被索隆和一大群狼人占领。十年之后，这座岛被改称为"托尔-因-皋惑斯"，意为"狼人之岛"。芬罗德和贝伦被困在这座岛的地洞里，直到露西恩和维拉猎狼犬胡安前来拯救了他们。在随后的冲突中，胡安杀死了索隆的首席军官肇格路因——狼人的首领和祖先，并以狼人的形态战胜了索隆。胡安获胜后，邪恶的力量逃离了这个岛，这个岛又换回了"托尔西瑞安"这个名字。芬罗德被埋葬在这里，直到太阳第一纪元结束和贝烈瑞安德毁灭之前，它一直是一个绿色和平的岛屿。

汤姆·邦巴迪尔（Tom Bombadil）

老林子的主人，是一位迈雅。汤姆·邦巴迪尔是霍比特人的名字，指的是老林子中那个强大而古怪的主人。精灵语名字"伊阿瓦因·本-阿达尔"，意为"年长且无父之人"，他可能是一个迈雅精灵，在星光纪元来到中洲。矮人管他叫"佛恩"，而人类却叫他"欧拉尔德"。他是一个非常古怪而快乐的人。他是个矮胖的男人，有蓝色眼睛，红色的脸颊，棕色的胡须。他穿着一件蓝色的外套，戴着一顶蓝色羽毛的破旧高帽，脚上穿着一双黄色的靴子。他总是唱着或说着押韵的歌，似乎对任何事都漠不关心，然而在老林子里，他是绝对的主人，没有任何邪恶的力量能打败他。他的配偶是"河之女"金莓。汤姆·邦巴迪尔在摧毁魔戒任务的过程中扮演了一个关键角色，他两次救出了霍比特持戒人：第一次是从老森林里的柳树老头那里；第二次是从古冢岗的古冢尸妖手上将他救了出来。

托洛格（Torogs）

在贝烈瑞安德战争期间，黑暗大敌魔苟斯，培育出了一个强大的吃人巨人种族。精灵们给这些生物起名叫"托洛格"，后来人类又从"托洛格"这个名字中衍生出了"食人妖"这个称呼。中洲的传说充满了这个邪恶而愚蠢的巨人种族的故事，他们经常袭扰粗心大意的独身旅行者。

树须（Treebeard）

范贡森林的恩特。树须在精灵语中的称呼为"范贡"，是范贡森林的守护者。他是一个恩特，也是一个高4.2米的巨人，还是一名"牧恩特"，长得像一棵常青树和一个人结合在一起。他有一个粗壮的树干、茅草似的胡子、像树枝一样的手臂和光滑的带有七根手指的手。在魔戒战争期间，他是恩特种族中最年长的一位，仍然生活在中洲。虽然树须并不关心精灵和人类的生活方式，但他与霍比特人梅里阿道克·白兰地鹿和佩里格林·图克的讨论很快激起了他对艾森加德奥克的长期怨恨。树须说服其他恩特向艾森加德进军。恩特的进军导致了艾森加德城墙的被彻底毁坏了，巫师萨茹曼被囚禁在自己的塔楼里。在号角堡战役之后，树须还派遣了那些被称为"胡恩"的坏脾气的树精去攻击奥克。

维拉双圣树（Trees of the Valar）

"大地之后"雅凡娜设想的种子中，有那些巨灯纪元生长在阿尔达大森林的树木。这些树中有许多和我们现在所知道的树是一样的，但在那个年代的树木更高，更粗。有橡树、赤杨、花楸、冷杉、山毛榉（称为"尼尔多瑞斯"）、桦树（称为"布瑞希尔"）和冬青树（称为"埃瑞吉安"）。但也有一些树木已经从世界上消失了：伊希利恩和金黄色瑁珑的库露瑁勒达，是中洲的最高的树，位于洛丝罗瑞恩。

然而，在所有曾经存在过的树木中，最美丽和令人惊叹是维拉双圣树，它们在巨灯纪元之后，依然矗立着。米尔寇摧毁了照亮全世界的维拉巨灯之后，维拉离开中洲，来到了不死之地。他们建立了第二个王国，名叫"维林诺"，并且"百果的赐予者"雅凡娜，坐在维林诺西边的维利玛附近的绿丘埃泽洛哈尔上，用歌声创造了双圣树，与此同时维拉坐在审判之环各自的王座上，"哭泣者"涅娜默默地用她的泪水浇灌着这片大地。据传说记载，首先出现了一棵银圣树，然后又有一棵金圣树。它们长得和奥力一样高，并且发出耀眼的圣辉。银圣树泰尔佩瑞安是双圣树中年龄较大的那棵，长有着深绿色和银色的叶子。他的树枝上挂着许多银色的花，上面结着银色的露水。在赞美诗中，泰尔佩瑞安也被称为"宁魁罗提"和"熙尔皮安"。劳瑞林，是更为年轻的维拉圣树，意为"金色的歌"。她的叶子镶着金边，还是淡绿色的，她的花朵像喇叭状金色的火焰，从她的每一朵花上都会洒落金色的雨滴。在赞美诗中，劳瑞林也被称为"库露瑞恩"和"瑁琳阿勒达"，意为"金色圣树"。

就这样，这两棵圣树屹立在不死之地上，金银色的圣辉照耀着大地。根据这些维拉双圣树散发的光芒里所包含的韵律，从此有了时间的刻度，在此之前，时间都没有被精确记载测量过，自此开始，圣树的日月年份开始有了记载，并且持续了很长时间，远在星星与太阳出现之前。在不死之地上，这对孪生圣树的光芒是永恒的，住在这片土地上的人们被赋予了崇高的品格，充满了无限的智慧。

在它们的光芒下，维拉生活在幸福之中，而中洲则陷入黑暗之中，米尔寇加强了他的乌图姆诺王国的力量和他的武器库安格班。然而，过了一段时间，瓦尔妲在树下挖了一口井，在井里洒满

了露珠,她拿着泰尔佩瑞安的银光,爬上了天空的穹窿,重新点燃了微弱的星光。她让它们变得更加明亮,中洲的米尔寇的邪恶仆人们在恐惧中畏缩不前。因为星光对他们来说就像利矛或冰刀,狠狠地刺伤了他们。精灵们就在这星光下出现了,他们愉快地被那星光唤醒了。

虽然维拉双圣树的生命很长,但它们的结局却是悲惨和灾难性的。据说,米尔寇与"大蜘蛛"乌苟立安特达成了一项协议,他们在大蜘蛛的黑暗斗篷的掩护下偷偷地来到了圣树旁,圣树被一团灰黄色的火焰烧焦了,生命的汁液也被抽出来了。他们的光熄灭了,只剩下破碎的树干和树根,不仅发黑,而且有毒。光之井被大蜘蛛乌苟立安特吸干了,一片可怕的黑暗降临在维林诺。因此,除了埃尔达玛的精灵们制造的三颗被称为"精灵宝钻"的宝石外,世界上所有的圣树圣辉都消失了。但是米尔寇连这些宝石也都抢走了,虽然他没有把精灵宝钻毁掉,但正是因为这些精灵宝钻,下一个纪元的精灵宝钻争夺战才得以爆发。维拉又悲痛地回到树林里,他们又派人去寻求雅凡娜和涅娜的帮助。雅凡

维拉双圣树: *"光芒圣树"是在雅凡娜的歌声中被创造出来的。这些树苗长成了最大的树,用金色和银色的圣辉照亮了阿门洲。银树叫"泰尔佩瑞安";金圣树叫"劳瑞林"。*

娜在枯树上唱着她的创造圣树的歌谣；涅娜流着绝望的眼泪，焦黑的废墟上只剩下一个金色的树果和一朵银色的花。树果被命名为"金色烈焰阿纳"，银色的花被称为"光辉的伊希尔"。据《纳西里安》记载，工匠奥力制作出了伟大的容器，将这些圣树仅存的光辉装在里面，并且让它们永不褪色。曼威让它们变得神圣化，瓦尔妲将它们升上天空，使它们在照亮整个阿尔达。于是，维拉双圣树的圣辉碎片被带到了全世界，它们被称为"太阳"和"月亮"。迈雅火精灵阿瑞恩携带着太阳"阿纳"，也被称为"瓦萨"，即"烈焰之心"；迈雅猎人提理安则携带月亮"伊希尔"，也被称为"拉娜"。

世界上的树木并不是只有维拉的圣树，因为雅凡娜以泰尔佩瑞安的形象建造了加拉希理安，但是它没有散发出光芒。她把这棵树送给提力安的精灵们，他们知道这棵树就是埃尔达白树。它的许多幼苗在埃尔达玛生长，而且现在仍在生长。其中之一就是凯勒博恩，它在托尔埃瑞西亚开出了花朵，并且孕育出了精灵送给努门诺尔人的幼苗，这个幼苗后来长成了一棵树，名叫"美丽的宁洛丝"，它是努门诺尔人的白树，在宫廷中长大，直到国王阿尔-法拉宗将它摧毁。出于这一行为，努门诺尔岛便注定要灭亡。然而，安督尼依的王子们从宁洛丝处带走了一棵幼树，在努门诺尔岛沦陷之前，绰号"长身"的埃兰迪尔的王子把这棵幼树带到了中洲。他的儿子最初在刚铎的米那斯伊希尔种植了宁洛丝的这棵幼苗，直到太阳第四纪元，刚铎的白树才开花。虽然白树在瘟疫或战争中死亡的次数多达三次，但人们总是能找到另一棵幼树，而且这种传承从未消失。这些白色的树木是与不死之地最古老的过去联系在一起的活生生的纽带，它们是高贵的象征，代表着维拉的智慧和善良会降临凡间。

食人妖（Trolls）

人们认为，在星光第一纪元，在安格班的洞穴里，"黑暗大敌"米尔寇培育了一个巨大的食人族，他们凶猛而强壮，但没有智慧。这些流淌着黑色血液巨人被称为"食人妖"，在五个星光纪元和四个太阳纪元里，他们虽然四肢发达头脑简单，但却无恶不作。

据说食人妖是米尔寇培育出来的，因为他想要一个像"牧恩特"巨人恩特那样强大的种族。食人妖的身高和体型是最大体型的人类的两倍，他们有着像盔甲一样的绿色鳞甲。就像恩特是由树木构成的一样，食人妖就是由石头构成的。虽然没有恩特那么强壮，但食人妖身体坚硬而强壮。然而巫术的制作有一个致命缺陷：他们惧怕光芒。

他们被创造出来的咒语是在黑暗中施放的，如果光明打在他们身上，就好像咒语也被打破了，他们的皮肤上的石甲就会向内蔓延，最后他们邪恶的、没有灵魂的生命就会被压碎，变成毫无生气的石块。

食人妖十分愚钝，许多食人妖根本

学不会说话，而另一些食人妖却学会了奥克种族中最基本的黑语。尽管他们的力量经常被头脑敏捷的生物摧毁，但在山洞和幽暗密林里食人妖依旧十分可怕。他们最喜欢吃生肉。他们杀人是为了寻欢作乐，而且通常毫无理由，除了一种毫无目的的贪婪——他们想从受害者那里搜刮财宝。

在星光纪元，他们和奥克一起自由地漫游中洲，使他人旅行变得极为危险。在这个时候，他们经常和狼人、奥克以及米尔寇的其他邪恶的仆人一起作战。但在太阳第一纪元，他们则变得小心得多，因为太阳的光芒对他们来说是致命的，只有在黑暗中，他们才会参加贝烈瑞安德的战争。《精灵宝钻征战史》中写道，在泪雨之战中，食人妖数量众多，它们是"炎魔之王"勾斯魔格的护卫，尽管它们既没有技巧也没有手段，但它们战斗十分卖力，毫不畏惧。他们中有七十人被一个叫"胡林"的伟大的伊甸人战士杀死了，然而其他的食人妖赶来把他俘虏了。

在愤怒之战和太阳第一纪元之后，许多食人妖种族仍然生活在中洲，并躲

食人妖：绿色鳞甲的巨人，非常强力，但十分愚蠢。黑暗大敌魔苟斯培育的敌人，食人妖和奥克组成了联盟，他们都吃生肉。他们生活在黑暗中，因为阳光会把他们变成石头。

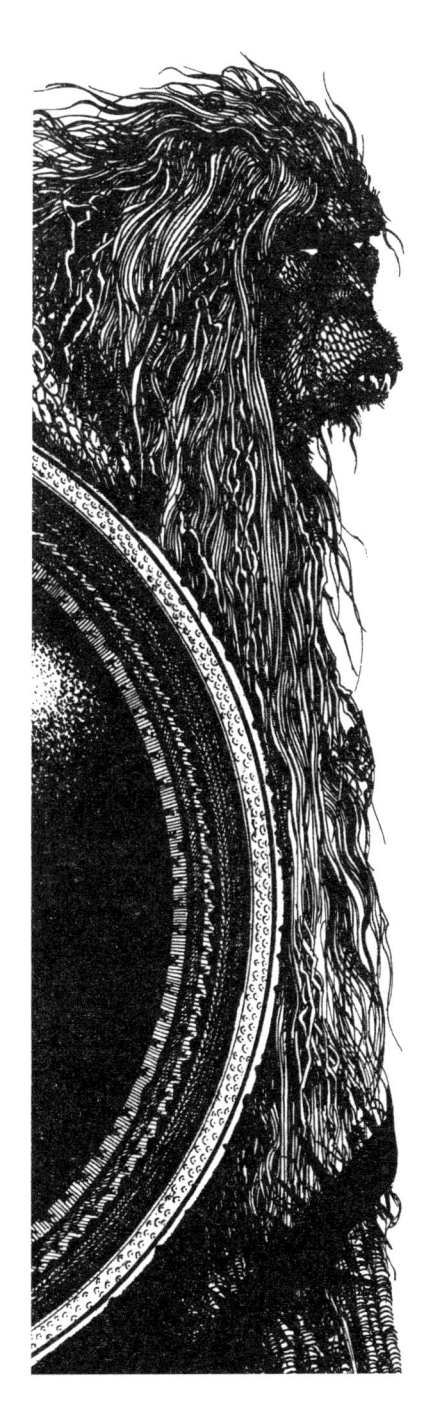

藏在岩石之下。当迈雅索隆在太阳第二纪元崛起的时候，他把他的主人米尔寇的这些老仆人们收为己有。索隆也让食人妖们有了邪恶之心，变得比以前更危险。这些怪物自由无畏地在世界上黑暗的地方游荡。

在太阳第三纪元，索隆第二次出现在魔多，仍然有许多邪恶而迟钝的食人妖出没在人类的土地上。其中一些被称为"岩石食人妖"，剩下的是"洞穴食人妖""山丘食人妖""山岭食人妖"和"雪地食人妖"。许多第三纪元的故事讲述了他们的邪恶。在幽谷北部的冷原中，他们杀死了登丹人族长阿拉多。

几个世纪以来，在埃利阿多的食人妖族群中，有三只食人妖以当地村民为食。按照食人妖的标准，这三个食人妖都是智力巨人，因为他们会说话，能听懂人类的西部语，即使有错误，他们也具备基本的算术知识。尽管如此，巫师甘道夫还是凭借他的机智，把它们变成了石头。在莫瑞亚，炎魔指挥着许多巨大的洞穴食人妖。

然而据说索隆对这些仆人的邪恶程度还不满意，他想要更好地利用他们的巨大力量。因此，在第三纪元末期，索隆培育出了非常狡猾和敏捷的食人妖，只要索隆愿意，它们就能忍受阳光。这些人被他称为"奥洛格族"。他们是巨大的野兽，有邪恶的人类那样的聪慧。它们有着尖牙利爪，并且和其他的食人妖种族一样身披岩石鳞甲，他们还带着黑色的又大又圆的盾牌，还有带铁链的碎颅锤。因此，在魔多的山区和幽暗密林多古尔都周围的森林里，也就是索隆安排奥洛格族去的地方，无尽的邪恶将降临在索隆的敌人头上。

在佩兰诺平原战场和魔多黑门之前，这些野蛮人的恐怖造成了可怕的破坏。然而它们被一种强大的咒语所控制，当魔戒被破坏，索隆被驱逐到黑暗中时，咒语被打破了。奥洛格族的每个人都如同行尸走肉，仿佛他们的感官被抽离了，他们变得好像无声的牲畜，在黑暗的田野间迷了路。他们虽有大能大力，还是被攻击得四处逃窜。

食人妖森林（Trollshaws）

在第三纪元的最后一千年里，在埃利阿多矗立在东大路以北和精灵王国幽谷以东的那片被称为"食人妖森林"的森林。曾经是阿尔诺文明的一部分，登丹人的城堡废墟也在那里，但是自从与安格玛巫王的战争之后，森林就变成了食人妖的领地，这些食人妖最喜欢的就是尽情地猎杀那些粗心大意的旅行者。食人妖森林是三个食人妖的家：伯特、汤姆和威廉哈金斯，他们在埃瑞博远征任务中被甘道夫变成了石头。

托卡斯（Tulkas）

被维拉称为"摔跤手"的托卡斯是维拉的大力神。他是最后一个进入阿尔达的爱努，在第一场大战中与米尔寇作战。托卡斯性情平和，不易发怒，他喜欢在别人面前考验自己的力量。他年轻英俊，留着金色的头发和胡子。他有时被称为"强壮的托卡斯"，还有意为"勇者"的"托卡斯·斯塔都"。他的妻子是舞者奈莎。在力量之战中，托卡斯俘虏了米尔寇，在愤怒之战中，他也表现出了惊人的力量。

图奥（Tuor）

多尔罗明的伊甸人。图奥生于太阳第一纪元473年，在泪雨之战之前，他的父亲胡奥被杀，他的叔叔胡林被俘。图奥是辛达精灵在安德洛思的洞穴里长大的，直到16岁那年，他被俘虏，成为了东夷人罗甘的奴隶。后来他逃跑了，四年来一直过着亡命之徒的生活。太阳第一纪元496年，图奥进入了隐秘王国刚多林，向国王图奥贡传达了众水之王乌欧牟对即将来临刚多林的毁灭的提醒。然而，图奥贡拒绝离开，图奥也留下了，并迎娶了精灵公主伊缀尔。这对夫妇只有埃雅仁迪尔一个孩子。在511年，刚多林被攻陷。图奥、伊缀尔、埃雅仁迪尔和刚多林的幸存者逃到西瑞安的避难。几年后，图奥和伊缀尔一起乘船去了埃尔达玛。

图尔巩（Turgon）

刚多林的精灵国王。图尔巩出生于星辰纪元的埃尔达玛，是诺多芬国盼的次子。维拉圣树之树被摧毁后，图尔巩加入了诺多复仇的行列，他们来到中洲追击魔苟斯，夺回精灵宝钻。在贝烈瑞安德，图尔巩宣称奈芙拉斯特是他的领土。然而，在太阳第一纪元51年，维拉乌欧牟向图尔巩展示了环抱山脉中的图姆拉登隐匿山谷。在那里，他用白色的石头建造了一座城市，并把它命名为"刚多林"。104年城市建造完成，图尔巩统治了他隐藏的王国长达五个世纪。在473年，他带领刚多林人参加泪雨之战。好在有殿后伊甸人的牺牲，他们才幸免于难。496年，乌欧牟派伊甸人的英雄图尔去警告图尔巩即将到来的灾难，但他拒绝逃跑。511年，经过多年的间谍活动，魔苟斯终于发现了刚多林的位置，并派他的军队去摧毁它。图尔巩手持利剑，在保卫他心爱的城市的战斗中牺牲了。

图林·图伦拔（Turin Turambar）

多尔罗明的伊甸人、屠龙者。图林生于第一纪元465年，是胡林和墨玟的儿子。太阳第一纪元473年，在泪雨之战中，图林被送往多瑞亚斯，由灰精灵国王辛葛来抚养。从482年起，都灵和他的导师，辛达精灵战士贝烈格·库沙理安在多瑞亚斯和更远的地方与魔苟斯的仆从们战斗。486年，他接受了"内桑"这个名字，离开多瑞亚斯并开始流亡。在捕获了小矮人密姆之后，他和他的亡命之徒把阿蒙如兹下面的洞穴作为他们行动的指挥中心。在这期间，他被称为"'可怕之盔'戈索尔"。从488年到496年，图林居住在纳国斯隆德，被称为"'黑剑'墨米吉尔"。

在经历了灾难性的图姆哈拉德之战后，图林回到了纳国斯隆德，在那里，恶龙格劳龙用咒语和邪恶的诅咒将他束缚。在接下来的三年里，他自称为"图伦拔"，意为"命运主宰"，生活混迹在哈拉丁人之间，并于太阳第一纪元500年迎娶了妮涅尔女士。501年，格劳龙进入布瑞希尔，图林伏击了它，用他的剑古尔桑杀死了格劳龙。然而，在死亡之前，恶龙向图灵透露，他的妻子妮涅尔实际上是他失散多年的妹妹涅诺尔。意识到自己娶了自己的妹妹后，图林自杀了。

龟鱼（Turtle-Fish）

在霍比特人流传的传说中，有一个关于巨型龟鱼的故事，它被称为"法斯提托卡龙"。这个故事是源于真实的海中巨兽，还是仅仅是霍比特人的想象，现在还不得而知，因为阿尔达岛上的其他种族从来没有提到过这种强大的生物。

龟鱼： 一种巨大的海洋生物，在霍比特人流传的传说中名为"法斯提托卡龙"，时常被途经的水手误认为是一个岛屿。可当他们试图靠近点好看清一些时，它又潜入了海底。

U

乌格鲁克（Ugluk）

艾森加德的乌鲁克族。在魔戒战争期间，乌格鲁克是一个喜欢斗嘴的奥克部队队长，他们在洛汗俘获了霍比特人梅里阿道克·白兰地鹿和佩里格林·图克。不久，他们就被洛汗的骑兵杀死了。乌格鲁克能有其地位，可能是由于他比普通奥克更大、更强壮、更邪恶。最终，乌格鲁克被洛汗人的元帅伊奥梅尔杀死。

微洛斯（Uilos）

中洲有一种永不凋零的花，名为"微洛斯"，在精灵语中意为"永远洁白"。这是一种星形的花，在坟墓上大量出现。人类把它叫做"辛贝穆奈"，西部语则称之为"永志花"。

乌妮（Uinen）

迈雅，海洋精灵。乌妮是平静女神，是海浪之主欧西的妻子。他们夫妻二人都服侍着众水之王乌欧牟，他是所有形式的水的主宰。乌妮深受那些出海的人所喜爱，同样地，他们也十分惧怕海浪之主欧西。水手们向乌妮祈祷，希望她能让他们安全平静地完成航行。

乌来力（Ulairi）

《力量之戒》的悠长历史讲述了索隆和精灵战争之后，中洲出现了九个幽灵。这些人就是乌来力，他们在黑语中被称为"那兹古尔"，而人类则把他们称为"戒灵"。乌来力曾经是人类的国王，但最终屈服于力量之戒的诱惑，成为了黑暗领主索隆的奴隶。在与他们相关的故事记载里，他们不断地毁灭精灵和人类王国。

乌欧牟（Ulmo）

维拉，海洋领主。乌欧牟意为"众水之王"，能够掌控中洲所有水的运动：从海洋、湖泊和河流到降雨、迷雾和露珠，都在他的能力范围之内。在星辰纪元，乌欧牟帮助精灵们来到了不死之地上，他经常教精灵们音乐和航海的方法。乌欧牟并不经常露面，但当他露面时，通常是一个巨大的海王形象，戴着波浪形的头盔，身穿银色和祖母绿相间的铠甲，从水中升起。他的声音深沉而有力，当他吹响他那白色的海贝壳号角——乌路慕瑞时，大海就会随着它的声音而回响。

乌曼雅（Umanyar）

在星光纪元，所有选择听从维拉召唤，离开中洲来到不死之地的新崛起的精灵族中，只有一部分精灵完成了伟大的旅程。那些到达阿门洲大陆的不死之地的精灵被称为"阿曼雅"，而那些在路上迷失了方向，脱离大部队的精灵则被称为"乌曼雅"，意为"未到达阿门洲者"。乌曼雅的主要分支被称为"南多精灵""莱昆迪""法拉斯民"和"辛达"，但也有许多较小的部落和族亲，在这条充满危险的漫长迁徙道路上迷失了。

乌姆巴尔（Umbar）

在太阳第二纪元与第三纪元，中洲南部城市哈拉德，最大的沿海港口叫做乌姆巴尔。乌姆巴尔这个名字指的是城市、港口、要塞、海角和周围沿海地区。它是一个巨大的天然港口，在太阳第二纪元的第二个千年里，它已经成为中洲的主要港口。在太阳第二纪元3261年，努门诺尔人组建了一支强大的舰队，在乌姆巴尔登陆，反抗索隆，但在努门诺尔毁灭之后，乌姆巴尔的努门诺尔人沦为索隆的奴仆。这些人后来被称为"黑努门诺尔人"，他们经常率领强大的乌姆巴尔舰队，对抗刚铎的登丹人，尤其是那些与他们竞争的佩拉基尔人。在第三纪元的第十世纪，刚铎国王攻击了乌姆巴尔，并重创了黑努门诺尔人的海上势力，占领了他们的港口、城市和领土。乌姆巴尔成为刚铎王国的一部分，直到1448年内战和叛乱爆发，叛军和南蛮子联盟占领了这个港口，并从刚铎领土中分离出去。1810年，刚铎短暂占领了这个港口和城市，但很快就被南蛮子夺回。乌姆巴尔的黑船，即快速大帆船，又一次出现在海面上，袭击沿海地区，这些被称为"乌姆巴尔海盗"的人，成了海上的恐怖分子。早在2980年，阿拉贡二世（以"梭隆吉尔"的名义）就预料到索隆势力的崛起，他率领一支突袭队进入了乌姆巴尔的港口，烧毁了它的大部分舰队。在魔戒战争期间，海盗们袭击了佩拉基尔，但最终被阿拉贡和黑蛮祠的亡者们彻底击败。海盗们被迫要求和平，在太阳第四纪元，乌姆巴尔被统一的阿尔诺和刚铎王国的登丹人国王所控制。

不死之地（Undying Lands）

位于阿尔达最西边的广阔的阿门洲大陆，常被称为"不死之地"。由于这是不朽的维拉、迈雅和埃尔达生活的土地，所以这个名字似乎很合适。它主要

乌鲁克族：索隆在太阳第三纪元的二十五世纪的魔多，培育出的超级奥克种族。除了变得更高大、更强壮、比小个奥克更具邪恶感以外，他们还不惧怕阳光。

由两个王国组成：维拉和迈雅的故乡维林诺，其都城是维林诺；凡雅精灵、诺多和泰勒瑞族精灵的故乡埃尔达玛，都城为提力安与澳阔泷迪。中洲大剧变之后，不死之地被维拉带到一个凡人无法到达的地方。此后，想去不死之地的人只能乘坐精灵的白色魔法船沿着"笔直航道"航行，这条航道让他们不再沿着球形的世界绕圈，直到驶离世界到达不死之地。

乌苟立安特（Ungoliant）

阿瓦沙的蜘蛛。乌苟立安特是一种巨大的蜘蛛，它生活在阿瓦沙，一个无人居住的荒地，位于维林诺的佩罗瑞山脉和寒冷的南方海洋之间。最开始，其身份可能是一个被腐蚀的迈雅灵魂，乌苟立安特是阿尔达世界古往今来最为邪恶的生物。她拥有编织黑暗之网的能力，称为"乌苟立安特的黑暗斗篷"。她按照米尔寇的吩咐摧毁了维拉双圣树。随后她和米尔寇一起逃亡中洲，在那里他们与精灵展开了精灵宝钻争夺战。乌苟立安特的力量太过强大，要不是米尔寇的炎魔把她赶走，或许米尔寇早就被乌苟立安特吃掉了。乌苟立安特逃窜到位于贝烈瑞安德，恐怖山脉山脚下的死亡谷，在那里她与蜘蛛一样的生物进行交配繁殖，并孕育出一窝巨大的蜘蛛。后来，乌苟立安特流浪到南方的沙漠哈拉德，在那里，她找不到别的食物，就把自己吞噬了。

乌鲁克族（Uruk-hai）

太阳第三纪元2475年，魔多出现了一批新的奥克士兵。这些奥克士兵被称为乌鲁克族。他们皮肤黝黑、流着黑血、眼睛炯炯有神，几乎和人类一样高，并且不怕阳光。乌鲁克族比其他的奥克更具力量和耐力，在战斗中的表现也更为突出。他们身穿黑色的头盔和铠甲、挥舞着长剑和长矛，手持饰有魔多红眼的盾牌。

人们认为，让个头较小的奥克产生是米尔寇最大的罪恶行径之一，而乌鲁克族的诞生也被认为是索隆最可怕的行为之一。索隆用什么方法培育了这些生物尚不清楚，但事实证明，他们非常适合他的邪恶目的。他们的人数不断增加，和较小的奥克一起行动，并且经常成为他们的队长或组成自己的军团，因为乌鲁克族对他们的战斗能力感到自豪，所以对索隆的体型较小的奥克根本不屑一顾。

当乌鲁克族出乎意料地拿着枪和剑，向刚铎人冲来时，他们把刚铎人顶在面前，冲进了欧斯吉利亚斯，杀人放火，摧毁石桥。至此，乌鲁克族摧毁了刚铎最伟大的城市。

然而，这只是乌鲁克族无恶不作的开始，因为这些巨大的奥克受到黑暗势力的重视，他们满怀激情地从事罪恶的勾当。在魔戒战争中，乌鲁克族军队在魔古尔和魔多准备出发。在萨茹曼的白旗下，乌鲁克族大批地从艾森加德进入号角堡战役。然而，随着战争的结束和魔多的陷落，乌鲁克族也唇亡齿寒无力挣扎，索隆灭亡之后，他们与体型较小的奥克和其他邪恶的野兽，变成了失去主人的行尸走肉，只能被杀或被迫躲在洞穴深处，等待他们的结局只有自相残杀或是慢慢死去。

乌鲁克（Uruks）

在太阳第三纪元，魔多出现了一个可怕的巨大奥克种族。在黑语中，他们被称为"乌鲁克族"，但通常被叫做"乌鲁克"。他们和人类一样高，有着奥克所有的邪恶特征，但是他们更强壮，而且不怕光。

乌鲁罗奇（Uruloki）

乌鲁罗奇，即喷火龙，太阳第一纪元时在安格班的洞穴中培育出来的，是伟大的龙族的分支。这些乌鲁罗奇，或称"会喷火的大蛇"，长着尖牙利爪，无论在思想上还是行为上都很可怕，浑身上下充满火焰和硫磺的气息。他们的祖先是"恶龙之父"格劳龙，但它有许多后代，这些后代又繁殖了许多后代。在所有的生物中，它们是最令人类和精灵绝望的生物，也是矮人的祸根。

乌图姆诺（Utumno）

在巨灯纪元中洲的东北部，当时还是维拉身份的米尔寇建造了一个强大的堡垒，周围环绕着群山，被称为"乌图姆诺"。

在这里，他密谋对付其他维拉，并聚集了反叛的迈雅灵魂和各种邪恶怪物，如炎魔、狼人和大蜘蛛。米尔寇摧毁了维拉巨灯后，乌图姆诺中洲的帝国在随后的黑暗时代扩张。然而，在星光重燃、精灵苏醒之后，米尔寇与其他维拉的冲突再次不可避免地爆发。在经历了长时间的破坏之后，维拉终于在星辰第一纪元末期对乌图姆诺发动了战争。这是一场力量之战，战争结束时，乌图姆诺被彻底摧毁了，它的主人米尔寇被俘并被囚禁。

V

薇瑞（Vaire）

被称为"编织者"的维拉。一开始是永恒大厅里的一位爱努，随后进入阿尔达，成为一名维拉，薇瑞是"命运与灵魂的主宰"曼多斯的妻子。她是命运的编织者，她的织锦挂满曼督斯的殿堂，讲述着世界的故事，直到时间的尽头。

维拉（Valar）

当"现存之宇宙"一亚被赋予真实物质之时，还加入了第一个种族的一部分角色，即"神圣者"爱努。在永恒大厅里，他们是纯粹的灵魂存在，根据《维拉本纪》的记录，他们随后进入了这个世界，并以世俗的形式分裂成两个民族。两个民族中，力量稍弱的人更多，他们在故事中名为"迈雅"；力量更强的民族共有十五人，他们在故事中名为"维拉"，意为"维系阿尔达之力"。

据古书记载，当维拉和迈雅来到世上，第一次塑造了这个粗糙的世界时，他们努力创造出，他们在视觉中感受到的无瑕美丽。但在这地方，维拉之间起了纷争，战争破坏了他们的工作。但最后，维拉的第一个王国"阿尔玛仁"建成，这是在中洲，大湖中央的一个小岛上建立起来的。巨灯纪元也随之开始。然而，有一个维拉反叛了，他破坏了维拉巨灯，摧毁了阿尔玛仁和它的令人迷醉的花园。

于是，维拉离开中洲，向西来到阿门洲大陆，在那里他们筑起围绕着阿门洲的佩罗瑞山脉，使他们的第二个王国比第一个王国更为美丽。这个王国被称为"维林诺"，它的主要城市被称为"维利玛"，有着众多穹顶、百钟齐鸣、雄伟的大厅。就在这个时候，在佩罗瑞山脉的边界上，发出永恒金光和银光的维拉双圣树出现了，它照亮了整个阿门洲。这个王国就是美丽奇迹的化身。

维拉之首是曼威，他住在阿尔达的最高峰塔尼魁提尔上。他是风之主宰，也是维拉中第一位君王。阿尔达的一切都是他的领域，但他主要爱的是空气的元素，所以他被称为"苏利牟"，意为"阿尔达气息的主宰"。他坐在一个闪闪发光的宝座上，穿着蓝色长袍，手里拿着蓝宝石权杖。曼威的眼睛也像蓝宝石一样，但更明亮，像闪电一般的锐利目光令人生畏。整个世界都在曼威眼中。空气的湍流是他的思维活动；他的愤怒如雷暴，震动大地，震碎高山。天上的飞鸟都是他的信使，而其中，大鹰为众鸟之王。它便代表了世界与阿尔达子民的气息。因此，语言和声音本身就是他的元素的一部分，他最喜爱的艺术是诗歌和歌曲。

维拉女王也住在曼威在塔尼魁提尔建造的，"高空中的殿堂"伊尔玛林的圆顶大厅里。她便是瓦尔妲——"星辰之后"，是最美丽的维拉，因为她的身上散发着伊露维塔的光芒。她是一个光明的灵魂，就像一个钻石喷泉。瓦尔妲创造了星星，所以精灵们称她为"埃伦塔丽"和"埃尔贝瑞丝"，意为"星辰之后"。她的名字，是所有希望光明驱除黑暗的人的护身符。是瓦尔妲点亮巨灯"伊路因"与"欧尔璊"，照亮了世界；后来她从维拉双圣树上取下露珠，使星星更加明亮。她创造了被称为星座的星星的形状："蝴蝶"纬尔瓦林、"剑客"美尼尔玛、"镰刀"维拉奇尔卡、"大鹰"梭隆努米和许多其他的星座。在这些星座中可以读到世界各国人民的命运。

据说精灵们最喜欢瓦尔妲，因为是她的星星把他们召唤到这个世界上的，她早期的部分光芒永远留在他们的眼睛里。因此，他们称她为"婷塔列"或是"吉尔松涅尔"，意为"点燃者"，他们对着她点燃的星光歌唱，称她为"崇高者"。

紧随其后的维拉是乌欧牟，他的元素是水。他是海洋之王，所有的水手都知道他，矮人们和奥克都害怕他。在他的深水世界里，他常常是巨大的、无形的，但他出现时就像一股巨浪冲到岸边。他的头盔是波浪形的，他的铠甲是祖母绿和灿烂的白银。他将白色贝壳制成的大号角乌路慕瑞举到唇边，吹出深沉的号角之声。当他说话的时候，他的声音也深沉如海。然而，他的形象并不总是可怕的，事实上，他也并不总是以海洋之王的形象出现。因为他是"众水之王"，从泉源和喷泉到江河的源头与小溪。他的声音也可能是温柔甜美、美丽而悲伤的。然而，无论是微妙的还是激烈的，乌欧牟都在世界各地间穿梭，而所有形态的水，都可以通过河岸和海岸最终来到它们的主宰身边。

雅凡娜是世界的哺育者，她的名字意为"百果赐予者"，她也被称为"凯门塔丽"，意为"大地之后"。她有很多种形态，但最常出现的形象就像最优雅的柏树一样高大，身披绿色的长袍，伴有金色的露珠闪耀着。所有爱地球果实的人都爱雅凡娜，崇拜她。她通过绿色引线驱动花朵的力量，所有欧尔瓦（即植物）的最初种子都是由她设计和种植的。她是森林和田野中所有凯尔瓦（即动物）的护卫者。正是雅凡娜创造了阿尔达健壮茂盛的森林，在黑暗纪元，她用"雅凡娜之沉睡魔咒"保护了中洲的生命——这是一种笼罩人间大地的巨大魔法。她最伟大的造物是维拉双圣树，在圣树被摧毁之后，也是她从烧焦的树干上培育出了一朵花与一个果实，在日后成为了太阳和月亮。

雅凡娜的配偶，"群山的创造者"奥力，是一名工匠，意为"工匠的主宰"，他与雅瓦娜共同分享地球的元素，设计出了金属与宝石。他被矮人称为"玛哈尔"，意为"创造者"，因为正是奥力，用泥土与石块塑造了矮人这个种族。

尽管矮人们并不完美，但他们和石头一样强壮、倔强，热爱与他们的创造者奥力有关的一切。奥里也是诺多精灵的朋友和导师，他们是最早开采宝石、用明亮的石材建造塔楼和城市的种族。他们经常来到奥力的住所，深入维林诺的山区，学习他的许多技能。奥力最伟大的成就，是在创始之初塑造地球本身的形状时所从事的，各式各样的创作。

奥力的宫殿的更远处是曼督斯大厅。曼督斯位于西部海岸，埃凯亚海的海浪冲刷着不死之地。这是维拉纳牟的居所，是亡者的灵魂的归处，所有人都以他的这处居所为准，称他为"曼督斯"，意为"命运宣判者"。曼督斯是审判者，并且在维拉之中，他是最了解伊露维塔意志的那个。他不屈服，不为怜悯所动，因为他知道爱努乐章中已经宣告了所有的命运。在精灵的传说中，被杀精灵的灵魂会被召唤到亡者领主那里，他们会停留在曼督斯的居所处，那里被称为等候大厅。

在维林诺西岸的曼督斯附近，住着纳牟的妹妹，"哭泣者"涅娜。她是披着丧服的妇人，虽然她深谙悲伤与哀痛，但她并非代表了绝望；眼泪会不停地从她眼中流出，并且她的居所面朝着黑暗之墙。相反，她的悼歌之中包含的怜悯和苦难之情，使聆听者的智慧和忍耐超越了希望；她的眼泪具有滋养的效果，孕育出许多未被发现的东西，但往往具有维持生命的效果。所以涅娜的泪水和雅凡娜的技艺孕育了维拉双圣树，并结出了伊希尔——之后化为月亮的花朵，

维拉：*阿尔达的神。这些巨大的生物控制着地球上的所有元素。欧洛米是维拉中的猎人，他十分热爱阿尔达的森林，经常骑着他的坐骑，带着他的号角维拉罗玛在林中驰骋。*

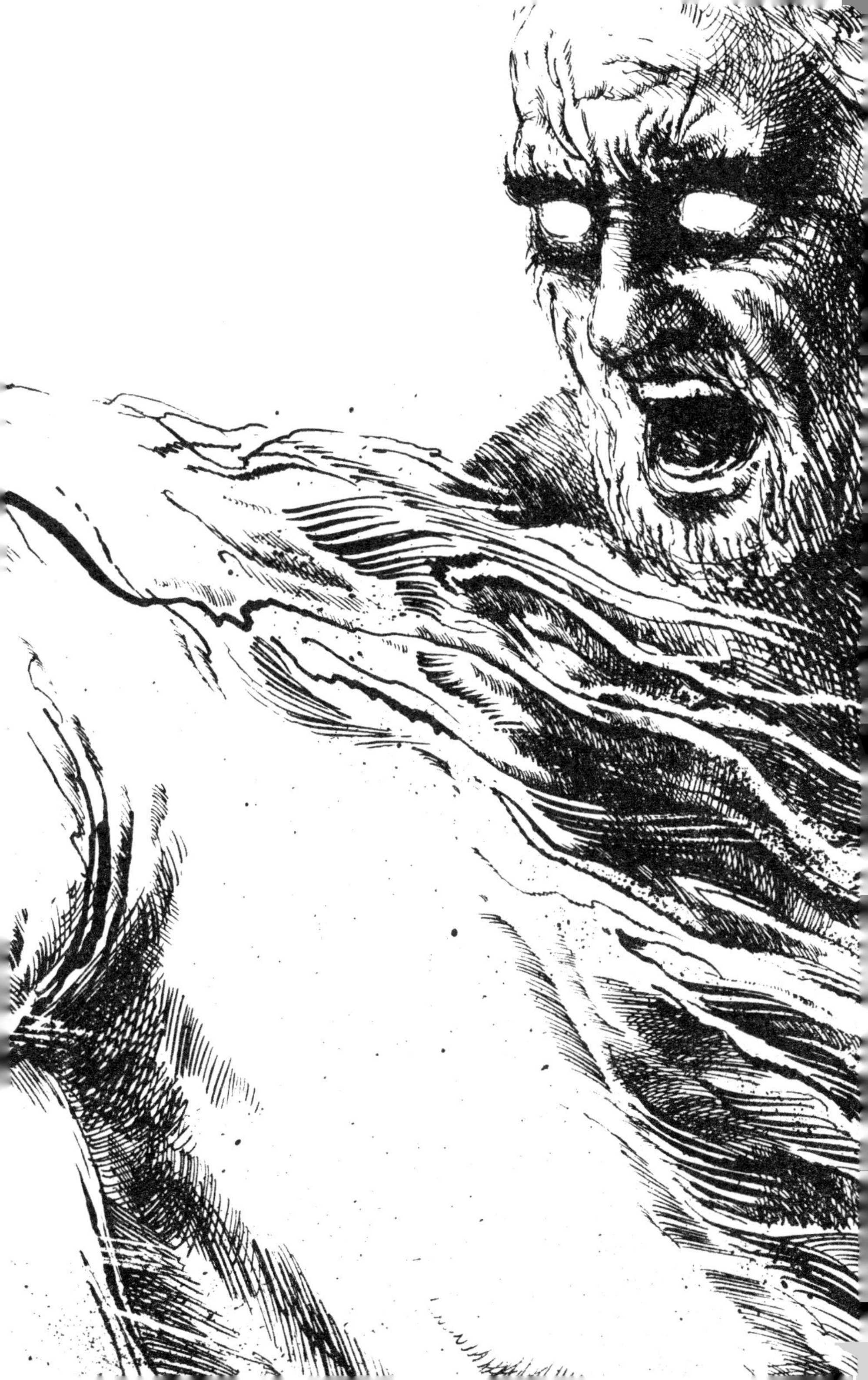

维拉： 阿尔达的神。这些巨大的生物控制着地球上的所有元素。欧洛米是维拉中的猎人，他十分热爱阿尔达的森林，经常骑着他的坐骑，带着他的号角维拉罗玛在林中驰骋。

阿纳——之后化为太阳的果实，自此以后，涅娜的这些悲痛化为了世界的光亮，无论黑夜还是白天都闪烁着。

在维林诺的南部地区，有美丽的欧洛米森林，那里居住着欧洛米——猎人，同时也是驯兽师。

各族的骑兵、所有以打猎为生的人、

放牧人和林中居民都仰慕他。不论是在打猎或是在战场上的时候，欧洛米都十分可怕。他经常手持长矛与弓箭，骑着他的坐骑——白银相间、黄金铁蹄足以震撼大地的呐哈尔，在战场间穿梭。当欧洛米吹响他巨大的狩猎号角维拉罗玛时，在他面前的所有邪恶生物都会感到惧怕，山峦和林间回荡着他号角的回音，然后他的猎犬与身骑愤怒战马的埃尔达猎人迈雅便会出现。

这个猎人通常被称为"欧洛米"，即"吹号角者"；刚铎的人类称他为"阿拉武"；在西部语中他的名称则为"贝玛"；昆雅语中他被精灵称为"阿勒达隆"；"陶隆"则是他的辛达语名称，意为"森林之主"。

这些即为被统称为"阿拉塔"的八名维拉，他们居住在地球上，是最为强大的力量的代表。然而排在他们后面的还有其他六名维拉，还有一名堕入邪道的维拉，被放在了最后一位。

那些渴望永葆青春的人都崇拜瓦娜，她是雅凡娜年轻的妹妹，欧洛米的妻子。"永远年轻的瓦娜"是她的名字，她居住在开满金色花朵的花园中，最令她感到高兴的事是鸟儿的欢啼与盛开的花朵。

排在瓦娜之后的是"舞者"奈莎，她是欧洛米的妹妹。她喜欢那些迅捷灵动的林地生物，而这些生物也会亲近她，因为美丽的奈莎有着不羁的灵魂，常在维林诺四季常青的草地上翩翩起舞。

奈莎的丈夫是"强壮的"托卡斯，他是最晚进入阿尔达的维拉。他被称为"摔跤手""斯塔都"，意为"勇者"。他是最强壮的维拉，迅捷且不羁，长有金色的毛发与胡须，甚至在战场上，他无需携带任何武器，仅凭借强有力的拳头和冲天豪气就足以震慑所有敌人。

曼督斯的弟弟罗瑞恩是"梦境的主宰"。和曼督斯一样，罗瑞恩也是以他的居所命名的，因为罗瑞恩是阿尔达最美丽的花园。他的真名是伊尔牟，但对所有人来说，他就是罗瑞恩，是想象与梦境的主宰者。

在美丽的花园罗瑞恩内有一个罗瑞尔林湖，在那里有一个小岛，岛上长满了高大的树木，还有轻柔的雾气围绕左右。这里住着一位名叫"埃丝缇"的温和的治疗师。她的披风是灰色的，她能纾解一切的疲倦。她受众人称赞，但对受苦之人而言，她的恩赐才最为令人喜爱。

名叫"薇瑞"的维拉是曼督斯的妻子，她被称为"编织者"。在她丈夫的大厅里，她孜孜不倦地在织布机上编织着历史和命运的织锦，而这些织锦，早在这些事件发生之前就已经织好了。

最后一名维拉本是一名最为强大的爱努。他的名字叫"米尔寇"，意为"生而强力的强者"。他拥有众维拉的部分能力，但是他最擅长的还是黑暗之力与寒冰之力。他像一团黑云一样，在阿尔达上空移动，看上去十分可怕，就像光天化日之下出现的世界的梦魇。世上所有现存的与灭绝的邪恶事物，都始于米尔寇，因为他在无尽世界大厅中反抗伊露维塔，盛怒之下来到了阿尔达，妄想创造自己的王国。他给这个世界带来了腐朽，并且他还带来了几位被他的恶念腐化的迈雅。他创造了乌图姆诺森林，并且在中洲的山脉深处，建造了他的军火库安格班。在阿尔达，他与维拉之间爆发了五次大规模战争，扑灭了世界上最为明亮的圣辉，包括巨灯与维拉双圣树。

米尔寇一开始的形象善恶交集。他的诡计甚多，连维拉之首曼威也受到了迷惑。然而在维林诺的黑暗之后，他总是以邪恶的形式出现，精灵们称他为"魔苟斯"，世界的黑暗大敌。这位武士国王就像一座巨大的高塔，戴着铁王冠、身披黑色的盔甲、手执巨大的纯黑色的盾牌。他的面容是邪恶的，因为他的眼睛里燃烧着邪火，他的脸因愤怒而扭曲，还被鹰王梭隆多的爪子和伊甸人贝伦的刀，弄得伤痕累累。他身上还受了八处伤，而且手被精灵宝钻之火灼伤，这导致他永远处于痛苦之中。被称为"地狱之锤"的格龙得，是他的主要武器，它挥舞起来的气势犹如闷雷，米尔寇用它的力量撕裂了大地。然而，在愤怒之战中，尽管米尔寇召唤了恶龙、炎魔、奥克、食人妖和其他各种各样的恶魔来帮助他，但是所有这些力量都被摧毁了。这场战争是他的末日，虽然他的许多邪恶造物和一些奴仆仍然存在，但只有他一个维拉被精灵们从世界当中驱逐出去，永远存在于虚空之中。

维拉劳卡（Valaraukar）

在侍奉维拉的迈雅中，有许多是火元素构成的。在最初的日子里，米尔寇来到这些火精灵之中，腐蚀了他们中的许多人，使他们转而反对伊露维塔和维拉。他们从充满智慧的神变成了充满仇恨的恶魔：他们是巨大的怪物，穿着黑暗的长袍，手持火焰长鞭。所有人都害怕他们，这些堕落的迈雅被命名为"维拉劳卡"，意为"强大的恶魔"，但在中洲更常见的是被称为"炎魔"的它们的同类，意为"强大的恶魔"。历史以"炎魔"之名，讲述了他们在阿尔达凡人土地上的恶行。

维利玛（Valimar）

在不死之地维林诺的中心地带，有一座维拉与迈雅居住的城市。它被称为

"维利玛"，意为"维拉之家"，这是一座由白色石头搭起的殿宇，配有金色银色的圆顶和尖塔。这座城市以其许多金铃银铃的天籁之音而闻名。在它的白墙和维林诺的金门前是玛哈那哈尔，即"审判之环"，它是维利玛城门外附近的环形会议场，其中设有各位维拉的王座。在那里，有一片美丽的绿色山丘，维拉双圣树多年来一直在那生长着。

维林诺（Valinor）

世界上第一个维拉和迈雅的王国是阿尔玛仁。他们的第二个领土是维林诺，意为"维拉之地"，位于巨大的西方大陆阿门洲。三面环绕着佩罗瑞山脉；以埃凯亚海为边界，维拉和迈雅建造了城市维利玛，种植了光辉的维拉圣树，圣树的圣辉照亮他们，远至佩罗瑞山脉所有的土地。圣树被破坏之后，维拉创造了太阳和月亮，它们在天上点亮了整个世界。维林诺由维拉和他们的侍从迈雅所统治，每一个维拉都有自己生存居住的领地。最令人印象深刻的是伊尔玛林，"风之主宰"曼威与"星辰之后"瓦尔妲的居所，它位于阿尔达世界的最高峰塔尼魁提尔的山顶。在太阳第二纪元努门诺尔岛被摧毁、世界发生大剧变之后，维林诺连同整个不死之地，便从人类世界的版图中脱离出去，无法直达，只能乘坐精灵的魔法船，沿着世界范围之外的笔直航道到达不死之地。

吸血鬼（Vampires）

没有历史文书记载了米尔寇是如何通过中洲的生物，不管是鸟类还是野兽，培育出邪恶的吸血蝙蝠的。但据历史记载，在太阳第一纪元，这个有长着翅膀、装备巨大的钢铁般利爪的吸血鬼恶灵，服务于米尔寇的邪恶意图。

在精灵宝钻任务中，"神秘阴影之女"夙林格威希尔是一个强大的吸血鬼，是往返于安格班和索隆治下的"狼人之岛"托尔-因-皋惑斯之间的首席信使。当托尔-因-皋惑斯陷落时，索隆自己变成吸血鬼的模样逃跑了。索隆的魔法力量一被摧毁，许多邪恶的魔法也随之消弭。赋予夙林格威希尔变成蝙蝠形状的定型斗篷，从她身上滑落后，所有吸血鬼之灵也消失了。

瓦娜（Vana）

瓦娜又称"永远年轻"。瓦娜在维拉中是永葆青春的神灵，她身处开满鲜花、啼声四起的花园之时最为快乐。瓦娜是"百果赐予者"雅凡娜的妹妹，猎人欧洛米的妻子，是春天的化身。她在维林诺的花园里随处可见，而花园里则开满了金色的花朵，还有五颜六色的小鸟。

凡雅（Vanyar）

从中洲到不死之地的三支精灵大军中，历史上记载最少的是这支队伍的成员，他们称国王为英格威为所有精灵种族的最高领主。这个种族就是凡雅族精灵。因为他们的发色在万民中最显金黄。维拉与凡雅精灵情投意合，因此也深受他们喜爱，维拉之首曼威和他的王后瓦尔妲总是给予他们建议。

凡雅精灵与人类几乎没有任何关系。他们只有一次回到了中洲，然后在愤怒之战中与敌人魔苟斯作战，结束了太阳第一纪元。没有一个凡雅留在中洲，他们都渡过大海，回到了不死之地。

凡雅的传说已经传到了被放逐者——在人类崛起之时，回到中洲的诺多的耳朵里。虽然他们是三个精灵部族中人数最少的一支，但凡雅是智勇双全。在不死之地的最初日子里，他们与诺多一起，在图娜山的绿色山丘上建造了提力安城。

这是一座有着白色城墙和高塔的伟大城市，所有精灵建造的塔之中，最高的那座是明登·埃尔达冽瓦，即英格威之塔。它在阴暗的海面上射出一盏银光。在英格威之塔的院子里，有一棵叫做"加拉希理安"的白树树苗。随着精灵一族的繁荣，白树也越发茂盛。

但是过了一段时间，凡雅更加喜欢圣树的圣辉了，因为它激发了他们创作歌曲和诗歌的灵感，这是他们的主要爱好。因此，他们希望在能完整地感受圣辉的地方定居下来。这样，英格威带领他的族人搬出了提力安，来到曼威居住的高山塔尼魁提尔的山脚下。凡雅精灵发誓要留在这里，他们也践行了誓言，在圣树枯萎之后依然留在了那里。

瓦尔妲（Varda）

维拉，星辰之后。瓦尔妲是维拉最伟大、最美丽的王后，是阿尔达之王曼威的妻子。她住在阿尔达最高的山塔尼魁提尔山顶的伊尔玛林宫殿里。精灵们经常把瓦尔妲称作"光明王后"，因为光是她的元素。是她创造并重新点燃了星星、点亮了维拉巨灯、收集了维拉双圣树上的露水，把月亮和太阳放在了天上。瓦尔妲是维拉的"天空之后"，最受精灵们的喜爱，他们给瓦尔妲取了许多称呼：婷塔列、埃兰塔丽、法努露丝、白雪王后、吉尔松涅尔、埃尔贝瑞丝与星辰之女。

瓦尔妲瑞安那（Vardarianna）

努门诺尔人的土地一开始就受到了维拉和埃尔达精灵的祝福。精灵们的礼物中有许多芳香四溢的常青树，这些树是由来自埃瑞西亚岛的海洋精灵泰勒瑞族从岛上带到努门诺尔岛的，它们的花、叶、树皮和树干散发出的天籁般的香味使它们的价值连城。其中就有瓦尔妲瑞安那树，顾名思义，这是一棵意为"维拉之爱"的树。

瓦里亚格人（Variags）

在太阳第三纪元，魔多以南的可汗德地区住着一个叫作"瓦里亚格人"的凶猛民族。他们与邪恶的东夷人和南蛮子结盟，是黑魔王索隆的奴仆。据西界历史记载,在索隆对抗刚铎的过程中,瓦里亚格人曾两次出现。1944年,瓦里亚格人与哈拉德附近的人,一起与刚铎的埃雅尼尔军队作战,并在波罗斯渡口被击败。一千多年后,在魔戒战争期间,瓦里亚格人与南蛮子、东夷人一起协助来自魔古尔和魔多的索隆大军。但这是他们最后一次与刚铎作战,因为索隆的统治已经结束,部落与登丹人达成了和平,他们对自己的可汗德领地感到满意。

W、X

战车民（Wainriders）

在太阳第三纪元的第九世纪，一群东夷人从鲁恩来到这里，向刚铎人开战。他们是一个装备精良的民族，拥有巨大的马车和战车。在西界，他们被称为"战车民"，他们与刚铎人类交战了一百年。1856年，第一次战斗打响了，在这场战斗中，战车民打败了刚铎和他的盟友——北方人。他们杀死了纳马奇尔二世国王，夺取了罗瓦尼安，并奴役住在那里的北方人。

在那个世纪的最后一年，北方人起义，刚铎的新国王卡利梅赫塔带领他的军队北上之时，战车民一直统治着罗瓦尼安。在达戈拉德的战斗中，这位新国王把这些战车民赶到了东边的鲁恩。但是，这些战车民仍然在刚铎的边境地区制造麻烦，在戒灵和南蛮子的帮助下，他们在1944年对刚铎发动了另一场战争。因此，从东方到南方都有战事，刚铎人被迫分裂他们的军队。刚铎的国王昂多赫尔去了东方，他的军队被两翼骑兵击溃，他和他的两个儿子都被杀了。但是南方的刚铎军队打败了南蛮子军队，然后向东进军。他们出奇制胜，让刚刚获胜的战车民措手不及，随后，他们怀着复仇之怒将战车民歼灭。他们的营地被点燃了，那些没有在营地之战中被杀的人被赶到了死亡沼泽中。此后，战车民的名号从西界史册上消失了，精灵和人类的历史中也没有再提到他们的名字。

嫩枝娘（Wandlimb）

树须妻子，恩特婆。"轻足"嫩枝娘是女性恩特，称为"恩特婆"，是范贡森林的恩特树须的矮人。嫩枝娘的枝干很像一棵桦树，因此她精灵语的名字叫"菲姆布莱希尔"，或"苗条的白桦树"。在星光纪元，嫩枝娘和其他的恩特婆与恩特和谐地生活在一起。然而，在太阳纪元，恩特婆们搬到了开阔的土地上，照料果树、灌木和青草，而恩特们则更喜欢树木茂密的森林。但在第二纪元末期，恩特婆的花园被摧毁了。嫩枝娘和其他恩特婆要么在这个时候被杀，要么远在中洲的东方或南方，杳无音信。

座狼（Wargs）

在太阳第三纪元的罗瓦尼安，住着一种邪恶的狼，它们与山区奥克结盟。这些狼被称为"座狼"，通常当它们动身去打仗时，会载着一种叫做"狼骑兵"的奥克，这些奥克像骑马一样骑在座狼身上。在魔戒战争的战斗中，座狼和大多数奥克一起被消灭了，在那之后，中洲流传的历史中，就不再提及这些野生动物了。

监视者（Watchers）

据说，在魔多的西部边界上有一条狭窄的通道，名叫奇立斯乌苟，大蜘蛛希洛布在太阳第三纪元就驻守在这里。还有一座奥克瞭望塔，上面有一堵长城，如果要绕过可怕的守卫者谢洛布，就只能走这条路。塔楼的墙上有两根高高的门柱，看上去似乎没有城门。但是其实有一扇门，虽然看不见，却很坚固。巨大的门柱被命名为"监视者"，每一个门柱都是坐在宝座上的石像。它们有三面三体，头像秃鹰，长着秃鹰般的利爪。他们充满了恶意，黑不见底的眼睛闪烁着骇人的意志，因为这些石像里面寄宿着可怕的灵魂。他们能感知看得见的和看不见的敌人，他们用仇恨把大门封住了。因为，尽管任何军队都可能试图强行进入那扇大门，但是光凭武力绝对无法做到，只有比监视者的恶意更大的意志才能迫使他们通过。如果能召唤出这样的意志，监视者就会通过它们的六只像秃鹰的头顶发出警报。他们会发出一声尖叫和一长段类似哭喊的声音，随后兽人士兵便会出现在入侵者面前。

风云丘陵（Weather Hills）

在埃利阿多境内，不理和食人妖森林之间东西大道的北面，便是风云丘陵。这片丘陵从它的主峰风云顶向北延伸，而风云顶就在这条南北走向的山脉线上，它曾经是阿塞丹与鲁道尔的边界。尽管在与安格玛巫王的战争中，登丹人对他们进行了严密的防御，但风云丘陵还是在15世纪失守了。到魔戒战争期间，风云丘陵基本上无人居住。

妖狼（Werewolves）

在太阳第一纪元，米尔寇的奴仆来到了贝烈瑞安德，他们其实是受折磨的灵魂。他们是曾经在乌图姆诺服侍过米尔寇的迈雅精灵，不知是后来被维拉消除肉体变成了这般模样，还是他们本身就是一种邪恶的生物。然而，可以肯定的是，这些恶灵通过巫术变成了狼的形态。他们是一个可怕的种族，眼睛里闪烁着骇人的怒火。他们既能说，也能听懂奥克的黑语以及精灵优美的语言。

在贝烈瑞安德的漫长战争中，数量最多的妖狼打着索隆的旗号来到了西瑞安河畔的诺多城堡，城堡就在他们攻势面前失守了。这座塔被重新命名为"托尔-因-皋惑斯"，意为"妖狼之岛"随后索隆便一直统治着那里。在托尔-因-皋惑斯地下有很深的地洞；而在城垛上，妖狼则悄无声息地搜寻着敌人。

在精灵宝钻任务中，维拉的猎狼犬胡安来到了托尔-因-皋惑斯，杀死了许多妖狼。最后一个名叫"肇格路因"的妖狼始祖与胡安作战。它们之间的战斗十分激烈，但最后肇格路因逃到了塔楼，逃到了他的主人索隆的宝座上。肇格路因在索隆面前说胡安就在外面，随后他就死了。变形者索隆自己也变成了妖狼。他的身材和力量都比肇格路因更大，但即便如此，胡安还是坚守阵地，最终扼住了索隆的喉咙，索隆无论用什么魔法或肢体的力量都无法逃脱。因此，他只好投降，把塔楼拱手让给了贝伦和露西恩，即猎狼犬胡安的侍奉对象。邪恶的魔法从托尔 - 因 - 皋惑斯身上消失了，令人恐惧的灵魂的妖狼形态也消失了。索隆以一只巨大的吸血蝙蝠的身形逃跑了，而控制着妖娘王国的邪恶势力在贝烈瑞安德也永远消失了。

妖虫（Wereworms）

在霍比特人的传说中，在中洲东部的最后一片沙漠里，住着一个叫妖虫的种族。虽然在太阳第三纪元的历史记载中，没有这些生物的相关描述，但是这些妖虫被比作龙和蛇。对霍比特人来说，它们也许只是在第一纪元贝烈瑞安德战争期间，那些潜伏在地球上的生物的模糊记忆。

西方精灵（West Elves）

在精灵觉醒的年代，一位伟大的信使从西方出现了。他就是维拉欧洛米，他向精灵们招手，邀请他们到不死之地去，那里有永恒的光芒。有些人选择去向西部迁徙，他们被称为"西方精灵"或"埃尔达"。那些选择留下的人被命名为"东方精灵"或"阿瓦瑞"，意为"不情愿者"。东方精灵逐渐衰落，变成了弱小的精灵，而西方精灵则在传说和歌声中变得强大且知名。

西人草（Westmansweed）

在中洲，霍比特人发现了一种草本植物，如果慢慢燃烧，吸入烟雾，它就会给人带来极大的乐趣。这是一种草本植物烟草，在西方的语言中被称为"西人草"，但最常见的名字是"烟斗草"。它的使用从霍比特人的夏尔地区，广泛传播到中洲，质量虽然参差不齐，但是都一并受到人类和矮人的喜爱。

白角山脉（White Horn Mountains）

构成刚铎脊梁的雪山山脉，名为"白角山脉"。这条山脉有时被精灵族称为"埃瑞德宁莱斯"，或简单地称为"白色山脉"，它至少有六百英里长，从安都因河向西几乎延伸到大海。白角山脉最早的居民，似乎是黑蛮地人和沃斯野人的祖先，但在第三纪元的大部分时间里，居住在这里的主要是洛汗人和刚铎人。在它的北部地区发现了洛汗人的避难所，赫尔姆深谷和黑蛮祠。在山脉最东端的山坡上建有米那斯提力斯城。

白塔（White Tower）

第三纪元 1900 年，刚铎的卡利梅赫塔国王重建了堡垒——米那斯提力斯城,并在城堡上建造了七道防御高墙(每道城墙都比另一道高出100英尺),还有一座闪闪发光的白塔。它在2698年由执政宰相埃克塞理安一世重建和改进。皇家宫廷就坐落在白塔的大厅中,帕蓝提尔(真知晶石)被保存在塔楼圆顶下的一个房间里。

很多刚铎的盟友和敌人在提到这个堡垒的相关事物——米那斯提力斯城及其人民时,经常使用"白塔"这个词。

野人(Wild Men)

早在刚铎国王到来之前,一个原始的森林猎人种族,就居住在德鲁阿丹森林之中。他们是沃斯野人,别人叫他们"野人",他们是部落制,拿着弓和吹管。他们在森林中比阿尔达任何种族的人都显得聪明。

柳树(Willows)

在巨灯纪元,当伟大的阿尔达森林建成时,古老的柳树便出现在森林之中。柳树精灵很强壮,喜欢沼泽地带和缓慢的河道。它们平静地生活了很长一段时间,既不关心新来的人种,也不关心年老的矮人和伐木烧柴的奥克族。柳树丛中,有的附带知觉,长着四肢,它们被统称为"胡恩",决心消灭所有对森林意图不轨的敌人。

在《中洲传说》中记载的最强大的柳树精灵中,有一位名叫"柳树老头"。他住在柳条河河岸,心地冷酷,四肢轻盈,能唱出迷人的歌声。老林子的所有土地都被他的意志所支配。他那强大的歌声使所有的道路都弯曲了。旅客们都被他催眠了,树叶上的露水与微风合奏的音乐,会让他们沉睡在他古老的树干旁。

随后柳树老头会用粗糙的树根,或树干上裂开的洞穴来抓住他们,然后把他们压碎,或者把他们扔在河里淹死。他的力量使旅行者们对这片老林子产生了恐惧,要不是有汤姆·邦巴迪尔的力量,几乎没有人能安全地通过他的领地。

纬尔瓦林(Wilwarin)

在阿尔达的春天,也就是在巨灯纪元期间,维拉创造了森林和许多没有声音却很美丽的动物。其中有纬尔瓦林,后来人们把它叫作"蝴蝶"。维拉非常喜欢这个可爱的生物,以至于当瓦尔妲拿着银圣树泰尔佩瑞安的银色露珠,来照亮星星的时候,她也把纬尔瓦林的形状作为一个星座,放在天上旋转的星星中间。

落日之窗(Window of Sunset)

伊希利恩突击队的洞穴避难所隐藏在伊希利北部壮观瀑布的水幕后面。它的河水流入科瑨兰原野附近的安都因河中,位于凯尔安德洛斯以南。它被称为"汉奈斯安努恩",意思是落日之窗或西方之窗,由刚铎的图林于2901年建造。在魔戒战争期间,法拉米尔和他的突击队经常使用它。在摧毁魔戒任务过程中,持戒人弗罗多·巴金斯在这里获得了庇护。

有翼兽(Winged Beasts)

在魔戒期间,据说那些被称为"那兹古尔"的不死灵魂坐在有翼兽身上在空中飞翔。这些动物有鸟的喙和爪,蛇的颈和蝙蝠的翅膀,比风还快。据说它们吃的是奥克的肉,长得比第三纪元时期,其他任何有翅膀的动物都要大。然而,尽管有翼兽是全身漆黑,并且本性邪恶的,它们却不像它们的主人那样,是不死生物或者幽灵,相反,它们是像恶龙一样活着的生物,但更古老。在巨灯纪元,海妖和大蛇从乌图姆诺的地洞里钻出来的时候,它们就已经在黑暗中被米尔寇培育出来了。

然而,尽管它们很古老,并且在魔戒战争中为索隆效力时,强壮而可怕,但是他们在中洲的时光却走到了尽头。一只有翼兽被精灵莱戈拉斯杀死;另一只被执剑女士伊奥温杀死;剩下的在第三纪元最后几年,毁灭魔多的大屠杀中被消灭了。

巫王(Witch-king)

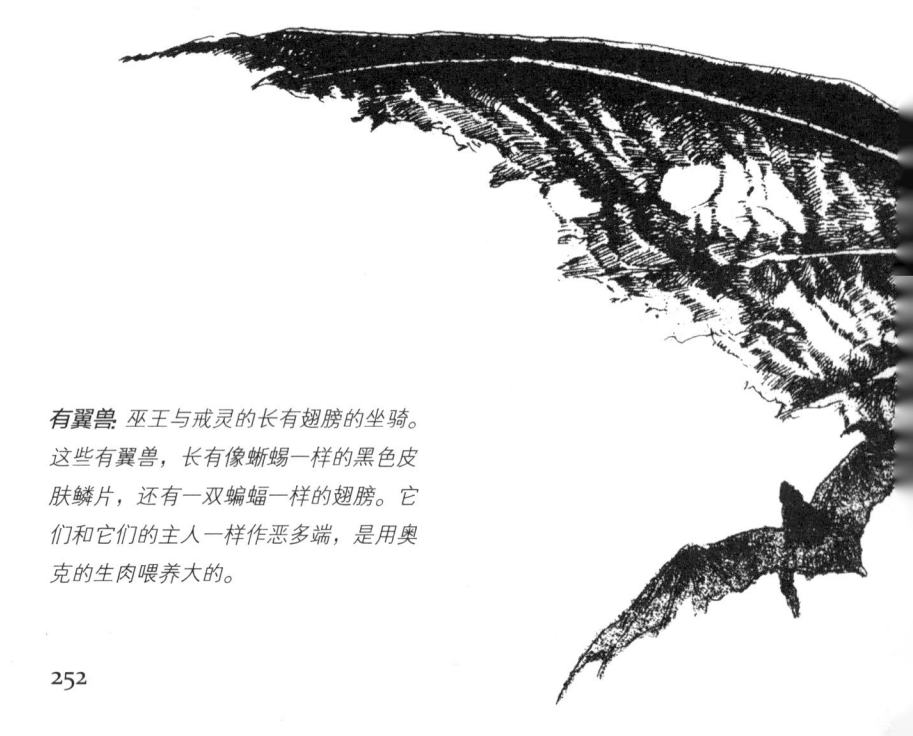

戒灵的那兹古尔首领。巫王最初是第二纪元的一位巫师国王,他被魔戒之

有翼兽: 巫王与戒灵的长有翅膀的坐骑。这些有翼兽,长有像蜥蜴一样的黑色皮肤鳞片,还有一双蝙蝠一样的翅膀。它们和它们的主人一样作恶多端,是用奥克的生肉喂养大的。

主赐予人类九戒中的第一枚。于是他成为了那兹古尔，或者说戒灵的首领。在第二纪元，他指挥索隆的军队并参加战斗，但是随着魔戒之主的垮台，魔戒被夺走，他也被卷入了一个阴暗的地狱。然而，由于至尊魔戒没有被摧毁，一千年后索隆把他从阴影中召唤了回来。第三纪元1300年，他以安格玛巫王的形式出现。在将近七个世纪的时间里，他不断地与北方的阿尔诺王国作战，直到1974年，他摧毁了阿塞丹王国最后的堡垒。第二年，他自己的军队溃败，邪恶的安格玛王国在佛诺斯特之战后被摧毁。在2000年，摧毁了北方的登丹人王国之后，他把注意力转向了南方的刚铎王国。他进攻并占领了米那斯伊希尔，并将其改名为米那斯魔古尔。作为魔古尔的巫王，他持续对刚铎王国发动战争与骚扰，时长甚至达到一千年。在3018年，他伪装成一个黑人骑士，带领其他戒灵到夏尔去寻找至尊魔戒。在风云顶，他刺伤了持戒人，然后追逐他直到幽谷渡口。在3019年，巫王率领他庞大的魔古尔军队和他的哈拉德同盟攻击了白塔。在佩兰诺平原战役中，他杀死了希奥顿国王。有一则奇妙的预言说"他不会死于人类（Man）之手"，但是他碰到了一名叫做"执盾女士"的洛汗人伊奥温，与一名手持被魔法加持的精灵之剑的霍比特人梅里阿道克·白兰地鹿，伊奥温不是男人（man），所以巫王死在了她的剑下。

巫妖（Witches）

中洲有许多不同种族的人，他们都拥有魔法的力量。在后来的人类中，那些把自己献给巫术的人被称为"巫妖"。最强大的巫妖是戒灵，他们在黑语中被称为"那兹古尔"。因为索隆赐予这些人被九枚魔戒，给这个世界带来了诸多恐惧。

在这九个巫妖中，有一个巫妖的力量是至高无上的。在太阳第三纪元，他在埃利阿多尔北部崛起，建立了一个名为"安格玛"的邪恶王国。几个世纪以来，人们都在恐惧地谈论着这位安格玛的巫王，他摧毁了登丹人王国的北部地区。后来，巫王再次在南方攻打刚铎王国，从刚铎手中抢来一座塔，后来这座塔被命名为"米那斯魔古尔"。在那里，巫王一施行着自己的统治，直到魔戒战争他被消灭之时，他和其他巫妖从阿尔达的世界里永远消失了。

柳条河（Withywindle）

一条名叫"柳条河"的小河，流经位于霍比特人的郡地夏尔以东的老林子。它的源头在古冢岗的山丘上，它蜿蜒地穿过森林，直到汇入白兰地河。它流经的河谷被称为"丁格尔"，是伟大的森林精灵，人称"柳树老头"的家；河谷里杨柳依依，蔚然成林。那个被称为"柳条河河婆"的精灵，是汤姆·邦巴迪尔的妻子——"河之女"金莓的母亲。

巫师（Wizards）

古老的传说记载，那些被普通人称为"巫师"的人，是从维林诺的迈雅里挑选出来的。精灵们称他们为"伊斯塔尔"，他们在中洲的大部分行动都是以这个名字记录的。

这些巫师来自西方，为了纠正黑暗魔王索隆造成的不平衡而来到中洲。他们以人类的形象秘密地来到这里，因为这是注定的，他们不能以他们不朽的迈雅灵魂的全部力量出现，而只能局限于他们在凡人的土地上所能获得的力量。他们以穿着长袍的老人的形象出现在人们面前，充满了当地的智慧，他们四处旅行。以身为聪明的巫师而闻名。据说，在太阳第三纪元，有五个巫师在中洲游荡，但在西界的历史上，只记载了其中的三个：白袍萨茹曼、灰袍甘道夫和棕袍拉达加斯特。

狼骑兵（Wolf-riders）

《西界红皮书》记载了罗瓦尼安的奥克中，一些成员是如何骑在被称为"座狼"的狼背上参加五军之战的。这些奥克被精灵、矮人和人类称为"狼骑兵"，他们就是奥克军团的骑兵。

但是在那个时代，奥克和座狼的联手并不是新形成的，因为座狼和奥克都是在星辰纪元，由黑暗大敌米尔寇的邪恶之手繁殖的。他们的邪恶契约开始于人类觉醒之前，甚至早于太阳的光芒照亮整个世界之前。贝烈瑞安德的历史，以及在星辰最后一个纪元的历史中，讲述了贝烈瑞安德的辛达精灵与狼骑兵的多次战斗。

猎狼犬（Wolfhounds）

在星辰纪元，黑暗大敌米尔寇的王国中出现了许多邪恶的野兽，它们侵扰着中洲的人们。这些动物中最主要的是米尔寇的恶狼和狼人。为了保护贝烈瑞安德的精灵，人们饲养了猎狼犬，用它们来消灭这些邪恶的生物。

在中洲的历史上，这些猎狼犬中最伟大的一只名叫"胡安"，它并非出生在人类的土地上。它是由维拉的猎人欧洛米抚养长大的，欧洛米把它送给了不死之地的诺多王子凯勒巩。维拉猎狼犬是一种永不疲倦、永不睡觉的长生不老的野兽。

他像精灵一样不朽，身材魁梧。尽管它能够听懂精灵和人类的语言，但根据维拉的法令，他只能说三次话。他不会被巫术杀死，也不会被咒语蛊惑。

它被流放的诺多王子带到了中洲，巨大的厄运也随之降临在胡安身上。在精灵宝钻任务中，他扮演了重要的角色。出于对露西恩·缇努维尔的爱，他前往托尔-因-皋惑斯的索隆之塔，那里是狼人之岛。在那里，他在岛上的石桥上杀死了许多邪恶的野兽，并最终杀死了那个王国的领主、狼人首领、索隆的奴仆——肇格路因。随后索隆也以狼人的形态出现了，在托尔-因-皋惑斯的石桥上，胡安与索隆进行了一场可怕的搏斗。索隆的狼人形态强大而恐怖，但胡安的力量更盛。它扼住了最强大的迈雅的喉咙，用尽力气把他抓住，使他濒临死亡。于是索隆把索隆之塔交还给胡安和露西恩，并释放了囚禁在那里的英雄贝伦。托尔-因-皋惑斯的所有魔咒也都消失了，仆人们都逃跑了，索隆变成了一个巨大的吸血鬼，恐惧而愤怒地在天空中飞翔。

然而，还有另一场战斗即将来到猎狼犬胡安面前。这场战斗的对象是"红色咽喉"卡哈洛斯，它是安格班城门的邪恶守卫。它是由魔苟斯养大的，是有史以来最强大的狼人。这只狼碰巧吞下了贝伦从魔苟斯王冠上夺来的精灵宝钻。精灵宝钻灼烧着狼人的肚子，它被折磨得发了疯。卡哈洛斯的怒发冲冠，无人能挡。勇士贝伦也倒在他的面前。正如预言所说，胡安赶来了，与卡哈洛斯展开了一场最伟大的，野兽与野兽的战斗。胡安代表了所有神明维拉的力量，而卡哈洛斯则代表着魔苟斯的邪恶之力。在山岗上回荡着它们战斗的声音，尽管自己也被恶兽咬伤得奄奄一息，但胡安最终还是杀死了卡哈洛斯，因为狼的毒牙里有一种可怕的毒性物质。他知道死神就要降临了，便来到即将不久于人世贝伦身边，最后一次开口说话，只说了句："再见"。

狼（Wolves）

太阳升起之前，在中洲的乌图姆诺

地洞里，许多邪恶的野兽被培育了出来，它们和邪恶的奥克一起潜伏在这个世界上。狼是第一个与奥克结盟的兽类，它们在星辰纪元首次来到西部大陆。一些体型巨大的狼是米尔寇奴仆们的坐骑，让人们非常害怕。

在太阳第一纪元，狼人诞生了。最强大的狼人是肇格路因，它是狼人的始祖和领主。然而，这些并不是真正的狼，而是在狼形态中被折磨的灵魂。它们的力量巨大，因为它们是迈雅索隆的宠臣。它们成群结队地来聚集在索隆身边，并且在贝烈瑞安德不断猎杀。他们从诺多手上抢走了扎尔西瑞安，即后来的托尔-因-皋惑斯，在那里他们建立了一个邪恶王国。

虽然在太阳第三纪元，狼比早期的时候要弱小，但它们仍然是一个可怕的种族。《西界编年史》讲述了2911年严酷寒冬之时，一群来自北方荒野的白狼，用人类的鲜血染红了埃利阿多的雪地。《西界红皮书》讲述了很多座狼的故事。座狼是一种狼，它们在罗瓦尼安与迷雾山脉的奥克达成协议，驮着这种奥克，也就是所谓的"狼骑兵"加入作战。虽然确实座狼本身让人害怕，但与奥克结盟则更为可怕。事实上，在著名的五军之战中，奥克的最强大的力量是骑着大座狼的狼骑兵。

有关狼的传说最为知名的是关于"红色咽喉"卡哈洛斯的，他在太阳第一纪元就被魔苟斯用生肉养大，充满了强悍的力量。所以卡哈洛斯也叫"安法乌格力尔"，意为"饥饿的大嘴"，它变得巨大无比，力量无可匹敌。它的眼睛像红色的煤块，它的牙齿像奥克军团带毒的长枪。卡哈洛斯的职责是看守安格班大门，没有人可以单枪匹马通过它把守的大门。安格班的城墙又高又陡，路的两边各有蛇坑，而卡哈洛斯日夜不眠地看守着大门。

在精灵宝钻任务中，卡哈洛斯在安格班城门口咬断了贝伦的手，吞下了精灵宝钻，而精灵宝钻则在胃里灼烧着它。在折磨之中，卡哈洛斯杀死了所有挡在它面前的精灵和人类，同时精灵宝钻的灼热之焰烧毁了他被诅咒的肉体，然而，它的力量变得更为强大。盛怒之下的卡哈洛斯，如同一颗燃烧着熊熊不灭之火的流星。但最后，它遇到了一个注定要与之战斗的对象：维拉猎狼犬胡安。尽管它用毒牙咬伤胡安，从而让胡安很快就会死去，但是卡哈洛斯自己也在埃斯加尔都因河的甘泉附近，被维拉猎狼犬杀死。

森林精灵（Wood-elves）

在中洲的迷雾山脉的东边，大部分林地还没有完全被魔苟斯和索隆的邪恶意志所侵染，这里住着阿瓦瑞精灵的残部，他们拒绝了向西的伟大迁徙。这些人被称为"森林精灵"，更多时候被称为"西尔凡精灵"，随着魔苟斯势力在东方崛起，他们的数量也逐渐减少。为求存活，他们掌握了在树林中生存的技能与知识，以此躲避仇敌。他们在森林知识方面足智多谋，他们的眼睛像所有的精灵一样闪耀着星光。他们不像高级埃尔达精灵族那样强大,但森林精灵比人类或与任何跟随他们的种族都要强大。

虽然阿尔达的历史很少讲述森林精灵的命运,而且阿尔达的历史记载大多与埃尔达有关,但仍然有许多故事,讲述了这两个规模较小的精灵的王国。在太阳第二纪元,辛达精灵领主瑟兰杜伊从林顿出发,越过迷雾山脉,在大绿林(后来被命名为"幽暗密林"中)发现了许多森林精灵。在那里,瑟兰杜伊成为了这些精灵的国王。同样地,诺多的贵族,女精灵加拉德瑞尔和辛达精灵领主凯勒博恩,来到了洛丝罗瑞恩的森林精灵们身边,他们被拥立为金色森林的国王和王后。

林中居民(Woodmen)

在太阳第三纪元,有一群人住在幽暗密林里,他们是北方人的后裔,被称为"幽暗密林的林中居民"。

他们与森林王国的贝奥恩族和精灵结盟,与那个时代来到幽暗密林南部的多古尔都的邪恶势力作战。奥克、蜘蛛和狼在那里成群结队地出现,净化这片大森林的战斗漫长而可怕。在魔戒战争中,这场战斗被命名为"树下之战"。精灵、林中居民和贝奥恩族在北方横行,他们像点燃稻草一样烧毁了多古尔都里的邪恶奴仆。洛丝罗瑞恩的精灵占领了多古尔都,同时摧毁了它的城墙和地牢。在太阳第三纪元结束之时,幽暗密林获得了净化,更名为"绿叶森林",精灵将森林精灵的王国北部地区和南部,被称为"东罗瑞恩"地区之间的土地,赐予林中居民与贝奥恩族作为奖励,并且他们在此地保有其应有的权利。

恶龙(Worms)

魔苟斯在阿尔达所繁殖的最强大的生物,是在太阳第一纪元的时候,从安格班地洞里爬出来的巨大恶龙。魔苟斯用钢铁鳞甲、尖牙利爪、强大的火焰魔法武装这些生物。人类和精灵称这些魔苟斯的古老大虫为"恶龙",它们是中洲历史上最可怕的生物之一。

佞舌(Wormtongue)

居住于洛汗的北方人。在魔戒战争期间,格里玛·佞舌是洛汉国王希奥顿的畸形首席顾问。他暗地里是萨茹曼的仆人和间谍,他不断地削弱老国王,用巫师的邪恶咒语削弱他的力量。甘道夫治好希奥顿之后,佞舌逃到了艾森加德,在那里他和萨茹曼都被恩特抓住并推翻了。后来,他和萨茹曼一起去了夏尔,在那里背叛了他的主人,杀死了他。反过来,这个可怜的人类很快就被霍比特人杀死了。

野人(Woses)

在魔戒战争中,一个名叫"野人"的奇怪的原始民族,前来帮助洛汗和登丹人破解刚锋之围。这些野人居住在白色山脉下的阿诺瑞恩古代德鲁阿丹森林里。他们比任何人都懂得木工手艺，因为他们像一丝不挂的动物一样，多年来一直生活在树林里，见首不见尾，也不喜欢与其他民族为伍。他们饱经风霜，腿短，手臂粗壮，身体矮胖。刚锋人把沃斯野人称为"德鲁亚丹的野人"，认为他们是更古老的菩科尔人的后裔。在太阳第一纪元，这些人与贝烈瑞安德的哈拉丁人和睦相处，他们称沃斯野人为"德鲁人"。精灵们称他们为"德鲁伊甸人"；奥克称他们为"欧古尔族"；洛汗人称他们为"洛金人"。

在第三纪元末期，奥克、恶狼和其他邪恶的生物经常进入德鲁阿丹森林。虽然野人经常用毒箭和飞镖把它们赶走，但邪恶的生灵总是会回来。因此，尽管野人不希望参与森林之外的人类事务，但他们的首领悍·不里·悍主动提出，帮助洛汗人进入佩兰诺平原战场。因为在刚锋的洛汗人和登丹人的胜利中，野人看到了从这场持续不断的森林战争中，他们能够得到一些解脱的。

当真正的胜利到来，黑暗魔君的奥克军团被摧毁时，刚锋和阿尔诺联合王国的埃莱萨国王承认，德鲁阿丹森林将永远是沃斯不可分割的领土，他们可以随心所愿地自治。

野人：德鲁阿丹森林的野人。沃斯野人是一群皮肤白皙的侏儒猎人。在魔戒战争中，他们带领洛汗人的骑兵穿过森林，前往佩兰诺平原战场上作战。

Y、Z

雅凡娜（Yavanna）

雅凡娜：维拉，大地之后。雅凡娜是丰收的保证，也是森林的守护者，恩特的创造者。她构想创造了无与伦比的维拉圣树。圣树的圣辉曾一度照亮了整个维林诺地区。

维拉，大地之后。雅凡娜是工匠奥力的妻子，是"永远年轻"的瓦娜的姐姐。雅凡娜守护着所有生物的生长。她像柏树一样高，总是穿着绿色的衣服，她被称为"雅凡娜"或是"凯门塔丽"，意为"百果赐予者、大地之后"。她代表着丰收。雅凡娜把所有植物的种子都种在了阿尔达，并创造了世界上广阔的森林和牧场。她构造森林的保护者，即牧恩特，名为"恩特"，并且在提力安种下了埃尔达白树。然而，她最伟大的作品是创造了无与伦比的光明圣树，它用自己的光辉照亮了维林诺的所有土地。正是她的耕耘，使那些圣树开出了最后的花朵和果实，成为了月亮和太阳。雅凡娜广阔的牧场和花园位于维林诺南部，与欧洛米的树林接壤。她的花园里有神奇的花朵，而这些花朵是由神的甘露制成的。

雅凡娜弥瑞（Yavannamire）

当努门诺尔岛刚被创造出来的时候，托尔埃瑞西亚的精灵们带着礼物来到他们的船上。其中最好的礼物是许多芳香的常青树，它们在不死之地上开花结果。在努门诺尔岛，有一片由这些奇妙的、芳香的树木构成的森林。其中长势最美的是"雅凡娜弥瑞"，它以维拉——"大地之后"雅凡娜的名字命名。这棵树的名字的意思是"雅凡娜的珠宝"，除了芳香的木材、树皮和常绿的叶子，它还结出了甜美、圆润和鲜红色的果实。

伊尔克（Yrch）

在那个被称为"阿尔达和平"的时代即将结束时，辛达精灵的国王辛葛和王后美丽安，在东方发现了一种他们以前不知道的邪恶生物。他们边界上的森林和山脉，开始与这些没有名字的邪恶生物发生冲突。这些人是可怕的奥克，他们注定永远是邪恶力量的主要仆人与征兆。在辛达语中，他们被称为"伊尔克"，这是根据他们自己语言的自称"乌鲁克"模仿而来的称呼。在之后的岁月里，它们在西部通用语中被称为兽人。

南多精灵和莱昆迪精灵，在这些拿着钢铁武器的黑暗生物面前逃跑了。但是辛葛国王带着穿着明亮的矮人盔甲、戴着高高的头盔的战士们，前去与伊尔克族作战，屠杀了他们，直到战场上沾满了他们的黑血。伊尔克族逃离了贝烈瑞安德，之后再也没有越过蓝色山脉，

直到他们的创造者和主人——黑暗大敌魔苟斯从西方不死之地归来。

伊尔克：奥克，在辛达语中被称为兽人，在星光纪元的贝烈瑞安德，它以"伊尔克"的身份为人所知。早期灰精灵和伊尔克军团之间爆发了很多次战斗。

齐拉克 - 齐吉尔（Zirak-zigil）

在迷雾山脉中间矗立着齐拉克 - 齐吉尔峰，这是三座大山之一，在这座山的下面挖掘出了矮人们的卡扎督姆王国。它也被人类称为"银齿峰"，被精灵称为"凯勒布迪尔"。在齐拉克 - 齐吉尔的顶峰，无尽阶梯顶端，有一个叫做"都灵之塔"的厅堂。在第三纪元末期，灰袍巫师甘道夫在摧毁魔戒的任务中，就是在这里与莫瑞亚的炎魔进行了战斗。这场峰顶之战，摧毁了无尽的阶梯和都灵之塔，但甘道夫在战斗中战胜了炎魔，把它扔进了下面的深渊。

图书在版编目（CIP）数据

托尔金词典 /（加）大卫·戴著；李惟智译. 北京：北京时代华文书局，2025.5.
ISBN 978-7-5699-5597-2
I. I561.074
中国国家版本馆 CIP 数据核字第 2024ER8208 号

A Dictionary of Tolkien
Text copyright © David Day 1993,2001.
Volume copyright © Octopus Publishing Group Ltd 1993,2001,2014,2015,2016.
All rights reserved.
First published by Mitchell Beazley,a division of Octopus Publishing Group Ltd.
Simplified Chinese edition © 2025 by Beijing Times Chinese Press.
Simplified Chinese rights arranged through CA-LINK International LLC.

This book has not been prepared, authorised, licensed or endorsed by J.R.R. Tolkien's heirs or estate, nor by any of the publishers or distributors of the book The Lord of the Rings or any other work written by J.R.R. Tolkien, nor anyone involved in the creation, production or distribution of the films based on the book.

北京市版权局著作权合同登记号 图字：01-2024-3050

TUOERJIN CIDIAN

出 版 人：陈　涛
责任编辑：畅岩海
执行编辑：洪丹琦
装帧设计：孙丽莉　迟　稳
责任印制：刘　银　訾　敬

出版发行：北京时代华文书局 http://www.bjsdsj.com.cn
　　　　　北京市东城区安定门外大街 138 号皇城国际大厦 A 座 8 层
　　　　　邮编：100011　电话：010-64263661　64261528

印　　刷：天津裕同印刷有限公司
开　　本：880 mm×1230 mm　1/32　　成品尺寸：145 mm×210 mm
印　　张：8.75　　　　　　　　　　　　字　　数：346 千字
版　　次：2025 年 5 月第 1 版　　　　　印　　次：2025 年 5 月第 1 次印刷
定　　价：88.00 元

版权所有，侵权必究
本书如有印刷、装订等质量问题，本社负责调换，电话：010-64267955。